著作权合同登记号　图字：01-2010-1550

图书在版编目（CIP）数据

文学学导论 /（德）耶辛，（德）克南著；王建，徐畅译 . 一北京：北京大学出版社，2016.1

（新世纪国外文论教材精品系列）

ISBN 978-7-301-26309-9

Ⅰ.①文… Ⅱ.①耶… ②克… ③王… ④徐… Ⅲ.①德语 – 文学评论 – 高等学校 – 教材　Ⅳ.① I106

中国版本图书馆 CIP 数据核字 (2015) 第 216301 号

Original German language edition: Benedikt Jeßing/Ralph Köhnen: Einführung in die Neuere deutsche Literaturwissenschaft. 2., aktualisierte und erweiterte Auflage. (ISBN: 978-3-476-02142-7) published by J. B. Metzlersche Verlagsbuchhandlung and Carl Ernst Poeschel Verlag GmbH Stuttgart, Germany. Copyright © 2007

书　　　名	文学学导论 Wenxuexue Daolun
著作责任者	［德］贝内迪克特·耶辛 ［德］拉尔夫·克南 著　王建 徐畅 译
责 任 编 辑	于海冰
标 准 书 号	ISBN 978-7-301-26309-9
出 版 发 行	北京大学出版社
地　　　址	北京市海淀区成府路 205 号　100871
网　　　址	http://www.pup.cn　新浪微博：@ 北京大学出版社 @ 培文图书
电 子 信 箱	pkupw@qq.com
电　　　话	邮购部 62752015　发行部 62750672　编辑部 62750883
印 刷 者	三河市国新印装有限公司
经 销 者	新华书店
	650 毫米 ×980 毫米　16 开本　24.75 印张　320 千字 2016 年 1 月第 1 版　2016 年 1 月第 1 次印刷
定　　　价	63.00 元

未经许可，不得以任何方式复制或抄袭本书之部分或全部内容。
版权所有，侵权必究
举报电话：010-62752024　电子信箱：fd@pup.pku.edu.cn
图书如有印装质量问题，请与出版部联系，电话：010-62756370

文学学导论

Einführung
in die Neuere deutsche
Literaturwissenschaft

Benedikt Jeßing & Ralph Köhnen

［德］贝内迪克特·耶辛　［德］拉尔夫·克南 著

周启超 主编

王建　徐畅 译

北京大学出版社
PEKING UNIVERSITY PRESS

目 录

总　序 ··· 5
译者序 ··· 15
前　言 ··· 19

导　言　引论性的问题和基本概念 ·· 1

第1章
文学的体裁类型 ·· 13

1.1　关于术语：体裁概念 ·· 13
1.2　抒情诗 ·· 16
　　1.2.1　抒情诗的概念 ·· 16
　　1.2.2　抒情诗的形式要素及形式 ······································ 18
　　1.2.3　体裁的历史：各种不同的抒情诗观念 ···························· 38

- 1.3 戏剧 ·· 49
  - 1.3.1 戏剧的问题 ·· 49
  - 1.3.2 戏剧的构成要素和戏剧学概念 ···················· 50
  - 1.3.3 理论:戏剧的效果目的 ·································· 59
  - 1.3.4 历史上的分支类型 ······································· 67
- 1.4 叙事散文 ··· 84
  - 1.4.1 叙事文学—叙述—叙事散文 ························ 84
  - 1.4.2 叙述的结构要素 ··· 87
  - 1.4.3 叙事散文的类型 ··· 101
- 1.5 文学的"应用形式" ·· 115

第 2 章

修辞学、风格学与诗学 ·· 125

- 2.1 概念术语:风格学与诗学的专业概念 ············ 125
- 2.2 修辞学与诗学 ··· 127
- 2.3 修辞学与文学风格学 ····································· 138

第 3 章

文学与其他艺术:媒体间性的诸种形式 ················ 151

- 3.1 方法论与概念 ··· 151
- 3.2 文学与造型艺术 ··· 157
- 3.3 文学与音乐 ··· 166
- 3.4 总体艺术作品 ··· 175
- 3.5 文学与电影 ··· 182
- 3.6 文学与广播 ··· 190

第 4 章

文学学的方法和理论 …………………………………… 197

- 4.1 关于文学学的学科史 …………………………………… 197
- 4.2 阐释学 …………………………………………………… 206
  - 4.2.1 理解的问题 ………………………………………… 206
  - 4.2.2 阐释学的历史和地位 ……………………………… 207
- 4.3 形式分析学派 …………………………………………… 222
- 4.4 接受美学 ………………………………………………… 228
- 4.5 心理分析文学学 ………………………………………… 236
  - 4.5.1 弗洛伊德的基础概念 ……………………………… 236
  - 4.5.2 在文学学和相邻学科中的应用 …………………… 238
- 4.6 结构主义、后结构主义、解构 ………………………… 243
  - 4.6.1 结构主义 …………………………………………… 243
  - 4.6.2 后结构主义 ………………………………………… 249
  - 4.6.3 解构 ………………………………………………… 252
- 4.7 文学的社会史 / 文学社会学 …………………………… 259
  - 4.7.1 开端前的历史 ……………………………………… 259
  - 4.7.2 分析对象和核心问题 ……………………………… 263
  - 4.7.3 社会史文学学的终结和 / 或余响 ………………… 268
- 4.8 话语分析 ………………………………………………… 270
  - 4.8.1 概念的发展 ………………………………………… 270
  - 4.8.2 米歇尔·福柯：话语概念的奠基 ………………… 270
  - 4.8.3 福柯对机构的批判和对权力的分析 ……………… 273
  - 4.8.4 文学学中应用的可能性 …………………………… 275
  - 4.8.5 视角和批评 ………………………………………… 279

4.9 系统论 ·············· 283
 4.9.1 概念的发展 ·············· 283
 4.9.2 尼克拉斯·卢曼：基本概念 ·············· 284
 4.9.3 观察的过程 ·············· 287
 4.9.4 文学与其他系统之间的相互影响 ·············· 288
 4.9.5 作为系统构建的文学自我指涉性 ·············· 290
 4.9.6 为文学学和文学批评提供的视角 ·············· 292

4.10 传播学 ·············· 296

4.11 文化学的方法 ·············· 307
 4.11.1 文化研究 ·············· 307
 4.11.2 女性主义文学理论/性别研究 ·············· 311
 4.11.3 新历史主义 ·············· 315
 4.11.4 人类学 ·············· 318

第 5 章

附　录 ·············· 323

人名索引 ·············· 334

术语索引 ·············· 348

总　序

周启超

新世纪以降，中国社会科学院文学理论研究中心致力于以跨文化研究的视界，多方位深度开采的宗旨，组织力量集中引进一批国外新近面世且备受欢迎的文论力作，精选精译一套当代外国文论教材精品，对国外文论界在"文学""文论""文论关键词""文论名家名说名学派""文学学反思"这些基本环节上的推进态势与最新成果，加以比较系统的展示，以推动我们的文论教材建设。2010年成立的全国"外国文论与比较诗学学会"积极参与了当代中国文学理论的建设。同时，我们与北大培文合作，启动了外国文论精品原著的搜寻、译者的物色工作。如今，由4种著作组成的《文学学导论》《文学世界共和国》《艺术话语·艺术因素分析法》3部文论专著的汉译终于竣工。在这套丛书即将付梓之际，身为主编，有义务就寻书的背景与语境，选材的立意与指归、译著的特色与亮点，作一点交代。

《文学学导论》与"文学学"

德语文论是这套书组稿时的首要关切。"文学学"正是发源于德国。

在当代国外文论的汉译中,德语文论的引进可谓是一块短板。主要有 1984 年上海译文出版社推出的沃尔夫冈·凯塞尔的《语言的艺术作品》(1948 年在伯尔尼初版,后多次再版)与 1992 年中国社会科学出版社推出的埃米尔·施塔格尔的《诗学的基本概念》(1946 年在苏黎世初版,后重版多次)。施塔格尔和凯塞尔是第二次世界大战后德语文论界在文学研究方法论上最具影响力的两位学者,他们坚定地承续了 20 世纪上半叶思想史 – 形式分析流派。《语言的艺术作品》与《诗学的基本概念》均为其作者的代表作,不少文学术语辞典都收入这两部书中所提出的基本概念与解释,在相当长的时期里,一直是德语国家"文学学"的入门必读。

然而,这两部著作的成书年代毕竟是在 20 世纪前半叶,距今已经相隔近 70 年。经历了几番周折,最终我们请北京大学德语文论专家王建博士出马,找到《文学学导论》(以下简称《导论》)(*Einführung in die Neuere deutsche Literaturwissenschaft*, Stuttgart & Weimar: Verlag J. B. Metzler, 2007)。这部文学学导论由德国波鸿鲁尔大学德语系的两位教授联袂撰写。有趣的是,这两位作者是同龄人:均为 1961 年出生,其专业方向又很近。贝内迪克特·耶辛(Benedikt Jeßing)主要研究歌德及其时代和 20 世纪德语文学和文学理论,拉尔夫·克南(Ralph Köhnen)主要研究领域则为 18 到 20 世纪的德语文学和文学理论。这两位德语系教授,在这里以导论的形式,深入浅出地介绍文学学这门以文学现象为研究对象的现代学科,介绍文学学的各种研究角度和各个理论方向,介绍文学的各类体裁，描述修辞学、风格学和诗学的基本理论，探讨文学与其他艺术门类（如造型艺术、音乐、电影、广播）的关系，阐释 20 世纪的各种文学理论与方法。这部书的分章结构按照对象、程序、方法和术语诸方面再现了文学学的轮廓，在方法和切入方式方面它并不显现自己的立场，而是力求中立地展现**文学学反思对象**本身的全部景象。叙述的系统性与表述的精细性，使得这部文学学导论可以被看作是当代德语文学学著作的一个代表。作为大学文学类专业的文学学教材，此书在德语国家受到读者的广泛欢迎，属于同类书籍的佼佼者。

《导论》可以说是德国学者绘出的一幅当代德语文论流变全景图。面对这幅全景图，我们看到：当代德语文论中，与"接受美学"一同出场的还有其他学派；"接受美学"本身也还有后续发展。譬如，格勒本提出"具体化的振幅"（Konkretisationsamplituden），用这个概念来形象地展示阅读中主观要素的偏离作用；提出多义性和不确定性并不局限于现代文本，而是适用于所有文学作品；提出阐释的标准是"生存力"；是不是"正确性"。

《导论》作者梳理出 1965 年以来的德语文学学"方法趋势"的丰富多彩：1965 年起的接受史和接受美学，同时期开始的文学社会史；结构主义的开端；70 年代下半期的心理分析文学学；80 年代初话语分析；90 年代初以尼克拉斯·卢曼为代表的系统论；最晚于 90 年代末发现的文化研究／文化学、女性主义文学理论／性别研究和新历史主义；《导论》作者看出：在过去 35 年中，文学学的问题越来越多样化，文学学的方法和时尚变幻纷呈，文学学的范式更迭似乎越来越快——这一切只是文学学 200 年来的发展这一学科的历史的最新阶段。《导论》归纳出当代文学学 10 大范式。

《导论》有助于推进我们对"文学学"这门学科的反思。文学研究作为一个学科，其命名应当是"文艺学"还是"文学学"？它是一门人文学科还是一门人文科学？这些问题，关乎文学研究的性质与宗旨、路径与方式、价值实现、社会使命、文化功能的"定位"。德语文论界对"文学学"有自己独特的建构，对"文学学"之理论问题的研究一向颇为重视。就笔者所见，马克斯·维尔利（M. Wehrli, 1909—1998）曾著有《文学学导论》（维尔茨堡，1948）、《普通文学学》（伯尔尼，1951）。《普通文学学》一书主要描述第二次世界大战后西欧诸国的"文学学"现状。该书第一编"总论"逐一论及"论文学学地位""文学学系统""文学学历史"。《文学学导论》即本书不仅提供出一个关于"文学学基本知识的概览"，"按照对象、程序、方法和术语诸方面再现了文学学的轮廓"，而且还"中立地展现文学学反思对象本身的全部景象"。对"文学学"的起源与发展、"文学学"的对象与手段、"文学学"的方法与技术，均有清晰的论述。

《文学世界共和国》与"文学地理学"

一心要"走向世界"的当代中国作家、批评家以及理论家们，总在追问"世界文学"是如何形成的？总要探讨文学的"民族性"与"世界性"。近些年来，传统的"民族性"与"世界性"的二元对立问题已获得新的话语表述："本土化"与"全球化"。一些人坚守"愈是民族的就愈是世界的"，另一些则主张必须实现对"民族性的"超越，必须实现"身份转换"，才能跻身于"世界文学"。在各种各样对"世界文学"的生成方式与发育机制的理论思考中，法国当代批评家帕斯卡尔·卡萨诺瓦（Pascale Casanova, 1959—   ），可谓独辟蹊径：将她对"世界文学"的考量转换成对"文学世界"的勘察。在她于 2000 年获"法兰西人文协会"奖，已被译为多种文字出版的力作《文学世界共和国》(*La République mondiale des lettres*, Paris: Edition du Seuil, 1999) 一书中，她将"世界文学"看成是一个整一的、在时间中流变发展着的文学空间，拥有自己的"首都"与"边疆"、"中心"与"边缘"。这些"中心"与"边缘"并不总是与世界政治版图相吻合。"文学世界"犹如一个以其自身体制与机制在运作的"共和国"。在"文学共和国"中存在着复杂的统治与被统治关系，激起文学自身的斗争、反抗和竞争。"文学世界共和国"像一块波斯地毯，看似纷乱，但若找到正确视角，便可看出图案色彩之间相互依存、相互作用的"共和"(整体) 关系，进而理解每个图形。

基于这样一种相当新颖的"世界文学"观，卡萨诺瓦沉潜于充满竞争、博弈的"文学共和国"，细致地考察一些作家与流派进入"世界文学"的路径与模式，分析"文学资本"的积累过程与方式。这位法国学者以乔伊斯、卡夫卡、福克纳、贝克特、易卜生、米肖、陀思妥耶夫斯基、纳博科夫等已经成为"世界文学精华"的大作家的创作为例，探讨一些民族("大民族"与"小民族的")文学在"文学共和国"里的身份认同问题，探讨民族文学与民族之外的文学语境、世界文学语境之间复杂的互动机制，建构其"民族文学的文化空间"理论：一种旨在探索"世界文学空间生成机制与运作机理"的"文学地理学"。

作者认为，应将文学空间作为一个总体现实来理解。世界文学这个概念本身说明事实上已出现了一个跨民族的空间，在这个空间中要讨论文学的跨文化性。正是文学的跨文化性在建构"文学世界共和国"。文学世界之现实运行有自己的机制，对经济空间、政治空间而言具备相对的独立性。在 18 世纪，伦敦成为世界的中心，但占据文化霸权地位的却是巴黎。19 世纪末 20 世纪初，经济上，法国在欧洲经济中排名靠后，但却不容置疑地是西方文学中心；后来，美国经济上的巨大成功并没能让美国成为文学霸主。

卡萨诺瓦倾心于世界文学空间运行相对的自主自律的机制的考察。她以动态模式挑战"全球化"的平静模式。这一视界，对于动辄套用经济全球化的模式来考察"全球化语境"中的民族文学之简单化的做法，不能不说是一种警醒。文学资本的积累与经济资本的积累自有关联，但并不能直接划等号。

卡萨诺瓦在其"文学地理学"的勘察中，关注"中心"与"边缘"的互动。所有"远离中心"的作家并不是"注定"一定会落后，所有的中心地区作家也不一定必然是"现代的"。文学世界的特殊逻辑，忽略了普通的地理因素，建立了与政治标记完全不同的领土和边界；将文学定义为统一的世界领域（或者正在走向统一的世界领域），人们就再也不能借用"影响"，也不能借用"接受"的语言来描述特殊的重大革命在世界上的流通和输出（比如自然主义，或者浪漫主义）。

卡萨诺瓦对文学世界的特殊逻辑的这种清理，对那些执着于梳理某些大国文学对小国文学、某些大作家对小作家之创作的"影响轨迹"的比较文学学者的思维定势，也不能不说是一个挑战。

《文学世界共和国》在其"文学地理学"的建构中，将"世界文学"的探讨转换成"文学世界"的勘察，力图"解决内批评——只在文本内部寻找意义要素——和外批评——只描述文本生产的历史条件——之间被认为不可解决的自相矛盾"，尝试在文学的跨文化空间中来定位作家和他们的作品，提出一系列富有挑战性的新说，有助于开阔我们观察"世界文学"的视野，可以作为"世界文学与比较文学"专业的一部教材。

《艺术话语·艺术因素分析法》与"文学文本分析学"

本书由两种著作组成:《艺术话语·文学理论导论》和《艺术因素分析法·文学学分析导论》。

《艺术话语·文学理论导论》(*Художественный дискурс · Введение в теоию литературы*, Тверь: Твер. гос. ун-т, 2002)系俄罗斯国立人文大学理论诗学与历史诗学教研室主任、叙事学与比较诗学研究中心主任瓦列里·秋帕教授(Валерий Тюпа,1945—)的一部讲稿,其授课对象为高校文科教师和研究生。这部讲稿以其理论视界上别具一格而颇受好评。讲稿的主题是"文学何谓?",作者在这里致力于克服文论教材中围绕这一问题而常常高头讲章的通病,选取简约而不简单的入思路径,深入浅出地阐述文学"三性":符号性、审美性、交际性。如果说,文学的"符号性"要旨在于文学是一门派生符号系统的话语艺术,在于艺术文本的结构,文学的"审美性"要旨在于文学是一门情感反射的话语艺术,在于艺术性的模式;那么,文学的"交际性"要旨则在于艺术书写的策略,在于艺术性的范式。

不妨来看看作者是如何阐述文学的"符号性"。

> 文学作为艺术的一种样式,也是符号性的活动。文学应当被称为"话语艺术"。文学在其他的艺术样式中明显地得以突出,这是由于它采用已然现成的、完全成型而最为完备的符号系统——自然的人类语言。可是,文学运用这一原初性语言之潜能只是为了去创作文本,属于派生性符号系统的文本,有意义也有涵义的文本。
>
> 在作为派生系统而被理解的文本中,拥有艺术性涵义的并不是语词与句法结构本身,而是它们的交际功能:谁在说?怎

样在说？说的是什么且与什么有关？在怎样的情境中说？在对谁而说？

　　文学本身乃是"非直接言说"。作者诉诸我们的并不是自然的话语语言，而是派生性的艺术语言。文学文本并不是直接地诉诸我们的意识，就像在非艺术的言语里发生的那样，而是要经由中介——经由我们内在的视觉与内在的听觉于内在的言语形式展开的那些对文学文本的思考。这一类作用，乃是由作者的符号学活动来组织的，作者由这些或那些原初的表述——建构成派生性表述：作为"艺术印象诸因素之集合"的整一的作品。

　　在阅读文学文本时，艺术性表述的这一特征容易被视而不见：文本的民族语言通常是已经为我们所熟悉的。但不是艺术语言。譬如，在果戈理的中篇小说《鼻子》里，作为某个涵义况且也是基本涵义之最重要的符号而显现的，毫无疑问，乃是少校柯瓦廖夫的鼻子不翼而飞这件事本身。鼻子丢了这一情节——这自然是个符号，但这是什么东西的符号呢？并不存在同果戈理的中篇小说脱离开来的那样一种语言，在这种语言的词典里，人的面孔的该种变化会对应着一种特定的意义。每一次例行的阅读便类似于用个体化的语言进行一次例行的表述。文学学家在这个层面上成为"职业读者"的角色，这一职业读者有别于普通读者的是，他自己清楚：阅读这一事件是怎么回事。鼻子在果戈理那部同名中篇小说里的消失，它拥有令人印象深刻的各个不同的涵义——在少校与理发师心目中，在主人公与作者心目中，在作者与读者心目中都是相当不同而大相径庭的那些涵义。

　　那么，作为"职业读者"的文学学家，究竟应该如何分析文学文本呢？

　　《艺术因素分析法·文学学分析导论》(*Аналитика художе-*

ственного · введение в литературоведческий анализ. М.: Лабиринт. РГГУ, 2001.）则是这位著名文学教授的一种现身说法。在这里，作者力图提供一种独具一格的文学文本分析学。作者以科学性为文学文本分析的旨趣，将文学看成艺术现实，来具体地解读文本的意义与涵义。文学学领域的科学性有何特点？文学文本分析中的科学性与艺术性能否兼容？该书以其目标明确、理路一贯、多层次多维度的阐析，为回答这些问题提供了发人深省的启迪。作者致力于阐明科学性与艺术性、文本与意蕴、分析与阐释之间的相互关系，提出"记录、体系化、同一化、解释、观念化"5个逐渐递进的分析层级，且以莱蒙托夫《当代英雄》、普希金《别尔金小说集》、阿赫玛托娃的名篇《缪斯》为例，用清晰的语言详加分析，有理据地演绎自己的理论，其解读紧扣文本，其论述深入浅出，其路径令人耳目一新，深得学生和教师的欢迎。瓦列里·秋帕的《艺术话语·文学理论导论》和《艺术因素分析法·文学学分析导论》，篇幅不大但内涵丰厚，既以新视界阐述"文学原理"，也以新维度展示文本分析，彼此有内在关联，堪称相得益彰的姊妹篇，在文学理论教材建设上具有开拓精神与创新锐气，值得引进。

译者序

在德国的书店里，无论是网络书店还是实体书店，文论类书籍都是琳琅满目、目不暇给，让人感受到理论的繁荣。这类书籍大致可以分为两种，一类书如其名，就叫作文学理论（Literaturtheorie），比较受欢迎的是两本译自英文的文学理论，这两本书在国内也已经译成中文，这就是伊格尔顿的《二十世纪西方文学理论》和卡勒的《文学理论入门》，德国学者也有许多类似的文学理论类著作，这类著作大多是探讨文学的基本概念，尤其侧重于介绍和分析文学理论的各个流派，随着文学理论的变迁，这类著作也在不断涌现和不断更新。另一类书名显得深沉厚重，称作文学学（Literaturwissenschaft），一听名字就让人想起大部头的著作，这类著作中较有影响的除了本书之外，还有萨比娜·贝克尔等人的《文学学基础教程》和斯特凡·诺埃豪斯的《文学学概论》，这类著作除了描述各个流派的文学理论之外，常常涉及各方面的文学基本知识，包括文学的基本概念、文学文本的基本要素、文学史、文学的各类体裁、文学与其他艺术的关系，甚至文学学的实践应用，仿佛只要与文学相关就都属于这类书要探讨的内容，根据侧重不同，这类书所包含的内容当然多少不一，因为这类书常常是大学文学类专业的入门教材，所以许多出版社都推出了自己的文学学书籍，甚至一家出版社都有好几种。

在为外国文论精品教材选择相应的德语文论书籍时，德国特色是主要的取舍标准，出于这一考虑，没有选择文学理论这类看上去更加切题的书籍，原因在于这类书籍与英美的文论类书籍在结构上十分相似，而是选择了文学学类的书籍当作首选对象，突出德语文论类书籍的独特性。在此基础上，面对各种各样的文学学书籍，主要考虑所选书籍的影响力或者说受欢迎程度、结构的清晰性、论述的系统性、篇幅适中和出版年代较新等诸要素，最后选定《文学学导论》一书。

本书原名是《近代以来的德语文学学导论》，德语表述 neuere deutsche Literaturwissenschaft，其中 neuer 的字面含义是较新的，在德语文学中指的是中世纪文学之后，16 世纪以来的文学，常译作近代以来，deutsch 是指德语，而不是德国，主要是因为使用德语的地理范围要大于德国的历史和政治范围，书中涉及的人物有些是奥地利人和瑞士人；Literaturwissenschaft 的字面含义是文学科学，这个术语是地地道道的德语概念，它的构词法就是德语中常用来表述某一学科的基本构词法，大的学科门类像自然科学、社会科学和人文科学都是如此，具体的各门学科也是这样，例如政治学、历史学、宗教学、法学、经济学、教育学、传媒学、文化学、戏剧学、音乐学、舞蹈学、电影学等，在此参照大多数具体学科的名称结构译作文学学。某某学这类概念或许是德国学术的特点，当年陈西滢在《西滢闲话》中曾经引过波兰的钢琴家和总理帕德雷夫斯基（1860—1941）描述欧洲各民族的民族性的故事，说有人曾给出关于象的论文这一题目，德国人交来的是厚厚三大册的《象学入门》。由于删去了近代以来德语文学史部分，所以书名确定为《文学学导论》。

文学学既不是指具体的文学个案研究，也有别于文学理论

（Literaturtheorie）和文学批评（Literaturkritik），前者主要关注文学理论的各种流派，后者不属于学术研究的范畴，而是指出现于报刊杂志的印象式评论，主要是书评的形式。文学学是关于文学的各个方面的科学。文学学这一概念最早出现在18世纪下半叶，最初是作为法语"étude de la littérature"的德语翻译，当时的表述是"文学的科学"（Wissenschaft der Litteratur），尚未形成一个复合词。要到19世纪上半叶才出现文学学一词，成为文献索引中的一个分类，包括文学史和文学学方面的著作，同时用来指专业性的文学研究。19世纪八九十年代，在文学史和语文学专业化和学科化的过程中，文学学由于"文学科学"这一字面含义被用来作为纲领性的口号，成为这一学科自我定位的直接反映。不过大学的文学专业实际上还是按照语种或国别划分，文学学这一概念的真正确立要到20世纪60年代以后，此后才逐渐出现普通文学学和比较文学学的专业和相应的理论体系。虽然这一概念产生的较晚，尤其是作为学科很晚才得以确立，但是在内容上它表现为各个国别或者语种的文学研究，在德国而言主要表现为德语文学学，通常表述为日耳曼语文学或者德语语文学，这一学科在19世纪上半叶就已逐步确立起自己的地位（关于这一学科的变迁过程参见本书第4章第1节）。

　　耶辛和克南的《文学学导论》可以看作文学学著作的代表，它全面论述文学学的各个方面，通过字体设置、页边标题和文本框等方法，使得全书显得结构清晰，条理分明，关系明确，使用方便。每个章节后面除了列出引用的文献之外还提供了相关的基础文献和供深入阅读的文献，全书结尾附有更为详尽的参考书目。作为大学文学类专业的文学学教材，此书受到读者的广泛欢迎，属于同类书籍的佼佼者。

　　在翻译过程中，根据要求删去了其中与文论关系较远的德国文学史部分和文学学实践部分，同时删去各章节结尾处的问答题。翻译中保留了每个章节后面文献部分和全书的参考书目，以便有兴趣的读者可以找到进一步阅读的建议；同时尽量保留原书的格式特点，以便于读者使用；另外将全书结尾处的人名索引和术语索引译出，读者可以参照保留下来的原书页码迅速寻找相关的内容。至于翻译的分工，由王建负责前言、导言和第 4 章的翻译，徐畅负责第 1、2、3 章的翻译，按各自章节进行人名索引和术语索引的翻译，最后由王建统一校对全稿。

王　建
2015 年 6 月 7 日于西二旗

前　言

歌德在给他的友人、音乐家和作家约翰·弗里德里希·洛赫利茨[①]的信中把同时代的读者分成三个群体：

> 有三类读者：一类是不判断只享受的，另一类是不享受只判断的，中间一类在享受中判断和在判断中享受；最后这类读者实际上是重新创造作品。这一阶层的成员人数不多，因此它们对我们来说就显得更为可贵和更为相配。

1819年6月13日歌德致约翰·弗里德里希·洛赫利茨的信

这一读者三分法的标准一是"判断"，即批评性的区分能力，二是"享受"，即感性经验，由这两者构成不同组合。在歌德看来，阅读以这两者为前提。仅仅享受，感性地"吞噬"书籍，不是阅读，同样只有批评分析的目光也不是阅读。成功的阅读远不止享受和判断，而应是重新创造文学艺术作品本身，或者是设身处地的再行体验，或者是知音般的透彻理解，或者是建设性的自我创造。

无论人们今天是否还会赞同这一关于理想读者的设想，用符合文学的复杂性和艺术性的方式与文学打交道，**这种与文学打交**

[①] 约翰·弗里德里希·洛赫利茨（1769—1842），德国作家和音乐家。——译注

道的能力在今天同样令人期待。确切地说，文学是文化记忆的特殊形式；对文学的深入研究是**社会性的回忆活动**。文学比所有其他集体回忆形式都更为出色：只有在文学中社会经验才如此凝练地通过语言被社会化和极端个体化，同时被赋予审美的形式。在文学文本中发出声音的是个体，是作者；他们说话的方式却不被个体所限定，而是通过他们所使用的语言和众多的风格传统与文学传统，建立起与社会和历史之间的紧密联系。

这就是文学学的位置。作为大学中的一门学科，它传授技巧和工具，以便掌握这些知识和延续文化记忆。阅读来自 16、18 或者 20 世纪的文本，理解或者学会理解这些文本，从这些文本本身的视野出发或者从当今读者的视野出发去"阐释"这些文本——做到所有这些才使得文化传承得以继续下去。

<IX>

学术性的文学研究以歌德关注的两个感知范畴为前提：一方面是感性能力、享受和兴趣，另一方面是学术性的分析手段、批评性的区分和判断能力。对文学文本的兴趣是无法习得的，在开始文学专业的学习之前，每个大学生必须自己确认，他（她）到底是否乐意（大量和深入地）阅读！专业学习当然远不止阅读，它传授学术性的描述和分析程序，从而可以对一个文学文本进行清晰易懂的阐释和有理有据的判断。

本书将系统地介绍这一文学学的工具，这就是说，它的分章结构按照对象、程序、方法和术语诸方面再现了文学学的轮廓，在方法和切入方式方面它并不显现自己的立场，而是力求中立地展现**文学学反思对象**本身的全部景象。

文学学的对象 基本概念如"作者"、"文学"、"文本"、"作品"、"读者"、"阐释"；

文本分析手段：体裁诗学和体裁分析的基本范畴；

文学史的体系性知识：文学史上的时期和学术性的分期体系；

修辞学和诗学以及修辞学和风格学的专业概念；

其他艺术的知识，这些知识对文学学可能会有重要的意义：艺术比较学（Kunstkompararistik）、媒体间性（Intermedialität）；

方法学知识：德语文学学的专门史和关于20世纪方法史的讲解；

实践中的文学学：版本、大学的专业学习、学术研究、文学研究者的职业领域。

这本导论的目的是提供一个关于文学学**基本知识**的概览，它将用于大学第一学期的导论课程，帮助学生准备可能的课程考试。除此之外，它还提供重要的基础指南，涵盖的范围直至准备结业考试为止，包括本专业各个分支。如果本书的读者感到自己"能够更好地在享受中对文学做出判断，同时更好地在判断中享受文学"，能够将文学的经验转换成多种多样的口头和书面表述：观点表述或简短的报告、讲解词、论坛研讨或者辩论、书面作业、辞典条目或者文学评论，用歌德的话说"重新创造文学作品"，如果能够做到这些，那么本书的目的就达到了。 〈X〉

<!-- 边注：基本知识 -->

这本导论每章以参考文献收尾，在参考文献中除了列出文中引用的文献之外，还列出该主题的基础文献和供深入阅读的专业文献。在文中以简单方式（作者、年代、页码）注出参考文献里的相关书目。

除此之外，全书结尾的**参考书目**收集了更多的专业文献，这一参考书目是文学专业学习不可或缺的工具，它包括重要的文学辞典、著名的多卷本和单卷本文学史、其他文学学、文本分析和专业书目导论、定期出版和已完成的专业核心文献索引、重要的专业刊物和有用的网址。最后是人名和术语索引，便于人们有针对性地使用本书。

这本导论的第二版使用了新的版面设计，结构更加明确，行

<!-- 边注：本书的新设计 -->

文轻松，表述清晰，继续宽视角地展现文学学的诸多对象，同时更明确地提供这一知识领域中的指南。每个时期都分体裁选择最重要的或者相关的作品，按照编年的顺序列表，使之一目了然地展现出来。

每章结尾的问答作业一方面对许多基础课模式的课程考试很重要，另一方面提出问题，供做进一步的研究。

相关的答案与说明可在作者的个人主页上找到：

http://homepage.ruhr-uni-bochum.de/benedikt.jessing/Einfuehrung-NDL.html

http://homepage.ruhr-uni-bochum.de/ralph.koehnen/Einfuehrung-NDL.html。

贝内迪克特·耶辛　拉尔夫·克南
2007 年 1 月

导　言
引论性的问题和基本概念

文学学研究的是社会交流中的特殊情况：甲写作，乙印刷和传播，最终由丙来阅读。那个写作者是谁？他写作时想些什么？他究竟是否在想些什么？他写的东西有什么特殊之处，以至于可称作"文学"？传播的程序和技巧是什么？使用的是什么媒介？写出的东西传播给谁？谁在读？或者谁在听？如何读和在怎样的情景下读？阅读、理解和阐释究竟是什么？

这些问题的答案看似简单，文学学对此提出了问题，比如"作者"、"文本"和"读者"不具有绝对的含义，概念在特定的历史条件下成长，它们是可变的。

作者

每个文本都有一位写作和用自己的名字为内容承担责任的人，这属于不言而喻的常识，这个人就是作者。作者这个概念本身派生于拉丁语的 auctor，它的意思是发起者、撰写者、可靠的信息提供者、示范者和文学作品的作者。现代的作者概念从 18 世纪末方才出现。

作者这一构想的历史演变   中世纪就有文学作品的创作者和吟唱者，他们自信地展现自己，可以向宫廷要求给予重要的地位和报酬。不过只有当现代的个体发展出自我意识，在创作时将自己视作**天才**，这时一个观念或者一个文本才能设想为一种排他的**知识产权**。这时的作者已经不再是印刷术和人文主义造就的科学家和学者，而是从自身出发，即源自他的天性和感受进行创造。他所提出的观念被他当作自己的财产。当作家意识到自身，当他将自己的生平（在自传体文本中）当作文学的对象，当他面对18世纪司空见惯的盗版想要保护自己，打算最终靠艺术创作挣钱和巩固他作为作家实体的地位，这时他必然会关注法律的保障。

  1794年的普鲁士普通邦法表述了这一法律关系（即便在开始时只涉及出版商），从而为保护智力劳动奠定了基石——延续到联邦德国今天的**著作权法**（参阅第二条和第七条）和所有重要国家都已签署的1955年的世界版权公约。在此基础上，作者作为法律的主体支配他的作品，像机构一样代表他的世界观（Bosse 1981），从这一理解出发，从歌德到冯塔纳和托马斯·曼诸人，发展出直到今天仍不时引用的大作家的概念。这一概念可以将相应的生活方式本身凝练成艺术品（并且在经济上负担得起这一生活方式）。

作者之死   与此对应的是另一个极端的构想，这一构想在发轫于1900年的现代派中渐露端倪。当作家谈到**作者从文学中消失**时，他们给人的印象有时是文本像自动机器一样自我写作，或者文本只是词语自己的事情，它们自己组合成文本——这种词语艺术就像是一台自我制造的机器，仿佛从一大堆互文中组建自己。于是作者遁入匿名之中，或者完全中立地将现实本身当作艺术的材料，将这些原材料组装成他的词语或者画面的链条。"作者之死"的说法从罗兰·巴特起成为讨论的话题，米歇尔·福柯（1974）提出挑衅性的问题：究竟谁关心说话的是谁——作者只是历史的虚构，作者的法律诉求要让位于词语的游戏和话语的霸权（见第4.9章）。

早在浪漫派艺术家的圈子中就提出过关于作者的另一种理解，这就是艺术家团体：互为友人的艺术家们一起撰写文本，这些文本还可以由读者续写下去。这种关于**艺术家集体的设想**今天依旧存在于文学"工作坊"或者"工厂"之中，尤其是存在于使用电脑的互动写作之中，它将作者与读者的等级制度颠倒过来，使之让位于各个作者的共时工程（*simultaneous engineering*），或许使写作成为完全匿名的过程。与此相关的著作权法方面的问题目前正在讨论中：将从网络中复制或拼贴的文学称作自己的创作，这一做法仍然是违法的，现在甚至有互联网服务，可以通过网络搜索确定文本的作者身份。

文本——文学

文本的概念可追溯到拉丁语的 textus，指的是编织物，尤其是指词语的交织物。如果这一词语的交织物被书面固定下来，按照拉丁语 littera（即字母）一词可以称之为文学（Literatur）：**最广义的文学就是固定的文本**——当然还可以有口头的文本传授和吟诵。书写下来的文本并非只是书面化的口头文本——并非只是发生了表达材料的变换。文本的持续性效果在于它的影响作用，即文本一旦在纸上书写和发表，它就脱离作者的直接意图，在新的空间和历史环境中可以具有新的含义。

与依赖于情景的讲述不同，文字独立于它的产生语境继续存在。文本的这一持续性或许可以解释文学为什么常常致力于语言的精炼和完善，也就是说努力与口头语言或日常语言相区别

⟨2⟩

文字不依赖于情景的特性

（且不论听力理解更倾向于要求简单和重复等特性，恰恰不需要紧凑的讲述）。通过编织这一隐喻还可以凸现出文本各层次之间的关联——各个部分不能相互置换（或者将"叙述的线索"分割出来），除非同时对文本做明显的改动：精心挑选和安排的形式是文学文本的特征。

从这一意义上来说，**文学**是文本世界中的一个特例。它具有一种递归式的自定义结构（Mussil 2006），或者说它按照自己的规则运作，搭建起自己的世界，正是由此才可能指向社会这一世界。文本作为文字的建筑命中注定要勾勒各个虚拟的世界，它们超越文本产生过程的具体情景。**文学具有下述基本功能：**

文学的功能

- **指涉性功能**：文本指向某一现实，不过它呈现的是虚构的世界，不可将其与通常感受到的现实相混淆——托马斯·曼的《死于威尼斯》中虚构的威尼斯不等同于地理上的威尼斯。即便可以识别出某些外在细节，比如说建筑，但是情节和人物是虚构的，于是城市也成为虚构世界的一部分。在这一点上文学文本与所谓的说明性文本或者说应用性文本有着重要的区别，后者在政治性和新闻性的随笔（见第1.5章）中也可以具有文学性，不过它直接指向日常世界，意在从实用的意义上描述日常世界或者给出行动指南，比如在使用说明中就是这样。

- **表达性功能**：当作者要表现情绪、情感或想象力时即是体现这一功能，比如从感伤主义、狂飙突进、浪漫派直到表现主义的情绪诗或者当代的主观诗。

- **呼吁性文本功能**：这一功能表现为作者态度鲜明地就政治问题或者道德问题表达自己的立场，并且尽量运用诱导的方式，试图将自己的理由暗示给读者，以期达到最佳效果。

- **审美功能**：这一功能表现为文学可以将语言自身当作实验手

段，不仅可以用语言来指称和表述，而且可以游戏式地对待语言。语言成为自身的目的：在长期的传统中，文学创造了与日常话语相区别的自有表达形式。诗歌使人注意到它的音质，小说搭建起自己的图像和结构，这些图像和结构在文本中得到反思。这一自我指涉使得文学语言与众不同，它区别于报道性的语言，后者并不反思自己的手段。

在这四种基本功能之外还可以添加一些**附属功能**（批评功能、教育功能或者消遣功能等）。一个文本很少能够全部实现所有四个功能。通常情况下是两到三个功能组合起来，以表现主义诗歌为例，它既要表达幻象，但同样对审美功能感兴趣，比如致力于建构图像，同时又向读者发出呼吁。

文本概念的拓展表现为互文的构想。所谓互文不仅指某个单一文本，而且指文本可以相互指涉、相互引用、产生变体或者构成系列和改变母题或结构。从历史的纵切面来看互文现象，自印刷术发明以后，日益扩张的图书市场使得越来越多的作者了解其他写作者的文本，可以通过借用素材或者母题来改变或者抄袭这些文本。在单一文本上也能指证出来该文本受到哪个先前文本（前文本）的影响，或者它引发了哪个后来的文本（后文本）。

狭义的**互文性**是指有意识地建立关联性，直接的引用、母题的变体或者形式的借用（见 Pfister 1985）。除此之外，还有一种普遍化的互文性设想，即**所有文本构成一个普遍的网络**。世界被视为巨大的图书馆，在这个图书馆中，所有的书籍在没有作者参与的情况下相互交流。作者只是以文本记忆为依托进行写作，这一记忆是普遍的文化知识的积淀，它原则上是将已然存在之物联结成新的组合（Kristeva 1987）。如果将文本的概念大大扩展，将它用于图像、电影或者音乐，还可以跨领域地谈论媒介间的互

> 互文性

文（Hoesterey 1988，第 191 页），用来分析各种艺术形式和媒介中对某一主题的处理（见第 3 章）。

超文本　　在广义的互文概念之外，随着新型的数字**超文本**的产生，文本的交错、重叠和变换出现了迄今为止难以想象的可能性。自浪漫派以来文学一直梦寐以求，希望所有的书籍能够在持续的艺术谈话中共同产生影响，这一梦想随着网络文本的出现已经不再遥不可及。文本不再是完成的产品，而是被视作**可变换的、可移动的和没有终结的**。对文学研究者来说，随着数字媒体的出现，产生了一个可移动的巨大的互文，这一互文在超文本层面上明显具有互动性：网络中庞大的文本量必须由一位操作的读者就某一具体意图建立起相关的联系，否则这些文本是毫无意义的。

作品

作品的传统范畴　　"文本"的概念在今天已经习以为常，但是直到 20 世纪 70 年代它才在文学研究中得到确认，取代了到那时为止更为常见的"作品"的概念。从阐释学（见第 4.2 章）的文学观来看，作品概念意味着作者和单个文本之间的内在有机联系，阐释该文本要根据作者的生平和意图。通过分析作者的诸多意图和写作手法来勾勒一个作者自身的成长过程，比如该作者的早期、中期和晚期创作或者使用其他的分期方法：单部作品则标志着一个作者的某个发展阶段。

问题在于这种做法将作者和文本等同起来，将作者的自述直接转用于文本。它承认作者拥有对作品及其意义的支配权（见 Bosse 1981），而文学文本自身的规律性被忽视。另外作品概念总是意味着一个完整的统一体，无论是一部文学作品还是一生的创作。从中显现出来的是古典主义的**整体概念**，这一概念在浪漫派的残片式文本和 1900 年以后现代派的文本中就已不再适用。

作品内在式文学研究（见第 4.3.2 章）认识到这个问题，于是开始把作品从作者意志中解脱出来，将文学当作独立的形式和母题的组合体加以分析。最迟从 20 世纪 70 年代起谈论"**文本**"成为惯例，人们承认文本具有独立的特性，以便将它与作者意图严格区分开来。这样做并不否认文本中透露出作者独有的风格特点、个性痕迹或者某种"手迹"。

混淆作者和文本在报刊的文学副刊（和学生的学期论文！）中总能见到，这一现象要绝对避免——文本的讲述总是要多于作者的意图。文本是一个虚拟的世界，不能由它精确地推导出作者——长篇小说《魔山》中的人物汉斯·卡斯托普说的话绝不能归到作者托马斯·曼的头上。对文学分析来说，在方法上必须区**分文本与作者视野**：只有这样才能对文本的诸多独有特点展开相应的研究。

<5>

经典

在这一背景下，近年来对经典的概念（希腊语是准绳和标尺的意思）展开了激烈的讨论，经典指的是挑选出来的代表性作品的总和，它的构成是约定俗成的，对文化修养来说是不可或缺的。面对文学化趋势的发展和第一次图书潮的降临，早在 1800 年前后人们就开始寻求可靠的**交流基础**，力求区分什么是必读的，什么是不太重要的。如果每个读者自己都能成为可以出版书籍的潜在作者（当前互联网中的文本数量显然证实了这一点），那么随意性的问题将变得更加严重。

经典的概念

在大、中、小学中通过制定具有一定约束力的阅读书单和作者名单来贯彻**教育政策**，这些清单会包含关于阅读本身的指导。

经典的制定作为策略

用何种方式来传授哪些知识,这个问题不仅大、中、小学生感兴趣,广大的公众也感兴趣,他们要让自己拥有通识教育(或者说只是知识问答类的知识)或者想通过有目的的学习使自己能够参与现实中的讨论,培养一般的文化理解能力。客观地说,经典从总体来看是**以经济性操控为目的的策略**,以便应付数量巨大的可读图书,不过在这些数量巨大的图书中,那些不为人所知的部分面临着被边缘化的危险。

在这一过程中,不知名的书籍**被排斥在外的危险**是显而易见的——尤其是选择具有任意性,甚至连选择的标准都不透明的时候更是如此。为了避免这一危险,每个经典的建立都必须说明理由,比如要回答下述问题:一个文本是否对某个时期、某种体裁或者历史问题具有典范意义,它是否在具有历史说服力的同时具有现实性或者它是否有趣,也就是说它是否提供了新的视角。经典从原则上来说应该是**开放的经典**,这样即便是边缘文本或者新文本也可以考虑进去。如果能这样做,经典就利大于弊:它可以使研究对象具有轮廓明确的范围,使文学交流具有基础,使共同的文化语言游戏具有入门的路径(Fuhrmann 2002),并且藉此掌握分析的策略。

文学评价

这类文学书单不仅出现在教学计划中,而且总在报刊的文学副刊中登载出来,与这些书单密切相关的是文学评价的问题,这是记者、教师和教育官员的日常工作。在评价过程中,从莱辛到今天的文学副刊一向如此,文学评价总是与视角相关——一个文本为什么和从哪个角度来看被视为"好"的、"可接受的"和"差"的,这一点必须始终透明化。

- **形式价值**：文本的封闭或者开放、一致或者破碎、简单或者复杂。 　　文学评价的标准
- **内容价值**：真实性和认识性、道德、人性、公正、批判性的视角。
- **关联价值**：承继传统或者打破规范与创新、贴近现实或者远离现实。
- **效用价值**：在读者身上产生的个体效果、紧张或者枯燥、痛苦或者兴致（见 Heydebrand/Winko 1996）。

阅读／读者

从经典和评价的概念上可以看出读者具有举足轻重的地位，这一地位同样经历了历史的变迁。"读者"一词源于拉丁语 legere，在这一词源中已经具有今天依旧常用的两个基本含义：
- 捡拾东西（果实、葡萄或者"采摘葡萄"），即从大量的一般性物品中挑选出特殊的物品，形成特定的秩序，可以视作区分和整理；
- 今天更为常用的含义，指的是将字母合成词语，从文本中读出各种含义。

阅读过程本身也发生了根本的变化。直到近代早期图书依旧是用羊皮纸或者手工毛边纸制作，这些数量稀少的图书只有很小的读者群（僧侣和学者），1500 年前后图书被反复地精细阅读。**活字印刷术的发明**将读者从传承和记忆的必要性中解放出来。不断扩张的图书市场使得广泛的粗略阅读成为可能，同时使阅读具有消遣的功能。这一现象在 1800 年前后遭到具有启蒙思想的教育家的批评，他们认为这是纯粹的打发时光或者是阅读成

<7>

瘾的现象 (Schön 1987)。

虽然人们试图为了教育的目的来规范阅读，并最终设计出一套合乎方法的阅读规则体系，但是随着浪漫派的兴起形成了积极读者的构想：读者被看作作者的继承者和续写者，即成为交流的伙伴，自己成为艺术家。在这个意义上后来的接受美学（见第4.4章）强调读者在文本活动中的积极作用（见 Warning 1975）。

阅读的概念　　**各种阅读的概念**直到今天影响着相关的讨论：

- **信息性阅读**从文本中摘取信息；
- **阐释性阅读**意欲达到目的；
- **创造性阅读**提出审美和创造的要求。

阅读是解读符号和赋予含义的过程，它也可以转用于观赏图画、电影、音乐作品、剧作或者一般意义上观察日常现象（比如时尚），它们与阅读文本具有可比性（Barthes 1988）。这一广义的阅读概念和文本概念或许有些问题，不过它可以用来比较各种艺术形式中解读符号的尝试（见第3章），此外还可以用来观察在数字媒体中形成的阅读方式。在数字媒体中出现了**从精细阅读到粗略阅读**的转变：读者在互联网中以上网者的身份出现，他陶醉于网络浏览（browsing）或者随意组合文本——即有着多方面的"文本乐趣"（Barthes 1974）。

阐释

阐释的概念　　最后要考察的是**文学学的核心活动**——阐释。阐释（源自拉丁语，意指解释、阐释、翻译）首先可以定义为解释的方法，它从阐释学漫长的传统中发展而来（见第4.2章），阐释学原本主要是从事《圣经》文本和法律文本的历史理解、文本解释和实际应用。由于文本的理解是一个永无终结的过程，随着历史环境的变迁和每个主观读者的参与，这个过程都会不断产生新的含义，所以阐释总是要求读者做出创造性的贡献。

这一理解过程可以与更为客观的对文本的"事实分析"相辅相成。不过有一点从原则上来说不可更改，这就是所谓的客观分析（如同自然科学的研究）是以主观的研究视角为前提的。特定的认识兴趣带来特定的认识结果（Gadamer 1960）。对文学学来说，阐释不是**讯息的解码**，讯息不是一劳永逸地固定于文本中，不可能按照规则重新破译出来。

为了避免阐释活动流于主观随意性，必须让阐释结果通过文本的支撑和证据来获得**合理性**，或者让它在与其他阐释的争论中确立自己。在这一协作中，诸多阐释可以提出问题、揭示空白、针对同一个对象开启新的思考空间、开辟众多视角。

参考文献

Barthes, Roland: »La mort de l'auteur«. In: Manteia, Heft 5 (1968), S.12—17; dt. in: Texte zur Theorie der Autorschaft. Hg. v. Fotis Jannidis/Gerhard Lauer/Matías Martínez/Simone Winko, Stuttgart 2000, S.185—193.
—: Die Lust am Text. Frankfurt a.M. 1974 (frz. 1973).
—: Das semiologische Abenteuer. Frankfurt a.M. 1988 (frz. 1985).
Bosse, Heinrich: Autorschaft ist Werkherrschaft. Paderborn u.a. 1981.
Eco, Umberto: Lector in fabula. Die Mitarbeit der Interpretation in erzählenden Texten. München/Wien 1990 (engl. 1979).
Foucault, Michel: »Was ist ein Autor?«. In: Schriften zur Literatur. München 1974.
Fuhrmann, Manfred: Bildung. Europas kulturelle Identität. Stuttgart 2002.
Gadamer, Hans-Georg: Wahrheit und Methode. Grundzüge einer philosophischen Hermeneutik. Tübingen 1960.
Heydebrand, Renate von/Winko, Simone: Einführung in die Wertung von Literatur. Paderborn 1996.
Hoesterey, Ingeborg: Verschlungene Schriftzeichen. Intertextualität von Kunst und Literatur in der Moderne/Postmoderne. Frankfurt a.M. 1988.

Kristeva, Julia: »Bachtin, das Wort, der Dialog und der Roman« (1967). In: Zur Struktur des Romans. Hg. v. Bruno Hillebrand. Darmstadt 1987, S.388—407.

Mussil, Stephan: »Der Begriff der Literatur«. In: DVjs Heft 2 (2006), S.317—352.

Pfister, Manfred: »Konzepte der Intertextualität«. In: Intertextualität. Formen, Funktionen, anglistische Fallstudien. Hg. v. Ulrich Broich/Manfred Pfister. Tübingen 1985, S.1—30.

Schön, Erich: Die Verdrängung der Sinnlichkeit oder die Verwandlungen des Lesers. Stuttgart 1987.

Warning, Rainer (Hg.): Rezeptionsästhetik. München 1975.

第 1 章
文学的体裁类型

1.1 关于术语：体裁概念
1.2 抒情诗
1.3 戏剧
1.4 叙事散文
1.5 文学的"应用形式"

1.1 关于术语：体裁概念

正如时期概念的作用在于将自 16 世纪以来的文学以一种近似编年史的顺序排列起来，文学学使用**体裁概念**，是为了能够在卷帙浩繁的文本内部依据形式标准划分出不同的文本群。

- 广义上，人们用"体裁"来指称被歌德误导性地称为"自然形式"的三大文本群：抒情诗、戏剧和叙事文学（最后一群在本书中称作"叙事散文"）。在此意义上，体裁概念是对具有某种姿态（例如叙述姿态）的全部文本的集合概念。

体裁概念的意涵

- 一种**较为狭义的体裁概念**指的是在抒情诗、戏剧和叙事散文内部依据形式标准区分的文本群：长篇小说、中篇小说、短篇小说、悲剧和喜剧、颂歌、赞美诗等等。在这个意义上，"体裁"一词也可以用"类型"（Genre）来替代。
- **狭义的体裁概念**是在这些类型之下进一步将文本按照形式和历史特征细分成不同的亚文本群，例如品达式颂歌或安纳克里昂体颂歌，书信体小说或成长教育小说，巴洛克悲剧或市民悲剧。
- **标准意义**上的体裁概念指的是作家在创作一首十四行诗或一出悲剧时所遵循的形式和内容规定的总和。在此有必要对"软性"标准和"硬性"标准作出区分：诸如长篇小说和赞美诗这些类型在形式和内容上都是相对开放的，而颂歌、十四行诗和寓言无论在内容上还是形式上都有严格的规范。

与时期概念相比，体裁概念在更大的程度上应该被理解为一种**科学构建**：任何体裁概念都是一种抽象，是对某些在特定文本群内部形成交集的形式和内容标准所做的一种理想典型化的构建。因此如果从单个文学文本的角度来看，体裁概念永远只是一些近似值，不过这些近似值使得对文学进行系统归类成为可能。如果人们从具体文本出发，以描述的方式确实地探明了它们的共同特征，就会获得一种描述性的体裁概念，这种描述性的体裁概念属于理想典型化的构建。

不过体裁也确有其客观真实性：它们作为**标准规定**存在于各种诗学教科书中，或作为写作观念存在于作家的头脑中，当作家决定要写一首十四行诗、一出悲剧或一部中篇小说时，他就已经将自己置于某种文学传统中，已经开始遵从或改变一些（哪怕只是无意识地起作用的）规则。此外，体裁在读者的头脑中也同样具有一种强大有效的客观真实性,因为书籍标题下面或者戏剧海报上所印的体裁名称自然会决定某种特定的期待视野,并因此而决定性地影响着对该文本或该演出的接受。

体裁概念因具有部分的建构性质而颇成问题,但尽管如此,本书接下来无论在章节划分上还是在具体的术语使用上仍然依据传统的体裁概念。在个别情况下,如果某个概念显得特别成问题,我们将会对其作出解释,并给出其他可能的术语。

参考文献

Hamburger, Käte: Die Logik der Dichtung. Stuttgart ³1987.
Hempfer, Klaus: Gattungstheorie. Information und Synthese. München 1972.
Horn, András: Theorie der literarischen Gattungen. Ein Handbuch für Studierende der Literaturwissenschaft. Würzburg 1998.
Staiger, Emil: Grundbegriffe der Poetik. Zürich 1946.
Szondi, Peter: Poetik und Geschichtsphilosophie II: Von der normativen zur spekulativen Gattungspoetik. Frankfurt a. M. 1974.
Voßkamp, Wilhelm: »Gattungen«. In: Helmut Brackert/Jörn Stückrath (Hg.): Literaturwissenschaft. Ein Grundkurs. Reinbek bei Hamburg 1992, S.253—268.

1.2 抒情诗

1.2.1 抒情诗的概念

诗

哪些文学文本应该被算作抒情诗（Lyrik）？这个问题有一种貌似简单且不言而喻的答案，即：诗（Gedicht）。不过这种回答绝非毫无问题，因为在古高地德语时代，"诗"这个词最初指的是一切书面表达，后来该词的含义在文学传统中有所收窄，但仍指一切以"凝练"（gedichteter）的语言所作的表达，也就是说，只要作家、作者或诗人以一种在语言上富于艺术性的方式来刻画某个对象，该文本就会被称为"诗"。这类的"诗"遵循一系列在古代（例如贺拉斯）或近代（如奥皮茨、戈特舍德等）诗学中罗列出来的、或从文学传统的典范作品中所取得的固定规则。

所以至少到18世纪时，"诗"还是一个非常不专门化的名称，它被用来指一切文学文本：例如席勒在《华伦斯坦》的副标题中称该作品为一部"戏剧诗"，维兰德则称其《奥伯龙》为一部"由十二首歌组成的浪漫的英雄诗"。即是说，戏剧和叙事文本也同样被用"诗"这个今天专指抒情诗的概念来指称。诗最重要的语言特征在于它是以节奏和格律为结构的诗行——这一特点同样适用于戏剧和诗体史诗。直到因据称不够艺术性而长期被诋毁的散文语言在戏剧文学以及（更快更成功地）在叙事文学中被广泛使用时，诗的概念才收窄：它被留给那些一般来说较短的、继续以诗行形式撰写的文本。这一含义改变和收窄的过程直到19世纪中叶才告完成。

概念的历史：与戏剧及叙事散文不同，作为文学体裁的抒情诗历史相对较短——至少当我们仔细考察"抒情诗"这一概念的历史时情况如此。在严格的古希腊传统乃至启蒙时代的美学中，只有那些能够在古代弦乐器里拉①（又称小竖琴）的伴奏下表演的，也就是可以吟唱的诗的形式，才能算是抒情诗。像十四行诗和哀歌之类，在古希腊及启蒙时代都不算是抒情诗。直到 18 世纪中叶，夏尔·巴托的《简化成一个单一原则的美的艺术》（1746）的德文译本首次给出一种貌似"古典"的文学形式三分法，才把"抒情诗"也引入了德语诗学和美学："抒情诗"成为戏剧和叙事文学之外的第三种主要文学体裁。18 世纪末 19 世纪初的美学哲学最终为这种三分法赋予了形而上学的庄严：在谢林、索尔格和黑格尔那里，三大文学体裁的思想似乎是一种哲学的必然，正如在歌德那里抒情诗、戏剧和叙事文学被理解为"诗的真正自然形式"（HA 2，第 187 页）。

<137>

讨论中的各种定义：抒情诗的确切规定是什么，它与其他文学体裁之间的界限是什么，对于这个问题，文学学讨论中曾给出各种不同回答。阿斯穆特认为："抒情诗的核心是歌"（Asmuth 1984，第 133 页），含蓄地延续了从古希腊至奥皮茨时期有效的狭义抒情诗概念。但这一标准至少在现代诗那里是很成问题的，因为现代诗充其量只能被视作"歌的风格化形式"（同前，第 135 页）。瓦尔特·基利则认为，抒情诗之为抒情诗，关键在于其"短"（Killy 1972，第 154—156 页），不过他希望人们主要不是从篇幅大小，而是从"凝练、准确"的意义上来理解"短"这一标准。不过这一特征也同样难以构成抒情诗与其他文学体裁之间的充分区别。俄国形式主义所取的标准是诗歌语言与日常语言

---

① 里拉（Lyra）：古希腊拨弦乐器，今日竖琴之前身，弦数不等。又称小竖琴（Leier）。——译注

之间的明显偏离（Schmidt 1968），这对抒情诗来说当然是高度适用的，不过却也适用于很多戏剧和叙事文本。

唯一确实适用于（至少大部分）抒情诗文本的标准是**诗行的标准**（参阅 Lamping 1989，第 23—24 页；Burdorf 1997，第 11—13 页），也就是这样一个事实：通过不断地换行而在文本中置入间歇停顿，或者用沃尔夫冈·凯泽的简单的话说就是："如果在一页纸上印刷的字周围有很多空白，那我们读的肯定是诗行"(Kayser 1971，第 9 页）。从印刷技术的角度说，在抒情诗文本中，每一行字都不是印成满行的，因此它们是诗行。

抒情诗

➡ **抒情诗**是诗行形式的文学语言。它并非"角色游戏，也就是说它不是为着舞台演出而构思的"(Burdorf 1997，第 21 页）。抒情诗的一些可能的但并非必要的规定包括语言的高度的、浓缩的结构性、它与日常语言的偏离、明显的形象性，以及歌曲式的特点和短小性（参阅同前）。其中只有诗行是不可或缺的规定。

1.2.2 抒情诗的形式要素及形式

如前所述，抒情诗文本是高度结构性的、凝练的语言。在古希腊和文艺复兴的文学传统中以及在近现代德语文学中逐渐形成了抒情诗语言的一些可明确规定的形式要素和形式，下面我们将深入探讨：诗行形式、诗节形式和诗歌形式。

<138>

诗行

> **诗行**(拉丁语 *vertere*:意指折转)指在文本内部"相同的有规律的韵律过程的重复出现"(Lausberg 1973,第 789 页),这是本质性的文本结构要素。因此,诗行通过一个简单的基本原则区别于散文:语言流在一行的结尾停断,为的是在下一行重新开始。诗行是"语言的折回",以区别于散文的"一直向前的语言"(*Provorsa oratio*)。对于诗行的概念来说,韵律,即在诗行中有规律地重复强调的音节,并不是决定性的,作为分行语言的抒情诗也可以是无韵律的,也就是说可以与散文高度近似(正如"有韵律的散文"反过来也可以与抒情诗高度近似)。

概念

诗行文本的规定性特征最好用一个具体的例子来说明;下面是爱德华·莫里克的《午夜》(1827)的开头:

> Gelassen stieg die Nacht ans Land,
> Hängt träumend an der Berge Wand;
> Ihr Auge sieht die goldne Wage nun
> Der Zeit in gleichen Schaalen stille ruhn.

爱德华·莫里克《午夜》

> 夜色缓缓登上大地
> 如梦般悬于山之壁崖;
> 此刻她的眼睛注视着金色天平
> 时间的天平同样的双盘静止不动。

- **抑扬交替**:在每一行中,重读的音节或扬音节(ˉ)都有规律地与非重读的音节或抑音节(˘)相互交替,轮换出现(˘ˉ˘ˉ˘ˉ)。

抒情诗语言的特征

- **格律**：前两行中含有的扬音节数相同，后两行中含有的扬音节数相同，前两行长度相同，后两行长度相同。
- **韵**：诗行的结尾划分文本的结构：第一行与第二行押韵，第三行与第四行押韵，亦即最后一个重读音节的发音相同或相近。
- **书写法**：每一诗行单独印一行，在印刷上以大写字母加以强调。

每一诗行中的抑扬相继可以被分成更小的部分。构成诗行的最小单位是音步。

不同的音步
- **抑扬格（Jambus）**是指一个抑音节后面跟着一个扬音节（˘ ¯）。
- **扬抑格（Trochäus）**顺序相反（¯ ˘）。
- **扬扬格（Spondeus）**是两个扬音节连续出现（¯ ¯）。
- **扬抑抑格（Daktylus）**（¯ ˘ ˘）和**抑抑扬格（Anapäst）**（˘ ˘ ¯）是最重要的两种三音节音步。

<139>

每一诗行的结尾即所谓的**诗行结尾**。举例来说，如果一个五音步抑扬格不是如预料中的那样以最后一个抑扬格的扬音节，而是以一个附加的非重读音节结束，我们就说它是一个"**阴性的诗行结尾**"（Sich in erneutem Kunstgebrauch zu üben, 歌德《十四行诗》）。如果诗行的最后一个音节是扬音节，这个诗行结尾就会被称为"**阳性**"的（Ihr Auge sieht die goldne Wage nun）。对诗行结尾的这种称呼法可以追溯到法语传统，因为在法语中，阴性的词汇总是以一个非重读音节结束（不过该音节往往不发音）（关于音步，可参阅 Wagenknecht 1993，第 33—35 页）。

诗行的各种形式

每一诗行中含有的音步的数量决定了格律或韵律。在前面所引那首诗的例子中,出现了四音步和五音步的抑扬格:每一诗行中的扬音节的数量决定了韵律的特点,某些特定音步在每一诗行(或每一对诗行,即所谓的对句)中的数量和顺序使得诗行的形式能够被辨认(关于不同的诗行形式,参阅 Burdorf 1997,第 81—83 页)。

- **双行押韵诗行**是近代早期文学中最重要的格律,不过它在抒情诗中的重要性还不及在戏剧和叙事文学中。其基本标准是对韵(见后);严格的双行韵由八音节(阳性诗行结尾)或九音节(阴性诗行结尾)诗行组成,自由的双行韵通常由七到十一个音节的诗行组成(偶尔也会更短或更长一些)。即使是严格的双行韵也不规定扬音节的数量及抑扬交替。近代文学中最著名的双行押韵诗文本之一是歌德《浮士德》(1808)中开场那段独白:Zwar bin ich gescheiter als alle die Laffen,/Doktoren, Magister, Schreiber und Pfaffen("我虽然强过所有那些傻子/博士、硕士、法律家和教士")(第 366—367 行)。

- **田园抒情/牧歌诗行**(由意大利文艺复兴时期的世俗声乐的主要体裁而得名)是一种相对自由的诗行:通常是抑扬格,音节数量不定,押韵,但没有固定的押韵格式。它通常出现在巴洛克时期的可以演唱的文本中(圣歌-,牧歌-或歌剧脚本),歌德在《浮士德》中所用的众多诗行形式中也有牧歌诗行(例如第 2012—2014 行)。

- **无韵诗行**是一种无韵的五音步抑扬格,可以有阴性或阳性的诗行结尾,这种形式是德语文学从英语文学中接受来的,自

各种不同的诗行形式

克里斯托夫·马丁·维兰德的《约翰娜·格莱夫人》之后，它成为德语戏剧诗中的决定性形式（歌德、席勒、黑贝尔）。

- **亚历山大体诗行**（由古代法国的《亚历山大传奇》而得名，约1180年）是一种十二或十三个音节的诗行，其特点是通常在第六个音节后面用一条斜线（/）标出明显的停顿，并且第六个和第十二个音节都是固定的重读音节。马丁·奥皮茨在其诗学中将亚历山大体诗行确立为巴洛克时期全部诗行文学中的决定性形式（例如格吕菲乌斯：Wie offt hab ich den Wind/und Nord und Sud verkennet!《致世界》）。英雄史诗式的亚历山大体诗行和哀歌式的亚历山大体诗行之间的区别取决于亚历山大体诗行的两种不同的押韵顺序：即aabb 或 abab。

- **六音步诗行**（Hexameter）是一种六音步的诗行（hexa 即为希腊语的"六"），通常由扬抑抑格组成。最后一个扬抑抑格是尾韵不全的，亦即缺少一个音节。在古希腊文学中，六音步诗的前四个扬抑抑格可以由扬扬格替代，而在德语文学对该格律的接受中则往往是用扬抑格来替代。六音步诗是18世纪叙事文学中的诗行形式——如科洛普施托克的《弥赛亚》、约翰·海因里希·福斯的田园诗以及歌德的《赫尔曼与窦绿苔》(1797)。

- **五音步诗行**（Pentameter）（penta 为希腊语的"五"）尽管名为五音步，实际上却是一种六音步诗；与六音步诗不同的是，它的第三个和第六个扬抑抑格是尾韵不全的。第三个扬抑抑格之后必须有一个停顿，前两个扬抑抑格可以用扬扬格或扬抑格替代。

  五音步诗行并非独立的诗行形式，而是与六音步诗行共同构成所谓的**哀歌式对句**，这种对句的形式既在古希腊被人们所使用，也在魏玛古典主义文学的哀歌和箴言诗中被使用："在六音步诗行中，泉眼中升起流动的水柱，/ 在随后的五音步诗行中，水柱循着旋律降落下来"（席勒《对句》）。

一个句子或者一个语言意义单元被分成两行，这种特殊的分配方式出现在**跨行**中：句子超出了诗行的结尾，延续至下一行："啊，是什么让我们视作珍美的一切 / 化作虚无"（格吕菲乌斯《一切都是虚幻》）。跨行的效果是使诗行文学获得一种高度的完整封闭性。如果跨行形式跨越的是两个段落，我们就说它是一个跨段。

韵

诗行与诗行之间经常会通过声音的方式相互关联：它们押韵。在德语文学传统中，最初有很长一段时间，文本结构的主要原则不是尾韵。古高地德语文学中出现得最多的是所谓的**首韵**，即**头韵**。一行诗中的多个单词都以同一个开头音开始，以此从文体风格上表明它们彼此之间的相关性。头韵并没有从诗的语言中消失，而是被作为一种修辞手段保留下来。但是在中古高地德语宫廷文学向普罗旺斯和古代法语文学借鉴的过程中，后者最主要的文本结构原则也被接受过来：在罗曼语文学中占主导地位的是**尾韵**。尾韵指的是多个词的最后一个元音发音相同（并非字母相同）（例如 Stürme 和 Schirme）。

<141>

尾韵往往将一首诗中的两行联结成一对。不过前后相连的两行并不必然要押韵。在诗行数量较多的情况下，韵尾的分布，即**韵位**，清晰地确定了抒情诗文本的结构：

- **对韵**是最常见的韵位：前后相连的两行诗行结尾押韵(aabb)。　　**各种韵位**

- 所谓的**十字韵**是许多民歌式抒情诗的特点：韵尾交替出现（abab）。
- **包围韵**是第三种重要的韵位：一个对韵被另一个对韵所包围（abba）。由四行诗组成的诗节往往以包围韵构成，这种韵位形成一种高度的完整封闭性（例如十四行诗中的四行诗节；见后）。

韵将诗行之间联系起来，它主要是一种单纯的声音要素：一对韵即使在十字韵或包围韵中被分开，它们彼此仍然在内容上相互关联。这表明在抒情诗中，形式与内容之间的相互联系尤其紧密（关于韵参阅 Wagenknecht 1993，第 35—37 页；Burdorf 1997，第 30—32 页）。

诗节与诗节形式

除了诗行和押韵的对句以外，抒情诗文本的结构方式还包括多个诗行集结成节，即在印刷上分段。作为例子，先来看安德里阿斯·格吕菲乌斯的一个抒情诗文本：

安德里阿斯·格吕菲乌斯
《人类的不幸》

Menschliches Elende

  Was sind wir Menschen doch? Ein Wohnhauß grimmer Schmertzen
Ein Ball des falschen Glücks/ ein Irrlicht diser Zeit.
Ein Schauplatz herber Angst/ besetzt mit scharffem Leid/
  Ein bald verschmeltzter Schnee und abgebrante Kertzen.

  Diß Leben fleucht davon wie ein Geschwätz und Schertzen.
Die vor uns abgelegt des schwachen Leibes Kleid
Vnd in das Todten-Buch der grossen Sterblichkeit

　　　　Längst eingeschriben sind/ sind uns aus Sinn und Hertzen.

　　　　Gleich wie ein eitel Traum leicht aus der Acht hinfällt/
Vnd wie ein Strom verscheust/ den keine Macht auffhält:
So muß auch unser Nahm/ Lob/ Ehr und Ruhm verschwinden/

　　　　Was itzund Athem holt/ muß mit der Lufft entflihn/
Was nach uns kommen wird/ wird uns ins Grab nachzihn
Was sag ich? Wir vergehn wie Rauch von starcken Winden.

　　　我们人究竟是什么？悲怆苦痛寓居的场所
一团虚假的幸福 / 一道时间的鬼火
一片酸涩恐惧的场地 / 充满痛彻心扉的悲苦
　　　一捧转瞬消融的雪和一支燃尽的蜡烛。
　　　生命倏忽即逝犹如碎语欢声转瞬无踪。
那些在我们之前脱下孱弱身躯的衣装
在伟大的死亡亡灵书中早已
　　　被写进的人们 / 我们已全然不知。
　　　很快就将如一个虚幻的梦般被忘却
像一场风暴平息下来 / 任何力量无法挽留：
我们的姓名 / 赞美 / 光荣和荣耀也将消失 /　　　　　　　　　　　　〈142〉
　　　一切存在着呼吸着的 / 必将随风而逝 /
在我们身后到来的 / 将随我们走进坟墓
我能说什么？我们如一缕轻烟被强风吹散。

　　　一看即知，这个文本是分为四节的；前两节每节四行，即所谓的**四行诗节**，随后两节每节三行，即所谓的**三行诗节**。除了这种诗节分配之外，文本中两个四行诗节之间以及两个三行诗节之间的联系也很值得注意：第二节的尾韵与第一节的相同，韵位也是重复的（abba）。两个三行诗节的韵尾以一种较为复杂的方式相互关涉。第一个三行诗节的最后一个诗行在该诗节内部是不押韵的，直到第二个三行诗节结束时才完成押韵配对（ccd-eed）。诗节分配及韵位的特点表明格吕菲乌斯的这个文本是一首十四行诗，后面我们将对这种形式进行更深入的探讨。

德语抒情诗中的
各种诗节形式

1. 流浪汉诗节源自中世纪流浪僧侣或流浪学生创作的诗，最初由四行长句子组成，七音步扬抑格，第四个扬音后有一个停顿（例如《布兰诗歌》Carmina Burana）。在近代文学中，流浪汉诗节被分割了，长句中的停顿变成了换至下一行，所以一个诗节由交替出现的四音步诗行和三音步诗行组成。每一行的第一个扬抑格前面可以有一个非重读的音节作为弱起音节。歌德的《织布女子》是一个不含弱起音节的流浪汉诗节的例子：

歌德
《织布女子》

Als ich still und ruhig spann,
Ohne nur zu stocken,
Trat ein schöner junger Mann
Nahe mir zum Rocken.

当我安宁平静地织布，
没有半分懈怠停顿，
一位俊美年轻的男子
走过来靠近我的绕线杆。

2. 众赞歌诗节是一种采用对韵的四行诗节，同样源自德语文学传统。诗行是带弱起音节的四音步抑扬格，诗行结尾总是阳性的。这种诗节是马丁·路德以来最流行的宗教赞歌形式，而且也是全部德语诗节形式中最为常见的一种。18世纪以后，它逐渐也为世俗文学所采用，不过在抑扬交替规则的运用上不再那么严格了，例如歌德的叙事诗《魔王》：

> Wer reitet so spät durch Nacht und Wind?　　　　歌德
> Es ist der Vater mit seinem Kind;　　　　　　　　《魔王》
> Er hat den Knaben wohl in dem Arm,
> Er faßt ihn sicher, er hält ihn warm.-
>
> 是谁在深夜的风里策马疾驰？
> 是父亲带着他的孩子；
> 他将男孩舒适地抱在怀里，
> 他紧紧地搂着他，让他温暖。　　　　　　　　　　*<143>*

3. 民歌诗节同样也是四行，通常是匿名流传下来的，较具有民间特点，阳性和阴性的韵脚交替出现（押韵格式为 abab），每行三到四个音步。民歌诗节在德国文学史上的两次青年运动即狂飙突进运动和浪漫派运动中经历了巨大的繁荣：赫尔德、歌德以及布伦塔诺和冯·阿尔尼姆都搜集了很多"真正"的民歌；在这两个时期，民歌被视为作家本人的通常极富艺术性的抒情诗创作的榜样（例如歌德的《野玫瑰》）。

4. 颂歌诗节是一种源自古希腊的无韵诗节。颂歌诗节的四行诗在格律上是有严格规定的，每行所含的音节数目各不相同（各有规定）。颂歌诗节对德语文学，尤其是自 18 世纪下半叶起的德语文学起了决定性作用，不同形式的颂歌诗节很可能是得名于它们的古希腊创始人。

人们将颂歌分为以下几种诗节形式：

- **萨福体颂歌**，由来自米蒂利尼的古希腊女诗人萨福（莱斯沃斯岛；约公元前 600 年）而得名。
- **阿尔卡伊俄斯体颂歌**，由来自米蒂利尼的古希腊诗人阿尔卡伊俄斯（莱斯沃斯岛；约公元前 600 年）而得名。
- 五种不同的**阿斯克勒庇俄斯体颂歌**，由来自萨摩斯岛的古希腊诗人阿斯克勒庇俄斯（公元前 300 年）而得名。

深化

第三种阿斯克勒庇俄斯体颂歌诗节在 18 世纪德语文学中的接受，一个例子是科洛普施托克的颂歌《苏黎世湖》(1750)。其第一诗节为：

科洛普施托克
《苏黎世湖》

Schön ist, Mutter Natur, deiner Erfindung Pracht ⁻|⁻|⁻|⁻|
Auf die Fluren verstreut, schöner ein froh Gesicht, ⁻|⁻|⁻|⁻|
Das den großen Gedanken ⁻|⁻|⁻|
Deiner Schöpfung noch Einmal denkt. ⁻|⁻|⁻|⁻

美的是，自然母亲，你壮丽的发明
撒落在田野上，更美的一张欢快的脸，
它将那伟大的念头
将你的创造再一次念想。

5. 三行诗节（Terzine，即意大利语"三行诗"）是意大利文艺复兴时期的一种诗节形式：由三行诗节可以组成较长的诗，其中各诗节通过韵脚以 aba bcb cdc 的形式相互关联，最后一个单行诗句结束全诗。三行诗节是但丁的叙事诗《神曲》所采用的诗节形式，著名的例子是歌德的《咏席勒遗骨的三行诗节》：

歌德
《咏席勒遗骨的三行诗节》

Im ernsten Beinhaus war's, wo ich beschaute,
  wie Schädel Schädeln angeordnet paßten;
Die alte Zeit gedacht ich, die ergraute.

Sie stehn in Reih' geklemmt, die sonst sich haßten,
  Und derbe Knochen, die sich tödlich schlugen,
  Sie liegen kreuzweis zahm allhier zu rasten.
[...]

在肃穆的尸骨存放所，我看见
  头骨挨着头骨，整齐有序
  我想到那旧日时光，现已苍老。 <144>
它们曾彼此憎恨，现在却成排交叠，
  脆弱易碎的骨头，它们曾致死相击，
  它们温顺交错着，全都安歇于此。
[……]

6. 八行诗节（Stanze，意大利语 stanza 的譬喻含意为"韵脚之建筑"）是意大利文艺复兴时期的叙事诗采用的诗节形式（阿里奥斯托的《疯狂的罗兰》；塔索的《被解放的耶路撒冷》）。它由八行十一个音节的句子组成，押韵格式为 abababcc。韵脚的顺序保证了一种内容上的停顿，最后一对诗行可以用反思或点题的方式结束前面所有的诗行。八行诗节在德语文学中很少见：维兰德在诗体史诗《奥伯龙》中使用了它，歌德在《浮士德》的"献词"和《未完成之歌》中使用了它（关于所有的诗节形式，参阅 Burdorf 1997，第 96—98 页的详细论述；关于全部德语诗节形式的解释和范例，参阅 Frank 1980）。

各种抒情诗形式

前面完整引用过的安德里阿斯·格吕菲乌斯的诗已经是一

个例子，用以说明抒情诗文本如何在文本的诗节分配和某些确定诗节形式的组合之基础上构建一种抒情诗形式。

抒情诗的几种基本形式

1. 颂歌（Ode；希腊语 odé 意为"歌"）是一种具有严格结构的古希腊抒情诗形式，它由一些四行的颂歌诗节组成。除了萨福体颂歌、阿尔卡伊俄斯体颂歌、阿斯克勒庇俄斯体颂歌之外，古希腊流传下来的颂歌形式还有一种叫做品达体颂歌，得名于古希腊诗人品达（公元前 500 年）。这些颂歌自由地以诗行数目和格律顺序改变着诗节形式，不过品达体颂歌却总是分为三段（三段式颂歌）：（1）颂歌（"诗节"）；（2）反颂歌（"反诗节"）（诗行数目和格律顺序都与"诗节"相同）；（3）抒情诗（"后诗节"）（形式上与"诗节"和"反诗节"不同）。这是古希腊合唱歌的形式，品达将其作为赞美诗写给竞技比赛、马车比赛等活动中的胜利者。这些颂歌分别写给奥林匹亚、皮提亚、尼米亚以及伊斯特米亚竞技会，因而分别被称为奥林匹亚颂歌、皮提亚颂歌等。

在 17 世纪时，"颂歌"这个体裁名称在"歌"的广泛意义上被作为对多种极不相同的抒情诗的称呼，而到了 18 世纪中叶，作为严格的古代形式的颂歌又重新被发现。弗里德里希·戈特利布·科洛普施托克就采用这种严格的古代形式进行创作，并且还在此基础上发展出一些新的诗节形式，对这些新的形式，他同样严格地加以遵循。但正是在科洛普施托克这里，这些创新开始向格律自由的赞美诗转化。

<145>

2. 赞美诗（Hymne；希腊语 hymnos 意为"赞美之歌"）在古希腊文学中最初是一种形式较为自由、但仍然有格律规定的节庆歌，其对象为神和英雄。由于科洛普施托克的颂歌试验等因素，18 世纪晚期的德语文学中逐渐发展出一种不规定诗节和韵律的自由格律赞美诗，上帝和创造、自然和艺术家是这些赞美诗歌颂的对象（科洛普施托克《乡间生活》、歌德《漫游者的风暴之歌》、《普罗米修斯》）。

Wandrers Sturmlied 歌德
《漫游者的风暴之歌》

Wen du nicht verlässest, Genius,
Nicht der Regen, nicht der Sturm
Haucht ihm Schauer übers Herz.
Wen du nicht verlässest, Genius,
Wird der Regenwolke,
Wird dem Schloßensturm
Entgegen singen,
Wie die Lerche,
Du dadroben.

Den du nicht verlässest, Genius,
Wirst ihn heben übern Schlammpfad
Mit den Feuerflügeln.
Wandeln wird er
Wie mit Blumenfüßen
Über Deukalions Flutschlamm,
Python tötend, leicht, groß,
Pythius Apollo.
[...]

你不离弃者，天赋，
雷雨不能，风暴不能

让他的心感到寒战。
你不离弃者,天赋,
将向着乌云,
向着冰雹风暴
放声歌唱,
如那云雀,
你高高在上。

你不离弃他,天赋,
就会将他从泥泞小路上提起
用火之羽翼。
他将漫游
双足仿如鲜花
飞越丢卡利翁的洪水泥浆,
杀死皮同,轻盈,伟岸,
皮提乌斯·阿波罗。

[……]

3. 哀歌是除颂歌之外另一种源自古希腊的、具有严格规定的抒情诗言说形式。哀歌最初可以从形式上被定义为由"哀歌式对句",亦即由成对的诗行组成的诗,每组对句分别由一个六音步诗行和一个五音步诗行组成。在17世纪的德语文学中还存在着与此有所差异的亚历山大体格律的哀歌。直到18世纪后期,哀歌才重新开始被以对句的形式写作。早在古希腊时期,哀歌除了高贵的哀叹和弃绝之外就已经开始有情爱内容,歌德的《罗马哀歌集》(最初定名为《罗马情爱》)重拾了这一传统,以下为其中的第五首:

Froh empfind ich mich nun auf klassischem Boden begeistert,
  Vor- und Mitwelt spricht lauter und reizender mir.
Hier befolg' ich den Rat, durchblättre die Werke der Alten
  Mit geschäftiger Hand, täglich mit neuem Genuß.
Aber die Nächte hindurch hält Amor mich anders beschäftigt
  Werd' ich auch halb nur gelehrt, bin ich doch doppelt beglückt.
Und belehr' ich mich nicht, indem ich des lieblichen Busens
  Formen spähe, die Hand leite die Hüften hinab?
Dann versteh' ich den Marmor erst recht: ich denk' und vergleiche,
  Sehe mit fühlendem Aug', fühle mit sehender Hand.
Raubt die Liebste denn gleich mir einige Stunden des Tages,
  Gibt sie Stunden der Nacht mir zur Entschädigung hin.
Wird doch nicht immer geküßt, es wird vernünftig gesprochen
  Überfällt sie der Schlaf, lieg' ich und denke mir viel.
Oftmals hab ich auch schon in ihren Armen gedichtet
  Und des Hexameters Maß leise mit fingernder Hand
Ihr auf den Rücken gezählt. Sie atmet in lieblichem Schlummer,
  Und es durchglühet ihr Hauch mir bis ins Tiefste die Brust.
Amor schüret die Lamp' indes und denket der Zeiten,
  Da er den nämlichen Dienst seinen Triumvirn getan.

歌德
《罗马情爱》

在这片古典的土地上我感到欢快而喜悦
  古代和当代的世界向着我高声而热烈地诉说。
在此我遵从建议，翻阅着古人的作品，
  双手勤奋忙碌，日日都有新的收获。
但在夜里，爱神让我彻夜忙于别的事情，
  若说我有一半博学，那我就有双倍的欢乐。
当我探查那可爱胸脯的形状，以手滑过丰臀，
  难道我这样不是在给自己教益？
如此我才真正理解那大理石雕像：我思考我比较

用感觉的眼睛去观看,用观看的手去感觉。
那最可爱的人儿若夺去我几小时白日的时光,
　　便会用夜晚的几钟头光阴给我补偿。
当然也并不是总在亲吻,也有理性的交谈,
　　当她沉沉睡去,我还清醒静卧,思绪万千。
常常我也会在她的怀抱中便已开始创作,
　　指尖温柔,在她的脊背上轻数
六音步诗的节律。她在假寐中发出可爱的呼吸,
　　她淡淡的香气深深充溢我的胸怀。
此时爱神熄灭灯盏,怀古思今
　　记起当年他为罗马三诗人完成过同样的职责。

<146>

里尔克的《杜伊诺哀歌》(1923)还能使人通过其格律形态依稀想起哀歌式对句的严格形式。布莱希特的《布珂哀歌》(1954)则已经在形式上完全脱离了这一传统:

布莱希特
《烟》

Der Rauch

Das kleine Haus unter Bäumen am See.
Vom Dach steigt Rauch.
Fehlte er
Wie trostlos dann wären
Haus, Bäume und See.

湖边树下的小屋
屋顶上升起轻烟
若没有它
房屋、树木和湖水
将怎样黯淡荒凉。

4. 箴言诗（Epigramm；希腊语含义为"碑铭、题词、警句"）是一种简洁的短诗形式，具有敏锐犀利的、常常是讽刺式的提炼升华。很多人文主义诗人和巴洛克诗人（弗里德里希·冯·罗高）都以古罗马诗人马尔提阿利斯的箴言诗为先驱。由于具有批判—教诲式的犀利特点，箴言诗被莱辛视为一种适合启蒙运动的文学体裁，歌德的《威尼斯箴言》（1795）延续了马尔提阿利斯的传统。歌德和席勒的《赠辞》①也是以往往只包含一组哀歌对句的形式写成的箴言诗。

5. 俳句是一种源自日本的短诗形式。诗分三句，每句分别有 5、7 和 5 个音节，总共 17 个音节。它通常简洁地表现一种感觉印象或思想，自 19 世纪末期开始，一些西方诗人曾模仿创作过这种形式（里尔克、豪斯曼、博德默斯多夫）。

6. 叙事诗（Ballade；意大利语为 ballata，普罗旺斯语为 balada，意为"舞蹈歌曲"）形成于 14 和 15 世纪的法国，最初是一种短小的舞蹈歌曲，由三个较长的诗节和一个短诗节组成（罗曼语叙事诗）。与此相反，日耳曼语叙事诗是一种内容更为广泛的诗，讲述悲剧的、骇人听闻的、可怕的事件，甚至常常使用戏剧式的角色对话。作为抒情诗种类，叙事诗吸收了戏剧的和叙事的成分，这也是歌德将其视为三种主要文学体裁之原始形式的原因。作为一种艺术形式，叙事诗（艺术叙事谣曲）重拾了自中世纪以来匿名流传下来的民间叙事谣曲的形式和内容。叙事诗在形式上并不统一；民间叙事谣曲与艺术叙事谣曲的共同之处是都

---

① "赠辞"原文为 Xenien，是古罗马诗人马尔提阿利斯的第十三本箴言诗集的标题，这些箴言诗是作为送人礼物时附加的题辞而写的。歌德和席勒的《赠辞》借用了这个标题，但诗集本身是一本对句集。——译注

采用淳朴的诗行形式及韵脚。这一形式体裁在文学史上的发展高峰是狂飙突进运动（毕尔格、歌德）、魏玛古典主义（席勒、歌德）和现实主义时期（冯塔纳），但很多 20 世纪的作家也很乐于采用这种形式（布莱希特、比尔曼）。

<147>

7. 罗曼采是叙事诗的西班牙形式，通常由一些四行的诗节组成，格律为八音步扬抑格，诗行中间有一个停顿，以准押韵取代押韵，亦即只有元音发音相同。罗曼采的素材多源自西班牙传说，与叙事诗的阴森恐怖相比要更为欢快。罗曼采自 1750 年左右传入德语文学，在浪漫派运动中达到顶峰。

8. 街头说唱诗往往是对戏剧式的、常常是阴森恐怖的或悲剧式的叙事诗所作的谱曲改编。自 17 世纪起，抒情诗文本开始配以音乐（手风琴、竖琴）公开演唱，演唱时歌手往往还借助整页的插图来表现情节。街头说唱诗通常以娱乐或道德教诲的方式表现轰动性事件（灾难、爱情事件等）的主题，作为民间文化的一部分（年市集会），它一直延续到 19 世纪。

9. 在**图形诗**中，除了文本的声音方面之外还出现了文字图形：写就的文本呈现为一个图形，这个图形与文本的词语和含义之间具有复杂的指涉关系。早在巴洛克时期就常常有人尝试以抒情诗语言的外在形式为游戏，20 世纪的具体诗重拾了这一原则（高姆林格、扬德尔）。在西格蒙德·冯·比尔肯的《下萨克森的月桂树林》(1669) 中就有如下的心形诗：

西格蒙德·冯·比尔肯《心形诗》,1669 年

10. 香颂是一种形式规定不太严格的可以演唱的独唱歌曲,诗节以一段副歌作为结束。自 15 世纪起,讽刺的、政治批判的或论辩性的歌曲开始被称为香颂。香颂是小型歌舞剧的主要体裁(德语文学中的例子有埃利希·凯斯特纳和库尔特·图霍尔斯基在 20 世纪 20 年代所作的歌词)。

<148>

11. 十四行诗——其典型例子是安德里阿斯·格吕菲乌斯的《人类的不幸》——是一种源自意大利中世纪的抒情诗形式,自文艺复兴诗人弗朗西斯科·彼得拉克开始直到德国巴洛克时期都享有极高的评价,在浪漫派运动中又再次经历了复兴。如前所述,十四行诗在形式上起决定作用的是其结构由四行诗节和三行诗节组成,其诗行为六音步诗行,既可以是抑扬格的(如前面的例子)也可以是扬抑抑格的。在十四行诗的例子中,抒情诗文本的形式方面与内容方面之间的紧密相关可以清楚地表现出来。

1.2.3 体裁的历史：各种不同的抒情诗观念

从近代早期至启蒙运动高潮时期

严格说来，**近代早期的"抒情诗"**应该被称为"非真正的抒情诗"，因为抒情诗、戏剧和叙事文学这三大体裁的三分法当时还没有出现。那些在今天被归为抒情诗的16、17和18世纪文学文本，在其所处时代被冠以它们的专门的体裁名称，例如箴言诗、赞美诗等，它们被视为与悲剧、喜剧和史诗等值的体裁（例如在奥皮茨的《德语诗论》中）。这些文本的产生和接受往往是一些为交际而设计的社交游戏的一部分，文学创作通常是受宫廷或贵族—市民委托者之托而创作的应景文学，即所谓的偶因文学。在市民领域，文学的作用主要是教诲、教育和感化。

"非真正的抒情诗"的几种表现形式

- 无论是在近代早期还是在中世纪，**宫廷诗歌**主要体现宫廷社会对于文学的诉求：它是宫廷意识形态和统治阶级自我形象的表达，与贵族交际及宫廷仪式等机制联系在一起。诗人的主体性完全不能在今天的现代意义上理解，它在这种委托诗歌的框架内没有任何存在空间（关于16世纪抒情诗，参阅 Kühlmann 2001；Kemper 1987，第1卷）。

- **巴洛克诗歌**呈现出的面貌并不统一。一方面，像格吕菲乌斯或弗雷明等人的十四行诗完全是一种个人表达形式：比如是对三十年战争的反应，或者是爱情诗。但另一方面，这些文本又始终活动在经典化的、约定俗成的形式套路框架内。图像/譬喻语言既是对古希腊文学传统的回溯，也是对修辞表达手段的借用。这些诗歌中的第一人称"我"不能（或者几乎不能）等同于那个言说私人经验、言说感受的作家本人的个体自我。"我"所说的更多地是一种角色话语，其语言源

<149>

自一种在很大程度上已经约定俗成的关于较普遍的、世界观方面的主题和题材的编码规范，这些主题和题材被传达给读者公众的目的是教育、反思和感化（这种形式的"抒情诗"言说的一个例子是前面引用过的安德里阿斯·格吕菲乌斯的十四行诗；关于巴洛克诗歌，参阅 Kemper 1987/1988；Niefanger 2006，第 87—138 页；Meid 2001）。

- **18 世纪上半叶的诗歌**多为教益性的文学，这符合启蒙运动的哲学和教育原则。文学文本必须传播某种哲学的、自然科学的或道德的认识，要在根本上服务于教育的目的。教育诗以及阿尔布雷希特·冯·哈勒的《阿尔卑斯山》（1792）是这一类型的典型代表：用自然景物描写和对淳朴生活的赞美来对比具有种种道德缺陷的现代宫廷生活和城市生活，以达到文明批判的目的。
- **18 世纪早期的社交娱乐诗和感化诗**包括爱情诗、自然风景诗、乡村生活诗，在一个由约定俗成的形式和譬喻资源库的框架内进行："我"仍然是个角色，自然描写往往依循古希腊传统而具有生动形象性，并且如舞台布景般被设置成抒情诗的背景。这类通常作为应景文学出现的文本，其作用是社交娱乐和教化，就连爱情诗也遵从这种超个体的惯例（关于启蒙诗歌，参阅 Kemper 1991；Alt 2001，第 126—166 页；Große 2001）。

"体验诗"

直到 18 世纪中期，才出现了对后世最富影响的、最成功的抒情诗观念，抒情诗从此也被冠以"抒情诗"的体裁名称而与戏剧和叙事文学并列出现：诗开始被理解为直接的**情感表达**，其中心是感觉着、承受着痛苦的主体，个体化的表达成为（表面上的）基本原则。

这一发展变化首先有其**社会历史方面的原因**。18 世纪下半叶的有教养的市民阶层内部，在一些通常由年轻作家组成的团体中，开始出现一种针对理性和教益性在启蒙运动中所占的支配地位、针对陈规俗套的和以宫廷社交生活为取向的抒情诗观念的逆向运动。最早出现的是弗里德里希·戈特利卜·科洛普施托克的强烈感伤的赞美诗和颂歌，这些抒情诗经常超出诗行结构和诗节配置的传统形式，超越统一的音节标准、格律和有规律的诗节划分，在诗歌中为诗人自我开拓新的言说可能性。

<150>

18 世纪 70 年代早期，赫尔德、歌德、毕尔格、福斯、施托尔贝格、赫尔蒂都开始转向民间语言的所谓淳朴天然的文本，放弃了旧诗艺的矫揉造作。无论是**民歌创作**还是感伤派和狂飙突进运动中的富有艺术性的赞美诗，都强调**内心性**、**善感性**和"**心灵**"**的独特价值**。在此，市民主体性首次清晰地表达了自己的完整的自我意识；他们尤其重视在抒情诗中寻找适合他们的表达方式（关于这种新的抒情诗观念的重要意义，参阅 Huyssen 2001）。

"体验诗"
概念的问题

这种抒情诗观念大体上通过体验诗的概念获得了表达。这个概念包含两层含义，两层含义都不是毫无问题的：首先，抒情诗中的"我"被认为在极大程度上、甚至完全地等同于诗人的历史—传记性的自我；其次是这个概念预设了一个前提，即抒情诗中确实表达了（市民的）主体性，诗人的"真实"的感受和体验在抒情诗中获得了直接的表达。

在 18 世纪的最后三十年左右的时间里，抒情诗开始被视为主体表达的文学手段；抒情诗在总体上往往被等同于体验诗。不过，将诗歌中的"我"简单地等同于历史—传记意义上的作者自

> 哲学家弗里德里希·威廉·黑格尔在其于 19 世纪前三十年多次讲授的美学课程中表述了**体验诗概念的理想观念**：
>
> > 倏忽即逝的瞬间情绪，心灵的叹息，一闪而过的无忧无虑的欢乐和痛苦、忧郁和沉重、哀怨，所有感觉的瞬间活动或具体奇想都通过各式各样的对象被固定下来，通过言说而变得持久。
>
> 作为文学表达手段的抒情诗由此被赋予了高度的主体真实性。迟至 20 世纪初期，体验诗的概念已经深受威廉·狄尔泰的影响，这种概念将每一首诗都理解为诗人的私人体验的语言表达，而"阐释"则重新将这些体验揭示出来。"体验诗"的阐释观念最后常常体现为细致缜密的、传记—窥淫狂式的研究，甚至变成推测和冥想，对于这一研究视角来说，文本的语言塑造在很大程度上是无足轻重的（参阅第 4.1 章）。

深化

黑格尔
《美学》第三卷，
第 205 页

<151>

我，很快就变得成问题了，与这种等同观的差异、偏离以及对它的批判，构成了 19 和 20 世纪的体裁历史中的不同潮流、倾向甚至"时期"。

"诗歌自我"的概念——象征主义

1910 年，女作家玛格丽特·苏丝曼将诗歌中的"我"与历史—传记意义上的作者自我之间的决定性差异归结到了一个概念上：她"发明"了——不过也是在回顾之前五十年的抒情诗发展历史的基础上——"**诗歌自我**"这个词。诗歌中的"我"被揭示为**作者/女作者的角色游戏**，不能再被简单地等同于历史—传记自我。这样一来，将诗理解为"体验诗"的观点自然也就遭到高度质疑。如果诗歌中的"我"是成问题的，那么被附加在这个"我"身上的种种体验、感受和情感自然也同样是成问题的——不管怎么说，诗歌中表达出的这种貌似主体式的体验毕竟是一种排演、一种给定，在极端情况下甚至是一种臆造、一种虚构。随着诗歌观念出现这种转变，有待阐释活动去揭示的"体验"自然也就退居背景地位，取代其中心地位的是在语言本身中对自我和**世界进行排演的手段**。

19 世纪下半叶，抒情诗已经开始远离体验诗的观念。例如在斯特凡·格奥尔格的诗中上演的就是一个仅仅通过象征和语言构建出的自我以及一个同样人为的世界；在胡果·冯·霍夫曼斯塔尔的诗中，语言成为一个自律的领域。诗歌中的自我仅仅是**一个在文本的想象舞台上表演的角色**。在这一点上，这种抒情诗观念与发源于法国的象征主义文学潮流是一致的。在此，抒情诗放弃了对现实和体验的再现，语言不再是对某种事物的言说，而**是对画面、声音形式和语调色彩的一种富有艺术性的安排布置**。

诗歌自我所说的仅仅是一种角色语言，从这种"抒情诗"观念出发，"真实"的体验诗（例如歌德的体验诗）自然也必须呈现在一种全新的视角之下：即使在这里，自我与世界、主观体验与客观感受也都是通过语言构建出来的，自我和"体验"都干脆变成了"书写"（Kaiser 1987，第 138 页）。

抒情诗作为词语的自主游戏

象征主义的抒情诗观念用语言的自律性来反对语言的模仿功能，这种自律性在**纯诗**（*poésie pure*），即纯粹的、绝对的诗中得到了极端的表现。"我"甚至不再是诗中的一个角色，而更多地是由诗本身定义出来的，无主体创作开始成为纲领。在 19 世纪末的象征主义内部就已经开始出现将媒介绝对化的倾向（例如斯特凡·马拉美）。这样一种诗人消失之后的抒情诗文本具有如下理想观念：词语在文本中自行工作，自行对文本进行加工，诗不是对任何东西的表达，而是一种自我指涉的语言构成物。抒情诗是语言材料的自主游戏，是绝对的诗——例如1900年前后的格奥尔格、里尔克和本恩的诗，但也包括后来的英格伯格·巴赫曼、保罗·策兰的诗以及那些所谓的**具体诗**。如果文本不再是对某种东西的表达，更非是对某种个体性的东西的表达，那么这样一来就提出了诗人之作用的问题：抒情诗人成了"词语工程师"，他通过语言构造出一台能够制造各种诗意效果的意义丰富的机器。

保罗·策兰（1920—1970）的一首诗可以作为体验、世界以及自我表达在绝对诗中消失的一个典型例子。策兰试图将纳粹大屠杀以及现代个体在世界中无家可归的经验转换成一种隐秘的语言：

ordnung	ordnung
ordnung	ordnung
ordnung	ordnung
ordnung	ordnung
ordnung	ordnung
ordnung	unordn g
ordnung	ordnung
ordnung	ordnung
ordnung	ordnung
ordnung	ordnung
ordnung	ordnung

提姆·乌尔里希斯，《秩序—无序》

In den Flüssen nördlich der Zukunft
werf ich das Netz aus, das du
zögernd beschwerst
mit von Steinen geschriebenen Schatten.

在未来以北的河流里
我撒开网，而你
踌躇着压住它
用以石头写就的阴影。

策兰
《在未来以北的河流里》

对于这样一个文本的"意义"和它的"含义",人们不可能再像对待格吕菲乌斯的十四行诗那样,通过将诗歌话语与对某种东西的言说等同起来而逐步接近。对于这样的文本人们只能猜测,只能描述它的文学意象以及这些意象在文本中的组合,但它们的"含义"却是隐而不显的。不过这样的猜测既不能作为有约束力的阐释,也不能从文本角度被认为确凿可信。这个文本中所用的隐喻或意象,"未来以北的河流"、"网"、"石头"和"阴影",已经不是真正意义上的隐喻,它们不再提供一个意象所指的支撑点,而是变成了所谓的绝对隐喻(关于隐喻,参阅第 2.3 章)。

<153>

介入诗

20 世纪的绝对诗并非抒情诗言说的唯一现代形式。语言媒介在纯诗中的绝对化很快就引起了矛盾,介入文学(*littérature engagée*)、介入诗的观念坚持**诗与世界的必要联系**。但是这绝不意味着向体验诗的回归:诗歌的对象不应是内心的表达(或语言建构),诗应该谈论具有社会性的事物,并且要带有某种确定的政治目的。

介入诗并不是 20 世纪的发明:这种以短小的诗行形式**讨论或针砭社会现状或社会弊端**(或者确证它们)的文学,在近代以来德语文学史的各个时期都存在。与约自 1770 年以来的强调体验的抒情诗观念截然不同的,既有反对拿破仑的解放战争时期的政治介入诗,也有在法国七月革命(1830)和失败的德国资产阶级革命(1848)之间所写的诗,即所谓的"三月革命前"文学,例如伯尔内、古茨科夫和海涅。但正是在 20 世纪 20 年代,一方面由于反对纯诗的唯美主义纲领,另一方面由于当时的政治讨论和政治纷争的背景环境,形成了一种强烈的介入诗传统(布莱希特、贝歇尔），该传统一直延续到联邦德国和民主德国的文学史中。在布莱希特的《布珂哀歌》（1953）中，有一首诗以论战的方式对1953年6月17日的反抗运动的失败表达了立场：

Die Lösung 贝尔托特·布莱希特
《解决》

Nach dem Aufstand des 17. Juni
Ließ der Sekretär des Schriftstellerverbands
In der Stalinallee Flugblätter verteilen
Auf denen zu lesen war, daß das Volk
Das Vertrauen der Regierung verscherzt habe
Und es nur durch verdoppelte Arbeit
zurückerobern könne. Wäre es da
Nicht doch einfacher, die Regierung
Löste das Volk auf und
Wählte ein anderes?

在6月17日的反抗之后
作家协会的书记让人
在斯大林大街散发传单
传单上写着，人民
失去了政府的信任
这信任只有通过加倍的工作
才能挽回。更简单的
办法难道不是，政府
解散这些人民，然后
另选一个？

介入诗，即像布莱希特、比尔曼或恩岑斯贝格等人所写的这种带有政治意图的诗，所秉持的指导方针是，其语言、隐喻和意象应该是可以被理解的。占有中心地位的不是与语言形式和文学传统之间进行的富有艺术性的游戏，相反，政治诗所做的更多地是对抒情诗的传统结构，如韵律和格律、诗节形式和抒情种类进行运用，尽管采取的常常是戏仿的方式。

<154>

最晚自19世纪后期开始，关于诗歌言说的四种现代观念已经并列存在，即：天真单纯意义上的体验诗、象征主义诗歌、纯诗和介入诗。歌德早在他的时代就已经意识到一个事实，即他的诗歌文本中的"我"是某种不同于历史—传记意义上的歌德自我的东西，他提前意识到了"诗歌自我"，提前玩起了诗歌自我与作者自我之间的表面同一性的游戏。前述各种诗歌言说的观念也分别提供了各不相同的诗歌阐释观。这些观念无法被人为地综合成一种普遍适用的诗歌观，只能干脆承认它们的多样性和彼此之间的矛盾性。但其结果却是，它允许人们"违背原意地解读"诗歌，即是说它允许人们在解读诗歌时违背诗歌的自我理解，这样一来常常能够获得一些全新的、意想不到的阐释可能。

基础文献

Burdorf, Dieter: Einführung in die Gedichtanalyse. Stuttgart/Weimar ²1997.

Frank, Horst J.: Wie interpretiere ich ein Gedicht. Eine methodische Anleitung. Tübingen ⁵2000.

Friedrich, Hugo: Die Struktur der modernen Lyrik. Erweiterte Neuausgabe. Reinbek bei Hamburg 1985.

Hinderer, Walter (Hg.): Geschichte der deutschen Lyrik vom Mittelalter bis zur Gegenwart. Würzburg ²2001.

Höllerer, Walter (Hg.): Theorie der modernen Lyrik. Dokumente zur Poetik. Reinbek bei Hamburg 1965.

Kaier, Gerhard: Geschichte der deutschen Lyrik von Goethe bis zur Gegenwart.

Ein Grundriß in Interpretationen, 3 Bde. Frankfurt a.M. 1991.

Kayser, Wolfgang: Geschichte des deutschen Verses. Tübingen ⁴1991.

Knörrich, Otto: Lexikon lyrischer Formen. Stuttgart 1992.

Korte, Hermann: Geschichte deutschsprachiger Lyrik seit 1945. Stuttgart 1989.

Lamping, Dieter: Moderne Lyrik. Eine Einführung. Göttingen 1991.

Ludwig, Hans-Werner: Arbeitsbuch Lyrikanalyse. Tübingen 1979.

Völker, Ludwig (Hg.): Lyriktheorie. Texte vom Barock bis zur Gegenwart. Stuttgart 1990.

引用文献

Alt, Peter-André: Aufklärung. Lehrbuch Germanistik. Stuttgart/Weimar ²2001.

Asmuth, Bernhard: Aspekte der Lyrik. Mit einer Einführung in die Verslehre. Opladen ⁷1984.

Frank, Horst J.: Handbuch der deutschen Strophenformen. Tübingen ²1993.

Goethe, Johann Wolfgang: »Noten und Abhandlung zum besseren Verständnis des West-östlichen Divans«. In: Goethe: Werke. Hamburger Ausgabe. München 1980, Bd.2, S.126—267[=HA].

Große Wilhelm: »Aufklärung und Empfindsamkeit«. In: Hinderer ²2001, S.139—176.

Hegel, Georg Wilhelm Friedrich: Vorlesungen über die Ästhetik. Dritter Teil: Die Poesie. Hg.von Rüdiger Bubner. Stuttgart 1971.

Huyssen, Andreas: »Sturm und Drang«. In: Hinderer ²2001, S.177—201.

Kaiser, Gerhard: »Was ist ein Erlebnisgedicht? Johann Wolfgang Goethe: ›Es schlug mein Herz‹«. In: Ders.: Augenblicke deutscher Lyrik. Gedichte von Martin Luther bis Paul Celan. Frankfurt a. M. 1987, S.117—144.

Kayser, Wolfgang: Kleine Deutsche Versschule. Bern/Tübingen/Basel/München ²⁵1995.

Kemper, Hans-Georg: Deutsche Lyrik der frühen Neuzeit, Bd.1: Epochen- und Gattungsprobleme. Reformationszeit; Bd.2: Konfessionalismus; Bd.3: Barock – Mystik; Bd.5.1: Aufklärung und Pietismus; Bd. 5.2: Frühaufklärung; Bd.6.1: Empfindsamkeit; Bd. 6.2: Sturm und Drang. Teil 1: Genie–Religion; Bd. 6.3: Sturm und Drang. Teil 2: Göttinger Hain und Grenzgänger. Tübingen 1987; 1987; 1988; 1991; 1991; 1986; 2002; 2002.

Killy, Walther: Elemente der Lyrik. München ²1972.

Kühlmann, Wilhelm: »Das Zeitalter des Humanismus und der Reformation«. In:

Hinderer ²2001, S.49—73.

Lamping, Dieter: Das lyrische Gedicht. Definitionen zu Theorie und Geschichte einer Gattung. Göttingen 1989.

Lausberg, Heinrich: Handbuch der literarischen Rhetorik. Eine Grundlegung der Literaturwissenschaft. München ²1973.

Meid, Volker: »Das 17. Jahrhundert«. In: Hinderer ²2001, S.74—138.

Niefanger, Dirk: Barock. Lehrbuch Germanistik. Stuttgart/Weimar ²2006.

Schmidt, Siegfried J.: »Alltagssprache und Gedichtssprache. Versuch einer Bestimmung von Differenzqualitäten«. In: Poetica 2 (1968), S.285—303.

Sorg, Bernhard: Lyrik interpretieren. Eine Einführung. Berlin 1999.

Susman, Margarete: Das Wesen der modernen deutschen Lyrik [1910]. Darmstadt/Zürich 1965.

Wagenknecht, Christian: Deutsche Metrik. Eine historische Einführung [1981]. München ³1993.

1.3 戏剧

1.3.1 戏剧的问题

戏剧文本与其他体裁有一个重要区别：它只提供一个基础，它是一种视觉艺术，只有在演出中才能实现自身。就是说，剧本与该剧本在剧院中的上演是需要分开的——这一点对戏剧评论家来说很重要，因为他必须对剧本的质量做出判断，并将其与演出的特点及演出成功与否区分开。尽管有一些剧本本身就是作为阅读文本或者案头剧而构思创作的，并不适合舞台演出，但是在绝大多数情况下，戏剧文本都关注**剧本在舞台空间中的呈现**：文本的交流通过导演、演员和观众得以扩展，形成了直接的反馈效果。**戏剧是活的**：它可能会失败，每一次演出都会有一些细微的差别，可能是演员的强调重点发生了变化，可能是观众产生了不同的反应，或者是舞台上出现了一些偶发事件。由此便产生了另外一种不确定因素：舞台事件究竟具有何种现实地位？

戏剧涉及的是一种遵循清晰的规则、在一个有限的空间内进行的游戏。亚里士多德在《诗学》（约公元前340年）中称为摹仿的东西，至今仍是文学艺术和戏剧游戏的最宽泛的、基础性的动机：

➡ **摹仿**（*mimesis*），在亚里士多德看来，摹仿能使人学习，也能给人游戏的乐趣："尽管人们在现实生活中不爱看某些东西，比如不美观的动物和尸体，但是却喜欢怀着愉快的心情观看对它们的极尽逼真的再现。"（《诗学》，第4章）摹仿概念针对的不是对自然的复制——这是一种常见的误解，而是指一个迻译的过程：残酷的东西被搬到舞台上之后，通过以符号的方式呈现出来而变得可以商讨，即是说，它获得了一种特有的、超出直接被体验的世界之外的现实性。

亚里士多德的摹仿

文学是一个可能的世界，当然，这个世界也要尊重日常真实性（同前，第9章）。创作出来的戏剧作品在剧院转变成新的符号，剧院是一个"呈现和评判的空间"（Turk 1992，第XI—XII页），它对社会也能产生影响。正因如此，剧作家海纳·米勒才有可能把剧院称为"社会幻想的实验室"（1982，第111页）。

<158>

1.3.2 戏剧的构成要素和戏剧学概念

对于文学研究者来说，戏剧首先令他们感兴趣的是剧本、情节发展、母题和结构，简言之，是素材的语言转换的问题。尽管亚里士多德的《诗学》自18世纪起频遭批判，但是对于戏剧构造的最富影响的思考仍是从这部著作中产生的。这些思考是与演出所要达到的效果联系在一起的。

亚里士多德区分了戏剧的两种基本形式：

亚里士多德所讲的悲剧和喜剧

➡ **悲剧**被定义为"对一个良好的、完整的、有一定长度的行动的摹仿，采用塑造得很优美的语言，塑造手段在应用于不同段落时采取不同形式。它是对行动者的摹仿，而不是叙述，它唤起怜悯和恐惧，以此达到宣泄这类情绪的效果。"（《诗学》，第6章）

➡ **喜剧**是另一种基本类型，亚里士多德对其评价不高。尽管他为喜剧专门构思过一本书，但这本书无迹可寻。《诗学》中只是简短地谈及喜剧，称其为"对低劣之人的摹仿，但不是对所有类型的低劣进行摹仿，而是仅仅针对那些既丑陋又滑稽的。滑稽是与丑陋联系在一起的一个错误，但是这个错误不引起痛苦和堕落，正如滑稽的面具仅仅是丑的和怪的，但却不表达痛苦。"（《诗学》，第5章）

喜剧的幽默手段，或者诸如阿里斯托芬和米南德所用的作为政治批判的讽刺，以及用含蓄的诙谐来展现人类基本特点的能力，都不在亚里士多德的考虑之中,对他来说,喜剧所展现的更多的是人类的偶然弱点和丑陋,这些弱点和丑陋为了满足娱乐的目的而被夸大了。在亚里士多德看来,只有悲剧才是具有艺术能力的、值得尊敬的体裁,他对形式的论述也都是针对悲剧而阐发的。

三一律

亚里士多德对形式的思考与戏剧的空间规定联系在一起,这些思考是奠基性的,直到今天还在为人们所讨论。 <159>

1. **情节的统一**:通过按照各种客观动机先后发生的、连续的情节要素,情节成为一个由开端、中段(包含转折点)和结尾构成的连贯整体(《诗学》,第 7—9 章)。在戏剧的发展历程中,这种三段式结构往往被扩充为五幕剧:贺拉斯最早提出,塞内加首先在其悲剧中履行了这一原则,及至 19 世纪,古斯塔夫·弗莱塔克(1863)从中构思出了一种金字塔形式的典范模式。

- **引子**:在第一幕中,观众获得进入戏剧情节所必需的背景知识。初始情境得以阐明,一出戏的事前背景、状况、时间、地点和人物被加以介绍,存在的问题也可能得到暗示(但是在严格意义上,在戏剧进展过程中为满足各种不同的需求而提供信息的回顾已经不属于此列)。第二幕中包含**冲突升级的要素**,同时也可以对主人公的擢升进行刻画。 戏剧的典范构造
- 作为转折点或变幻的命运,**突变**将主人公的覆灭导入,同时也把一个对于主人公来说后患无穷的问题提出来。第四幕对主人公的覆灭作出解释,但通常也同时引入一个表面上的**延缓要素**,这个要素似乎阻碍了事件的发展。
- **灾难**出现在第五幕中,它通常是对背景的揭示,或是对公开

问题的回答。主人公的擢升和覆灭通常伴以**阴谋诡计**，错综复杂的政治谈判或爱情关系，或者两者兼而有之。一个好的诡计可能是通过巧妙的牵线促成一段爱情故事（这是一种很常用的喜剧素材，参阅莱辛的喜剧《米娜·冯·巴尔海姆》及戒指计，1767）。

2. 时间的统一：尽管亚里士多德并未明确提出要求，但是由结构形式中也自然就产生了时间的统一。古希腊戏剧中的情节往往不超出一天一夜的时间范围。有时也会插入一些回顾——例如通过歌队或者剧中人物的谈话——以及对未来事件的暗示（Klotz 1975，第 38—44 页）。预言的事情是否真会发生，原则上是不确定的，但是这并不妨碍它们对观众的暗示作用，观众的期待会因此受到影响。

不同的戏剧类型

- **目标剧**：过程是为着一个未来的高潮而设计的，这就是说，其方向是目标明确的、目的论式的，因此也有冲突剧和抉择剧之说。
- **分析剧**：在分析剧中，决定性的事件或灾难一开始就发生了，此后的舞台情节发展将把存在于过去的原因揭示出来，并将卷入其中的人物聚集在一起。这种发现剧或揭示剧（参阅 Sträßner 1980）的典型例子是索福克勒斯的《俄狄浦斯王》（约公元前 426 年）。在这部戏剧中，俄狄浦斯将会弑父娶母的神谕预言已经预先告知了后来发生的事件，整部戏的悬念与其说针对的是事件的结果，毋宁说是针对其过程。在这种情况下会出现一种常见的情境：伴随着一个特别的高潮，即认出母亲是自己的血亲，主人公突然间洞悉了自己的命运（发现 *anagnorisis*）。海因里希·冯·克莱斯特的《破瓮记》（1806）是这种揭示剧的一个幽默变体。

- **组合形式**：如果戏剧冲突已经在过去之中潜伏甚至出现，但其后果却要在以后的事件中才能表现出来，就会产生这种组合的形式。这种既针对解释的过程，同时也针对情节之结局的双重悬念方向（参阅席勒的《玛丽亚·斯图亚特》，1800，或克莱斯特的《海尔布隆的小凯蒂》，1807/08）被一直保留到侦探小说和侦探电影之中，其原则是：既解释一个事件，同时也对进一步的发展中将会发生什么事情拭目以待。

3．空间的统一：很多亚里士多德的阐释者要求，表演场所应该始终不变，不做换景——这同样也可以用情节结构的连贯性来解释（Klotz 1975，第 45—92 页）。这与简陋的建筑条件有关：早期的舞台不具有今天的技术改造手段，因此若要介绍舞台事件以外的事件，人们就得求助于其他手段。

- **越墙视角**（Teichoskopie）：可以从一个较高的视点来呈现正在进行的战役、群众场面或者私密情节。
- **信使报告**：将空间上距离较远、时间上已经过去的事件（例如为了解释所发生的事或为其提供理由）呈现出来，目的是压缩时间或提供高密度信息。
- **歌队**：作为群体叙述者或解说者，歌队也可以起到补充缺失的、隐匿发生的情节部分的作用（Pütz 1980，第 20—21 页）。

传达信息的其他手段

戏剧的构造

1. 封闭的及构造式的戏剧形式是在亚里士多德戏剧传统中发展出来的。但是较为精确的构造划分并非是由亚里士多德本人所规定，而是在戏剧实践的需要中产生出来的：

- **幕**（拉丁语 *actus*：过程、情节；德语名称 Aufzug，就是指幕）

指的是一出戏剧中较长的、完整的情节段落。幕由场组成：

- **场**（希腊语 skene：舞台背景墙；德语：单个舞台布景，还有 Auftritt，就是指场）：这些最小的结构单元通常与一个人物的出场和退场相关，在晚近的戏剧中，它们常常被构思为内在地完整封闭的情节段落。

尽管在古希腊时代就偶或有人要求将戏剧分为三或五个部分，但是经典的古希腊戏剧并没有今天意义上的幕的划分。随着传统构造形式的日渐松动，划分成五部分的要求也失去了绝对有效性。完整封闭的戏剧形式传统在18世纪已经开始松动，在1900年前后则最终为现代开放形式所取代（参阅 Klotz 1975，第7—92页和第93—184页）。

对于封闭式戏剧来说，**高雅而典型化的语言**是其标志性特征，此外还包括韵和格律的保留，其中有两种形式是比较常见的：

- **亚历山大体格律**：这是巴洛克戏剧和启蒙运动早期戏剧中占统治地位的诗行形式，为六音步抑扬格的有韵诗行，在第三个扬音之后有明显的停顿（关于诗行形式，参阅第1.2.2章）。
- **无韵诗行**：莱辛用无韵诗行取代了亚历山大体格律的高雅语言，这种诗行依循莎士比亚，每句有五个扬音，内容自由，只在极少数特别加以强调的地方需要押韵。

2. 开放的及非构造式的戏剧形式不再将其各个部分呈现为一个具有因果逻辑根据的、同质的整体，各部分的先后顺序常常是可以互换的。演出时间不再像古希腊戏剧中那样与被表现的时间相对应，空间也可以是非连续性的。狂飙突进时期的戏剧家们已经开始了这一转变，他们将三一律视为桎梏，激烈地加以反对（歌德《葛茨·冯·贝利欣根》，1773；J. M. R. 伦茨《家庭教师》，

1774;《士兵们》,1776)。在非构造的结构中同时也折射出一种现代危机意识,这种意识将传统的、固定配置的、等级制的形式消解为情节和次要情节的多样性,如表现主义戏剧或者贝尔托特·布莱希特的戏剧用单个的场、画面或场景所表现的那样。

语言风格:一般来说,较为松动的或完全开放的戏剧形式关注的不再是风格的高雅程度,而是对观众的直接效果——如此一来,戏剧实现了与口头语言的贴近。巴洛克学校戏剧采取高深玄奥、矫揉造作的说话方式,剧中人物的语言永远都必须是完美无瑕的,狂飙突进戏剧则与此完全相反,它诉诸听觉的理解,采用短句子,无需受制于格律。最晚至克莱斯特,自发性语言开始出现,开始有句法不一致(错格)、不完整的句子(中断法)、重复乃至语言中断。

<162>

总的来说,固定的戏剧形式放开以后,也带来了一种新的语言风格,这种风格为个体性的角色量身定制,因而提供了**多种多样的语言角度**。方言形式和阶层语言等日常语言形式随着格奥尔格·毕希纳的作品进入了戏剧,沃伊采克这个人物就同时采用了这两种语言形式:

> **沃伊采克**:(摇晃安德烈斯)安德烈斯!安德烈斯!我睡不着!我一闭上眼,就天旋地转,我听见小提琴声,越来越快,越来越快。然后还有人从墙里面说话。你什么都没听见?
>
> **安德烈斯**:听见了,——让他们跳舞吧!上帝保佑我们,阿门。(又睡着了)
>
> **沃伊采克**:我两眼之间像有刀子划过。
>
> **安德烈斯**:你得喝点药酒退退烧了。

格奥尔格·毕希纳
《沃伊采克》第17场

近代戏剧的这些封闭的和开放的形式同样可以追溯至一些相互对立的历史类型：亚里士多德意义上的、特别是法国古典主义的规则剧（例如让·拉辛）与威廉·莎士比亚那种枝蔓丛生的、宽松的、不严格依据规则的戏剧彼此对立。总的来讲，封闭的与开放的形式之间的对立通常是以极端类型化的方式使用的，因此在单个文本中需要加以检验和具体化。

戏剧道白的形式

如果说人们通常是依据情节来判断戏剧的结构，那么情节包括的不仅仅是那条由剧中人物积极推动的外部事件所组成的链条。莱辛已经补充说，"内心的每一次激情斗争"都属情节之列（卷五，第373页），思想、情感或性格变化也同样是情节。此外，戏剧道白也能推动过程发展，不仅如此，它自身也是以词语进行的行为。人们主要区分了非说白文本和说白文本两种类型。

副文本包括一切非道白的内容，它们用形容词或定语、描写或刻画来说明说话者，通常以斜体形式出现。此外，副文本还包括舞台和演出说明、标题、题辞、献词、序言、人物表、幕和场的划分（Pfister 2001，第35—37页）。副文本可以发展为独立的叙事单元，例如在格哈特·豪普特曼、布莱希特、海纳·米勒和彼得·汉特克的剧本中。

主文本是说出来的话，既可以是人物之间的对话，也可以是一个人物的独语，即所谓对白或独白。

1. 独白：独白者没有舞台上的直接听众，他从其他人物中间站出来，或者独自一人站在舞台上，发表他的独白演说，其说话内容不被打断也不被反驳，此时观众成为他的对话伙伴。独白又可以分为（参阅 Kayser 1948，第 200 页）：
- **技术性独白**（用以将不同人物的出场联系起来）　　　独白的类型
- **叙事独白**（用以告知不可描述的或已经描述过的情节过程）
- **抒情独白**（用以呈现内心生活和情感生活）
- **反思独白**（通过某个人物来对某一状况进行思考和评论）
- **戏剧化独白**，此类独白在情节发展的高潮点上引出最后的决断。

还有一种特殊形式，即所谓的"旁白"（较为常用的是其英文形式 aside），指的是主人公让观众听得见他的感受、秘密想法和计划，但在情节层面上，由于这些话不是向着舞台上的其他剧中人物说的，所以他们仿佛听不见这些话（关于独白的形式，参阅 Pfister 2001，第 180—195 页）。

2. 对白指的是在两个（二人对白）或几个人物（多人对白）之间交替进行的谈话或对答（Pfister 2001，第 196—219 页）。对白决定了情节的发展，人物的性格以及他们在思想和言论纲领上的对立在对白中得以刻画，而戏剧冲突则从这些对立中发展出来。谈话的长度可以极为不同，说话者可以一句一交替甚至在句中交替（交锋对白），可以打断别人的话，也可以加快说话速度，尤其是在有惊喜或喧闹事件出现的时候。对白修辞学区分了如下效果目标（Pfister 2001，第 212—214 页；参阅本书第 2.2 章）：
- **逻各斯策略**：以事实为主题的描述性、论证性的谈话，以及对过往事件的叙述性传达。
- **伦理策略**：以说话者为主题的谈话，是对某个人物的道德纯洁性的保证，这个人物意图以自己的人格尊严来证明自己的立场的正确性。
- **激情策略**：激起观众的激情，以求通过对情绪的诱导效果来达成某种个人的或政治的目的，其间会出现大量修辞手法。

人物

随着封闭式戏剧形式的衰退，上层社会的人物形象逐渐减少，这一点从风格的日常语言转向中也可以看得出来。自亚里士多德的《诗学》以来，悲剧主人公约定俗成地只能是来自上流社会的人物，相反，喜剧的主人公只能来自低等阶层。

<164>

等级规定：从亚里士多德开始、经文艺复兴和巴洛克诗学直至戈特舍德，有一个要求是必须遵守的，那就是上层社会的人物应该对观众发挥尽可能强烈的影响。亚里士多德认为，戏剧主人公必须"属于声名显赫、生活顺达的人物之列"（《诗学》，第13章），因为这类人物覆灭时的**跌落落差**能够增强悲剧过程的强烈性。

混合性格：在市民悲剧的发展过程中，莱辛取消了上层社会的主人公，明确要求将与观众处于同等阶层的市民人物置于舞台之上，因为只有这样的人物才能引起观众的触动和同情。此外，他们也不应该是单纯善或单纯恶的，而应该被构思为具有混合性格，这可以使他们更为可信、更为真实。在这样的中间状态中，主人公对于其过错似乎只负有部分责任，他的不幸也因此显得有些冤枉，而当主人公还预见到了自己的命运时，这种状况便愈发加强了**悲剧的反讽**。不过即使是"无辜"的主人公也会助推悲剧的结局，比如通过他对局势的错误认识或者在错误的前提下采取行动，这一点观众们看得清清楚楚，而剧中人却懵懂不知（关于各种人物和形象观念，参阅 Pfister 2001，第220—264页）。

冲突类型的五种变体：不同的人物观念为戏剧划定了一个广阔的主题领域，阿斯穆特认为其中可以分为**性格剧和情节剧**

(Asmuth 2004，第 137—139 页）：

- 古希腊戏剧中神的秩序与人的秩序之间的冲突；   冲突类型
- 中世纪的心灵斗争；
- 宫廷阶层的命运剧；
- 在市民悲剧中，冲突逐渐向社会剧的方向转变；
- 在现代的意识分析剧中，紧张过程转移到了内心世界（同前，第 146—147 页）。

1.3.3 理论：戏剧的效果目的

古代至古典主义

自亚里士多德的《诗学》开始，戏剧学的基本概念在理论上也争议颇多。其中讨论得尤其多的是在不同层面上都有所体现的悲剧效果的问题。

➡ **净化**：悲剧应引起"怜悯和恐惧"（*eleos* 和 *phobos*），并将这些情绪状态净化掉（《诗学》，第 6 章）。这种说法完全是医学意义上的，它涉及人的体液管理，体液应保持平衡。**净化**效果直到今天还在为人们所讨论：应该在多大程度上按照字面意义理解它？观赏戏剧对于观众们会产生何种后果？这期间发生了什么？在亚里士多德那里，这个过程始终是有歧义的，视乎如何翻译：如果译成主词所有格，那么激情自身就起净化作用，如果译成受词所有格，那就是激情被净化掉，而作为部分所有格，人们会将其译作"激情的净化"，其结果就是，激情被随着汗液排出去了。

亚里士多德的净化概念

<165>

净化概念的意图还在于将医学效果和伦理道德的改善联系起来：本能欲望被改造成具有社会能力，而这也与古典悲剧的政治诉求有关。

1. 作为敬畏与同情的净化：莱辛从净化观念中提取出了一种新意，他不再把 *eleos* 和 *phobos* 译成"怜悯和恐惧"，而是译成"同情和敬畏"，因而将同情共鸣置于了中心位置：观众应把舞台上发生的不幸事件想象成是发生在自己身上的（第 IV 卷，第 578—579 页）。

深化

> 在同情的概念中，一种新的人的形象也开始发挥作用。在莱辛看来，那些用掉了最多手帕的观众，是最好的观众。这种观点尽管也涉及人的体液，但它主要涉及的却是受神经控制的有机组织，这种有机组织是 18 世纪中期的医生们所发现的。它涉及感官印象和神经刺激，这些印象和刺激是由舞台提供的，但每个观众都必须单独接受它们、独自加工它们并将它们与自己联系起来。

2．戏剧作为道德和教育机制：莱辛强调，同情的"柔化"效果是一种应该与知性认识相伴而行的必要情感。从这两个方面的共同作用中产生出道德效果，而这种道德效果才是莱辛最终所追求的，他宣称，"净化的根据无他，正在于将激情转化为道德能力"（第 IV 卷，第 595 页）。莱辛的道德戏剧以及对市民人物的同情和认同具有一种功能，即把戏剧变为相互理解的媒介和**市民公共领域的交流手段**。

3．古典主义戏剧的审美教育：在古典主义戏剧中，净化概念进一步退居背景位置，至少就其悲剧元素来说情况是如此。席勒将悲剧经验提炼为崇高：必须忍受激昂的情感，以便超越于它来证明道德的自由（参阅《论崇高》与《论庄严》）。歌德尤其想要避免激昂情感的破坏性的、危险的方面。早在 1827 年，他就在其《亚里士多德〈诗学〉拾遗》中主张，必要时应使净化在一种"制衡"以及"此类激情的和解"的意义上起作用,作为一种对立视角,他还提出了"调解性的抹去棱角,它其实是对一切戏剧乃至一切文学作品的要求"(第 14 卷,第 710 页)。他以此再次总结了**古典主义戏剧的目的**:应将个体设想成一个自身完整的整体的人,他与社会性—普遍性的东西是协调一致的。戏剧应安抚心灵需求,说到底也就是闲暇时的需求(Schiller,第 V 卷,第 821 页),此外还应该让"享受与教益"并存,在舞台上创造出一个我们能够超出现实世界之外而梦想的艺术世界(同前,第 831 页)。这种戏剧最终应追求一种**社会的榜样作用**,它应该呈现一个作为理想的审美王国,该王国从艺术所创造的美的表象和游戏的自由中汲取营养(同前,第 V 卷,第 661—663 页)。

在席勒看来,审美教育包含了单个观众应在自身中展开的一切领域。人本身成为认识的对象,同样成为认识对象的还有人与他人之间在宗教和哲学**宽容**之中的共同生活——莱辛在《智者纳坦》(1779)中已经用指环寓言表明了这一点。在歌德对广泛流行的浮士德素材所作的处理中,可以看出古典主义纲领的另外一些主题:位于中心点的是**行动着**、**追求着**的人,他像个巨人一样力求在研究中、也在私人生活中、最终是在政治生活中突破自己的界限(浮士德最后成了一个施暴的统治者)。但歌德同时也提出了科学问题、道德主体、神学观点、法律问题(杀婴)和诗学问题。为此他使用了后来广受滥用的**世事如戏**[①]这个概念,正如"**舞台序幕**"(第 239 行往下)中剧院经理以有规律的四音步抑扬格所提出的那样:

[①] 原文是 Welttheater,意指世界是舞台,每个人在这个舞台上扮演自己的角色,在上帝面前表演。——译注

歌德
《浮士德》,"舞台序幕"

要知道,在德国舞台上面,
各依各的心意行事;
因此今天请不要吝惜
一切布景和一切机关。
去使用大的天光、小的天光,
星星也不妨加以布置;

还有水火、悬崖峭壁、
走兽飞禽都可以上场。
就这样通过这狭窄的木棚,
请去跨越宇宙的全境,
以一种从容不迫的速度,
遍游天上人间和地狱。①

戏剧所包含的内容应该不少于"宇宙的全境",即应该在戏剧中达致和解的多姿多彩、矛盾纷呈的世界万物。这样高的要求需要以自我反思来进行支持,也就毫不奇怪了:戏剧的任务和舞台技术方法被在舞台上进行了解释——这是一种自我指涉,它虽然从根本上来说并不是新事物,但却尤其多地反复出现在现代戏剧中。

从毕希纳的批判剧到布莱希特的叙事剧

魏玛古典主义的乌托邦思想尽管并未获得太多兑现,但它终究让人们意识到了社会的断裂。在 J. M. R. 伦茨的狂飙突进悲

---

① 译文采用钱春绮译《浮士德》,上海译文出版社,1989年,第14—15页。——译注

喜剧中已经起到激发推动作用的东西，即去表现社会关系中的个人，被毕希纳进一步加以完善，并由此建立起了一种具有**政治批判目的的戏剧**。他不想再去表现人应该怎样，而是去表现人是怎样：沃伊采克主要不再是被作为杀人犯看待，而是被放在他所处的社会属性中看待，其中政治的、医学的和法律的视角都被加以考虑。格哈特·豪普特曼的戏剧表现了他的人物们如何受**环境**决定，社会歧视怎样对他们的思维、语言和行为方式发生影响，就此而言，他明确地表现出了与毕希纳的关联性。在此，同情作为一个效果方面固然还在发生作用，但是一条通往日后的完全立足于观察与分析的政治批判剧的轨迹已经显露出来。

叙事剧：受艾尔温·皮斯卡托的某些启发，贝尔托特·布莱希特构思出了他的戏剧主导模式，这种模式的取向主要是批判—政治性的，它再次对古典传统——尤其是亚里士多德的传统——发起了进攻。这一点首先表现在布莱希特对于起分析作用的理智所做的辩护，他认为起分析作用的理智应该在戏剧中得到训练，从而使移情变得多余。他在 1931 年（1931/1967，第 1009 页）所列的提纲对其立场做了如下概括：

戏剧的戏剧化形式	戏剧的叙事形式
舞台"体现"一个过程	它讲述这个过程
将观众卷入一个行动	将观众变成观察者
耗尽他的积极性	但唤起他的积极性
使他获得情感	迫使他做出决定
传递给他经验	传递给他认识
观众被置入一个情节之中	观众被置于情节的对立面
其手段是通过心灵影响	其手段是通过论证
感受被加以保存	驱使他达致认识

<168>

人被预设为已知的	人是研究的对象
永恒不变的人	可变且变化着的人
悬念是针对结局的	悬念针对过程
场景环环相扣	场景各自独立
事件是直线型发展的	事件曲折多变
自然没有飞跃	有飞跃
如其所是的世界	将会成为的世界
人应该如何	人不得不如何
他的本能	他的活动根据
思维决定存在	社会存在决定思维

在此，布莱希特是以马克思主义基本原理为出发点的：他想要展示资本主义社会秩序所带来的各种异化现象、它们之间不可调和的矛盾，以及从整体上去表现经由革命而进入无阶级社会的辨证的历史进程。这样一来，戏剧的目的就不再是移情或净化的过程，也不是道德，而是对虚假错误的社会关系的揭示。

陌生化效果（V-Effekt）：这种戏剧手段在布莱希特的叙事剧中起着核心作用。一个为人熟知的素材被以一种新的、非常规的方式加以呈现，或者是叙述上的变化，或者是内容的改变，或者是用一种新的介质，特别是通过演员与他所扮演的角色之间的距离。观众对于所发生的事件不应该产生认同，而应该理性地认识它的社会性异化，同时也应该认识到不幸状况是可以改变的。在戏剧中，干预社会进程是可以设想的。与此相应，那种任由自己被蒙蔽的被动消极的观众是不受欢迎的，只欢迎那种积极的、能够看穿一切幻觉的观众。在这种**作为分析机制的戏剧**中，观众自身成为了主人公。不言自明的是，对于戏剧的这些诉求势必会带来一些形式上的后果，也会要求一种开放的戏剧形式。由此产生了一套丰富的多种多样的干扰幻觉的手段：
- 幻灯片及电影投映、扩音器、广播等介质的使用
- 进行报道以及叙述的人物；在观众中间穿梭的卖报人
- 演员与观众之间进行的讨论，取消了舞台和观众空间之间的界限

一些为人熟知的过程尤其要借助这些手段来展现其局部各细节，以便能够更好地分析它们。不过这里不应该只有冷冰冰的理性，而是也应该有**享受**，布莱希特在1948年的著名文章《戏剧小工具箱》中承认了享受的重要性，认为它是对思维过程所感到的乐趣，在这个意义上，他对古典时期的净化概念做出了截然不同的重新阐释（1948/1967，第67页）。 <169>

实验戏剧的目标及后戏剧

在乐观主义的政治愿景这方面，也有一些布莱希特的学生背叛了他。例如原民主德国剧作家海纳·米勒脱离了教育剧和叙事剧，想让戏剧重新向身体经验，亦即向古典时期的净化靠拢。为此他加进了一些神话素材，学习借鉴莎士比亚，特别是他还发现了法国人安东尼·阿尔托的**残酷戏剧**。阿尔托在20世纪20年代就已经为梦幻与迷醉、色情甚至食人的冲动念头进行辩护，同时他也极力主张沉湎于舞台的声响和灯光效果（参阅 Artaud 1932/1986）。阿尔托的影响一直渗透到了当代戏剧中，例如加泰罗尼亚的拉夫拉德鲍剧团①用电锯威胁观众，到处抛掷生肉块，

---

① 拉夫拉德鲍（La fura dels baus）是一个西班牙剧团，成立于1979年。La fura dels baus 是加泰罗尼亚语，意为"深渊小鼬"。——译注

此外还播放单调无聊的声响杂拼和录像装置。

自20世纪70年代开始，米勒开始将一些残忍的元素加入他的剧本中，这些元素要诉诸观众的感官经验，并将社会中的真实暴力呈现出来。此外他还对过去的伟大剧本及其与当前现实的遭遇进行了批判性的分析，例如在《哈姆雷特机器》（1977）中，"哈姆雷特扮演者"说道：

海纳·米勒
《哈姆雷特机器》
（1977），第4场

> 我不是哈姆雷特。我再也不扮演任何角色了。我的语言已经没有话要对我说。我的思想吸干了图像的血。我的戏剧不存在了。我身后在安装舞台布景，是由那些对我的戏剧不感兴趣的人在安装，安装给那些与此无关的人。我也对它不感兴趣了。我不玩了。舞台工作人员在哈姆雷特扮演者未注意时将一台冰箱和三台电视机搬上来。冰箱发出噪音。三台电视节目没有声音。

扮演者如字面意思所说的那样从他的角色中"跌落"出来，表明了自己与迄今为止一切戏剧故事都截然不同的新立场。他告别了莎士比亚的典范戏剧，抽空了舞台的一切幻觉力量。米勒的做法彻底毁坏了戏剧的形式：戏剧叙述被消解，演出既不再现情节也不表现人物特征。既然信息不再处于中心位置，那么**舞台的感性潜能**就更多地被激发出来：游戏之乐、感官刺激、对纷呈叠出的图像和各种声响以及堆砌的词语的惊讶——它们胜过作者的任何明确目的。但是这种**戏剧作为（错乱）干扰**、作为危机和背景变换，也将激活对历史灾难的记忆——要理解它就必须重新开始使用理性。

<170>

这是对一种自18世纪起就可以观察到的戏剧潜流的重拾：

通过提高感性的价值，舞台所特有的审美价值得以施展。它是一种戏剧后时代的戏剧，它不再对扣人心弦的情节感兴趣，也不再需要负责任的"信息"和承载意义的人物。戏剧学家汉斯–蒂斯·雷曼（1999）用**后剧作时代的戏剧**这个概念对 20 世纪的这些极端形式作了概括：

- 演员早已放弃了与角色的身份认同，观众被吸收进来，可以对演出状况进行讨论。
- 戏剧以极端的形式自我指涉，将演出状况、演员、剧院经理或观众主题化。
- 舞台手段成为真正的主人公：极度重视声音效果、语言被分解成字母和音素序列，然后再组合成新的词语洪流。舞台布景和舞台音响不再作为内容的陪衬和装饰，而是为了造成一种独立的、具有感性强度的经验。

借助这种"风险美学"（Lehmann 1999，第 473 页），戏剧要提升自己特有的手段，以便能够像电影和音乐一样更直接地以神经刺激为目标。

1.3.4　历史上的分支类型

从古代到中世纪

1. 悲剧：希腊语单词 tragodia 已经表明了戏剧的宗教起源：这个词翻译过来就是"山羊之歌"，它可以具有如下形式：
- 古希腊罗马的**羊人剧**，在这种戏剧中，人们头戴面具、身穿兽皮，向酒神狄奥尼索斯致敬，通过颂歌和圣歌向其发出祈求。
- **酒神颂歌**：在这种歌队形式的宗教歌曲形式中，词语、舞蹈、动作和游戏紧密相连。

- **古代话剧**：自公元前 6 世纪起，向着一种固定的、有组织的戏剧形式的发展过程逐渐得以完成，这就是我们今天所知的狭义上的悲剧：人们开始把最初自由、即兴的口头文本书写下来，为其配上固定的韵律。歌队的对面出现了一个作为主人公的演员，他回答、评论并做出行动。据亚里士多德讲，埃斯库罗斯将一名演员增至了两名，索福克勒斯则将其增至三名（《诗学》，第 4 章），如此一来，到公元前 5 世纪的时候，话剧的所有可能形式都已经出现。与此同时，与宗教实践之间的联系越来越削弱了。随着索福克勒斯，最迟至欧里庇德斯时代，戏剧已经成为政治公众及其**辩论文化**的一个固定组成部分。有待人去加以解释和阐明的神的原则和要求是永恒不变的主题，但其中多少也会掺杂进一些人与人之间的争论、权力及爱情的争夺。这些主题只是乍看上去与净化的原则相悖，因为净化只是方式，其目标同样也是要帮助人们理解行为模式和生活模式。

<171>

按官方规定，节庆活动应该是为狄奥尼索斯举办的：在雅典卫城上演的献给狄奥尼索斯的戏剧是每年三月举行的节庆活动的框架，这些活动同时也是争夺最佳诗人和最佳演员奖杯的竞技（*agon*）。演出被固定为由四个部分组成的单元：三场悲剧和一场羊人剧，连续多日循环进行，以求选出得胜者（参阅 Brauneck 1993，第 24—35 页）。演出在**露天剧场**面对数量庞大的观众进行——15000 多名观众在建造于公元前 300 年的埃皮达鲁斯剧场就座。在大多数活动场所附近都有疗养浴场，埃皮达鲁斯就是这样一个综合性的疗养剧场，这一点同时也暗示了"净化"效果的医学含义（Brauneck 1993，第 35—50 页）。

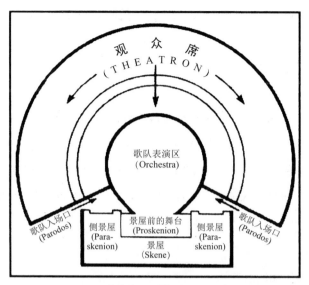

古希腊罗马剧场平面图

2. 神秘剧：随着继承延续希腊戏剧结构和演出实践的罗马帝国的瓦解，戏剧发展停滞了——至少中世纪早期没有留下公众戏剧生活的证据。得以流传下来的是后来的神秘剧，这种剧产生于 14 和 15 世纪的法国和英国，作为一种以圣经内容为主题的宗教巡游剧和复活节剧，它最初在极大程度上与宗教仪式结合在一起（参阅 Ziegler 2004）。此后，原本将教堂作为演出场所的神秘剧逐渐向附近的其他公共场所转移，与此同时，舞台上的语言风格也发生了转变：短小的、以拉丁语撰写的**教会剧**让位于较长的**舞台剧**中的民间语言。

3. 狂欢节剧和笑剧：市场被用来充当露天剧场，这样就能够出现较为大型的多布景舞台，这种舞台按场次顺序同时呈现多个阶段的场景。宗教内容偶尔会为了某些粗俗滑稽的段落而退居次要位置，正如在狂欢节剧和笑剧的喜剧元素（参阅 Sowinski

1991）中占据中心位置的总是爱讲笑话的人（滑稽演员）一样。作为一种驱赶严冬的活动和丰产祭礼，这种戏剧向民间狂欢节文化的转变是清晰可见的。

4. 在此基础上，**滑稽剧**获得了自己的特有发展，形成了更为粗俗的喜剧风格（自 1750 年起也表现为**闹剧**），并在 19 世纪形成一种带有滑稽中心人物的多幕形式，直到今天，它仍以其日常主题和批判视角而影响着民间戏剧（参阅 Brauneck 1993，第 271—403 页）。

文艺复兴和巴洛克

古代戏剧文学的传统在中世纪时几近中断。由于文艺复兴对古希腊罗马的回溯以及书籍印刷的出现，致使古代文本在 1500 年前后获得了与教会传统中的民间戏剧相近的重要性。当时存在着两种喜剧类型：

1500 年前后的两种喜剧形式

- **博学喜剧（commedia erudita）**是由 1500 年前后的人文主义者发展出来的，是一种以阴谋诡计和人物弄错为内容的喜剧，典型特点是博学性和形式的严格（参阅 Brauneck 1993，第 426—429 页）。
- **艺术喜剧（commedia dell'Arte）**是博学喜剧的流行变种。也以即兴喜剧广为人知，产生于 16 世纪中期，在市场上或表演棚里提供一种即兴戏剧，采用稀奇古怪的面具，人物类型逗人开心（同前，第 429—440）。

在悲剧方面，发展出了如下几种形式：

- **历史剧**处理的是历史题材和事件，其显著特点是场景按故事情节的顺序排列（参阅 Brauneck 1993，第 564—667 页）。

莎士比亚的历史剧和悲剧不仅处理抽象的命运问题，而且也表现政治权力问题、道德败坏、谋权篡位和性。戏剧身价的提高呼吁专用建筑的出现，这一点在历史剧的演出中特别能体现出来：演出场地重新变成独立的，例如在英国，16世纪末期出现了作为公众辩论文化之论坛的露天圆型木建筑。

- 塞内加的**复仇悲剧**以及民间的**道德剧**也助长了对于亚里士多德的几条要求的取消：情节连贯性并不重要，取而代之的是强调要在不同地点发生数量众多的情节；形式变得松散，允许人物使用个体化的说话方式和日常语言。　　　　　　　　　　　　 <173>

- **古典主义规则剧**：在法国，戏剧选取的是一种更忠于形式的方向。路易十四喜欢在凡尔赛官里佩戴太阳王的面具出现，并让他的下属们扮作行星和卫星围绕在他身旁，除了他这种浮华的自娱自乐之外，还有莫里哀的类型喜剧以及在17世纪后期以高雅悲剧来为戏剧确立标准的让·拉辛和皮埃尔·高乃依的话剧。古典主义规则剧（Brauneck 1996，第163—274页）要求严格运用古代典范，以求对剧中的激情斗争进行压制和教化。

- **德国巴洛克戏剧**是对兴起于文艺复兴时期的学校剧的完善：剧本多是由教师为学生写的，以演出为目的，实际上是一种业余戏剧（参阅 Brauneck 1996，第329—459页）。历史题材占据相当的位置，例如安德里阿斯·格吕菲乌斯（《列奥·阿尔梅尼乌斯》，1650；《查理·斯图亚特》，1657）和丹尼尔·卡斯佩尔·罗恩斯泰因（《克里奥帕特拉》，1661；《索佛尼斯勃》，1669）。只有两部喜剧比较有名（《霍里比利克里布利法克斯》和《彼得·斯克文茨先生》，1663），同样也是格吕菲乌斯所写。在三十年战争的背景之下，巴洛克戏剧多以凶杀为主题是很容易理解的。使这一切变得可以忍受，是马丁·奥皮茨的意图（《诗学》，1624）：观众应该通过显现一种斯多葛式的忍耐力量（ataraxia）来对抗"悲伤痛苦"，以获得一种内心力量的平衡（constantia）。等级规定在这里（和在法国一样）适用于全体人物，所有人都要以讲究辞藻的方式说话。除了在主题上表现死亡威胁和生命的短暂虚幻（vanitas）以及权力问题外，巴洛克悲剧的作用还在于训练言谈规则，训练话题搭配和选择比喻时的娴熟技巧，亦即训练口才辞令和记忆力。不过形式的严格也带来了僵化，这也是德国戏剧在欧洲相对落后的原因之一。

向市民悲剧和古典主义戏剧的发展

巴洛克戏剧始终没有取得持续的普遍影响。到 18 世纪时，人们的思考开始愈来愈关注于，如何才能获得一种公众性，哪些**戏剧形式既能取得效果也能推进教育：**

- 自 1700 年起在德国特别流行的**流动戏剧**，享有一种颇为可疑的名声。例如纯粹主义者们谴责说，这些戏剧对剧本所做的改动太大，对观众的当前趣味迎合过多（参阅 Brauneck 1996，第 701—751 页）。带有即兴表演片段的流行滑稽剧、**以小丑为主角的闹剧**、骇人听闻的恐怖场景以及将剧本削减得只剩下光秃秃的情节骨架，这些尤其令启蒙主义者们不满。

<174>

- **戏剧改革**：约翰·克里斯托弗·戈特舍德（1700—66）谴责这种道德败坏，并于 1730 年领导了一场与之针锋相对的戏剧改革。他将戏剧由五部分组成的结构提升为标准，以此来规范当时的流动剧团所采取的自由的表现形式。巴洛克悲剧的阴郁的听天由命在戈特舍德看来也很值得怀疑。他想要戏剧承担教育义务，因为戏剧为向更广泛的观众灌输启

蒙思想提供了可能性。以理智和习俗道德为目的，戈特舍德削弱了悲剧的重要性。在形式上他忠于亚里士多德，保留三一律，遵从情节应该依照真实性法则而展开这一信条。

- 为戈特舍德所青睐的是**感人的**或**流泪的喜剧**：正是这种体裁应该成为一种道德校正，因为它"既逗人发笑，同时也能给人启发"（Gottsched 1730，第 643 页）。此外它还具有社会融合力，因为它的人物是"正直的市民"（同前，第 647 页）。克里斯蒂安·F. 盖勒特最突出地将这些要求付诸了实践（《专心祈祷的女人》，1745；《温柔多情的姐妹们》，1747）。在法国，**含泪喜剧**（*comédie larmoyante*）特别强调情感性，甚至发展为狂热的、盲目的同情。**莱辛**则继续致力于传播喜剧（Lustspiel）的概念，该概念自 16 世纪起作为拉丁语的喜剧（comoedia）一词的翻译得以传播，它排挤了骂剧、玩笑剧和欢乐剧等概念。他认为这个概念在滑稽剧或启蒙主义类型喜剧的讽刺之笑与**含泪喜剧**的情感负担之间取得了妥协。严肃的喜剧所含有的元素应该更多的是属于建设性的——感人的类型（《米娜·冯·巴尔海姆》，1763）。

- **市民悲剧**：喜剧性中的移情以及启蒙态度对**同情的观念**产生了影响，该观念尤其是在市民悲剧中变得非常重要（《萨拉·萨姆逊小姐》，1755；《爱米丽娅·迦洛蒂》，1772；席勒的《阴谋与爱情》，1784）。早在 1657 年，格吕菲乌斯就以其悲剧《卡尔德尼奥与采琳德》为此类型撰写了一部先驱作品：不顾奥皮茨的警告，格吕菲乌斯刻画了一个以市民为主人公的悲剧爱情主题，但并未明确强调阶层问题。与此相反，贵族与市民阶层之间的矛盾冲突在莱辛的剧本中是很明显的。这也表现在舞台布景上：宫廷戏剧中的富丽堂皇和巨大空间感消失了，取而代之的是封闭的房间装饰、局部绘

<175> 有图案的家具——中产阶级观众的私人世界应在舞台上得以反映（Brauneck 1996，第 772—801 页）。

尽管等级矛盾逐渐显露出来，但是具有政治责任感的人们中间较为开明的那部分人仍然对固定的舞台非常感兴趣：人们想要通过戏剧来达到道德教化的目的，恰巧又赶上民众中间存在着一股颇具规模的戏剧狂热，在德国，这股狂热是在 18 世纪发展起来的。具有强大支付能力的市民于 1767 年在汉堡建立了第一家正式的民族剧院，并以私人经济的形式对该事业进行资助，而莱辛则从实践上和理论上提供支援（《汉堡剧评》，写于 1767/68 年）。距离今天这种由公共资金资助的市立剧院还有很长的路要走，但是在开明的专制诸侯的支持下，毕竟还是建立起了更多的剧院：哥达、慕尼黑、维也纳，当然还有魏玛和曼海姆。

- **古典主义戏剧**以诸多知识领域为基础，这些领域在 18 世纪呈现出一种新型格局：特别是在歌德的《浮士德》中，人类学、医学、法学、哲学紧密地联系在一起。此外，诗人本身也可以成为中心了：在歌德的《托夸多·塔索》(1790) 中，诗人化身为标题人物塔索，控诉自由的缺乏，同时也通过这种自我庆典而被呈现为一个承受痛苦的诗人（**诗人剧**）。在诸如歌德的《埃格蒙特》(1788)、特别是席勒的《华伦斯坦》(1798/99) 和《玛丽亚·斯图亚特》(1800) 等古典主义**历史剧**中，历史进程总是通过某个因恶劣秩序而遭致失败的单个人物来反映。历史过程被重新叙述，被指向新的目标方向，例如席勒在《威廉·退尔》(1804) 中借助历史题材提出了自由的政治理念。无论制作得如何复杂精良，戏剧的政治<176>关涉都是很明显的，因此《华伦斯坦》的序幕中对拿破仑和法国大革命的影射也显而易见。封闭的形式此时仍是有约

维也纳宫廷歌剧院开幕时的观众席，1869 年

束力的，作为一种自身圆满的艺术构造，它的作用在于体现一种乐观的世界图景：哪怕情节具有一个灾难性的结尾，但各个部分与整体之间却在形式上彼此和谐协调。

19 世纪戏剧的"高雅"和"低俗"形式

也许是由于古典主义戏剧的目标过于雄心勃勃，在 19 世纪，悲剧作为启蒙及古典主义艺术乌托邦的主要媒介的角色有所削弱了。

- 相反，**感伤剧**在观众中获得了巨大成功。该类型戏剧即便处理悲剧题材，也是采取平庸俗套的形式。在这方面起到标准确立作用的是奥古斯特·冯·科策布，他一跃成为德语观众最喜爱的戏剧作家。他最著名的作品《仇恨与后悔》(1788)以及《德国的小城市民》(1803)借鉴了市民悲剧，但也表现出一些喜剧的和戏仿的元素，处理的一般是自由恋爱、道德以及城乡或贵族与市民之间的矛盾冲突等主题。在知名度上与科策布不相上下的是奥古斯特·威廉·伊夫兰德，他本人最初是一个有名望的演员，他用催人泪下的感动和充满戏剧性的和解来化解市民的日常困境和贵族的道德腐化（《猎人们》，1785；《玩家》，1795）。

- **大众剧**及"**低俗喜剧**"（滑稽剧、闹剧或笑剧、魔幻剧、阴谋剧以及家庭剧）在18世纪末获得了相似的广泛发展。在19世纪，它通过郊区舞台而变成一种大众媒介，自此以后作为地方剧或乡土剧、农民剧、风俗画或教化剧出现（参阅 Hein 1973；Brauneck 1999，第165—231页）。在维也纳，由于那些驻扎下来的流动剧团，这种文学上"高雅"的剧作与喜剧形式之间的结合尤为显著。费尔迪南·莱蒙德主要影响了大众剧的文学—梦幻性的一面（《阿尔卑斯王与人类之敌》，1828），约翰·内斯特罗伊的塑造则更加关注社会现实（《一楼与二楼》，1835；《小人物》，1846）。1848年之后，部分是由于审查的原因，大众剧一般局限于田园牧歌式的主题范围，仅仅是一些低劣表演或乡土田园图，不过也并未丧失其讽刺—批判的潜力。路德维希·安岑格鲁伯更倾向于唯道德论和美化现实（《签名者》，1872；《第四诫》，1878）。

- 与此相反，**社会批判性的大众剧**借助方言的独特性和特殊阶层语言发展出了一种攻击性的喜剧，用语言和思维的陈规俗套来让人们意识到社会发展中的不良现象。这条发展线索在当代戏剧中仍可见到：埃尔瑟·拉斯克-许勒（《乌珀尔》，1909）、卡尔·楚克迈耶（《科本尼克上尉》，1931）、厄东·冯·霍尔瓦特（《卡斯米尔和卡罗琳》，1932），甚至包括布莱希特，他在《彭提拉老爷和他的男仆马蒂》（1940）中表明了阶级立场，还有原民主德国的大众剧、弗兰茨·克萨佛·克罗埃茨（《巢》，1975）和彼得·图里尼（《开幕》，2000）等人，他们全都不仅仅局限于满足广泛的娱乐需求，而且也要表现主人公身陷其中的错综局面，揭示狭隘的乡土视野，或者将无权无势的边缘人物作为表现中心，从他们的角度出发进行社会批判。

- **"高雅"的喜剧**与批判性的大众剧具有一些共同之处。这种表现形式经由狂飙突进的讽刺（J. M. R. 伦茨《家庭教师》，1774；歌德《诸神、英雄和维兰德》，1774；《森林之神》，1773；F. M. 克林格尔《狂飙突进》亦即《混乱》，1776）一直延续到19世纪（参阅 Hein 1991，第212页）。最晚在克莱斯特那里，喜剧在高雅文化中获得了一席之地（《破瓮记》，1811；《安菲特里翁》，1808），在格奥尔格·毕希纳那里，它发展成为一种时代批判（《莱昂瑟和莱娜》，1834），后来在格哈特·豪普特曼那里也同样如此（《獭皮》，1893）。喜剧中可以融合进一些悲剧基调，这一点在卡尔·斯特恩海姆的《市民的英雄生活》系列（1908—1923）、胡戈·冯·霍夫曼斯塔尔的《困难的人》（1921）和弗里德里希·迪伦马特的《老妇还乡》（1955）中都有所体现。和大多数喜剧作家一样，他们也不想仅仅满足于娱乐大众，而是希望可以通过情节或语言手段来表达批评。

- **社会剧**：1843年，黑贝尔用《玛丽亚·玛格达莱娜》再次明确地尝试重振市民悲剧，他在这部悲剧中表现了市民问题和秩序的瓦解，但是他的这种尝试就该体裁本身来说并未取得成功。不过他促进了具有鲜明政治性的格奥尔格·毕希纳（《丹东之死》，1835；《沃伊采克》，1836）在向后来的社会批判剧发展这一方向上所取得的效果；亨利·易卜生的社会批判性作品《培尔·金特》（1867）和《群鬼》（1881）也是遵循这个方向。格哈特·豪普特曼将各种对于社会剧分支类型的倡议汇总在一起——如他的《日出之前》(1889)的副标题所示——并在形式上也借鉴了毕希纳。他所采取的开放形式和场景式技巧伴以一种始终不变的、以阶层为定位的人物语言,从人物嘴里说出的不再是书面语言,而是符合他们的地位和职业的语言。社会问题被以社会阶层语言或——一如《织工》(1892)中那样——以方言戏剧性地呈现出来。豪普特曼采用了可以追溯到市民悲剧舞台的幻景舞台:一个带有人工照明及后景的边界清晰的、配置得很真实的室内空间,仿佛只是少了一面墙一样,观众可以看到房间内部。这种舞台也符合自然主义者们以细致入微的科学精确性来进行实地社会研究的意图。

<178>

20 世纪戏剧的先锋和实验形式

这些新的问题和形式为 20 世纪各种伟大的戏剧实验做了准备。谈论这些实验的时候只能采用复数形式,因为它们往往同时提出**彼此迥异的原则和目的**。

- 诸如格奥尔格·凯泽(《珊瑚》,1917;《从清晨至午夜》,1916)、恩斯特·托勒尔(《转变》,1919;《群众与人》,1920)和恩斯特·巴拉赫(《青脸波尔》,1926)等人的**表现主义戏剧**表现的是受到战争震动的、游离的大城市居民,他们不仅对陌生感和文明感到绝望,而且从根本上怀疑自己的语言和认识能力。场景式技巧再次成为最适宜的形式,舞台范围内存在着大量利用抽象的形式语言的实验:舞台上的物品常常不再描画任何东西,它们仅仅是一些色块,用来暗示某种情绪或为梦境配上底色。表现主义者的语言活力、他们那种即使在舞台上也采用的抒情的、诗化的说话方式，被**达达主义者们**化为己有。在他们自己的游戏场，比如苏黎世的伏尔泰酒馆，他们吟唱无意义的声音诗，挑衅观众，以此来共同完成一项总体艺术，在这个总体艺术作品中，一切意义都将被激活（参阅第 3.4 章）。这种活动最后甚至发展到，日常生活本身也可以成为舞台。

- **教育剧**：左翼先锋派的代表们在 20 世纪 20 年代对达达主义和表现主义者们的人文主义思想做了政治的表述，并且是以一种教条式马克思主义的方式，这在布莱希特的早期剧作中可以看出（《措施》，1930）。
- **叙事剧**：在对教育剧进行继续推进的过程中，叙事剧不仅仅在构思上表现出批判—政治性，而且还更加强烈地激发观众的活力，引发讨论，并且怀着这一目的消解了传统的封闭的舞台空间（《四川好人》，1930—1942；《大胆妈妈和她的孩子们》，1939；《伽利略传》，1939 和 1947；《高加索灰阑记》，1945）。叙事剧的持续影响主要体现在布莱希特对于戏剧实践的建议中——抛开政治倾向不谈，这些建议至今仍是导演工作的基础知识。
- **荒诞派戏剧**：在 20 世纪 50 年代，叙事剧的主要竞争对手是塞缪尔·贝克特（《等待戈多》，1953）和欧仁·尤内斯库（《椅子》，1952）的荒诞派戏剧。荒诞派戏剧同样采取开放的戏剧形式，表现人被抛进意义空虚、无法理解的世界，以及人与人之间的交流和联系等问题，但它涉及的更多的是一种普遍的、不具有明确政治性的诊断。在德国，从专门的政治角度探讨生存问题的，是 1945 年之后产生的克服剧，这种剧展现"第三帝国"的恐怖和后果，但并不受叙事剧的影响（卡尔·楚克迈耶《魔鬼的将军》，1946；沃尔夫冈·博

<179>

尔歇特《在大门外》，1947）。

- **文献剧**：20世纪60年代的这种具有明确的政治—启蒙性质的戏剧，大概最直接地体现出了布莱希特的影响，例如海纳尔·基普哈特（《关于罗伯特·J.奥本海默》，1964）和彼得·魏斯，后者的剧本《调查》（1965）以对奥斯维辛看守人员进行法庭调查的法兰克福审判记录为素材。弗里德里希·迪伦马特（《老妇还乡》，1956）和马克斯·弗里施（《比德曼和纵火犯》，1958）同样也受到了布莱希特的影响，此外受其影响的还有20世纪70年代广泛发展的戏剧政治化（莱纳·W. 法斯宾德《不莱梅的自由》，1971）。

- **实验戏剧**：20世纪的最后三十年——估计未来也是如此——表现出一种不局限于特定主题的风格多样化（参阅Weiler 2001；Arnold 2004；Primavesi/Schmitt 2004）。后现代的"万事皆可"也蔓延到了戏剧领域。自20世纪70年代起，海纳·米勒致力于用拼贴文本和**媒介实验**（主要与舞台布景师和导演罗伯特·威尔逊合作进行）进行一种实验戏剧（《日耳曼尼亚女神的柏林之死》，1971；尤其是1977年的划时代的《哈姆雷特机器》和1982年的《美狄亚材料》），以求用一种更强烈的图像语言来超越60年代的纯粹主义的语言剧。当彼得·汉特克在其《骂观众》（1966）中展开对观众的攻击，当约瑟夫·博伊于斯、沃尔夫·福斯泰尔和其他许多行为艺术家让人们关注身体进程、关注**政治问题**或者干脆就是关注自身，并以此占据街头和艺术展馆的时候，米勒的这条线索得到了强化并在舞台上得到了贯彻。导演的重要性超过了剧本（**导演戏剧**），他们任意动用舞台手段，在演出中反思戏剧本身，并将观众卷入进来。莱纳德·戈茨表现出相似的倾向，他将日常记录文字堆积成词语洪流，用政治口号和其他俗语套话使剧中人物陷入攻击性的争论，这些争论同样也要求配合媒介实验来进行（《战争》，1986；《堡垒》，1993）。彼得·汉特克为了追求一种沉思剧而放弃了早期的抗议剧的喧嚷爆发，但尽管如此，《我们彼此一无所知的那一刻》（1992）使他仍然保持着实验性，因为这出戏完全没有人物对白，仅仅呈现各种肢体活动；同样具有实验性的还有《迷途者的踪迹》（2006），该剧将普遍的反思、加强了的叙述份额和人物对白混杂在一起。

博托·施特劳斯在其早期剧本（《大与小》，1978）中对联邦德国的日常生活进行批判性的呈现，后期则只关注艺术世界，在剧本《傻子和他的妻子今晚在百乐汇》（2001）中，他将在娱乐氛围和经济世界中濒临覆灭的诗人所面临的孤独作为主题。托马斯·伯恩哈德将其剧中人物包裹在语言游戏的外衣之下，以此对空洞套话和意识形态进行批判，他的《英雄广场》（1988）是一部杰出的政治剧，但他同时也创作了**自我指涉的戏剧**（《戏剧制造者》，1984）。如果再把克里斯托夫·施林根西弗的**行动剧**也考虑在内，那么我们眼前就呈现出一个多彩多姿的园地，这个园地始终表现出一个特点：尽管人们常常谈及戏剧的危机，但剧作家们每次都能从危机中汲取出新的能量。

<180>

基础文献

Aristoteles: Poetik (ca. 340 v. Chr.). Dt. von Manfred Fuhrmann. Stuttgart 2005.
Arnold, Heinz Ludwig (Hg.): Theater fürs 21. Jahrhundert. München 2004.
Asmuth, Bernhard: Einführung in die Dramenanalyse. Stuttgart/Weimar ^{6}2004.
Baldo, Dieter: »Das Schauspiel«. In: Knörrich ^{2}1991, S.326—346.
—: »Die Tragödie«. In: Knörrich ^{2}1991, S.398—430.
Brauneck, Manfred: Die Welt als Bühne. Geschichte des europäischen Theaters in

6 Bänden. Stuttgart 1993 (Bd.1), 1996 (Bd.2), 1999 (Bd.3), 2003 (Bd.4), 2007 (Bd.5 u.6).

—: Theater im 20. Jahrhundert. Programmschrften, Stilperioden, Reformmodelle. Reinbek bei Hamburg 1986.

—/**Gerard Schneilin**(Hg.): Theaterlexikon. Begriffe und Epochen, Bühnen und Ensembles. Reinbek bei Hamburg [3]1992.

Fischer-Lichte, Erika: Geschichte des Dramas. Epochen der Identität auf dem Theater von der Antike bis zur Gegenwart. Bd.1: Von der Antike bis zur deutschen Klassik. Bd.2: Von der Romantik bis zur Gegenwart. Tübingen/Basel [2]1999.

Et al. (Hg.): Metzler Lexikon Theatertheorie. Stuttgart 2005.

Hein, Jürgen: Theater und Gesellschaft. Das Volksstück im 19. und 20. Jahrhundert. Düsseldorf 1973.

—: »Die Komödie«. In: Knörrich [2]1991, S.202—216.

Klotz, Volker: Geschlossene und offene Form im Drama [1960]. München [7]1975.

Knörrich, Otto(Hg.): Formen der Literatur. Stuttgart 1991.

Lehmann, Hans-Thies: Postdramatisches Theater. Frankfurt a.M. 1999.

Pfister, Manfred: Das Drama. Theorie und Analyse. München [11]2001.

Platz-Waury, Elke: Drama und Theater. Eine Einführung. Tübingen [2]1980.

Sträßner, Matthias: Das analytische Drama. München 1980.

Sucher, C. Bernd (Hg.): Theaterlexikon. München 1995.

Trilse-Finkelstein, Jochanan/Hammer, Klaus (Hg.): Lexikon Theater International. Berlin 1995.

Turk, Horst: Theater und Drama. Theoretische Konzepte von Corneille bis Dürrenmatt. Tübingen 1992.

引用文献

Artaud, Antonin: Das Theater der Grausamkeit. Erstes Manifest [1932]. In: Manfred Brauneck: Theater im 20. Jahrhundert. Reinbek bei Hamburg 1986, S.395—404.

Brecht, Bertolt: Anmerkungen zur Oper ›Aufstieg und Fall der Stadt Mahagonny‹ [1931]. In: Gesammelte Werke in 20 Bänden. Frankfurt a.M. 1967, Bd.17, S.1009.

—: Kleines Organon für das Theater (1948). In: Berliner und Frankfurter Ausgabe, Schriften 3, Bd.23, S.65—97.

Freytag, Gustav: Die Technik des Dramas [1863]. Darmstadt [13]1965.

Goethe, Johann Wolfgang: Sämtliche Werke, Bd.14. Hg.von Ernst Beutler. Zürich 1950 (Theater und Schauspielkunst, S.7—150; Nachlese zu Aristoteles Poetik, S.709—712).

Gottsched, Johann Christoph: Versuch einer Critischen Dichtkunst. 1730 bzw. Leipzig 1751 (Von Tragödien, oder Trauerspielen; Von Komödien oder Lustspielen).

Hebbel, Friedrich: Vorwort zu »Maria Magdalene«. Hamburg 1844.

Kayser, Wolfgang: Das sprachliche Kunstwerk. Bern 1948.

Lessing, Gotthold Ephraim: Werke. Hg.von Herbert G. Göpfert. Darmstadt 1996 (bes.: Hamburgische Dramaturgie. Hamburg 1769, Bd.4, S.229—707).

Müller, Heiner: »Hamletmaschine« [1977]. In: Werke Bd.4. Hg. von Frank Hörnigk. Frankfurt a.M.2001, S.543—554.

—: »Gespräch mit B. Umbrecht«. In: H.M.: Rotwelsch. Berlin 1982, S.111.

—: Heiner Müller Material. Hg.von F. Hörnigk. Leipzig 1990.

Mueller-Goldingen, Christian: Studien zum antiken Drama. Hildesheim 2005.

Primavesi, Patrick/Schmitt, Olaf A. (Hg.): Aufbrüche. Theaterarbeit zwischen Text und Situation. Berlin 2004.

Pütz, Peter: »Grundbegriffe der Interpretation von Dramen«. In: Handbuch des deutschen Dramas. Hg.von Walter Hinck. Düsseldorf 1980, S.11—25.

Schiller, Friedrich: Sämtliche Werke, 5 Bde. Hg.von Gerhard Fricke und Gerhard G. Göpfert. Darmstadt 1993.

Sowinski, Bernhard: »Das Fastnachtspiel«. In: Knörrich [2]1991, S.107—113.

Weiler, Christel: Neue deutschsprachige Dramatik. 40 deutschsprachige Autoren unter 40 Jahren. Berlin 2001.

Zahn, Peter: »Das Geschichtsdrama«. In: Knörrich [2]1991, S.123—135.

—: »Die Tragikomödie«. In: Knörrich [2]1991, S.385—394.

Ziegeler, Hans-Joachim (Hg.): Ritual und Inszenierung: geistliches und weltliches Drama des Mittelalters und der frühen Neuzeit. Tübingen 2004.

1.4 叙事散文

1.4.1 叙事文学—叙述—叙事散文

古希腊罗马传统：
叙事文学

传统上，作为体裁的叙述性文学被归入**叙事文学**（Epik）的概念之下。这个概念源自叙事散文的古希腊先驱——史诗（Epos）。史诗是一种场面宏大的关于**英雄和神**的文学创作，例如荷马的《奥德赛》和《伊利亚特》；德国中世纪的大型宫廷文学作品也可以被称为史诗。

古代史诗有几个特点鲜明地区别于近现代的叙事散文。苏联文论家米哈伊尔·巴赫金认为史诗具有下述三个根本特征：

巴赫金
1989年，第220页

> 史诗的对象是一个民族的恢弘的过去，是"彻底消逝的东西"[……]；史诗汲取的源泉是民族传说（而非个人经验以及从个人经验中生发出的自由创造）；史诗中的世界与当代，即与歌者（作者及其听众）所处的时代之间，被一种绝对的史诗距离分隔开来。

近现代的**叙事散文**诉诸单个人的个体和历史经验，现代叙述不是从民族传说而是从个体创造（虚构）中汲取源泉，通过叙述而被加工的经验受制于作者及其听众的历史环境："经验、认识和实践（未来）对于小说来说是决定性的"（同前，第223页）。

从史诗式的世界观转变为"散文式"世界观，其标志应该是市民阶层的崛起，亦即市民的、主体式的自我理解的加强，个体的人正是通过这种自我理解来定义他自身传记的独一无二的同一性和连续性。叙事散文，尤其是其著名类型，即长篇小说，因此而（如黑格尔所说）成为一种适合市民社会的艺术形式，并且恰恰是在黑格尔的时代，能够突破统治性的、以古希腊为取向的美学而确立自身。

因此，近现代的"叙事"文学总是叙事散文（只有少数例外，例如18世纪后期的叙事诗）。本书采用叙事散文（Erzählende Prosa）这一体裁概念而不是叙事文学（Epik），历史地看，这个概念虽然更狭义一些，但是它更精确地说明了文学文本的语言修辞学状态——不是叙事诗而是散文——同时也更准确地说明了文本的社会历史背景：市民时代。 <183>

叙述作为经验传达、传统塑造和意义构建

叙述首先是一种非常普通的、日常的、被所有人反复实践应用的、甚至从根本上说必不可少的语言活动。每个人每天都在叙述：孩子讲述他在幼儿园的经历，朋友或同事讲述日常生活中或者度假时的奇闻逸事，祖母回忆自己的童年和青年时代。叙述仿佛是人对待自己的过去时的"天然"形式，是传达个体或社会经验的最朴素的形式：

- **叙述提供意义**：事件或经历只有在以某种确定的序列、某种时间顺序，甚至以某种从属依赖关系、某种因果关系加以讲述的时候，才会获得意义。
- **叙述提供同一性**：一个人只有在把自己的生活作为一个由仅只针对他的经历和事件组成的有意义的序列加以叙述时，他才能形成自己的传记，才能将自身理解为个体。历史书写者只有在以某种确定的序列叙述社会事件时，才会产生民族的或文化的同一性。
- 因此，**叙述**是个体的和集体的、传记的和历史的**意义和同一性构成**的必不可少的**媒介手段**。

叙述所具有的表面上的天然性和直接性源自其语言：与传统上的诗歌和戏剧语言不同，叙述语言没有过分受到节奏、格律和韵脚的审美塑形。它更像是日常的、"直来直去"的言谈：在拉丁语中这叫做"平铺直叙"（*provorsa oratio*），这是一个修辞学概念，它经由词汇演变史而凝缩成"散文"（Prosa）一词。散文原则上是叙述的语言，而叙述语言又是一种最接近日常言说的语言。

但尽管如此，我们不应错误地把叙述视为一种超历史的、始终如一的、没有变化的现象。古代人固然也得叙述，正如原始民族或者中世纪某个村落的居民要叙述一样。但是近代以来的叙述，正如文学理论家瓦尔特·本雅明在20世纪30年代所说，却产生于一个人类世界发生了某种根本性变化的时期（参阅 Benjamin 1937/1980 II，第438—440页）。近代叙述清楚地表现在近代早期的手工业中：叙述的基础和基本素材都是漫游的学徒所获得的经验（Erfahrung），准确地说是他对世界的游历（Er-Fahrung）。这些经验的传达具有一种实用的目的，用本雅明的话说："叙述者无一例外都是能够给听者提供建议的人。"（同前，第442页）

<184>

叙述作为虚构

在手工业塑造传统这个框架内，叙述所做的是一种经验传达，这种经验传达在很长时期里都是文学叙述艺术所遵循的典范。近代散文文学对前文学叙述中的基本结构进行了模仿。与陈述事实的叙述（**faktuales Erzählen**）不同，文学叙述总是杜撰的（**fiktional**），文学讲述的世界是虚构的（**fiktiv**），也就是说它原则上是臆造出来的。

但是虚构的叙述也要虚构出陈述事实的叙述所具有的基本结构要素：

- 最重要的臆造是**叙述者**：文学叙述中（至少在很长时期里）存在着一个叙述者，他了解将要叙述的事情，作出一副传达经验的样子，这个叙述者总是虚构的。
- 同样被虚构出来的还有**叙述内容**，即被叙述的世界、地点、人物、情节关系。叙事分析所做的，就是用叙述中的言语形式这个概念来描述这个世界是如何被叙述的。
- 文学叙述原则上涉及的是一些据称已成过往的事，它给人一种错觉，似乎经验可以被完整无损地传递，或者某个办法可以被给出。文学叙述涉及的是一些据称已成过往的事——这个事实决定了叙述文本的**时间结构**。

1.4.2 叙述的结构要素

叙述者的虚构——叙述情境

不仅散文文本中所叙述的内容是虚构，而且叙述本身也必须被臆造出来。正如被叙述的内容仅仅是"被虚构"的，是臆造出的"经验"一样，那个自称拥有这种经验的人——那个叙述者——同样也是虚构。在此，叙述者本身就是有争议的：研究叙事的学者凯特·汉布格倾向于叙述功能这个非人格的概念（除了第一人称叙述的情况）（参阅 Hamburger 1957/1987，第 126 页），而弗兰茨·K. 斯坦策在他的叙事理论"经典著作"《长篇小说中的典型叙述情境》（1955）和《长篇小说的典型形式》（1964）中则更多的是在被创造出的人物这个意义上理解叙述者，尽管他的人格化暨中立化叙述即使没有一个叙述者人物也同样成立。

从根本上说，进行叙述的从来都不是叙述文本的作者，应该说是他创造出了一个人物或一种功能，该人物或功能插入他和叙述内容之间——因此也插入读者与其所读的内容之间。叙事散文一般来说都需要叙述者功能来作为中介。

斯坦策的叙述类型学

- **人物**：叙述者和被叙述的人物是生活在一个共同的世界，还是彼此全然不同的存在领域？
- **视角**：叙述者是像上帝一样站在事件之外或之上来注视事件的吗？抑或他本人也参与到了事件中，因此他的目光局限于事件的（内部）视角？
- **方式**：叙述者角色是中介性的还是反思性的？换句话说，叙述者是保持中立，仅仅作为事件的反射者，还是带着自己的主观看法来介绍事件？

斯坦策将这三组二元配置的范畴归入一个类型圆环，从中产生出**叙述情境的三种理想类型**。与单纯的表格不同，在这种划分法中，过渡类型和混合类型至少是被考虑在内的。

按照斯坦策的观点，这三种理想类型应作如下描述：

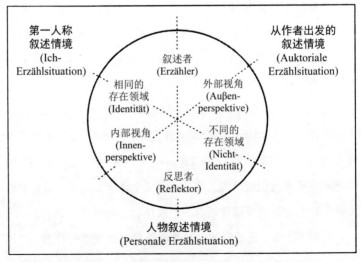

斯坦策的类型圆环

1. 从作者出发的叙述情境直至现代派为止都被认为是市民叙事文学中的虚构叙述者的最具决定性的特征。作者型叙述者的特征首先在于，他"是一个独立的形象，如同小说中的人物一样，他也是由作者创造出来的"（Stanzel 1993，第 16 页）。这个虚构的叙述者形象与他所要讲述的故事之间是一种高高在上的关系：叙事者了解包括结局在内的整个故事，他可以把后来发生的事情提到前面来讲，或对其作出暗示，也可以回顾性地介绍故事发生之前的背景。作者型叙述者的知识不限于故事的外在事实，他更大的本事在于能够窥见其笔下人物的内心，他讲述他们的想法、梦、恐惧，以及他们的感觉、思想、感受。这种描绘内心世界的能力是虚构性文本所独有的：只有文学叙述自以为能够呈述第三者那些无人能够知晓的内心过程（关于作者型叙述者的全部论述，参阅 Vogt 1998，第 58—60 页）。

对于所叙述事件、对于他笔下人物的行为，作者型叙述者的态度并不是中立的。他通过评判和评价而一再参与到故事之中；"通过这种干涉，作者型叙述者的精神面貌、他的兴趣、他的世界知识、他对政治、社会和道德问题的立场，他对特定人物或特定事物的成见都被表现了出来"（Stanzel 1993，第 18—19 页）。作者型叙述者通常表现得远远不仅是一个外在于他的事件的单纯叙述者——就此而言斯坦策所选择的这个叙述情境名称是准确的。他是故事的始作俑者（拉丁语"作者"[auctor] 的意思就是创始者），他通过叙述、通过语言的媒介而创造出了所叙述的东西。

<186>

2. 斯坦策提出**第一人称叙述情境**来作为从作者出发的叙述情境的对立物。在此，作者不是臆造出一个在时空上外在于叙述内容的叙述者，而是一个人物，这个人物一方面内在于叙述内容

的情节语境之中，另一方面以第一人称的形式把整个故事作为亲身经历讲述出来。第一人称叙述者与作者型—全知型叙述者的区别表现在几个重要特征上。他与所叙述的事件之间并没有一个安全的、反讽的距离，相反，他是当事人，并宣称他讲述的是自己亲历的事情。通过第一人称的视角，文本被转入这个讲述故事的人物的眼光之中；如果不是第一人称叙述者经历到、看到和听到的事情，就不能被讲述。窥见其他人物的内心是不可能的，只有"我"的感觉、感受和想法可以被讲述。但是第一人称的形式造成了一种所述内容更真实的表象，给读者带来一种更为直接的印象。

3. 人物叙述情境主要是在20世纪的散文文学中才变得重要的，这种叙述情境以叙述者（不是中介者，而是折射者）的表面缺席为特征。当然还存在写作着的真实作者，但是他不再在自己和所叙述的内容之间臆造出一个中介者，相反，似乎是所叙述的事物自己在说话。

之所以会有人物叙述这个名称，是因为故事主要是从某一个情节人物的个人视角出发、作为"他"或"她"的叙述加以呈现的。这个人物的内在视野是所谓的"完整"的：不光是他看到了什么，而且还包括他是怎样看到的，他对其有什么想法，都得到了叙述。人物叙述可以像从作者出发的叙述那样描绘一个人物的内心过程。不过从人物出发加以叙述的文本不能局限于某一个人物的视角。多个人物视角可以频繁交替，就是说，可以是一会儿这个人物，一会儿另一个人物占据注视所述事件的中心视角。"人物叙述情境"这个范畴更多的是用于分析描述较大文本中的较小叙述单元，这些叙述单元彼此之间会反复被中立的叙述甚至是从作者出发的插入叙述所分割。人物叙述的极端形式甚至会放弃人物视角：整个情境常常被描述得像是从某个看不见的观察者的视角所看到的，比如一台摄像机的视角。这种叙述因此也被叫做**中立**叙述。 <187>

作为分析范畴，叙述情境的概念也适用于**理解叙述内容的视角性**。从作者出发的叙述和第一人称叙述可以被理解为单一视角的叙述。而人物叙述则通常构成了相反的类型——多视角叙述。叙述对象被从不同人物的视点加以陈述，各不相同的观点之间并未从作者那里获得中介调和（关于各种叙述情境的全部论述参阅 Vogt 1998，第 41—80 页；关于叙述视角方面的讨论，可参阅 Bauer 2001，第 71—73 页提供的概览）。

对斯坦策的批判：热奈特、彼得森

斯坦策的经典著作在首次出版之后就引发了一场讨论，讨论的内容包括：被他视为核心内容的二元范畴是否恰当，他用类型圆环来形象化地呈现这些范畴的做法、他的体系原则上所采取的抽象逻辑是否存在问题。除了这场讨论之外，叙事研究中还存在一些其他思路，一方面是对斯坦策的理论加以修正的思路，比如扩展或改造他的理论；另一方面则是用新的、不同的思路来代替他的思路（关于对斯坦策理论的批判，尤请参阅 Vogt 1998，第 81—83 页；Petersen 1993，第 155—157 页；Bauer 1997，第 90—92 页；以及 Martinez/Scheffel 2005，第 89—91 页）。

另一个对描绘不同叙述方式作出系统性尝试的人是**热拉尔·热奈特**（《叙事话语》，1972；《新叙事话语》，1983，德文版 1994），他提出了一些与斯坦策的基本范畴不同的其他重点。

- **聚焦**：叙述是从哪个视角进行的？热奈特在此将斯坦策的人物范畴分为视角和声音，亦即系统地在"谁感知？"和"谁言说？"这两个问题之间做出了区分。叙述者的知识视域愈是广阔，他的聚焦点就愈是宽泛。热奈特区分了："零聚

热奈特的基本问题

焦"——叙述者知道的和说出的都比他的任何一个人物所能知道的更多;"内聚焦"——叙述者和他的人物知道得一样多;而在"外聚焦"时,叙述者说出的比他的人物所知的要少,他只能从外部观察他们(参阅 Martinez/Scheffel 2005,第 63—65 页)。

- **叙事层**:谁在叙事的哪一层上进行叙述?热奈特非常精确地在一个叙事内部的不同叙述进程之间进行了区分,尤其是当有多个叙事交错并存的时候。他把叙事所创造的基本时空总和称为**故事**(Diegese);如果在一个(框架性)叙事内部有一个人物提供第二个叙事,就出现了第二个故事,其叙述者被热奈特称为"内故事叙述者"。

- **叙述者的情节参与**:叙述者在所叙述的故事中是否作为人物参与情节?叙述者是否参与情节,决定了他是"同故事叙述者"还是"异故事叙述者"——无论他是否以第一人称"我"来叙述。因此,视角(焦点)的问题从根本上区别于叙述者是用第一人称还是第三人称说话的问题(参阅 Martinez/Scheffel 2005,第 80—82 页)。

在聚焦层面上区分三种类型,而在另外两个层面上各区分出两种类型,基于这种区分方式,热奈特的理论一方面能够对实际的叙述事实做出有差别的描摹,但另一方面,公式和概念术语的综合复杂性也使得该理论在叙事分析中应用起来颇为困难。

尤尔根·H. 彼得森在其著作《叙事体系:叙事文本的诗学》(1993)中提供了一种(从对斯坦策的尖锐批判中汲取出来的)更为开放的、在纲领上更有生命力的、看起来与叙事实践更为实际相符的分析工具。他的区分方式是:

- "叙述形式"(是第一人称还是第三人称)

- 是从外部视角还是从内部视角观察人物
- 叙事行为：是作者的、人物的还是中立的叙事行为
- 叙事态度："肯定的还是拒绝的、批判的、怀疑的、摇摆的[……]，浮光掠影的还是细致入微的、单一明确的还是有所修正的"、反讽的还是欢欣鼓舞的，以及其他等等（Petersen 1993，第80页）
- 呈现的方式，亦即叙述的说话方式（详见后）
- 语言风格
- 浮雕轮廓，彼得森用这个概念指的是"各个文本经由读者所引发的各不相同的对叙述的接受"（同前，第86页）

在彼得森看来，叙事体系中的这些层面和元素以各种不同的但又是必然的方式在功能作用上相互联系在一起，并且也从中产生出一种不同叙事文本（稳定的和多变的体系）的类型学，这种类型学至少可以被视为斯坦策的传统类型学之外的另一种可能。

叙述的说话方式

在文本中说话的永远都不是作者本人，而是那个由他臆造出来的叙述者。但无论叙述采取的是何种特殊的表现方式，都不会总是这个叙述者自己在说话。在几乎所有的叙事文本中，叙述言语都会与人物的言语、独白、对白或整个谈话圈子的言语交替出现，例如在冯塔纳的篇幅浩大的谈话式长篇小说中就是这样。叙述者以多种不同的方式来再现其笔下人物的口头的或思想上的表达，其方式常常造成一种结果，那就是很难在**叙述者的报道**和**人物的言谈**之间做出区分。那么，在叙事性的文学文本中，到底是谁在说话呢？

<189>

1. 叙述者的报道：最初的确是叙述者在说话。他的这部分言谈被不太准确地称为：叙述者的报道。这是文学学对于叙述中一切不是作为虚构人物的意见和态度，而是作为不加掩饰的叙述功能的表现而出现的内容所采用的一个不精确的辅助概念。其中包括报道、描述、场景呈现、讨论、对错综复杂的事件和进程进行总括和概览式的勾勒等等。与叙述者报道相对的，是人物言谈的各种表达形式：直接和间接引语、自由间接引语、内心独白以及意识流。

2. 人物言谈

- **直接引语**：人物言谈最简单的表现形式是直接引语。借助引号的分断作用，叙述者的报道过渡到人物言谈的部分：

歌德
《亲合力》，**HA 6**，
第 242 页

> [……] 他把各种工具收进工具袋，愉快地欣赏着自己的劳动成果。这时候园丁走了过来，他对于主人亲历亲为的勤劳感到高兴。"你没看到我太太吗？"爱德华一边问他，一边打算离开。

叙述者可以用一个表示口头言说的动词引出直接引语，或者像本例子中一样，用这样的动词结束直接引语。但是他也可以放弃这种所谓的引语公式，这样做往往会产生一种似乎更直接地再现对话的效果（因为叙述者似乎暂时隐退了）。

- **间接引语**：与原封不动地再现人物的言谈相反，在间接引语中，叙述者把人物的话嵌入自己的报道之中。前面引用的小说片段也可以用下面这种方式来写：

> 爱德华把工具收进工具袋 [……]，然后他问园丁，是否看到了他的太太。

叙述者必须改变人物的言谈，至少必须调整其语法，才能将其嵌入叙述报道之中。直接和间接引语是口头的、明确的人物言谈所采取的形式：小说中的人物的确说了些什么，他们清楚的说出了这些话，而叙述者只是把它们再现出来（关于叙述者言谈和人物言谈的详细讨论，参阅 Lämmert 1968，第 195—242 页；Vogt 1998，第 143—145 页；更为复杂的讨论参阅 Genette 1994，第 151—188 页；极有助益的讨论还可参阅 Martinez / Scheffel 2005，第 51—53 页）。

叙述者报道以及直接和间接的人物言谈被称为叙述中的**外部世界呈现**；与它们相对的，是各种形式的叙述中的**内心世界呈现**。

- **自由间接引语**：从作者出发的叙述和人物叙述最有可能进入人物的内心世界，因此它们也需要一些手段来展现这些内心世界。第一种手段叫做自由间接引语：一个人物的想法或意识内容、他的思考、不曾说出的问题和感受，不是以直接或间接引语的方式说出来，而是以第三者的直陈式或叙事性的过去式表达出来，也就是说，它介于对人物言谈的直接和间接再现与叙述者的报道之间。自由间接引语在近现代欧洲文学中表现得比较突出。托马斯·布登勃洛克领事的一段"自言自语"可以作为一个例子：

<190>

> 看啊：突然之间，黑暗仿佛在他眼前撕开，天鹅绒般的夜幕似乎裂开了一条缝，一道无限深邃、永恒而遥远的光显露出来[……]他静静地躺着，热烈地等待着，他觉得自己也许应该祈祷，好让它再次出现，再次将他照亮。它果然来了。他双手交叠，一动也不敢动地躺在那里，望着它。

托马斯·曼
《布登勃洛克一家》

- **内心独白**：与自由间接引语近似、但却有着根本区别的是以内心独白的形式对人物的想法或意识内容、思考、不曾说出的问题和感受所做的再现。与自由间接引语的语法形式（第三人称，叙事过去时）不同，内心独白——作为无声的自言自语——采用第一人称和现在时的形式。前面所引的《布登勃洛克一家》中的那个段落在自由间接引语之后，逐渐过渡到了内心独白：

托马斯·曼
《布登勃洛克一家》

> 我过去还希望在我儿子身上继续活下去？在一个性格更加怯懦、更加软弱、更加动摇的人身上？多么幼稚而荒唐的愚蠢想法！我要儿子做什么呢？我不需要儿子。

- **意识流**：内心独白的极端形式最终表现为意识流（关于描写内心世界的全部三种形式，参阅 Vogt 1998，第 157—192 页）。意识流所呈现的，是由一个人物的联想式意识内容所构成的复合的、不定形的系列，在其中，感受、重新感受、回忆、层层叠叠的反思、对周遭印象的感知以及反应都尚未被思想排序，混乱地交织在一起。德布林的《柏林，亚历山大广场》中的如下段落是意识流的典型例子：弗兰茨·毕勃科普夫一无所获地拜访了一个女人之后，小说写道：

阿尔弗雷德·德布林
《柏林，亚历山大广场》

<191>

> 啪。门关了，重重地关上了。咔嗒，门栓也插上了。他妈的，门关上了。这个该死的东西。你傻站在那儿。这女人疯了吧。她认出我来没有……

时间问题 1：叙事过去时和历史过去时

在文学叙事艺术里，叙述的过程连同其叙述者都是作为虚构出现的。同样，被叙述的内容，即叙事对象，也是虚构的。如果说原初的叙述可以追溯到某种真实存在的经验，某种被经历过的体验，那么叙事文学所叙述的东西仅仅是被叙述出来的。所叙述的对象不再是某些发生过的事，而是有可能发生的事，是可能之事。在这种诗性臆造中当然也交织着无数"真实"的历史现实背景，这是为了让臆造的东西尽可能具有现实品质，尽可能真实。叙述出来的故事中所包含的历史部分对于理解所叙述的内容来说绝不是无关紧要的：被叙述的是围绕着一些也许是纯粹臆造的人物在非常确定的、历史可检验的条件下所发生的一种可能事件。所以叙事文学必须也能够被历史式地阅读，它的对象往往**是真实历史语境中的可能事件**——在虚构与历史条件的张力场之间，隐藏着历史的经验。因此，艺术叙事是以更为复杂的方式发挥着前文学叙述的作用：传承经验。

与历史报道或传记写实描写一样，文学文本也是以一种确定的语法时态形式展开叙述的，那就是：过去时。但是历史事实报道与文学叙事之间存在着根本的区别：历史写作者报道的是确实曾经在过去发生过的事情，任何一位读者在阅读的时候都知道，它所报道的事情已经成为过去。与此相反，文学叙事只是做出一种仿佛在叙述过去之事的样子，**它用叙述制造出一种幻象**，仿佛所叙之事就发生在我们读者眼前。当我们阅读一部小说时，我们会觉得，仿佛书中讲述的事情就在此刻发生着，我们被束缚于这种**当前性幻觉**中，甚至会紧张地期待小说中的"未来"，而这未来在接下来几页和接下来几章中就会展现。尽管事实上叙事一直在采用过去时进行，但所叙之事的这种当前感以及对其未来的期待还是会出现。

日耳曼语言文学家和叙事研究者凯特·汉布格在其论著《文学作品的逻辑》(1957)中用一个基础性的概念区分来描述叙述的这种当前化功能，那就是**历史过去时**与**叙事过去时**的差异。如前所述，叙事过去时是叙事文学体裁的主要时态形式。叙事过去时给出的不是事实陈述，而是一种虚构陈述；因此它不具有联系过去的功能（与过去之间的联系是由与叙事过去时在语法上相同的历史过去时所表达的）。叙事过去时所表达的更多是它所报道的小说人物的一种虚构的当前情境。它的功能是制造出所叙事件当前正在发生的逼真幻象，这种当前感在阅读虚构的叙事文本时会自动出现。很能说明问题的是，叙事过去时可以（以一种其实不太符合语法的方式）与一个表示未来的副词结合在一起："明天是圣诞节了"（Morgen war Weihnachten）（对此的详细论述参阅 Vogt 1998，第 29—31 页；Petersen 1993，第 21—23 页）。

<192>

时间问题2：被叙述时间和叙述时间

无论是虚构还是事实报道，被叙述的事件原则上总是发生在过去的。然而这个简单得似乎不值一提的事实却触及到了叙事文本的一种根本上的结构规定性：叙事文本总是在塑造时间，总是在以确定的先后顺序和确定的速度把某些事件进程当作过去之事来讲述。叙事文本本身就是时间，因为它们有开头和结尾，它们一分一秒地延伸展开。

叙事文本的时间层面

- **被叙述时间**是指叙事文本臆造出来的作为过去的一段幻想中的时间，例如一个名叫维特的年轻人生命中的从 1771 年 5 月 4 日到 1772 年 12 月 23 日这一年半的时间。
- **叙述时间**则是要叙述或阅读《维特》所需的时间，也就是大约 4 个小时，或者换种说法，118 页纸。在几乎所有的叙事散文中，叙述时间都比被叙述时间短很多——要想让那些在幻想中的过去所发生的漫长的事件进程变得可以讲述，这样做是必要的。

叙述时间与被叙述时间总是相互关联在一起，这决定了文本的**叙述速度**。叙述速度多种多样，并且可以在一篇文本之内交替出现。

- **覆盖时间的叙述**：当叙述时间与被叙述时间长度相同，就叫覆盖时间的叙述；这种叙述往往出现在逐字逐句再现对话或人物言谈的时候。
- **延展时间的叙述**：当叙述时间比被叙述时间长时，叫延展时间的叙述，例如再现某些想法或转瞬即逝的意识过程。
- **压缩时间**——指被叙述时间比叙述时间长——有多种不同的变体。当一个文本要在所叙述的大量内容中舍弃一些事件或无关紧要的时间段，它就会做一个**时间跳跃**，一个**略去不表**。18 世纪上半叶最重要的英国小说家之一亨利·菲尔丁就对他的读者解释道：

叙述速度的表现形式

> 如果有不同寻常的场面出现，我们会不惮烦劳，不惜笔墨，详尽完整地将其展现给读者；但是如果在好几年的时间都没发生任何值得一提的事，那我们也不惮在我们的故事中留一段空白。

亨利·菲尔丁
《汤姆·琼斯》

<193>

将事件进行大幅度压缩，这叫做**渐进压缩**（参阅 Lämmert 1955/1968，第 83 页）。这种时间压缩是通过将一段很长的时间缩减到只剩基本情况。这个很长的时间段不是被省略掉了，而是

被作为飞逝的时光以极快的叙述速度讲述了。最著名的例子也许就是黑贝尔在其日历故事《意外的重逢》中对五十年飞逝而过的世界史所做的极端压缩：

J. P. 黑贝尔
《意外的重逢》

在此期间，葡萄牙的里斯本城被一场地震所毁，七年战争已经过去，弗兰茨一世皇帝亡故，而英国人炸了哥本哈根 [……]

如果要讲述相当长的时间段里持续进行或重复出现的事件，我们就可以称之为**反复—持续压缩**（同前，第 84 页）。黑贝尔的小说在前面所引的段落之后继续写道：

J. P. 黑贝尔
《意外的重逢》

[……] 农夫们播种、收割。磨坊工人碾磨谷物，铁匠打铁，矿工们在他们的地下作坊里钻探着矿脉。

时间问题 3：倒叙 / 预叙以及其他"时序错乱"

除此之外，叙事散文中的时间塑造还包括文本的回溯、倒叙和预叙。叙事文本的时间结构不用非得按照所叙述事件的编年顺序来安排。叙述者有时候会把所述事件的前史中的某些应该知道的内容补充进来，有时也会预先透露一些未来的事。"违反"故事世界层面的编年史顺序，这种做法也叫做"时序错乱"，根据违反的方向不同，我们可以将其分为倒叙和预叙两种：

热奈特用以描述
时间结构的概念

● **倒叙（Analepse）**指的是中断一个虚构的当前情节系列，以便嵌入一个或多个从虚构的当前来看已经成为过去的时段或事件，这些时段和事件经常甚至会超出被叙述时间的主要情节之外（"前情节"）。如果倒叙所叙述的前情节是为更好地理解当前情节所做的补充，我们就说它是一个建设性的倒叙；那种以重构的方式重复一个过往情节过程的倒叙，叫做**解题式倒叙**（例如在侦探小说中）。在叙述中向读者指点前情节中的某单个事实，叫做**回溯**；如果是某个人物思考他自己的过去，则叫做**回顾**。

<194>

- **预叙（Prolepse）**指的是在叙述中让读者知道某些在叙事编年顺序上尚属未来的事件。作者叙述者和第一人称叙述者能够从头到尾地知晓整个故事，因此他们能够通过常常是提升悬念的**确定未来的预叙**将读者的注意力引导到某件尚未发生的事情上。虚构人物的有限知晓则不允许这种可能性：在希望、计划、愿望和担心等感受中预先感知（预感）的事件属于**不确定未来的预叙**（关于各种时序错乱的总体讨论以及详细的术语概念，参阅 Lämmert 1968，第 100—192 页；Genette 1994，第 22—54 页；比较好的概括可参阅 Vogt 1998，第 118—133 页）。

1.4.3 叙事散文的类型

小型形式

文学叙述很快形成了多种不同的形式，其中有一些仍然在很大程度上依赖前文学叙述的结构，而另一些则相对迅速地形成了自己独有的审美逻辑。对叙事散文的文本种类的任何一种描述都必然要做类型化的缩减，叙事文类的多样性决定了将讨论限定在少数几种分支类型上是必要的。

在散文文学的小型形式中，有一部分仍然与近代叙事的产生——即它们产生于城市手工业的经验传达和口头传统塑造——有着紧密的联系：

- **滑稽故事**——中世纪晚期和近代早期散文文学的主要形式——从社会历史角度看完全处于正在形成的手工业—市民社会的语境之中。滑稽故事原则上是对"可笑"事件、对中世纪末期正在消解的封建社会中不同阶层之间的有趣冲突所进行的粗俗大胆的描写。一个被欺骗的、在社会中没有特权的阶层与一个统治阶层的代表人物之间的冲突常常在一个令人惊讶的关键点上发生形势逆转，起初处于劣势的一方取得了胜利（例如《梯尔·欧伊伦施皮格尔》）。铁板一块的阶层社会开始逐渐瓦解，这一经验以逗乐的方式在滑稽故事中得以表达，同时，市民阶层逐渐觉醒的自我意识也获得了清晰的表达（关于滑稽故事，参阅 Theiss 1985；Straßner 1978）。

- **寓言**是一种具有教育性的、极短的叙事文本，它"始终在指导听众或读者"。寓言中的情节人物通常是动物，但被投射了某些人类的特点（例如狐狸的狡猾），这些特点因此可以被以更典型、更纯粹的形式加以呈现。动物故事用范例的方式表现人类基本特点之间的社会冲突，其结尾总要清楚地表述某种道德。作为一种说教文本，寓言敦促读者在生活和经验范围内将它所强调的道德付诸应用。寓言出现在从古至今的全部文学史中（伊索、拉封丹、盖勒特、莱辛；关于寓言的论述参阅 Leibfried 1982；Hasubek 1982）。

- **日历故事**是一种讲述轻松或奇异故事的短小文体，故事内容多来自直接的民间生活经验。日历故事最早出现在 18 和 19 世纪的民间日历中。它的目的通常是教诲、娱乐或引人深思，它的语言强烈地依附于口头传统。最为著名的是约翰·彼得·黑贝尔的《日历故事》，布莱希特的日历故事也

<195>

传承了黑贝尔的寓教于乐的观念，不过他所要表达的当然是一种新的、反市民的"教诲"。

大型形式

如果说到此为止我们所描述的文本种类（即所有那些短小的叙事散文形式）都是紧密依附于传统叙事的——无论是其教益性，还是其"民间化"的语言——那么叙事文学的大型形式则更明显地表现出艺术文本的结构。

- **中篇小说**是较短的大型文学叙述形式的传统表现形式（意大利语 novella：新鲜事）。按照歌德的"经典定义"，中篇小说包含一个"已然发生的闻所未闻的事件"（艾克曼《歌德谈话录》，1827 年 1 月 29 日）。这件"新鲜事"，这个迄今为止无人知晓的事件通常是一次社会冲突，它呈现出来的时候，就像某种命定之事闯入生活。社会冲突的经验不是在其真实的社会条件基础上加以呈现的，相反，冲突的社会因素在小说内部经常讳而不谈，对新奇的、闻所未闻的事情的讲述似乎是客观的、中立的。在结构上，框架构造——小说就是在这个框架之内被叙述的——确保了这种中立性：一位自然是虚构的叙述者在一群公众面前讲述"闻所未闻"之事。在此，叙事框架就构成了小说的社会维度。

  一个在框架情节内展开的著名的中篇小说系列是薄伽丘的《十日谈》（1353）；歌德的《威廉·迈斯特的漫游时代》中加进去的中篇小说也是在这样一种框架之内讲述的。但是在 19 世纪，中篇小说这种艺术形式与框架构造分道扬镳了。德国市民阶级的现实主义将中篇小说——此时已经作为独立的叙事形式——视为展现市民个体与社会之间冲

<196>

突的最佳表现形式（施托姆、迈耶、凯勒、冯塔纳；关于中篇小说的详细论述参阅 Kunz 1973；Schlaffer 1993，Aust 1999）。

- **短篇小说**以其结构上的开放性区别于中篇小说所述故事的完整封闭性。在德语文学中，短篇小说主要是 1945 年之后，在美国样板（尤其是海明威）的影响之下才开始成为短篇叙事散文中最受欢迎的形式。短篇小说讲述个体生活中的某个影响深远的时刻或变革时刻，它直接切入事件，结尾也是开放式的，所述事件对当事人日后生活的影响只能凭读者的猜测（关于短篇小说的详细论述参阅 Marx 2005；Durzak 1994）。

长篇小说

形式上最为多姿多彩的是叙事散文的代表形式：长篇小说。长篇小说同时也是"市民时代的特有文学形式"（Adorno 1981，第 41 页）。早在近代的开端时期，在手工业的叙述之中实践着的日常的经验传达就已经变得日益成问题了：市民社会迅速发展成为一个巨大的复合体，以致世界已经不再能够被体验为具有总体性，因此也不再能够被作为完好无损的意义关联体来讲述。在此语境之下，长篇小说成为一种——如重要的小说理论家卢卡奇（参阅 Lukács 1916/1981；Adorno 1981）所说——以在现实中不再可见的历史、社会和个体传记的意义关联为目标的文学形式。长篇小说往往采取作者型的叙述者，这个叙述者使人相信，将世界讲述得"充满意义"这种可能性尚还存在；长篇小说的主人公被送上路途，穿行于一个敌意的世界，穿行于"石化的社会境况"（Adorno 1981，第 43 页）之中，在最好的情况下，并且通常要通过重重妥协，他才能最终融于社会（歌德《威廉·迈斯特》，1795/96；1827；施蒂夫特《晚夏》，1857）。但他的意义寻求常常也是无果而终的，散文化的现实往往夺走了他的意义幻象，让他的幻想破灭（歌德《少年维特的烦恼》，1774；凯勒《绿衣亨利》，1854/55）。

1. 近代早期的散文小说：随着散文化叙事中的小型形式的出现，德语散文中的大型形式也在14和15世纪缓慢地从宫廷史诗的诗行形式中以及从拉丁语的实用、教诲和信仰散文中解放了出来：对中世纪伟大的诗体史诗所做的散文化加工，成为这个过程的开端。近代早期的散文小说是在16世纪早期从一些散文化转译（拿骚－萨尔布吕肯的伊丽莎白（1390—1456）：《赫尔平》、《胡戈·沙普勒》）和一些以同一个人物为主人公的滑稽故事集中产生出来的，最著名的一部滑稽小说也许就是《梯尔·欧伊伦施皮格尔》（1515）。

<197>

除此以外，16世纪还产生了真正的散文小说：匿名发表的长篇小说《幸运者》（1509）以新兴商人阶层的美德和风气败坏为主题；《约翰·浮士德博士的故事》（1587；同样是匿名作品）通过反面主人公浮士德这个例子非常直接地在对宗教改革时代的争论表明了立场。16世纪最重要的长篇小说作家是格奥尔格·维克拉姆（约1505—1555/60年）。他的小说——从《加尔米》（1539）到《金线》（1557）——一方面是宫廷小说，至少在内容上延续了中世纪晚期将诗体叙事翻译成散文叙事的传统，另一方面，他也写了一些明确的**市民小说**，描写邻里冲突、社会美德、教育、友谊和爱情等。维克拉姆对于现代叙事的产生功不可没：他的文本中可以见到文学叙事的一些根本成分，这些成分对于整个近代叙事都是决定性的（时间的塑造、叙事态度等等）。

约翰·菲莎特的《故事杂汇》(1575)是对拉伯雷的《卡冈都亚和庞大固埃》(《巨人传》)的翻译和加工，它构成了宗教改革时代散文文学的制高点（关于散文小说的全部论述参阅 Müller 1985；关于16世纪叙事文学参阅 Rupprich 1972，第156—207页）。

2. 巴洛克小说：马丁·奥皮茨1624年发表的《德语诗论》成为告别16世纪散文形式和散文素材的开端。成为新的长篇小说之典范的，是他翻译的约翰·巴克莱的《阿尔格尼斯》(1626)，该小说此前先后于1621年以新拉丁语发表及1623年以法语发表。奥皮茨的翻译就此掀开了巴洛克小说的历史篇章，这一篇章总体上可以分为三大分支：

- **宫廷—历史小说**原则上是扎根于贵族环境氛围中的，它常以王室恋人之间错综复杂的关系，以冒险和迷航、战争和国家事务为主题。最后取得胜利的总是合乎伦理的世界秩序，有情人也总是终成眷属。这类内容高度丰富广博的文本，其读者是巴洛克社会中受过高等教育的精英。对于这个内容丰富的文类，我们只提两个典型的例子：《阿尔格尼斯》（新拉丁语版1621年；法文版1623年；德文版1626年）和菲利普·冯·泽森的《亚得里亚海的罗泽蒙德》(1645)。

- 广受喜爱的**牧羊人小说**"用牧羊人场景为宫廷和骑士所占据的统治性领域配上了一种田园背景"(Meid 1974，第72页)。不过牧羊人小说在德国只有翻译作品，例如蒙特马耶的《迪亚娜》和锡德尼的《阿尔卡迪亚》(1590)。奥皮茨的诗体小说《尼芬·赫尔辛尼的牧羊生活》(1630)是牧羊人小说的一个"叙事—抒情诗特殊形式"(Singer 1966，第15页)。总体上，对于德国巴洛克文学来说，牧羊人小说并不太重要。

- 在**流浪汉小说**中，描写的对象和第一人称叙述者通常都是一位来自社会底层的主人公，一个"集流浪汉、仆从和无赖于一身的人"（Salinas 1969，第 206 页）。对这一类型的小说来说，主人公的社会流动性是至关重要的：他可以接触到不同社会阶层的代表，接触到近代早期劳动世界的各种可能境况以及社会日常生活。因此，流浪汉小说以一系列轶事插曲的方式呈现了它所处时代的各种社会可能性的整个谱系。17 世纪的德国流浪汉小说要追溯到一种更为古老的西班牙传统：1554 年在西班牙出版的《小癞子》（1617 年首次翻译到德国）和塞万提斯的《堂吉诃德》（1605/15；德文版 1648 年）。埃吉迪乌斯·阿尔贝提努斯将西班牙作家马提奥·阿雷曼的《阿尔法拉西的古兹曼》（1599/1605）做了加工改写，在 1615 年以《流浪者：阿尔法歇的古斯曼，或称皮卡洛》为题发表。这种形式的文本对格里美尔斯豪森的《痴儿西木传》的产生发挥了极大的影响（参阅 Rötzer 1972，第 128—130 页；关于巴洛克小说的总体论述参阅 Rötzer 1972；Meid 1974；Niefanger 2006，第 185—230 页）。

3. 冒险小说：流浪汉小说和宫廷—历史小说都是那种在 18 世纪被略带轻蔑地称为冒险小说的文类形式的起点。紧张的情节、常常是骇人听闻甚至难以想象的事件，为启蒙时代的人们对这个文类做出贬低性的评价提供了重要的口实。克里斯蒂安·罗伊特的《舍尔穆夫斯基的真实历险和极度危险的水陆之旅》（1696）、约翰·戈特弗里德·施纳贝尔的《水手的奇异故事》——后以《海岛上的石堡》（1731—1743）这个标题为人所知——以及约翰·卡尔·魏泽尔的《贝尔菲戈》（1776）都属于这一文类。冒险小说中的一个特殊门类是沉船遇险故事，这类故事一方面以格里美尔斯豪森的《痴儿西木传》为开端，另一方面

歌德,《少年维特的烦恼》封面,1774年

对于启蒙运动来说又重新变得有用了。丹尼尔·笛福的《鲁滨孙历险记》(1719)是最常被仿写的范本,此外还有 J. H. 坎佩的《青年鲁滨孙》(1779)和 J. C. 魏泽尔的悲观主义长篇小说《鲁滨孙历险记》(1779)。

4. 启蒙小说:最典型的启蒙小说也许就是将感伤和启蒙结合在一起的书信体小说。在英国作家塞缪尔·理查生的小说(《帕米拉》,1741;《克拉丽莎》,1748)中,在克里斯蒂安·富尔希特戈特·盖勒特的《瑞典侯爵夫人冯·G》(1747/48)、让·雅克·卢梭的《新爱洛绮丝》(1761)和苏菲·冯·拉洛赫的《施特恩海姆小姐的故事》(1771)中,热烈的情感总是通过书信得到过滤,反面声音把各个人物的判断相对化;总体倾向在于达到一种感伤的市民美德理想。歌德的书信体小说《少年维特的烦恼》(1774)脱离了这种启蒙的意图:只剩下一个人在讲话了,书信体小说开始变成一个充满激情和痛苦的个体所做的独白。《少年维特的烦恼》为感伤的(书信体)小说画上了句号(关于启蒙小说的各种形式参阅 Alt 2001,第 276—302 页;Kimpel 1967)。

5. 成长教育小说:作为发展小说和成长教育小说的典范,歌德的《威廉·迈斯特的学习年代》(1796)与卡尔·菲利普·莫里茨的《安东·莱瑟》(1785—1790)在长篇小说的历史上有着巨大的影响。成长教育小说以传记叙事的方式展现个体在市民社会中的成长发展过程,这个过程在歌德那里具有一种倾向,就是最终达到一种看似幸福的融合。生活变成一个富有意义的设计;

成长教育小说可以对主人公那些起初常常显得毫无意义的体验做出重新阐释，使其指向社会融合的目标。戈特弗里德·凯勒的《绿衣亨利》(1854) 遵循的就是这一模式。在阿达尔贝特·施蒂夫特的《晚夏》(1857) 中，在成功的社会融合的表面幸福之下，已经可以看到一种暴力的结构，这种暴力是个体在集体要求的强迫之下为了"自己的幸福"而不得不承受的。托马斯·曼的《菲利克斯·克鲁尔》(1954) 可以被视为成长教育小说的晚近继承者，但同时也是一个以反讽的方式打破了其形式的继承者，君特·格拉斯的《铁皮鼓》(1959) 同样如此（关于成长教育小说，参阅 Selbmann 1994）。

6. 社会小说：早在 19 世纪，个体主义化的成长教育小说就有了其对立面，那就是以歌德的《威廉·迈斯特的漫游时代》(1821/29) 为代表的社会小说。社会小说是受到沃尔特·司各特的历史小说的启发而发展起来的，它在纲领上反对个体主义化的成长教育小说和发展小说（卡尔·古茨科夫、古斯塔夫·弗莱塔克、戈特弗里德·凯勒）。在提奥多·冯塔纳的"现实主义"小说中，叙述的主题远远超越了男女主人公的个人命运，表现的是普鲁士－威廉社会的社会心理状态（《艾菲·布里斯特》，1895；《施泰希林》，1898）。以作者为叙述者的传记式叙事最终变成了为一个意义抽空的世界制造意义假象的手段，这使得长篇小说的传统形式日益变得成问题。从冯塔纳开始，其实就已经不是叙述者在叙述了：故事中的世界产生于不同人物的多重视角，叙述者只是对他们的独白和对话进行解说而已；冯塔纳的作品完全有理由被称为谈话小说。

<200>

7. （经典）现代派小说：对社会现实的叙述在 20 世纪初期

托马斯·曼,《布登勃洛克一家》封面

的长篇小说发展过程中也占据了主导地位,例如亨利希·曼所写的关于威廉帝国的批判讽刺小说(《臣仆》,1914/18)。用(深层)心理分析的元素和哲学反思来使得现实主义的描述更加丰富,这构成了托马斯·曼的第一部长篇小说《布登勃洛克一家》(1901)的主要特征。但是,以现实主义作为长篇小说的标志性特征,这在20世纪的头二十年里逐渐式微,取而代之的是采用新的表现手法(**蒙太奇、内心独白和意识流**),以及将各种学术文本种类和阐释视角融合进来(例如罗伯特·穆齐尔的《没有个性的人》,1930/33/43)。战后时代也有很多小说作者加入到了这种在 1933 年之前就已经开始出现的叙述手法创新的过程中,例如彼得·魏斯、乌韦·约翰森、沃尔夫冈·科彭和彼得·汉特克;但与此同时,传统叙述方式——传记式叙述、作者型叙述、对一个在叙事中封闭完整的世界加以呈现——也在过去五十年的多数长篇小说中继续存活下去,例如在齐格弗里德·伦茨、海因里希·伯尔、马丁·瓦尔泽等人的作品中(关于 20 世纪长篇小说的总体论述参阅 Schärf 2001)。

现代派小说最终趋向于打碎那个原本就是虚构出来的、连续的叙述进程。不仅仅是连贯的叙述变得不再可能,而且对现代派小说来说,将所描述的世界表现为一个富有意义的世界也同样不再可能。现代派小说所做的尝试,不是用一种富有意义的审美表象去遮盖已经高度工业化—市民化的世界的离散性、它的深层裂隙和矛盾,而恰恰是以一种碎片般的审美结构将其表现出来。**蒙太奇手法**是从 20 世纪 20 年代的造型艺术方法中发展出来的(约翰·哈特菲尔德),在文学领域,最早使用蒙太奇手法的是达达主义诗歌。德布林的小说《柏林，亚历山大广场》(1929) 被认为是这个以约翰·多斯·帕索斯的《曼哈顿中转站》和詹姆斯·乔伊斯的《尤利西斯》为代表的传统中出现的第一部德语蒙太奇小说。小说在不同的人物视角、不同的时间和情节层面之间变换，以蒙太奇的方式将第三种文本（广告、广播、报纸等）穿插于其中，并常常在异质结构和不同形式来源的不同文本之间进行毫无过渡的直接切换。

在联邦德国的战后文学中，采用蒙太奇手法的有沃尔夫冈·科彭（《草中鸽》，1951；《罗马之死》，1954）；乌韦·约翰森的四卷本《年年日日——格辛纳·克莱斯帕尔的生活片段》(1970—83) 用娴熟的蒙太奇手法将人物所叙述的各种段落连结在一起，还杜撰出录音、报纸片段（纽约时报）等。亚历山大·克鲁格（《战争描述》，1964）和阿尔诺·施密特同样也运用了蒙太奇手法，而且施密特采用的还是一种极端的形式：他的《无聊之地危海》(1960) 不仅由两个用不同印刷字体加以区别的情节层面组成，而且其中还安插进一些杜撰出来的《尼伯龙根之歌》及赫尔德的史诗《熙德》的美国英语及俄语译文片段。

<201>

如果说蒙太奇手法仅仅只是打破了叙述进程的连贯性，那么 20 世纪 50 年代在法国出现的**新小说**则体现出与传统市民叙事的一种彻底决裂（阿兰·罗伯-格里耶、娜塔丽·萨洛特）。新小说的叙述彻底放弃了时间的线性，主人公的概念完全退居到背景地位，甚至彻底消失，人物与世界之间的联系断裂了，小说避免用叙述构建任何意义。早在 20 世纪 50 年代，德语作家就开始向新小说看齐，海因里希·伯尔的《九点半钟的台球》(1959) 实验了异质文本材料的各种叙事表现，乌韦·约翰森的《关于雅各布的种种

乌韦·约翰森，《关于雅各布的种种揣测》封面

揣测》（1959）也是同样，只不过在这部小说中，在所要讲述的故事的大量碎片中，恰恰是那些能够见出意义的人物才脱颖而出变得可见。尤尔根·贝克尔的三部曲《田野》（1964）、《边缘》（1968）和《周边》（1974）用叙述碎片表达了世界的不可叙述性，彼得·汉特克的《大黄蜂》（1966）和《罚点球时守门员的恐惧》（1970）也非常清楚地属于"新小说"的传统。

8. 后现代小说一方面完全承接了文学蒙太奇的手法，只是并不将蒙太奇本身公开展示出来。与现代主义对于打破叙述关联、消解传统叙事结构的苛刻要求相对，后现代小说既可以玩作者型叙述模式的游戏，也可以玩文学现代派手法的游戏。在这一外表之下，后现代小说用无穷无尽的引文、影射和互文指涉提供了一个似乎完整封闭的世界，但只要看一看它们的互文源头，就会发现这样一个世界只是假象。简而言之，后现代小说玩弄该文类所特有的提供意义的态度，它怀有一种意识，即：意义总是构建出来的，总是互文地制造出来的。意大利符号学家和小说家翁贝托·艾柯可以被视为后现代小说的典范，在德语文学中，典型的后现代小说是帕特里克·聚斯金德的《香水》。

<202>

基础文献

Bauer, Mattias: Romantheorie. Stuttgart/Weimar ^{2}2005.
Brauneck, Manfred(Hg.): Der deutsche Roman im 20. Jahrhundert. Analysen und Materialien zur Theorie und Soziologie des Romans. Bamberg 1976.
—: (Hg.): Der deutsche Roman nach 1945. Bamberg 1993.
Cohn, Dorrit: Transparent Minds. Narrative Modes for Presenting Consciousness in Fiction. Princeton 1978.
Durzak, Manfred: Der deutsche Roman der Gegenwart. Entwicklungsvoraussetzungen und Tendenzen. Stuttgart ^{3}1979.

—: Die Kunst der Kurzgeschichte. Zur Theorie und Geschichte der deutschen Kurzgeschichte. München ²1994.

Hillebrand, Bruno: Theorie des Romans. Erzählstrategien der Neuzeit. Stuttgart/Weimar ³1993.

Koopmann, Helmut(Hg.): Handbuch des deutschen Romans. Düsseldorf 1983.

Lämmert, Eberhard: Bauformen des Erzählens [1955]. Stuttgart ³1968.

Martinez, Matias/Scheffel, Michael: Einführung in die Erzähltheorie. München ⁶2005.

Marx, Leonie: Die deutsche Kurzgeschichte. Stuttgart/Weimar ³2005.

Petersen, Jürgen H.: Erzählsysteme. Eine Poetik epischer Texte. Stuttgart/Weimar 1993.

Schärf, Christian: Der Roman im 20. Jahrhundert. Stuttgart/Weimar 2001.

Stanzel, Franz K.: Theorie des Erzählens [1979]. Göttingen ⁶1995.

Vogt, Jochen: Aspekte erzählender Prosa. Eine Einführung in Erzähltechnik und Romantheorie. Opladen ⁸1998; Nachdr. 2002.

引用文献

Adorno, Theodor W.: »Der Standort des Erzählers im zeitgenössischen Roman«. In: Ders.: Noten zur Literatur. Frankfurt a.M.1981, S.41—48.

Alt, Peter-André: Aufklärung. Lehrbuch Germanistik. Stuttgart/Weimar ²2001.

Aust, Hugo: Novelle. Stuttgart/Weimar ³1999.

Bachtin, Michail: Formen der Zeit im Roman. Untersuchungen zur historischen Poetik. Frankfurt a.M. 1989.

Benjamin, Walter: »Der Erzähler. Betrachtungen zum Werk Nikolai Lesskows« [1937]. In: Ders.: Gesammelte Schriften. Hg.von Rolf Tiedemann und Hermann Schweppenhäuser, Bd. II, 2, Frankfurt a.M. 1980, S.438—465.

Genette, Gérard: Die Erzählung. Aus d. Franz. von Andreas Knop. Mit einem Vorwort hg. von Jochen Vogt. München 1994.

Hamburger, Käte: Die Logik der Dichtung [1957]. Stuttgart ³1987.

Hasubek, Peter: Die Fabel. Theorie, Geschichte und Rezeption einer Gattung. Berlin 1982.

Kimpel, Dieter: Der Roman der Aufklärung. Stuttgart 1967.

Kunz, Josef (Hg.): Novelle. Darmstadt ²1973.

Leibfried, Erwin: Fabel. Stuttgart ⁴1982.

Lukács, Georg: Die Theorie des Romans. Ein geschichtsphilosophischer Versuch über die Formen der großen Epik [1916]. Darmstadt/Neuwied [7]1981.

Meid, Volker: Der deutsche Barockroman. Stuttgart 1974.

Müller, Günther: Morphologische Poetik. Gesammelte Aufsätze. Darmstadt 1968.

Müller, Jan-Dirk: »Voklsbuch/Prosaroman im 15./16. Jahrhundert – Perspektiven der Forschung«. In: Internationales Archiv für Sozialgeschichte der Literatur (IASL), Sonderheft 1 (1985), S.1–128.

Niefanger, Dirk: Barock. Lehrbuch Germanistik. Stuttgart/Weimar [2]2006.

Rötzer, Hans Gerd: Der Roman des Barock, 1600–1700. Kommentar zu einer Epoche. München 1972.

Rupprich, Hans: Vom späten Mittelalter bis zum Barock, 2 Bde. München 1970/72 (de Boor, Helmut/Newald, Richard: Geschichte der deutschen Literatur von den Anfängen bis zur Gegenwart, Bd. 4.1/2).

Salinas, Pedro: »Der literarische ›Held‹ und der spanische Schelmenroman. Bedeutungswandel und Literaturgeschichte«. In: Helmut Heidenreich (Hg.): Pikarische Welt. Schriften zum europäischen Schelmenroman. Darmstadt 1969, S.192–211.

<203> **Schlaffer, Hannelore**: Poetik der Novelle. Stuttgart/Weimar 1993.

Selbmann, Rolf: Der deutsche Bildungsroman. Stuttgart/Weimar [2]1994.

Singer, Herbert: Der galante Roman. Stuttgart [2]1966.

Stanzel, Franz K: Typische Formen des Romans [1964]. Göttingen [12]1993.

—: Die typischen Erzählsituationen im Roman. Wien/Stuttgart 1955.

Straßner, Erich: Schwank. Stuttgart [2]1978.

<204> **Theiss, Winfried**: Schwank. Bamberg 1985.

1.5 文学的"应用形式"

在各种不同文学理论和美学纲领潮流的影响之下，20 世纪出现了**文学概念的扩大化**。除了诗歌、戏剧和叙事散文这三大"经典"体裁之外，还有另外一些不同的、有些甚至已经长久存在着的文本类型被认为接近文学或者干脆就是文学。出现这种现象的原因首先在于那些文本和体裁本身：像**书信、自传、日记、游记**或**短论**这些并不属于传统的狭义文学概念之中的文本种类，有时候却明显地运用了文学的表达手法，因此就其审美表现形式来说完全属于文学。

此外，随着 20 世纪文本产品的工业化批量生产以及**媒体出版行业的膨胀扩张**，还出现了大量新的文本种类，这些种类也可以被归入到一种更广意义上的文学概念之中：**论说文、小品文、讽刺性杂文、社论、回忆录、抗议歌曲、新闻报道、专业书籍、新闻、编年史、报告、天气预报、传单、论战手册、意识形态宣传文章、使用说明书、行车时刻表、公告、法规条例、报纸广告、广告**等等。这些文本种类中的几种，尤其是后面几种，只是在极其有限的程度上符合文学性的标准，那就是：文本是以印刷形式出现的，至少间或显示出使用了语言—文学风格手法的迹象。

➡ **应用文学**与狭义"文学"的区别在于它们与（文本之外的）"现实"的关系。应用文学的文本"不是像诗学文本那样自主构建文本对象，而首先是由外在于它自身的目的所规定。应用文本服务于它所涉及的事情；它针对的是某个确定的接收群体，试图传达信息、教化、娱乐、批判、劝告、说服或宣传鼓动"（Belke 1973，第 320 页）。

概念

接下来我们将对文学应用文本中的几种重要类型进行介绍：

1. 作为一种通常比较私人化的交流形式，**书信**是向一个在空间上与写信人分隔开的人所作的书面传达。与这种空间分离联系在一起的还有一种"时间的延拓"：写信与读信之间多少都已经过了很长一段时间。正是为了弥补这种时间的延拓和空间的分隔，书信——按照启蒙作家盖勒特的理想——会模拟对话：书信中会出现直呼读者、问答游戏等风格手法。

<206>

中世纪和近代早期对书信有相对严格的形式要求，这些要求是针对修辞意义上的写作术（ars dictaminis）提出的，它们在17世纪的**尺牍大全**和书信范本书籍中还可以清楚地看到；但是在18世纪逐渐形成了一种个人化的书信风格：书信完全成为市民阶层的私人表达形式。由于**书信的真实性**，书信获得了极大的传记文献价值和文化史文献价值；整个18世纪可以被毫不夸张地称为书信世纪。不过我们必须对真实性这个天真的标准提出质疑，因为就连"真实"的书信也会表现出很多自我导演和身份策划的语言模式，也会在幻想中设计出一些虚构的世界，它们要先构建一个世界，然后才能谈论这个世界。

真实的书信或书信往来可能同时具有**文献性**和**文学性**，这一点例如就表现在歌德独自整理加工了他与席勒的往来通信并付梓出版，也表现在很多作家和哲学家的所谓书信体作品都有数不清的不同版本。不过，书信这种应用形式的文学性或曰可文学化的特点首先还表现在，从古代希腊罗马开始，就有一些由（虚构的）书信组成的文学作品流传下来：例如奥维德的《女杰书简》——德国巴洛克时期的《英雄书简》就重新采取了这种形式（霍夫曼斯瓦尔道）。18世纪的文学尤其喜欢频繁采用这种市民阶层最重要的私密交流形式：理查生、卢梭、盖勒特、苏菲·冯·拉洛赫和歌德都写过一些著名的**书信体小说**，亦即由虚构的书信作为基本组成部分、或者实际上完全由往来通信或一个人的书信(《少年维特的烦恼》)组成的大型叙事文本。

2. 与书信一样，**日记**也被视为一种接近日常生活的真实文献。日记是按照严格的日期顺序将每天的或至少是定期的经历和体验、观察、思考和感受记录下来。由于日记一般来说并不针对某个读者，因此它与书信有所不同，它的表达更贴近主体，不受主体间性的强迫，完全是独白式的。日记的传统可以追溯到古代希腊罗马，文艺复兴的人文主义思想对于单个主体的兴趣引发了日记的第一个全盛时期，而在 18 世纪下半叶，虔信派所提出的进行虔诚的自我观察的义务则引起了一场真正的日记热潮。

在日记这一文类内部也存在着极大的差异，既有纯粹实事求是的准确记录，也有对日常生活的精确描写，还有多愁善感的细腻感受。和书信一样，日记经常是被文学化了的(而且还通过文类自身所具有的独白性得到了强化)：风格追求和自我导演的模式往往会侵入真实性的领域。与书信一样，**虚构的日记**或日记片段也成为**长篇小说的组成部分**：歌德的《威廉·迈斯特的漫游年代》(1829)有很大一部分都是威廉的日记(以及其他人物的日记)；乌韦·约翰森的四卷本大型长篇小说《年年日日——格辛纳·克莱斯帕尔的生活片段》(1970—83)也采用了据称是主人公所写的日记；日记的日期形式，即将所记内容按日期编排，同时也可以被用作叙事散文的结构要素。

<207>

3. 自传是一种半真实、半文学的体裁，其典型模式是古代晚期教父奥古斯丁的《忏悔录》：忏悔书、告白书的特点是决定性的，18 世纪的虔信主义思想进一步强化了这一倾向。与奥古斯

丁的《忏悔录》一样，自传讲述的应该是一个宗教皈依的故事，应该尝试将自己的毕生时间和毕生经验置入一种与上帝之救赎有关的富有意义的关系之中。这种告白文学对于形成那种敏感的心理学意义上的自我观察具有不可低估的作用，这种自我观察不仅表现为一种文学加工（例如《少年维特的烦恼》），而且也表现为一种初步形成的科学分析（心理学刊物）。**虔信主义自传**与极端现世化、充满轶事的**文艺复兴式自传**（卡尔达诺、切利尼）、16 世纪的历史—编年式自我生活描述（葛茨·冯·伯里欣根）以及 17 和 18 世纪的同样采取编年形式的职业自传及学者自传有着鲜明的区别。

虔信主义自传的明显的心理学化倾向对**自传文学**产生了强烈的影响：卢梭的《忏悔录》（1764—70）试图超越编年史式的事实和事件堆砌，通过叙述将其自身自我的历史构建成一条由各种感受状态组成的链条，与之相似的还有荣-史蒂林的生活故事。歌德的《诗与真》（1811—1833）让作者歌德的自我发展和自我实现在一个广阔的社会和文化史背景前上演。以叙述来呈现自己所经历的历史，从历史灾难或悲哀的家庭关系中拯救出自我，通过文学来达到社会化的典型模式等等，这些都是 20 世纪文学自传的对象（瓦尔特·本雅明、埃利阿斯·卡内蒂、托马斯·伯恩哈德）。此外当然也存在着大量"天真"的自传（从希尔德嘉德·奈福到迪特·伯伦）。

原则上，**文学性**甚至**虚构性**是任何一本自传都具有的特点，因为当作者以回顾性的自我视角讲述自己的生活时，叙述着的自我和被叙述的自我之间的差异始终会起到一种文学化的作用——只要它永远无法否认传记记忆的构建特点。自我的历史——以及在叙述中获得的人格身份——是一种构建、一种筛选的结果，是对各种经历和事件所做的权衡和特殊组合。自我差不多就是虚构的，它只是在写作结束之后才产生。就此而言，如果与书信和日记相比的话，自传所具有的真实性可能更少，至少它的真实性是更加成问题的。

自传的叙述模式为长篇小说的一种核心表现形式提供了模型：以第一人称视角叙述的长篇小说经常会模仿自传的姿态，从祖父母、父母和自己的出生开始，讲述自己的童年、青年以及种种冒险，直到进入（虚构的）叙事当下（格里美尔斯豪森《痴儿西木传》、托马斯·曼《大骗子克鲁尔的自白》、格拉斯《铁皮鼓》等）（对自传的全部论述，参阅 Wagner-Egelhaaf 2005）。

4. 游记是自传式叙事的一种特殊形式，它讲述和呈现的是以真实体验为基础的体验、经历和旅行印象。游记在形式上比较自由：它通常以散文讲述，可以包含一些日记式的或编年史式的成分，也可以包含书信的结构（如歌德从意大利写给夏洛特·冯·施泰因夫人的日记体书信），如果是诗体游记的话，它甚至还可以将所有观感转变成诗歌的形式表达出来。游记的历史可以追溯到古代：占领和发现之旅、中世纪的十字军东征，都是游记产生的诱因。特别令人感兴趣的是 16 世纪的一些关于新大陆的报道：一方面，这些游记以一种近乎人种学研究的精确描写了巴西各民族（汉斯·斯塔登《野蛮人、裸体人、狂暴食人族的真实历史及对其风景的描写》，1557），另一方面，这些游记常常只对已知的东西和从神话中流传下来的东西感兴趣（例如从荷马和希罗多德的作品中获知的亚马孙民族，他们在想象中被安排进了巴西原始森林）。

格奥尔格·福斯特，《环球之旅》标题页，1778 年

启蒙时期的旅行文学所做的是传播关于世界的

知识（格奥尔格·福斯特对詹姆斯·库克的环球旅行所作的记载，1778—80），介绍德国的（尼克莱）或意大利的风光。歌德的以自传方式构思的《意大利游记》（1816—17/1829）以艺术家歌德通过与古典艺术、意大利自然风光及感性生活的相遇而获得的重生为主题，而约翰·戈特弗里德·索伊莫的《1802年漫步叙拉古城》（1803）则描写了当地的贫穷困苦以及真实生活条件。亚历山大·冯·洪堡进一步将游记发展成一种科学性文类，而海涅的《旅行心影录》（1826—31）则是对德国悲惨现实所做的社会批判性的讽刺。随着游记在魏玛共和国时期越来越政治化（例如关于年轻的苏联的游记），这一体裁开始向另一种只是在20世纪的大众媒体这一语境之下才能得以发展的新的应用文学形式靠拢，那就是：新闻报道。

<209>

游记在很多方面都具有**文学风格化和文学形式化的元素**；文学文本的元素在对旅行的描写中也很常见：欧洲文学传统中的几个原始文本，例如荷马的《奥德赛》和维吉尔的《埃涅阿斯》，就是对旅途的描写。游历世界常常也是近代德语文学叙事作品的母题和核心结构模式：《幸运者》（1509）走过了半个世界，巴洛克的**宫廷—历史小说**没有旅行和迷航是不可想象的，罗伊特的《舍尔穆夫斯基》（1696）通过一场冒险之旅游历了众多国家，**沉船遇险故事**将旅行、沉船和拯救与主人公的自我教育结合在一起，而**成长教育小说**也是一定要有旅行的（歌德《威廉·迈斯特》；施蒂夫特《晚夏》等）。

5. 新闻报道是游记的一个现代变种：一种短小的散文形式，一般来说主要出现在20世纪的报纸和媒体行业。新闻报道追求**记录的真实性**，对社会冲突、灾难、社会事件、法庭审判、城市和国家等进行报道。除了中立地报道事件以外，新闻报道的主题还包括信息调查的过程（调查研究）和主观的感受甚至评价。新闻报道的目的是向读者或听众传达一些在日常生活中无法获得的经验和知识，一般来说它也意图影响公众的态度和立场。作为**文学式报道**的新闻报道在 20 世纪 20 年代经历了鼎盛时期：埃贡·艾尔温·基什所写的来自墨西哥或鲁尔区的报道对于文学式报道这一文体起了决定性的影响。尤其是 20 世纪 60 和 70 年代，在**报告文学**以及"发现"日常文化和工人文学的语境下，作为一种文学体裁的新闻报道被赋予了高度评价（埃里卡·龙格，君特·瓦尔拉夫）。调查研究是报告文学作者的基础行为，它既先行于文本又反映在文本之中。在 20 世纪文学中，调查研究往往也已经成为叙事态度的一个组成部分：例如在乌韦·约翰森的《关于阿希姆的第三本书》（1961）和海因里希·伯尔的《女士及众生相》（1971）中（关于新闻报道的详细论述，参阅 Siegel 1978）。

埃贡·艾尔温·基什，《快速报道者》，约翰·哈特菲尔德的拼贴作品

6. 论说文是一个由面向事实的写作与文学写作相结合的文本种类：它似乎放弃了对某种事实关联进行严格的理解和系统的描述，而是允许自己展开创造性的、不受拘束的思考。论说文的结构特征在于，作者似乎是在以一种非体系化的、同时也是文学化的语言尝试接近某种认识。论说文是**科学与文学之间的边界行者**：从对一个对象或一种事实关联的全面认识——这是论说文的预设前提——来看，论说文属于科学文本；但是从思考的实行过程和行文风格来看，它又是一种文学文本。

<210>

论说文在极大程度上提供了一种可能，即通过思想实验，通过游戏式地使用假说，使用原创性的、具有强烈主观色彩的意象

和思想可能性来照亮某个对象，以求不会最终把一种"真理"变成一个概念，而是在这种非体系的随想式思考、言说和游戏的过程中将该对象的各个维度都展现出来。

论说文这一体裁的历史自16世纪开始于蒙田（1580）的《试论集》(《随笔集》)。特别是在18世纪英国的杂志刊物中，这种短小的反思性散文体裁重新受到青睐，而德国的道德类周刊就是由此将论说文引进过来的。论说文是浪漫派（施莱格尔兄弟）的主要哲学体裁，在20世纪，论说文式写作或者将完整的论说文融入文学文本之中，成为很多文学作品的特征：比较著名的是罗伯特·穆齐尔对于论说文式思考的反思以及他所做的将论说文融入其长篇小说《没有个性的人》（1930/33/43；例如第4章关于"可能性意识"的论说）中的尝试；赫尔曼·布罗赫在其长篇小说三部曲《梦游者》(1931/32）的第三部中也使用了这种方法。

应用文学形式作为文学文本的组成部分：文学概念在20世纪的扩展使得上面介绍的几个文本种类成为文学学研究的可能对象，与此同时它也让人们更为清晰地看到，在叙事文学中，早在20世纪之前很久，就已经有其他文本的零配件被拼装进文学文本之中，那就是文学的各种不同的应用形式，亦即那些将与生活的直接关联作为其首要功能的文本。一方面，这种进入文学文本的**拼装**（蒙太奇）使得应用文本在文学的语境中具有了文学的能力，另一方面，应用文本的文本内在价值，亦即脱离于文学文本的价值，也获得了一种新意义。它们的**有待阐释性**得以被认识到：它们同样也完全可以用文学学的手段进行描述和分析式的考察。

分析的路径：在对文学的各种"应用形式"所做的文学学研究中，对于每个文本种类的原本的"应用关系"可以有不同的分析方式：

<211>

- 首先可以探询一下它们的**对象**，也就是说，它们所涉及的是什么。例如新闻和新闻报道，书信和自传性文本的特征就在于它们都有各自特殊的对象。
- 其次可以从它们的**目的**出发来对它们做出描述：它们是否要在受众中激起反应以及激起何种反应，它们要对受众的行为取向施加何种影响（尤其是政治演说、广告文本等）。
- 第三要问的是它们的**信息接收者**是谁：它们是针对哪个特殊或不确定的听众/读者/观众群体的。例如书信一般以个体的人为接收者，广告试图精准地影响目标群体，而社论试图鼓动一个在语言和风格诉求方面都颇为特定的信息接收者群体。
- 第四，还可以通过它们接触受众的**媒介**方式来区分它们：它们是口头的还是书面的，是图片还是影片，它们是通过报纸、广播、电视还是电影院来传播的。举例来说，按这种区分方式，论说文、社论、新闻、读者来信、新闻报道、天气预报、报纸广告和广告就属于同一组应用文本，因为它们都是通过报纸这个媒介来接触受众的。

尤其是在 20 世纪 70 年代之后，应用文本日益成为**文学学研究的对象**，一方面，这与前文所提到的它们被安置进"文学"文本有关，因为这样一来它们的价值被提高了，它们被赋予了文学的地位。但另一方面的原因也并非无关紧要，那就是，恰恰是在这些据称只具有"单一明确"的意义（该意义来自于它们在某个确定的实践语境中的功能）的文本中，人们可以见到一种可能的多义性。此外还有一点是很明显的，那就是恰恰有很多应用文本使用的是文学的手法，因此需要进行文学学的分析。例如对某些政治演说或广告文本的阐释分析已经进入了德语课，就是一个明显的表现。

参考文献

Belke, Horst: Literarische Gebrauchsformen. Düsseldorf 1973.

Fischer, Ludwig/Hickethier, Knut/Riha, Karl (Hg.): Gebrauchsliteratur. Methodische Überlegungen und Beispielanalysen. Stuttgart 1976.

Holdenried, Michaela: Autobiographie. Stuttgart 2000.

Knörrich, Otto (Hg.): Formen der Literatur in Einzeldarstellungen. Stuttgart ²1991.

Nickisch, Reinhard M.G.: Brief. Stuttgart 1991.

Siegel, Christian: Die Reportage. Stuttgart 1978.

Wagner-Egelhaaf, Martina: Autobiographie. Stuttgart/Weimar ²2005.

Weissenberger, Klaus (Hg.): Prosakunst ohne Erzählen. Die Gattungen der nichtfiktionalen Kunstprosa. Tübingen 1985

第 2 章
修辞学、风格学与诗学

2.1 概念术语：风格学与诗学的专业概念
2.2 修辞学与诗学
2.3 修辞学与文学风格学

2.1 概念术语：风格学与诗学的专业概念

风格学和诗学的专业概念是除了体裁概念、时期名称和方法学专业术语之外的文学学研究工具。它们通常都要被追溯到古代的修辞学。一方面这是因为，直到 18 世纪为止，关于文学的言说仅仅被视为全部言说艺术中的一个特殊例子。因此诗学也就是修辞学。就此而言，从修辞学的视角来描述和分析文学文本——无论是关于它们的风格还是关于它们的效果目的——是必要的。

另一方面，文学学研究在 20 世纪后半叶所造成的**文学概念的扩展**，使得一些之前不被视作文学的文本种类成为文学学分析的对象：例如口头文本中的政治演说，书面文本中的新闻报道和广告。所有这些文学的"应用形式"都在更高程度上是为着产生某种效果而构思的，它们会采用某些修辞手段，以求达到那些效果。

修辞学　➡ **修辞学**是关于公开演说的学说，演说的目的是说服或劝服别人。演说必须是被正确而清楚地表达出来的，而且对于听者，即谈话的对象，以及交流情境来说必须是恰当适宜的。古代的修辞学（亚里士多德、西塞罗、昆体良）发展出了一套细致入微的体系，用以制造富有成效的演说，为此，它动用了各种不同的体裁、内在架构元素，但尤其是大量语言上的修辞格。

➡ **文学风格学**首先利用这些修辞格的学说，以便能够描述一个文本的风格特征，例如句子结构上偏离了日常语言，但主要还是在文学的形象性这个领域。隐喻、转喻、讽喻（这只是其中三种最重要的）这些文学创作手法最初都是修辞学上的塑造手段。

<215>

　　风格学和修辞学的专业概念事实上全部来自拉丁语和希腊语，几乎不存在与它们同等重要的德语术语。风格手段和文学譬喻的拉丁语和希腊语名称对于文学学研究工作来说是必不可少的（因此它们必须被"学会"！）。

<216>

2.2 修辞学与诗学

文学文本总是一些**关注信息接收者的**文本，就连那些晦涩玄奥的诗也是如此，这就是说，它们总是意味着要被发表，可能或者将会有人阅读它们。此外还有：

- 文学多多少少总是**关注效果的言说**，这就是说，文学文本通常怀有一个目的，那就是以某种特定的方式被理解，比如振奋人心的方式、娱乐的方式，或者教诲的方式。
- 文学多多少少总是**修饰过的语言**，这就是说，文学文本之所以是**文学**文本，恰恰因为它们是以一种非常特定的、不同于日常生活的方式说出某种东西。
- 此外，文学还是一种——至少到18世纪后三十年为止——**被赋形的语言**：诗行形式对于戏剧、叙事文学和诗歌来说是必须的，散文是日常的说话方式，而作为诗的文学是**受到约束的语言**。

<!-- margin: 文学与修辞学的关系 -->

前两个标准，即关注效果和言语修饰，是文学与其他所有公开言谈的共同点，只有诗行形式才表明文学是公开言谈中的一种特殊形式。在这个意义上，诗学——作为以受约束的（诗行）形式进行公开言谈的学问——只是一个子集，是修辞学的一种专门化。至少直到18世纪早期，两者之间的这种相近和相似还是被反复强调的。关于什么是诗人，什么是文学的、诗性的文本区别于所有其他文本的特点，这些观念直到18世纪从根本上说都是视乎在不同时代有效和常见的修辞学而定的。从这个意义上说，对演说艺术的历史做一个简短的回顾一方面是不可或缺的，另一方面它同时也就构成了一份同样简短的诗学（前）史（详细

论述参阅 Ueding/Steinbrink 2005，第 13—135 页；Knape 2000）。

修辞学的历史

修辞学的历史开始于公元前 5 世纪的古希腊西部：西西里岛。西西里修辞学家，莱奥提尼的高尔吉亚（约公元前 485—前 380 年）的几次演说被作为演说范本流传下来，从他开始，演说术传到了雅典，并首先在法律辩论的语境下获得了极大的重要性（参阅 Ueding/Steinbrink 2005，第 13—15 页）。从这里开始，修辞学的历史可以被描述为几大步：

<217>

1. 亚里士多德（公元前 384—前 322 年）首次将修辞术归纳为一个体系。他把修辞术理解为一种**技艺能力**，并认为不同的言说方式分别出自三种不同的缘由类型（*genera causarum*）或不同的社会场所：法庭演说、政治演说和节庆—炫耀演说（*genus indiciale, genus deliberativum, genus demonstrativum*）。亚里士多德修辞学的一个最重要方面是**效果构想**：演说者不仅要对事情本身提供令人信服的解释，而且还应该通过他自己的人格尊严（*ethos*）以及激情的挑动（*pathos*）来带动公众，激起他们的情绪反应。因此，他在修辞学中构想出了一种与诗学中的净化概念相对应的效果美学。

2. 古罗马修辞术是对亚里士多德的直接继承。匿名作者的《古罗马修辞术》（公元前 86—前 82 年）所提供的同样也是一套以实践为取向的、细致入微的关于演说技巧的学说体系。**西塞罗**（公元前 106—前 43 年）的《论演说家》是古代罗马的系统修辞术的顶峰。他要求演说者具有全面广博的世界知识，演说者除了技巧之外还必须具有法律、政治、美德、历史和地理等方面的知识。西塞罗还认为不同的演说内容还应该依其不同的庄严等级而表现出不同的风格等级（genera dicendi）：对于高贵的内容就应该高贵地谈论，对于中等平庸的内容应该适度谈论，而对于低下内容则应该平实简单地谈论（stilus gravis, mediocris 及 humilis）。此外，西塞罗还赋予演说者修饰言辞的特权：转义使用的词语往往能够更好地表达演说者的意思，尤其是能够获得更好的效果。西塞罗关于演说的各种修饰形式的体系学说流传至今仍被认为是有效的，对此我们将在后面详细阐述。此外，昆体良（约公元35—100年）的十二卷教科书《演说术原理》是整个古代修辞学的另一次总括。

3. 中世纪：整个古代知识经由教父耶柔米和奥古斯丁被传递到中世纪。它体现为中世纪大学的七个学科，即"自由技艺"语法、修辞、逻辑（三艺）和几何、算术、天文和音乐（四艺）。昆体良传统中的修辞学在布道学、尺牍学以及中世纪诗学中都扮演了重要角色。

4. 作为古代科学、文学和哲学的"重生"，**文艺复兴**是与对演说术系统论著（尤其是西塞罗和昆体良的论著）的重新发现紧密联系在一起的。人文主义重提并深化了他们对于理想演说者的要求。广博的知识和美德仍然是决定性的，而"人文主义教育的最高目标是口才，其他的教育内容都居于其次"（Ueding/Steinbrink 2005，第79页）。最终是马丁·路德认识到了修辞学知识对于宗教改革后的布道实践的必要性。

<218>

马丁·奥皮茨完全属于这种人文主义的传统，他在其《德语诗论》（1624）一书中清楚地表明了诗性言说的独特地位：在此，

诗学可以被理解为一种实践上的特殊修辞学：

马丁·奥皮茨，
《德语诗论》

[……]人们应该知道，整个诗学就在于对自然的模仿，事物不是被描写为它们所是的样子，而是被描写为它们可能是或应该是的样子。[……]这一切都是为了说服和教导人们，或让人们感到赏心悦目；诗学的目标是多么高贵啊。

马丁·奥皮茨，《德语诗论》
初版标题页，1624 年

诗学的效果考量是取自修辞学的："说服、教导、赏心悦目"，但是其对象范围却是特殊的：诗学在此表现为虚构内容的修辞学。

但无论是在对修辞学的借鉴上，还是在对其所做的特殊修正上，奥皮茨都更进了一步：《德语诗论》的第五章要求诗人也要面对演说者的前两个任务：找到言说的内容，并理清其头绪（inventio, dispositio），而第六章中对于"准备和修饰言辞"的要求则似乎对应了演说者的第三项任务：风格化地言说（elocutio）。在此，奥皮茨对修辞学中常见的几种修辞形式做了补充，增加了诗的特殊风格元素：押韵结构、合乎格律的和诗行的形式以及诗的各种不同体裁，在这个层面上，诗的艺术被允许有更特殊的"自由空间（licentia poetarum）去偏离人们所期待的形式，例如它可以采用新的意象，但也可以采用陈旧古老的表达方式、奇怪的比喻、'错误'的词序或者不寻常的韵律"（Ueding/Steinbrink 2005, 第 92 页）。修辞术的任务在于通过可理解的、多少是本意的言说来达到劝服或说服别人的目的，而诗艺的任务则与此相反，尤其是在风格化言说这个层面上，诗艺所表明的是一种非本意的言说（参阅同前）。

5. 巴洛克时期对修辞学效果的理解，经由莱布尼茨和托马修斯，在**戈特舍德**那里形成了强调理性的**启蒙修辞学**。在此，修辞术成为"理性地建立信念"（Ueding/Steinbrink 2005，第105页）的工具，若想说服或劝诫听众，应该通过理性的论证和证据推演，并且是在首先针对公众之理性的前提下进行。在启蒙运动鼎盛时期还遭到排斥的情感和激情，到了18世纪下半叶开始重新成为修辞学和诗学讨论的中心。特别是两位瑞士哲学家暨戈特舍德批评者**博德默**和**布莱廷格**——其文学领域的后继者首先是**科洛普施托克**，间接地也包括**莱辛**——承认了神奇和新异之物在诗中的正当性，他们同时也强调，在文学文本中恰恰是这些元素和方面具有一种"打动人心"的效果。这一价值重估在诗学上的结论之一是（转向修辞学的）莱辛的同情美学（参阅1.3章）。在学术史上，这意味着**鲍姆加登**的《**美学**》（1750/58）这个新学科——亦即对艺术作品采取一种特殊的感受方式的观念——的"发明"（参阅 Ueding/Steinbrink 2005，第109页）。

<219>

6. 在17世纪还统一在一起的各种演说术元素，最终分裂为二：一方面是理性的修辞学，另一方面是以敏锐感觉为前提和模式的诗学和美学。这一分裂的后果是**修辞学的瓦解**。自19世纪初开始建立起来的多种多样的学院派单个学科或多或少都选择性地接受了古代演说术的遗产；修辞学不再能够将各门科学和诗学聚拢在同一屋檐下。但尽管如此，作为一种实用的说话艺术，修辞学在19世纪市民社会的很多新建机构或地位上升的机构中却经历了复兴：政治方面的议会演说和民众演说、法庭演说、布道学以及（尤其是在文科中学里的）修辞学课。当代的各

种针对面试谈话、自我介绍、撰写作业论文以及准备大学课堂报告等的指导书籍实际上就是作为日常修辞学对演说术传统的延续；它们在很多细节上都汲取了古代修辞学的体系和方法（关于自古希腊罗马时代开始的修辞学历史的详细论述，参阅 Ueding/Steinbrink 2005，第 13—206 页；Knape 2000；简略的论述可参阅 Ottmers 2007）。

修辞学的体系

演说术的体系要点过去是、现在仍是包括 18 世纪的诗学以及当今时代的日常修辞学在内的整个修辞学传统的基础。这套体系主要从以下几个方面对演说术进行了区分：

- 不同的**演说种类或类型**（**genera orationis**）；
- 不同的**效果目标**（**officia oratoris**）；
- **制作演说的**五个传统**步骤**（**partes artis**）
- 主要应用于**找寻演说内容**（**inventio**）的分类系统：传统主题（topoi）和与人物有关的情况（loci a persona）。

<220> 与演说的三种不同的效果目标紧密联系在一起的，是三种不同的风格层面，即三种不同的风格类型（*genera elocutionis*）。这些风格类型是演说的相对宏观的结构描写层面与相对微观的结构描写层面之间的联系纽带，只是在微观的结构描写层面之上，才谈得上演说的不同的修辞格和修饰形式以及不同的非本意言说的元素（参阅 2.3 章）。

1. 三种**演说类型**（**genera orationis**）：
- **协商演说**（**genus deliberativum**）出现的场所是民众集会或

议会，集会或议会的成员就是其受众。由于协商所针对的是提议或否决某些决策，所以协商演说的时间指向是针对未来的。

- **法庭演说**（genus iudiciale）出现的场所是法庭，受众是法官或陪审团。由于法庭演说的本质功能是控诉或辩护，并且就此而言总是建立在对事件发生过程进行（可加以证明的）重构之基础上，因此法庭演说的时间指向主要是针对过去的。
- **节庆、炫耀演说或应景演说**（genus demonstrativum）出现的场所是庆典仪式、节庆大厅或葬礼中；参加节庆或哀悼的全体群众是其受众。它们的功能是对受庆贺者或已故者进行赞美性的或谴责性的介绍；它们的内容是当前时刻的喜悦或悲伤情绪，就此而言，它们的时间指向是针对当下的。

2. 演说者的任务范围（officia oratoris）：

- 首先，演说者可以追求一种**智识上的作用目标**，力求对公众的理智和理性施加影响。他把理性作为说服手段（*logos*），以求教导（*docere*）听众或向他们证明（*probare*）一些东西。
- 其次，演说者也可以追求一种所谓的"**温和**"**的情绪目标**；他可能想要愉悦（*delectare*）受众，或者争取拉拢（*conciliare*）受众。为着这一目标，他将自己的态度（*ethos*）也作为说服手段；演说者所占据的道德位置以及他的言行态度在演说中应该被清楚地展示出来，以此来说服公众。
- 第三，演说者还可以追求一种**激烈的情绪目标**，他要打动（*movere*）公众甚至刺激他们采取行动（*concitare*）。为此，他把激情（*pathos*）本身——也就是那种"狂热的、吸引人、震撼人、令人惊骇的情感激动"——作为说服手段（Ueding/Steinbrink 2005，第 276 页）。

3. 制作演说时的工作步骤（partes artis）：

- **发明（inventio）**：找到想法，找到演说的主题。严格说来，这里所涉及的不是去"发明"一样新东西，而是的的确确要在神话学、历史、当前社会环境或大自然中找出演说的主题。

- **梳理（dispositio）**：构思论证过程。演说的主题一旦确定，演说者就要粗略的对自己的演讲进行策划，对自己将要说的东西进行划分。

- **风格化（elocutio）**：将想法表述出来，把单个的论据转化为语言，用词语和句子、文字游戏、语言图像将它们表达出来，等等。直到此时，多种不同的修辞手段才开始投入进来，比如语言修辞格、比喻等（参阅下文）。

- **记忆（memoria）**：由于缺乏方便好用的记录文字的手段，也是为了强化演说自身的效果，演说者必须将演说内容**熟记在心**（后文将对演说者所使用的记忆方法做简短解释）。

- **演说（pronuntiatio）或表演（actio）**：演说的呈现，将其转化为声音、表情和动作。

深化

记忆的特殊性：古代的记忆术值得予以特别关注。它是一种将演说保存在记忆中的技术，为的是能够在表演时按照预定的顺序实现其演说。"《赫拉纽姆修辞学》的作者[①]称其为所找寻到的一切思想的宝库，同时也是演说术中一切分支的守护者[……]；昆体良则称其为口才雄辩的宝库"（Knape 1997，第7页）。

从技术上看，古代演说者在背诵演说时是将演说进行空间化的想象，论证的过程被描摹在一座大厦的平面图上。每个论据都被配置了一个房间，房间的入口只有一个，通往下一个"论据小屋"的出口也只有一个。演说者为演说中的每一步思想都构想出一幅奇特

---

① 指西塞罗。西塞罗的《修辞学》全称为《致赫拉纽姆的修辞学》。——译注

> 的图画，悬挂在相应房间里的墙壁上。以后，他只需要在记忆中沿着想象中的平面图漫步，通过回忆逐个检视每个论据对应的图画就可以了。
>
> 这种为自己的论据配图的能力，这种寻找图像的力量，被讲拉丁语的人称为想象力（*imaginatio*）。但是这种想象力还远远不是活跃的幻想活动这个意义上的对新事物的创造性发明，而更多的是记忆语境下的一种技术能力。但是在一个纸张价格降低、字母化程度提高的书籍印刷时代，大量记诵文本的必要性已经越来越小。因此在近代早期，也就是在 15 和 18 世纪之间，记忆术作为一种（并非仅仅是修辞术意义上的）能力已经日益丧失了其重要性。但是想象作为一种精神能力却得到了重新评价，并在一个新的位置上重新融入了系统：在想象力（*Einbildungskraft*）这个概念之下，*imaginatio* 被赋予了幻想活动、创造性的发明等涵义，在 18 世纪中叶的诗学中，它开始成为一种发明（*inventio*）的能力，这种能力如今也的确叫做发明（*Er-findung*），即创造新事物。由此，艺术家开始成为天才（关于记忆术，参阅 Yates 1997；关于记忆术在近代早期的改变，尤请参阅 Haverkamp/Lachmann 1993，第 17—27 页）。

<222>

4. 提纲细目（Topik）是一个问题目录，在寻找演说内容时，该目录可以引导人们对事实进行准确的描述：

- 首先要问的是演讲所涉及的**人物**：谁（*quis*）。
- 其次要问的是行动，即**行为**本身：什么（*quid*）。
- 第三个问题是**行为的地点**：在哪里（*ubi*）。
- 第四，对**协同行为人**，即行为的"助手"或支持者的追问扩大了行为者的范围：和谁一起（*quibus auxiliis*）。
- 第五，原则上还要处理或提及**行为的原因**，它的动机或缘起：为什么（*cur*）。
- 第六，要对演说内容的质的方面加以解释，即事件发生的**方**

式和方法：怎样（quomodo）。
- 最后，当然还要对演说中所述行为发生的**时间点**加以说明：何时（quando）。

提纲细目系统地加以把握的这七个问题或曰问题目录，不仅对于古代演说者有效，任何一位报社实习生或新闻系见习生，在发表他的第一篇报道或音乐会评论之前，都要学习和认识七个问题的提纲细目，它们与古代演说术的七个问题完全相同。在此意义上，很多现代的专业写作和言说的实践领域就是一种应用修辞术。

与人物有关的情况（loci a persona）进一步详细探究演说所述及的人物这个"谁"的问题。人物的更为详细准确的状况，可以通过对下述问题的追问得到回答：

- **出身**、祖先及父母（genus）；
- **名字**（nomen）；
- **性别**（sexus），甚至可以用性别特有的附加描写来进一步加以刻划；
- **年龄**（aetas），可以把某些年龄特有的行为方式归纳到年龄上；
- **民族**（natio）：这个问题涉及的是出身于哪个特定的民族、国家或地区；
- **祖国**（patria）：人物所处的特殊的法律、习俗、风俗、观念和生活方式的环境；
- 人物所受的**教育和培训**（educatio et disciplina），根据不同的职业（studia）和社会地位（conditio）而有所不同，它们决定了某些特定的行为方式和观念。
- 人物的各种**倾向性**（quid affectet quisque），它们使得人物的行为方式和思维方式可以被理解。

- **身体特征**（*habitus corporis*）及外貌、力气和特定的能力；
- **人物的前史**（*ante acta dicta*），它能为特定行为提供理由和动机；
- **命运**（*fortuna*）：这个问题要解释的是，演说所述及的人物是幸运儿还是命途多舛。

"与人物有关的情况"在文学分析中的可应用性：这个问题目录的适用性绝不仅仅局限于（古典）修辞学，至少可以说，只要诗学还是修辞学的一个子集，那么当一个作家对某个文学人物进行深入刻划时，当他在剧本或长篇小说中展示介绍这个人物时，他就得非常严密而准确地处理各种"与人物有关的情况"。例如，在歌德的《爱格蒙特》的第一幕（主人公在这一幕中尚未出场）结束之后，读者或观众已经非常清楚地知道：谁是爱格蒙特，他来自哪一阶层，他表现出哪些特殊的行为方式，谁是他的朋友，他陷入了何种冲突之中，以及诸如此类的很多其他问题。以人物为线索的这个问题目录可以指导作家的文学工作，也能为戏剧和长篇小说的分析提供帮助，因为它可以使人准确地关注人物介绍或人物刻划中的单个方面（Ueding/Steinbrink 2005, 第 211—258 页对演说的制作步骤、提纲细目及与人物有关的情况进行了举例说明）。

<224>

2.3 修辞学与文学风格学

三层风格说

前文所述的演说者的三种不同任务——教导人、愉悦人、打动人——在风格化层面，即思想的外在表述层面上，被归为三个风格层面（genera elocutionis，三层风格说）：

- **平实的"低层"风格**适合说教的目的：genus humilis 或 stilus humilis。
- **中层风格**对演说者和诗人来说是一种愉悦人或达到温和情绪目标的手段：genus medium，stilus mediocris。
- **高层或崇高的风格**的作用是激发强烈的情绪：genus sublime，stilus gravis。

不过这三个风格范畴原则上是等值的，"低层"或"高层"风格绝非价值性概念——每种风格的价值仅仅存在于它是否能够达成预想中的效果。

三层风格说　　**三层风格说和体裁学说**：这种三层风格说在文学文本，即诗学的领地中，也举足轻重。在考察古罗马诗人维吉尔的全部作品时，中世纪的学者们已经发现，这些作品中的不同部分可以被准确地归入三个不同的风格层面。例如维吉尔的田园牧歌作品，人们所称的《牧歌》，就非常符合低层风格；他的农村生活作品《农事诗》符合中层风格；而他的英雄作品，伟大的史诗《埃涅阿斯》，则符合崇高的风格。在这些文本或文本群内部，被叙述或被虚构的世界中的各个不同组成部分——无论是在情节关联上还是主人公的社会阶层上，抑或是在其中出现的动物、植物、工具和情节场所等方面——都准确地相互协调，并与各自的风格层面相协调。例如在牧歌作品中，只有"淳朴"的冲突被表述出来（一只小羊走丢了，它又被找到了——最后的结局是结婚），其中行动着的人物都是牧羊人，他们在草地上、在山毛榉树下放牧羊群，手里拿着牧杖。文本各个组成部分的这种内在适恰，以及风格层面与所追求的效果目标之间的外在适恰，都叫做适切（*aptum*）。

适恰、适切（aptum）：对于诗学来说，适恰原则意义极其重大。在悲剧和喜剧中都有效的等级规定，就是对适切学说的应用（参阅 1.3.2 章）。悲剧的主人公必须来自高等阶层，与之相应，他们的冲突和语言、人物的言行举止都必须是高贵的。莱辛关于市民悲剧的观念修正了这一规则。将民间语言甚至粗俗的东西纳入狂飙突进的戏剧中，可能的情节承载者的范围扩大至来自低等阶层的人物等等，这些构想作为对恰切原则的违反，产生了巨大的挑衅效果。

适恰、适切

<225>

风格手段

原则性的风格要求在于，无论演说者要把计划中的演说归入哪个风格层面，除了风格方面的内在的和外在的恰切之外，还必须具有语言上的正确（*puritas*）和清晰（*perspicuitas*）。不过演说者还被要求，要在对思想所做的语言表述中置入一些**言语的修饰形式**。这些修饰形式应该既能够支持演说者说服他人的目的，也能使他的论证更清晰，能有助于缩小或夸大、抬高或贬低（*amplificatio*）演说内容，并用变化来娱乐听众们。但是言语修饰绝不可以表现为夸张的形式，不能为修饰而修饰，它必须始终满足恰切的标准。

古代修辞术区分了两种不同的言语修饰形式：**对词语之间关联的修饰**（*ornatus in verbis coniunctis*）和**对单个词语本身的修**

饰（*ornatus in verbis singulis*）。

1. 对词语之间关联的修饰包括各种形式的、通常是在句子层面可见的"修辞格"和字词搭配形式。词语修辞格始终具有一种强化阐述的功能，这就是说，它们会特别强调某个单词，以便增强或减弱其含义。

- **重复法**是一次或多次重复某个单词或句子的某个部分（"我的父亲，我的父亲，现在他来抓我了"，歌德《魔王》）。
- **首尾连珠法**重复某个单词或句子的某个部分，为的是以此开始下一个句子（"彼此打断，打断自身"，托马斯·曼《受选者》）。如果在这样的或者连续三四次的首尾重复中可以观察到增强现象，那么就说这是一个**层进**或**顶真**。
- **首语重复法**是在多个句子或多行诗的句首重复单词（"那里是我的小屋，/ 那里是涉水而去的方向"，歌德《漫游者的风暴之歌》）。在多个句子或多行诗的句尾重复单词被称为**句尾重复法**。如果在单词重复的过程中出现词格的改变，就称为**同现**，如果演说者用意义相同的词的置换来避免单纯的重复，则称为**同义置换**，这种修辞格能为听众带来一些变化。
- **连词省略法**是指将近义词或同义词、含义不同的词堆积在一起——甚至是在一个递进内部，但是完全省掉任何连词（和、或者）（"内在的温暖，心灵的温暖，中间的点"，歌德《漫游者的风暴之歌》）；在使用连词的情况下则称为**连词叠用法**（"波浪奔涌，并且惊退，并且消逝 / 并且奔涌成浪峰"，歌德《强烈的惊喜》）。用一个动词将多个同类型或不同类型的句子成分出人意料地、在个别情况下甚至是语法错误地结合在一起，这叫做**轭式搭配法**[①]（"他坐穿了漫漫长夜和

[①] Zeugma，也有译作"粘连法"。——译注

椅子",让·保尔《希本克斯》)。

- 除了重复或堆砌单词之外,**省略**也是演说者的修辞格之一。连词省略已经是一种省略修辞法(省略的是连词)。**省略法**是省略掉一个对于句子的理解来说并非必须、但在语法上却必不可少的单词或句子组成部分("我敬重你?为何?"[Ich dich ehren? Wofür?],歌德《普罗米修斯》)。这种修辞手法在演说过程中通过新鲜感或惊异效果来为听众提供一些变化,是一种充满情感的简洁言说形式。在文学语言中,省略法还被用于表达那种不可言说的本真之意、仅仅只是一种感觉、无法用语言表述的东西。在思想修辞格层面与省略法相对的是言说的中断,即**中断法**,后者的实质就在于,它是有意识地、策略性地省略掉那些能够使句子完整的组成部分——例如为了诱发一种情感受到强烈触动的印象("使我恼火的是,阿尔伯特似乎并非那么幸福,像他……所希望的……像我……所以为的……如果……",歌德《少年维特的烦恼》)。

- (**单词**)**换位**的修辞手法主要是诗歌语言的特点。**倒装句**是将句子的语法顺序颠倒过来,其目的通常是要把核心词语放在诗行的首尾等位置,或者使句子配合某个韵脚("他将漫游/双足仿如鲜花/飞越丢卡利翁的洪水泥浆/杀死皮同,轻盈,伟岸/皮提乌斯阿波罗",歌德《漫游者的风暴之歌》)。如果事实情况被以一种与其真正的时间顺序相违的顺序表达出来,就出现了**逆序法**("您的丈夫死了,他托我问候您",歌德《浮士德》)。

- 在**倒装法**中,句法上彼此相属、相互关联的词语被通过句子的换位或者通过插入的部分而分隔开来("练习,如砍伐飞廉顶枝的,/少年一般,/用橡树和山峰练习",歌德《普罗米修斯》)。如果事实情况被安排在一种平行的句法结构中，就称为**平行结构**，这种结构通常表达一种增强，一种层进，或者在风格上与首语重复法联系在一起（"而我的茅舍，/并非你所建造，/而我的炉灶，/它的炽热/为你所嫉羡"，歌德《普罗米修斯》）。相反事实情况的尖锐对峙叫做**对照**；如果这种对立除此之外还以对立的句子成分之间的交错形式出现，就叫做**交错配列**（"世界狭小，而头脑广阔"，席勒《华伦斯坦》)（关于更多的词语修辞格，参阅 Ueding/Steinbrink 2005，第 300—309 页）。

2. 思想修辞格或意义修辞格构成了另一组对词语之间的关联进行修饰的形式：

- 演说者——或诗人——可以置入一些**提问形式**(*interrogatio*)，以强调一些事实情况，并且引起听众或读者的悬念或更大的关注。他可以提出一些并不当真希望得到回答的问题（即日常语言中所说的"反问"），因为问题本身已经暗含了答案；或者也可以提出一些文本自身中已经给出答案的问题，也就是在文本中导演一出问与答的游戏(*subiectio*)："是谁帮助我反抗/泰坦神的狂妄？/是谁拯救我免于死亡/免于奴役？/难道不是你自己成就了一切，/神圣燃烧的心？/却炽热地，年轻且美好，/被欺骗着，把拯救之恩/归于高高在上的沉睡者？"（歌德《普罗米修斯》）

- 演说者假装**对自己的知识表示怀疑**(*dubitatio*)，其实是要唤起对其可信性的格外信任。通过插入较长段落的解释性或历史性描写，他可以给听众设置悬念(*sustenatio*)，以此让听众的注意力放置在较长的时间段上。通过大声呼喊，核心论据或核心思想得以强调，或者得到充满激情的支持

<227>

(*exclamatio*)。"噢！噢！内心的温暖"(歌德《漫游者的风暴之歌》)。

- **对照**这种词语修辞格往往同时也是一种意义修辞格。如果对照结构极度浓缩，表现为两个彼此矛盾的概念的结合，就出现了**矛盾修辞法**："早上的黑牛奶"(策兰《死亡赋格曲》)。悖论是一种仅仅表面矛盾的结构，它要求听众或读者从矛盾的内容中得出一个更为抽象的结论，一种更高的意义："一个基督徒是一切事物的自由主人，他不臣服于任何人。一个基督徒是一切事物的热心奴仆，他臣服于每个人"(路德《基督徒的自由》)。

- **反讽**的思想修辞格是一种颇为棘手的言说手段，因为它乍看上去像是在隐瞒真相：演说者所知道的，比他告诉给公众的东西要多；他可以有意识地夸张展现一些反对的论据，为的却是贬损它，使它的可信性遭到动摇。但是他必须在演说内容中嵌入一些信号，表明他此刻正在反讽地说话，以便让公众能够实实在在地在当前所听到的内容与演说者掩藏在背景中的知识或意见之间建立起一种紧张关系(关于更多的思想修辞格，参阅 Ueding/Steinbrink 2005，第 309—324 页)。

3. 词语排列及语言节奏塑造在风格化的制造阶段具有举足轻重的意义(参阅 Ueding/Steinbrink 2005，第 324—328 页)。

- 尽管昆体良在原则上区分了演说家的"单纯"节奏性的、不受束缚的自由言说和诗人的受约束的、有格律的言说，但是他却表述了一整套严格的规则，这些规则对于无韵言说的节奏塑造也同样适用，只不过在诗学中，它们表现为一种更加严格的规定。 <228>

- 单词在句子、段落中或列举时的排列方式除了要遵循内容标准之外，主要还需遵守**发音—节奏的规定**，这是演说者必须注意的。例如演说者应该避免元音在一个单词的词尾和下一个单词的开头相撞（裂隙 [*hiatus*]），尤其是在两者都是长元音的情况下。在个别情况下会对这两个元音采取融合手段。之所以要避免这样的裂隙出现，是为了防止演说节奏被干扰和打断；同样还需要被避免的是某些辅音的相撞，因为那样可能会导致间歇的出现。

与德语不同，拉丁语的节奏不是由扬音节和抑音节的排列决定的，而是由长音节和短音节的排列决定的。昆体良的修辞学对于不同的韵脚（抑扬格、扬抑抑格；详细内容参阅 1.2.2 章）有准确的指导说明，它们是演说者可以用来划分自己演说的最小节奏单位。但是对于节奏化了的散文语言来说，当然是不存在任何规定的，无论一组单词排列中出现多少此类的韵脚。在此，昆体良为诗学提供了一种手艺工具以供使用，诗学只需将这种工具转用到诗行的有限空间内即可。演说术本身就是致力于一种有计划的节奏性语言的，诗学只是在此基础上将范围限定在诗行之内。此外，节奏在散文中也是极富效果的：例如在歌德的《少年维特的烦恼》中，有很多段落就是因为其和谐的节奏而给人一种完美的自然图景的印象（例如在 1771 年 5 月 10 日的信中等等）。

4. 除了对词语之间的关联进行修饰的各种形式之外，还存在着更大数量的**对单个词语本身进行修饰**的形式。其中包括对于文学来说具有核心意义的语言图像，即所谓的比喻以及复古词和新造词（关于文学修辞学及风格学中的全部修辞格，亦可参阅 Lausberg 1990；Asmuth/Berg-Ehlers 1978）。

- **复古词**指的是古代的或貌似古代的表达方式，它通常可以使演说内容更为庄严，或者——在文学文本中——援引某种古老文化状态下的风格形式或气质特征。例如歌德在《浮士德》的第一稿，即所谓的《原始浮士德》中就模仿了16世纪的古老语言："已将哲学／医学和法学，／可惜亦包括神学／尽皆钻研，殚精竭虑。"

- **新造词**指的是演说者或诗人对新词的创造，这种创造一方面可以弥补恰当词汇的缺乏，另一方面也可以让听众或读者感到意外，从而为他们提供变化。文学史上最有名的新造词之一是歌德的《普罗米修斯》中的"少年晨－鲜花梦（Knabenmorgen-/Blütenträume）"。 <229>

- 特别有趣的是那些通过单词配置而形成、但同时又具有仿古作用的新词，1800年前后的古典主义语言尤其具有这种特点。类似"欢迎有加"（vielwillkommener）或"轰鸣渐远"（fernabdonnerd）（歌德《陶里斯的伊菲格尼》，第803行和第1361行）等词汇试图按照约翰·海因里希·福斯的荷马译本来模仿荷马的造词原则，它们在魏玛古典主义的语境中尤其被视为复古风格的体现。

比喻是最大也最重要的一组词语修饰格，它包括一切转义使用的表达方式，这些表达方式替代"原原本本"的言说方式而出现。用非原本的、图像性的表达方式来替代原本的表达方式，这一过程可以通过极为不同的转化操作来完成——这是对各种不同的比喻进行区分时所依据的一个标准。

1. 隐喻是将单词从一个图像施予领域转移到一个图像接受领域，但是在这两个领域之间必须存在着一个语义上的交集，即所谓的"比较的第三方"（*tertium camparationis*）。隐喻是一种没有比较连词的简短比较。

"阿喀琉斯如雄狮般地战斗着",这个表述是一个比较;如果把比较连词去掉,这个句子就可以说成:"阿喀琉斯在战斗中是一头雄狮";这样就是一个隐喻了。雄狮施予了图像,阿喀琉斯接受了这个图像,两者之间存在着一个语义特征上的交集:"强壮、凶猛、威严"。这个交集就是阿喀琉斯和雄狮之间的第三方。昆体良区分了几种不同的隐喻,它们的**替代**方式如下:

- 用活物替代另一个活物("阿喀琉斯在战斗中是一头雄狮");
- 用无生命物替代另一个无生命物("飞艇");
- 用活物替代一个无生命物("浓雾吞噬一切");
- 用无生命物替代一个活物("沙漠之舟");
- 用具体的东西替代抽象的东西("电源")。

对隐喻的清晰理解总是依赖于交集的大小和可迅速推断性,因此后者也可以被用来区分不同类型的隐喻。如果说"阿喀琉斯在战斗中是一头雄狮"这个隐喻可以立刻被理解,亦即交集是清晰的,那么对于下面这个图像,理解就有些困难了:"月亮是一块血红的铁"(毕希纳《沃伊采克》);但是,月亮有可能看起来像一把(铁制的)镰刀,并且偶尔也会显出红色,这样似乎使得**比较的第三方**变得可以设想了。在这种情况下,人们称之为**大胆的隐喻**。但是在图像施予领域被绝对化,却完全没有提供图像接受领域,亦即完全不存在"比较的第二方"的时候,就出现了一个**绝对隐喻**——这种情况通常出现在象征性的或晦涩玄奥的抒情诗中:"在未来以北的河流中/我撒开网,而你/踌躇着压住它/用以石头写就的阴影。"(策兰)

<230>

2. 与隐喻相反,在**转喻**中不存在任何语义上的交集。转喻是用一个单词替代另一个单词，后者与前者之间存在的是一种"现实"的关系。这种关系可能是：

- 人—地点（"东线在咆哮"）；
- 地点—机构（"柏林发表声明"）
- 器皿—内容（"你想和我再喝一杯吗"）；
- 产品—生产者（"你还有得宝①吗"）
- 发明—发明者（"我开一辆奔驰"）；
- 作品—作者（"听巴赫"）；
- 抽象的东西—象征（"他的月桂凋谢了"）；
- 原因—结果（"他让我痛苦"）。

3. 提喻与转喻非常近似。提喻指的是用一个含义范围较小的单词替代一个含义范围较大的单词（或者相反）。例如部分替代整体（*pars pro toto*）（"他头顶上有片屋檐"，屋檐替代房子）或者整体替代部分（*totum pro parte*）（"森林死去了"）。用类替代种（或者相反）也是一种提喻（"我们每天的面包"用面包代替一切提供营养的食物；"不朽者"用一个类的标准来指称一位神）。

4. 自昆体良以来，**讽喻**被视为延续和扩展了的隐喻：图像不再代表单个概念或行动着的单个人。相反，图像表达的是一系列思想，一整套复杂的关系。格吕菲乌斯的十四行诗《致世界》以讽喻的方式用风暴中的船只这个图像来表达人类生活所遭受的威胁（及死亡）：

> 我那常受袭击的船，狂怒的风之游戏
> 放肆的波涛之狂吠／几欲将潮水劈开／

格吕菲乌斯
《致世界》

---

① 得宝，Tempo，是德国得宝公司生产的纸巾产品的品牌。——译注

越过道道险礁/越过泡沫/和沙滩

提前一刻抵达港口/那是我心之所向

在这首诗里,由于言说完全只是在图像层面进行,而图像所意指的东西只是被暗示性地联想到,所以这里出现的是一个彻底的完整的讽喻。当然,完整的讽喻有可能是非常隐晦难解的,因此可能变得非常多义,甚至变得无法理解。

破碎的、混杂的讽喻除了图像层面之外还包含图像所意指之物的部分内容。在约翰·塞巴斯蒂安·巴赫的《十字架康塔塔》中,格吕菲乌斯的船之图像出现在第一个宣叙调中:

<231>

巴赫
《十字架康塔塔》

我在世间的漫游,

仿若一次船之航行:

悲伤、磨难和困苦

是那海浪,扑面而来

日夜以死亡将我恐吓。

用一个人物形象来阐明一个抽象的概念复合体同样也被称为讽喻:一个蒙住双眼、手拿一把剑和一个天平的女性形象,即正义女神,代表了正义。

5. 夸饰是一种有意识地夸张的修辞格,通常具有提升或贬低某事或某人的作用:"亲爱的里安娜,那害羞的、受惊的、面颊绯红的天使。"(让·保尔《泰坦》)

6. 反叙①(Litotes;希腊语:简单)是用对反面的否定来婉转

---

① 也有译作"间接肯定法"。——译注

地表达一种夸张或赞美："不错"往往表示"相当好"。

7. 象征其实并非是古代修辞学中所列的一种比喻。不过象征这个概念同样也源自古代。一件陶器或一枚指环分成两半，由两个长期分离的朋友各执其一，在重逢的时候作为认证信物接合在一起（希腊语 symballein 意为接合），这信物代表了朋友之间的友谊。在这个意义上，象征是对某种抽象之物、某个理念的代表。

1800 年前后，象征成为一个对文学的自我理解具有核心意义的概念，特别是在歌德那里。在他看来，象征是"普遍之物在特殊之物中的直观显现"。他认为象征是"诗的本性；它说出某种特殊之物，而不联想或暗指普遍之物"（歌德作品集 WA I.42.2，第 146 页）。象征"把现象变成理念，把理念变成图像，并且使得图像中的理念始终仍是无限的和不可企及的"（歌德作品集 WA I.48，第 205 页）。象征的起点不像讽喻那样是一种哲学抽象，而是对一种自然物的具体而感性的直观。在自然物中感觉和体会到某种普遍的东西，构成了艺术家创造一个（文学）图像的前提，在这个图像中，具体的现象与普遍的观念合二为一。

修辞学与诗学的紧密联系在修辞学的风格化部分尤其明显：古代的三层风格说直接影响了诸如等级规定等文学观念，词语、思想和意义三种修辞格以及各种比喻不仅仅是法庭和集会演说中的修饰元素，而且也是文学文本中极为重要的风格塑造手段。除此之外，从古代演说术的基础性的体系判定中还推导出了文学学的基础范畴：例如从演说的种类和演说者的不同任务中推导出了不同的文学体裁。修辞学与诗学—风格学在方法和范畴上的这种极度近似源自一个事实，那就是，直到 18 世纪中叶，诗学其实还是一种应用性的特殊修辞学，直到最近两百五十年，它才

<232>

从修辞学中解放出来。但尽管如此，修辞学知识对于描述、分析和阐释文学文本仍然具有基础性意义。

参考文献

Asmuth, Bernhard/Berg-Ehlers, Luise: Stilistik. Opladen ³1978.

Fuhrmann, Manfred: Die antike Rhetorik. Eine Einführung. München/Zürich ³1990.

Göttert, Karlheinz: Einführung in die Rhetorik. Grundbegriffe, Geschichte, Rezeption. München ³1998.

Haverkamp, Anselm/Lachmann, Renate (Hg.): Memoria. Vergessen und Erinnern. München 1993.

Knape, Joachim: »Memoria in der älteren rhetoriktheoretischen Tradition«. In: Zeitschrift für Literaturwissenschaft und Linguistik 105 (1997), S.7—21.

—: Allgemeine Rhetorik. Stationen der Theoriegeschichte. Stuttgart 2000.

Lausberg, Heinrich: Handbuch der literarischen Rhetorik. Eine Grundlegung der Literaturwissenschaft, 2Bde. Stuttgart ³1990.

Ottmers, Clemens: Rhetorik. Stuttgart/Weimar ²2007.

Sowinski, Bernhard: Stilistik. Stiltheorien und Stilanalysen. Stuttgart/Weimar ²1999.

Ueding, Gert (Hg.): Historisches Wörterbuch der Rhetorik. Tübingen 1992 ff.

—/ **Steinbrink, Bernd**: Grundriß der Rhetorik. Geschichte, Technik, Methode. Stuttgart/Weimar ⁴2005.

—: Klassische Rhetorik. München ²1996.

—: Moderne Rhetorik. Von der Aufklärung bis zur Gegenwart. München 2000.

Yates, Francis A.: Gedächtnis und Erinnern. Mnemonik von Aristoteles bis Shakespeare [1966]. Berlin ⁴1997.

第 3 章
文学与其他艺术：
媒体间性的诸种形式

3.1 方法论与概念

3.2 文学与造型艺术

3.3 文学与音乐

3.4 总体艺术作品

3.5 文学与电影

3.6 文学与广播

3.1 方法论与概念

为争取优先权而进行的**各门艺术之间的竞争**像艺术本身的存在一样古老，并且产生了一个特有的艺术门类，该门类自文艺复兴时起被称为**比较**（*Paragone*）。然而，作为对这种"非此即彼"的反动，也经常出现综合各门艺术的尝试：似乎恰恰是在人们努力将各门艺术分开之后，这些艺术又尤其致力于彼此结合。如果

比较

说莱辛在《拉奥孔》(1766)中所做的是划清造型艺术和文学之间的界限,那么不久之后的浪漫派则又重新跨越了界限,构思出种种总体艺术作品的观念,这些观念随后被理查德·瓦格纳经由先锋派艺术移置到了当代。

绘画和诗艺:在莱辛的影响下,自18世纪开始,各门艺术的不同工作方式以及不同表现媒介得到了特别的讨论。描绘型艺术在工作时所使用的图像符号,其作用方式不同于文字符号。莱辛曾指出,绘画适于表现物体在空间中的并置,亦即表现事物的同时存在,而诗则表现事物在时间轴上的前后相继——也就是说,各门艺术由于其表现手段的不同而具有不同的艺术能力(参阅 Lessing 1766/1987,第16章)。

符号学区分:莱辛对于图像符号和语言符号的不同作用方法的思考迄今仍然影响着人们的分析。其中,为关于这个主题的讨论做出了重要贡献的是符号学。根据翁贝托·艾柯的理论,**语词与图像之间的区别**有如下几点:

符号学范畴

- **语词语言**以离散的、标准化的单元为基础,由音位和词汇单元构成,这些音位和词汇单元具有牢固而稳定的编码(极端的例子是摩斯电码)。

<235>

- **图像**、**图形单元**借助弱度符码进行交流,这些符码并不进行精确的定义,因此它们是仅仅做了次级编码的,很容易随变化而产生变化(Eco 1972,第214页)。在每次图像接受的过程中,它们都必须被艰难地重新加以规定并被接受者解码。但正是这种**图像的不精确性**为观看者进行叙述性评论提供了可能,它甚至要求读者这样去做——一幅图像会激发人们去"理解"它的愿望。

图像编码

图像阅读:即使是在观看那些仍以情节或构图完整性为目标

的前现代绘画时，也可以谈及一种"图像阅读"。因为，与莱辛所断言的不同，在观看图像的时候，目光也是在以一种与阅读文本时相似的渐进运动接触图像，抓取、返回、向左向右、向上向下，为的是给那些仅仅被粗泛定义了的图像符号配置意义。此外还可以断言的是，只有当一幅图像的概念的、哲学的或普遍文化的背景被把握到以后，这幅图像才有可能被理解，而这些背景都是由语言表述构成的。无论是以何种加密方式，绘画总是阐发了意义，就此而言，它是一种可解码的图像构成物，需要目光的再三探究。但除此之外，图像在另一个层面上也是可以阅读的。

图像的文化编码：艾柯断言，绘画和图像符号中伴随着被文化化了的观念和内容，即是说，它们预先就被打上了观念的烙印，因此也像语词符号一样具有一种任意的特点。例如写生素描就是在遵循一种文化约定：因为写生对象的轮廓线在自然中并不存在，它源自一种表现惯例。正是在这一点上，它超出了词语的界限之外："一个图像符号的确是一个文本，因为它的语词对应物［……］不是一个单词，而是一个句子或一个完整的故事"（Eco 1987，第 286 页）。每一幅图画——如果我们把它理解为一个复杂编织的陈述——若要获得完全的理解，都要求一种评论或一种叙述。

电影的文化编码：这种语义原则也可以被用于运动的图像——具有自己特有光学规律的高度凝结的视觉信息被集结为一个过程，其线性是与叙事体裁相联系的，并以叙事进程为基础。与此相应，电影和文学也被作为两种平行的叙事形式加以分析（参阅 Paech 1997）。艺术门类之间的差异当然是存在的——笔触并不是语词。真正的光学效果在某些地方会超越画家的意图，在每一幅图像中都存在着一团语义学上的"内容星云"，其边界的模糊性可以令观看者着迷。但是作为图像之基础的**内容**

和**形式**方面也参与了文化符码，分析者可以通过这些符码来进行交流，并将它们与文本联系在一起。

音乐中的符号

与语词相比，**音乐的**或**听觉的符号**也要求不同的理解条件。

它们的**共同之处**首先在于，音乐与文学相似，也遵循线性的原则。音乐在时间的前进过程中被演奏，因此它可以在句法的层面上被感知，也可以在同一时间展开一个多音和弦——这种效果在文学中极为罕见（例如达达主义的共时诗）。像语言一样，乐音也可以以图解的方式固定下来，那就是总谱中的乐谱（能指）。

<small>音乐符号的含义</small>　它们的**区别**在于，乐音不具有固定的含义：一个乐音或者一个和弦，无论是用单一乐器还是用一个乐队演奏出来，都仅仅只是单纯的声音，不会与任何固定的词汇含义联系起来（参阅 Eco 1972，第 106—107 页）——即便存在理查德·瓦格纳的主导动机那样的成组乐音序列，但就个体而言，它们也需要在事后被附加上某个人物复合体或情节复合体。同样的情况也适用于和声或动机序列：尽管人们通常把小调调性与悲伤或忧郁的情绪联系在一起，但在某种特殊的前后关联中，它也可以具有欢乐的特性，正如通常被人们赋予欢乐情绪的大调也完全可以产生悲伤的效果一样——并不存在固定不变的归类，这里涉及的是各种主观上可有不同体验的以及**文化相关的情绪值**。

尽管在**语言**中也存在开放的含义边缘，但是每个词至少都具有一个词典含义。就此而言，音乐与语言之间存在着距离。尼采也承认这一点，尽管他极力鼓吹从音乐精神出发来更新戏剧艺术：语言"永远无法以任何方式将音乐最内在的东西外现出

来，语言一旦开始试图模仿音乐，就永远只能外在地触及音乐"（Nietzsche I，第 51 页）。

总体艺术作品、电影及广播中的媒体间性

➡ **媒体间性**首先是泛指各门艺术之间的联系；需要分析的是它们各自在内容—主题层面以及形式层面的关系，需要追问的则是，文学如何能够从音乐（参阅第 3.3 章）或者造型艺术（参阅第 3.2 章）中获得借鉴，或者反过来，后两种艺术如何能够采用叙事策略，以及总体艺术的构想（参阅第 3.4 章）如何能够发挥其作用（参阅 Eicher 1994；Rajewski 2002；Foltinek/Leitgeb 2002）。除此之外，媒介的技术方面也可以被包含在内；这一点例如就适用于电影的运动画面，因为电影如果没有叙事艺术是不可想象的，并且电影与叙事艺术在后来的发展中彼此产生了交互影响（参阅 3.5 章）。再者，各门艺术之间的交互作用还可以从它们的声音形式上进行研究，比如文学发展成为广播中的朗读或广播剧（参阅 3.6 章）。尽管媒体间性这个概念很难在观念上被完整地加以把握，事实证明它在文化学研究以及教学法领域却受到越来越多的应用（参阅 Marci-Boehncke/Rath 2006）。

概念

<237>

文学学对于总体艺术作品的兴趣可能在于，人们可以在狭义上分析总体艺术作品中的文学组成部分或文学文本，以此来梳理主题问题、动机或人物问题（例如瓦格纳为《尼伯龙根指环》所作的戏剧文学作品）。再进一步说，还可以对其观念构想进行研究和历史分类，这样同样可以对某些文化观念给予解释，社会正是用这些观念创造了自己的形式和规则。重要的是要认识构建信息时所采用的方式方法（无论它是图像的、声音的还是语词的）以及这些信息如何影响了我们的文化主导概念和价值取向。

艺术搭档：尽管有这么多清楚明白的区分，但这并不能阻止作家、音乐家或造型艺术家从别处获得借鉴，并寻找一种伙伴艺术，以使得他们能够更好地看清自身的艺术。当一个写作者潜心研究音乐或造型艺术，并将那种相对更为自由的含义类型或图像当作对自己新作品的启发加以利用时，这正是他们的兴趣所在。瓦尔策（1917）所提出的"艺术之间相互照亮"的公式，对于新的艺术比较论仍然具有指导性。

参考文献

Barthes, Roland: Image–Music–Text. New York 1977.

Eco, Umberto: Einführung in die Semiotik. München 1972 (ital. 1968).

—: Semiotik. Entwurf einer Theorie der Zeichen. München 1987 (engl. 1976).

Eicher, Thomas (Hg.): Intermedialität. Vom Bild zum Text. Bielefeld 1994.

Foltinek, Herbert/Leitgeb, Christoph (Hg.): Literaturwissenschaft: intermedial – interdisziplinär. Wien 2002.

Lessing, Gotthold E.: Laokoon oder Über die Grenzen der Malerei und Poesie [1766]. Hg. von Ingrid Kreutzer. Stuttgart 1987.

Marci-Boehncke, Gudrun/Rath, Matthias (Hg.): BildTextZeichen lesen. Intermedialität im didaktischen Diskurs. München 2006.

Nietzsche, Friedrich: Werke in drei Bänden. Hg. von Karl Schlechta. München 1954.

Paech, Joachim: Literatur und Film. Stuttgart/Weimar ²1997.

Rajewski, Irina: Intermedialität. Tübingen 2002.

Walzel, Oskar: Wechselseitige Erhellung der Künste. Ein Beitrag zur Würdigung kunstgeschichtlicher Begriffe. Berlin 1917.

Zima, Peter V. (Hg.): Literatur intermedial. Musik–Malerei–Photographie–Film. Darmstadt 1995.

3.2 文学与造型艺术

作家观赏图像的历史，贯穿着充满希望的期待，尤其是期待着能够从图像艺术中学到一些东西来改善自己的表达方式。

➡ **"诗如画"**：贺拉斯在其《诗艺》(V.361) 中似乎不经意地说出的这个短语，成了探讨图像与文学之间关系的众多讨论的出发点。贺拉斯这句话本来的意思是说，在考虑到光与影、远与近时，文本与图像可以超越艺术类型的界限而具有可比较的效果。18 世纪的时候，理论家们开始在更广阔的层面上对这一公式展开系统性的分析研究。

贺拉斯所讲的图与文的相似性

莱辛论拉奥孔群雕：直至莱辛才对文学与绘画进行了理论上颇为严谨的比较，他对两者之间的区别做出了强调，并要求文学承担起发展自己独特可能性的责任。这一要求放在历史语境之下会更容易理解：特别是在 18 世纪，随着布莱廷格的《批判诗艺》(1740) 的发表，人们从贺拉斯的描述中推导出文学应该以绘画的方式进行的要求。针对这一要求，同时也是针对寓意画和讽喻所取得的日益增加的重要性，莱辛试图对文学加以保护。艺术史家约翰·约阿希姆·温克尔曼在他的论拉奥孔群雕的重要文章 (1755) 中将体现出"高贵的单纯，静穆的伟大"的拉奥孔的呐喊上升为古典艺术的准则，莱辛反对他，坚持各门艺术具有不同的形式条件。他观察到，各门艺术因其不同的表达方式而处理不同的主题：

莱辛的符号区分

- **绘画**所表现的更多是不动的对象，它必须将一个运动固定在一个可以尽收眼底的同时空间中。
- 相反，**诗**是渐次展开的，它所处理的更多的是行动、理念或者人物性格的形成。

赫尔德对感觉效果的强调　　**赫尔德对莱辛的回应**：通过指出类型界限并不能够客观地加以确定，赫尔德引入了另外一个问题。在他看来，艺术的类型可以从它们的能量以及它们在观赏者心中释放出的**想象力**，从同感以及审美经验来进行区分。这样一来，渐次性和同时性等形式特点就让位于接受者的感觉效果（参阅 Herder 1769/1878，第 90—92 页）。赫尔德影响了浪漫派，后者反复尝试在文学和造型艺术之间建立合作，并以此拒斥了莱辛那种清清楚楚的划分。

<240>

浪漫主义　　**浪漫主义的混合类型**：1800 年前后，人们尝试了各种不同的艺术类型的结合。例如当文学将关联方式仅仅局限于简单地指称绘画作品或画家以及风格流派的时候，就是一种**外观引文**（**optisches Zitat**），这种引文能够衬托主题，引发好奇，或者构成一种影射视域。如果涉及的是这些艺术形式之间的普遍联系以及它们在主题动机上的相互引用，就被称为**视觉互文**（**visueller Intertext**）（Hoesterey 1988）。不过指涉关系也可以如图像描写史所表明的更加深入得多。

图像描写的技术

说图　　➡ **说图**（**Ekphrasis**）是图像描写的古希腊名称，它表明了文学对于造型艺术所做的传统最为悠久、最为流行而且肯定也是最为广泛全面的反应。流传下来的最早的图像描写是荷马史诗对于阿喀琉斯的盾牌的描写（《伊利亚特》第 18 卷），在此，说图的一项基本功能已经得到表明：说图的古代目的是让被描写的作品以生动的方式呈现在眼前，使其栩栩如生，并以此造成一种真实的印象，而这是与"实现"（*Energeia*）的修辞纲领，即尽可能地对听众的想象力产生最大效果的纲领联系在一起的（详细论述参阅 Boehm 1995，第 31—33 页）。

自启蒙时期开始,图像描写的各种不同功能得到了详细区分: 图像描写的
各种功能

- **图像描写的教育目的**:在 18 世纪,图像描写逐渐获得了一项新功能:那些由于技术原因还不能大规模复制的图像,可以经由描写的语言被介绍给公众,以此获得教育效果。德尼·狄德罗的《沙龙》(1759—81)中的例子表明,启蒙主义者们不仅将他们的希望寄托在文字上,而且也寄托在有教育性的绘画上。

- **图像描写作为一种体验文化**:温克尔曼在德国给予了决定性的推动:自温克尔曼的《德累斯顿绘画描写》(1752)开始,心理化、生动化以及叙述—诗学品质成为说图的规定——体验的品质应该通过语言被注入一幅既有的绘画或一座雕塑之中。描写技术的这一转变反映出了 1750 年之后艺术争取自律的普遍追求,通过这种追求,到 1800 年时,哲学、宗教或道德意向等主导功能被取代了。

<241>

- **艺术小说作为体裁**:自那以后,诸如海因泽(《杜塞尔多夫绘画通信》,1776/1777)和威廉·H. 瓦肯罗德(《一个热爱艺术的修士的内心倾诉》,1796)等图像描写者们创立了作为一门独立体裁的艺术小说。艺术小说的目的是,创造出一种形象直观,以此对读者产生强烈的影响。瓦肯洛德在《对艺术的幻想》(1796,由路德维希·蒂克整理)中所作的审美化的图像描写和图画诗就是以此为宗旨,这部作品所追求的是,自然的语言和艺术的语言应该在一种艺术宗教中合二为一。借助这种**审美化方法**,各门艺术不仅变得更加相互贴近,而且还通过其简洁、尖锐的叙述方式而影响了中篇小说的发展。

- **图像对现代文学的推动**:歌德在他的论拉奥孔的文章中已经指出,艺术作品尽管是诉诸直观的,但是它"并不能真正

被认识,更无法用语言说出它的成就"(1798/1950,第162页)。这种**图像与语言的差异**尤其深刻地影响了20世纪的图像描写,其中有些作者认识到了文学的一种可能性,那就是绕道艺术描写而获得**自己进行文学写作的视角**——特别是在那些语言遭到怀疑的时代,也就是对自身的表达媒介产生怀疑的时代。最广受讨论的例子是莱纳·玛丽亚·里尔克对奥古斯特·罗丹的雕塑作品(1902/7)和对保罗·塞尚的绘画(1907)所作的描写:这些描写涉及了多元视角,尝试了碎片式叙事形式,并为叙事体裁引入了一种新的时空概念。而在抒情诗中,其结果表现为新造词、隐喻、拟人化,总体来说,里尔克并不是仅仅关注色彩和雕塑的表达材料,而是也关注它们的语言本身。里尔克的这些反思对于要求严苛的图像描写形成了长期的约束力,直到彼得·汉特克(《〈圣维克多山〉讲说》,1979)和海纳·米勒(《图像描写》,1985)用插入绘画和电影中的文本及图片引文的方式创造了一种更为扩展的文本概念。

图画诗

概念　➡ **图画诗**:图像描写的这一分支类型也是建立在荷马的基础之上,它包括一切与图画作品相联系而创作的诗歌文本,这些文本再现图画,从图画中获得启发,或者借鉴图画的结构(参阅 Kranz 1987 的内容丰富的集子)。在从古至今的漫长的图画诗历史中,文本的关注焦点从虚构的图画转向实际画出的图画。

在**德国浪漫主义运动**中,图画诗是随着威廉·H.瓦肯罗德的《一个热爱艺术的修士的内心倾诉》(1796)而被重新激活的。瓦肯罗德试图从绘画作品中获得的主要是其富于创造力的隐喻、丰富的联想和感受。在 19 世纪，同时代的神话题材绘画和历史题材绘画往往被以颂歌风格作成诗。在 20 世纪，诸如保罗·艾吕雅和路易·阿拉贡等超现实主义者将绘画作品用于离题和启发幻想。但是作家们也能够获得一些形式上的启发，用于他们的诗歌作品，因为他们可以从绘画结构中获得启迪（尤尔根·贝克尔、兹比格涅夫·赫伯特）。

寓意画

> ➡ **寓意画**是图像艺术与诗直接结合的另一种分支类型。它的张力来自三个部分：上面的标题（inscriptio）、中间部分的一幅画（pictura）、下面的一个图像说明（subscriptio），后者对图像作出解释，或者在图像描写的意义上评论图像，根据不同的需要，有时简短，有时详尽而带有说教目的，可能是言简意赅的叙述，也可能是韵文。

概念

以传单形式传播的、带有图像说明的**第一批图像集**于 1531 年由意大利人安德里亚·阿尔恰多发表在《寓意画之书》中。这部作品只有学者或那些想要利用这一资源的寓意画创作者们才能读到。但是不久之后，随着新媒介铜版画的出现，图像作品获得了更广泛的公众传播，如此一来，除了**娱乐功能**之外，寓意画还担负起**道德教化**的功能。这种语词图像艺术的实践内容是，艺术家们用阿尔恰多的集子作为资源，通过将其稍作改动而进行创作。

1596 年的寓意画：一对鸵鸟和几只蛋

凯萨雷·利帕的《图像学》(1593)以辞典式风格将这些细微变化罗列出来，并对它们进行编目。这样一来，**语词—图像—含义**尽管具有某些细微变化，有时甚至会转向其反面，但总体来说却形成了一个相对稳固的关联框架——这一点与巴洛克悲剧中的讽喻不同，后者由于是一种语言艺术，因而含义总是急遽变化着。

寓意画之辉煌生涯的结束早在18世纪就已经开始。文艺复兴和巴洛克文学建立起了相当可观的稳定的寓意画资源，作为单门艺术的绘画和文学都可以利用这套资源，这一点在勋内/亨克尔的广泛全面的寓意画集(1967)中得到了证明。值得注意的是寓意画在总体上对于公众思维中的**集体象征的形成**所起的影响：由于它们借用了流行的基督教的、神话的、文学的、哲学的以及通俗艺术方面的图像，并用语言将其联结在一起，因此它们在总体上通过自身的传播而影响了文化视野以及图像和符号储备。

<243>

从古代直到漫画的图画故事

概念　➡ **图画故事**是通过一系列有或没有辅助文本的图画来对一个情节进行再现——亦即一种以各种极为不同的形式表现出来的带有叙事诉求的图画创作。

图画故事的开端可以追溯到早期文化，例如古埃及的亡灵书。在中世纪，图画故事的启发主要来自图画艺术，例如袖珍画，但尤其来自法国11世纪初的巴约地毯，后者在长度超过20米、编织有拉丁文字的地毯上表现1066年的黑斯廷斯战役以及诺曼国王攻占英格兰的故事。在哥特绘画中有一些圣人像，旁边附有文字条带或话语框。18世纪再次被证明为是图像创作热情的适宜土壤。从中可以推导出多种不同的意图：

- **18世纪的教益诉求**：图画故事应该满足说教目的，因为它在直觉上可理解的视觉印象之外还可以通过字母、文字或（教益性的）句子来让人理解它。18世纪晚期的启蒙者们利用了这一点。卡尔·菲利普·莫里茨就写了一本附有铜版画的《识字课本》（1790），该书直到今天都影响着漫画教科书的理念。 图画故事的各种意图

- **19世纪的道德说教主义**：这种混合类型在19世纪的时候沿着儿童文学的方向得到了继续发展，这些儿童文学都具有道德教育的诉求：海因里希·霍夫曼的《蓬头彼得》（1845）和弗兰茨·冯·波奇的《快乐的图画书》（1852）一直流传到今天。威廉·布施用他的《马克斯和莫里茨》（1865）承接了这一传统，同时也通过他那些朗朗上口、令人印象深刻的韵文形式展现了他作为诗人和绘画者/画家的双重天赋。

- **连环漫画**：布施后来也对1900年前后美国连环漫画的产生起到了启发作用，后者最初是作为彩色的报纸附加页出版的。但在这些漫画中，叙事文本很难独立阅读；除了一些零星的图像说明以外，占主要地位的是放在话语框中的文本，用来模仿人物所说的语言和感叹词。作为对壁画传统的延续，还有另外一种形式被建立起来，那就是**涂鸦艺术**，在这种艺术中，文本和图画的份额变化多端。 <244>

语词和图像实验

诗的视觉化也可以针对语言材料本身，例如在**视觉诗**中就是如此。视觉诗同样也可以追溯到古代。

- 视觉诗在巴洛克诗歌的**图形诗**（参阅第148页）中达到过一 视觉诗的形式

次高峰，后来又在 1900 年前后重新出现，在这一时期的某些文本中，诗歌词语以视觉效果为标准（克里斯蒂安·莫尔根施特恩的《绞刑架之歌》，1900；或者阿诺·霍尔茨的中轴对称诗；以及象征主义领域内的斯特凡·马拉美的《骰子一掷》，1897）。新的阅读方向和意义关联由此得以开启。

- **具体诗**：自 20 世纪 50 年代开始，在以马克斯·本泽和奥伊根·高姆林格为中心的斯图加特流派以及在维也纳实验流派（恩斯特·扬德尔等人）中，具体诗用单个词语或句子构成一个具有自身视觉价值的图形。这个图形可以支持文本所陈述的内容，对文本起到补充作用，亦即它是一种语言符号和视觉符号的结合物（例如用很多个"苹果"这个单词组成一个苹果的图案，但是在中间藏着一个"虫子"的单词）。原则上说，词语的图像性也可以引发人们对语言的反思。

字母画标志着一条与视觉诗方向相反的道路。绘画可以把字母、单词或数字作为独立的视觉价值以及色彩形式糅合进来（参阅 Freeman 1990）。它们被用作图画的对象，例如在保罗·克利的水彩画、素描或蚀刻画中，或者在达达主义，尤其是库尔特·施威特斯的拼贴画中。这样一来，艺术创作的方式方法本身成了主题：

艺术方法

- **剪切和拼贴**在图片与文字的联结方式中变成了最基本的结构原则——这种艺术和文学的协同效果在 20 世纪的美学中可以反复见到。

- **剪裁法**：拼贴原则在 20 世纪 50 年代通过美国人威廉·巴勒斯而有了细微的变化，后者对文本纸页进行裁剪，然后将其重新组合，以此产生一些裂隙，创造出一些新的接合点和不同的关联。这种原则不仅占领了广告市场，而且也令一些当代作家们感兴趣，他们在自己的文本中为照片、图画局部或素描赋予了独立的地位。例如罗尔夫·迪特尔·布林克曼就用这种方法丰富了日记这一体裁（《罗马，目光》，1976）；而莱纳尔德·戈茨则用各种副本和图片报道拼制了一份内容丰富全面的关于1989这一年份的媒体日记，用审美手法实践了他在文献方面的兴趣（《1989》，1993）。

参考文献

Boehm, Gottfried: »Bildbeschreibung«. In: Ders./Pfotenhauer, Helmut: Beschreibungskunst/ Kunstbeschreibung. Ekphrasis von der Antike zur Gegenwart. München 1995, S.23—40.

Eco, Umberto: Semiotik. Entwurf einer Theorie der Zeichen. München 1987 (engl. 1976).

Freeman, Judi: Das Wort-Bild in Dada und Surrealismus. München 1990.

Harms, Wolfgang (Hg.): Text und Bild, Bild und Text. Stuttgart 1990.

Herder, Johann Gottfried: »Kritische Wäler« [1769ff.]. In: Sämmtliche Werke, Bd.4. Hg. von B. Suphan. Berlin 1878.

Hoesterey, Ingeborg: Verschlungene Schriftzeichen. Intertextualität von Literatur und Kunst in der Moderne/Postmoderne. Frankfurt a. M. 1988.

Horaz: Ars Poetica/Die Dichtkunst. Zweisprachige Ausgabe. Stuttgart 1972.

Kranz, Gisbert (Hg.): Das Bildgedicht: Theorie, Lexikon, Bibliographie, 3 Bde. Köln/Wien 1987.

Lessing, Gotthold Ephraim: Laokoon oder Über die Grenzen der Malerei und Poesie [1766]. Hg.von Ingrid Kreutzer. Stuttgart 1987.

Mitchell, W.J.Thomas: »Was ist ein Bild?« In: Bildlichkeit. Internationale Beiträge zur Poetik. Hg. von Volker Bohn. Frankfurt a. M. 1990, S.17—68.

Ritter-Santini, Lea (Hg.): Mit den Augen geschrieben. Von gedichteten und erzählten Bildern. München/Wien 1991.

Schöne, Albrecht/Henkel, Arthur: Emblemata: Handbuch zur Sinnbildkunst des XVI. und XVII. Jahrhunderts. Stuttgart 1967.

Wagner, Peter(Hg.): Icons–texts–icontexts: essays on ekphrasis and intermediality. Berlin 1996.

Wandhoff, Haiko: Ekphrasis: Kunstbeschreibungen und virtuelle Räume in der Literatur des Mittelalters. Berlin 2003.

Weisstein, Ulrich (Hg.): Literatur und Bildende Kunst. Ein Handbuch zur Theorie und Praxis eines komparatistischen Grenzgebiets. Berlin 1992.

3.3 文学与音乐

语言与音乐的共同生成：语言、音乐和文学在产生之时彼此邻近，这一点表现在从古至今的宗教仪式中，也表现在戏剧从崇拜仪式的歌曲中发展出来的过程中，以及抒情诗（Lyrik）这种后来的体裁名称中，因为它让人联想到配合小竖琴音乐（lyra）而演唱的歌词。当尼采1872年在《悲剧的诞生》中希望回到欧里庇德斯之前的，尚未与逻各斯、亦即尚未与语言和理性联系在一起的戏剧时，他所暗指的正是这种最初的开端。在尼采看来，音乐、崇拜仪式的歌曲、音质和节奏是将艺术从其意义重负和理性负担中解脱出来，使其重新获得生命的东西。有鉴于此，迷醉之**神狄奥尼索斯**被任命为诗的榜样，因为后者正是从载歌载舞的词语（Dithyrambos）中产生出来的——说到底有词音乐的传统正是这样建立起来的，它在20世纪的达达主义或其他实验性流派中重新获得辉煌发展。尼采将这篇文章献给理查德·瓦格纳，这并非偶然，因为后者尤其致力于将音乐与文学艺术结合起来。

音乐剧 / 歌剧

瓦格纳的《尼伯龙根指环》

歌剧和歌剧脚本在作品中所占的份额可多可少，也可以通篇谱曲。在瓦格纳的《尼伯龙根指环》（1876年第一次完整上演）中可以清楚地看到一种对等的关系，他自己担任脚本作者，在创作中借用了北欧史诗埃达的诗歌和尼伯龙根之歌中的日耳曼神话。对于该剧的情节线索、原型情境的倾向以及爱情主题，人们曾分别从浪漫主义和纳粹主义的角度作出过极为不同的阐释。瓦格纳关注的问题超然于素材之外，但也涉及塑造方面的问题。

➡ 瓦格纳的技法在于为特定的人物、事物或内容分配一些音乐上的**主导动机**，亦即用一个特征化的音列预告他们的出现或装备他们，这种技法甚至为乐队赋予了一种叙事品质，因此它所具有的不仅仅是伴奏功能。这些动机贯穿在情节之中，预告一个人物或一个问题的出现。就此而言，音乐的作用在于说明某种东西，旋律预示某个主题，预告某个主人公的出场，或预告他的某种心理状态。这样做可以帮助观众迅速回忆和归类，但这种高度的类型化同时也削弱了人物的个体性。作为一种塑造原则，这种技法此后一再被人们采用，直至当今的晚间电视连续剧中的音乐剧文化甚至肥皂剧文化。

主导动机

<247>

头韵的作用：除了这种极度细腻的配乐实验之外，瓦格纳还采用了一种同样意欲拓展新路而成为独立艺术手段的语言。例如从头到尾贯穿使用的头韵法就为文本自身赋予了一种音乐式的表达功能。单独阅读文本的时候，这些发音特点显得有些夸张：当阿尔伯里希想把金子占为己有的时候，他咒骂道："讨厌的光溜溜滑腻腻的光亮啊！"（"Garstig glatter glittschriger Glimmer！"）（《莱茵的黄金》，第一场），而莱茵女儿们的"嘿呀呀嘿呀！"或"哇啦啦啦啦啦"（同前）也多次被戏仿。但是这种风格手法需要与音乐联系在一起看待：人声本身也成为了乐器，要凸显出与乐队不同的鲜明风格，因此发音的清楚是必需的。从**音乐精神中诞生的文本**（如尼采所说）也形成了一种由于必须配合节奏因而在语法上至少是不太常见的词语顺序。在意象构成方面存在着一些各种成分融合带来的浮夸风格，它们增强或夸张了意图本身。语言的声音丰富性总体上与新的配乐方式结合在一起，后者兼顾到每一种乐器，突显出它们各自的特点。

文本谱曲

音乐与文学合作的另一种常见情形是,一个文学文本被歌剧脚本作者改写成一个唱段,然后由一位作曲家进行谱曲。这种合作有时会形成一些固定的搭档,例如莫扎特与伊曼努埃尔·施卡内德及罗伦佐·达·彭特合作,理查德·施特劳斯与胡戈·冯·霍夫曼斯塔尔合作,后者由于对文学语言感到不适而逃遁到了音乐性的歌剧脚本中。

在这种形式中同样也有几种组合是较为常见的:

依据文本而作的歌剧:首先,由于歌剧是依据歌剧脚本而创作的,因此任何一部歌剧都是有主题取向的且与文本联系在一起的作品,即便其中音乐的自身价值至少占据同等的分量。这种依据文本而作的歌剧在欧洲各国文学中都可见到。著名的例子有:

根据文本资源而创作的歌剧

- 莫扎特的《唐璜》(1787),脚本作者为罗伦佐·达·彭特,以多个不同的文学资源为基础;
- 居赛比·威尔第的《路易莎·米勒》(1849),借鉴了席勒的《阴谋与爱情》的最早的标题,并且安排了一个折中式的终场画面。
- 夏尔·古诺的《浮士德》歌剧(1859)。
- 雅克(雅各布)·奥芬巴赫的五幕歌剧《霍夫曼的故事》(1881,直到1998年才完整地首演),这部剧以艺术家的生活为主题,其中把霍夫曼的《睡魔》(1816)中的一些片段也搬上了舞台。
- 阿尔班·贝尔格的《沃伊采克》(1925)是20世纪为文本资源谱曲的著名例子。这部作品用无调性管弦乐的手段来表现处于戏剧性压抑之下的毕希纳笔下的标题人物,而歌剧则针锋相对地用表现主义式的呐喊来呼唤"新人类",并以此开启了一种新型作曲方式。这种作曲方式尽管同样具有一系列主导动机，但它们却（与瓦格纳作品不同）不再被圆融地处理，而是以各种**异质**的形式爆发出来：在全部 15 场中，先后使用了民歌形式、断片化的赋格手法以及赞美歌和赞美歌戏仿——这在总体上同时也是对封闭的歌剧形式的戏仿。

艺术歌曲：在这种体裁类型中，每一个文本被谱写成一首独立的音乐作品。艺术歌曲是浪漫主义的典型的时期特征，尤其是弗兰茨·舒伯特，他继承了 18 世纪民歌的诗节形式，利用多种不同的文学资源更新了歌曲这一体裁类型。其中的例子有：

- 为歌德的《魔王》、《漫游者的夜歌》、《普罗米修斯》和《甘尼美》所写的歌曲，为海因里希·海涅和马蒂亚斯·克劳迪乌斯的诗歌所写的歌曲，以及根据威廉·米勒的诗歌所写的《冬之旅》（1827）套曲。在这些作品中，钢琴部分不仅起到烘托和提供节奏的作用，而且也可以与歌曲内容针锋相对地展开自己独立的音乐品质。
- 古斯塔夫·马勒的钢琴与管弦乐作品《男童的奇异号角》（1888—1901，根据阿希姆·冯·阿尔尼姆/克雷门斯·布伦塔诺的原作，1806—18）也是如此，不过他对原作文本做了一些修改，并通过音乐层面创造了一种反讽的对照。

标题音乐：标题音乐表现某种氛围图景、某个主题或某个对象。在这种体裁类型中，同样也存在着一种以文学为取向的变体，例如由理查德·施特劳斯所发展的交响诗。根据尼采作品谱写的《查拉图斯特拉如是说》、《梯尔·欧伊伦施皮格尔》以及《唐璜》等作品是没有歌词文本的，由管弦乐队来暗示文本的含义。不过这里也存在着一个明显的问题，那就是音乐不能作为情节和含义的直接载体——因为并不存在一种能够超越文化之外而精确地模仿情绪氛围或主题的音乐的共性。

音乐描写 / 文字音乐

音乐描写

<249>

➡ 与文学中的图画描写相对应，也存在着范围极其广泛的一类与真实的或虚构的音乐打交道的文本，它们描写音乐作品，试图用语言或文学来再现这些作品，其目的在于表现一种音乐体验。对于这些**音乐描写**的可能性，国际上引入了**文字音乐**（verbal music）这个概念，用以泛指将音乐语言化的文学体裁（Scher 1984，第 9—25 页；另可参阅 Vratz 2002，第 69—80 页）。

　　音乐描写的意图：首先是叙事文本的作者们做出了一些文学尝试，试图去接近一份音乐资源或其理念，模仿音乐作品中的情绪和氛围，触及它的主题内容，或者将上述种种作为自己的审美思考的出发点。音乐描写通常是叙事过程中出现的一些个别现象，在诗歌和戏剧文本中出现得较少。音乐描写从来不能描述一部完整的音乐作品，而是必须进行选择，把某些印象挑选出来，组合它们——因此音乐描写实际上已经是一种阐释了。至少那些要求严苛的音乐描写是不能满足于简单地讲述音乐作品的结构的，因此，音乐描写也会展现出**自己独特的审美品质**，或者会借助音乐而发现一些新的写作方式。文学对音乐所做的这种接近的尝试最早主要是由早期浪漫派（尤其是通过诺瓦利斯和弗里德里希·施莱格尔）做出的。为了反对市民阶层枯燥乏味的对于教养的勤奋追求，浪漫派主张开启狂热的艺术热情，这种热情也能激发新的文学意象和更为灵活的叙事形式（克雷门斯·布伦塔诺和约瑟夫·戈勒斯《钟表匠伯格斯》，1807）。

联觉是由于借鉴音乐而在叙事作品中形成的一种奇特的风格品质。它很可能也是叙事形式向着幽默方向松动的一个伴生现象——例如在那些构成了让·保尔的艺术特色的浪漫派离题话中。与所有那些关注歌剧中的道德和题材问题或者关注生存问题的作品不同，描写音乐的那些最为著名的文学叙述表明，它们也可以从歌剧作品的形式方面获得启迪。

从浪漫派至今，都存在着超越主题内容之外的**形式上的借鉴**：

- E. T. A. 霍夫曼本人就是歌剧作曲者（《翁蒂娜》，1813），他创作了一部中篇小说献给自己的偶像莫扎特：在小说《唐璜》（1813）中，他将莫扎特歌剧《唐璜》中的一些情节片段与一个侦探和爱情故事结合在了一起。 <small>文学对音乐的形式借鉴</small>

- 对于 20 世纪来说，托马斯·曼在其《浮士德博士》（1947）中典范性地将一个文学人物与对音乐理论的讨论结合在了一起。一方面，作曲家阿德里安·莱维屈恩的故事是对《浮士德》的续写，因为对于浮士德来说，研究音乐已经成为他的存在冒险之一。但它同时又是由一些谈论无调性音乐的论说文段落组成的，对于这种音乐，人们在阅读的时候无法真正感知到，只能去思考，这促使托马斯·曼后来发表了一部关于小说的小说（《〈浮士德博士〉的产生》，1949）。 <small><250></small>

- 新近，赫尔穆特·克劳瑟的长篇小说《旋律》（1994）表现了尼采的音乐概念如何对文学造成了持续影响：叙事语言重新被音乐的经验强度所丰富；倾听体验为小说人物开启了一种迷狂般的狄奥尼索斯式生命体验，这种生命体验也抹平了文艺复兴时期与直接当下两个时间层面在小说中的差异。

除了各种全面仿照音乐的形式和主题视角来写作文本的可能性之外，**音乐引文**构成了一种简短的音乐描写形式。引用一首乐曲的标题,其作用可能在于制造某种特定的氛围,或者勾勒某种东西(排除作者也许想要炫耀知识的情况)。一部文学作品可以通过与一首乐曲进行比较或者通过提及某位作曲家的名字而强化自身。例如托马斯·曼《魔山》中的"清音妙曲"一章(1924)就是这种情况,在这一章中,汉斯·卡斯托尔普狂热地证明了自己是一个播放唱片的人——威尔第的《阿依达》被与几首有着短小标题的乐曲放在一起演奏,此外还有舒伯特的歌曲《菩提树》,这首歌以其寻找宁静的欺骗性主题动机陪伴卡斯托尔普进入第一次世界大战。

音乐对文学形式的影响

音乐所产生的形式影响可以非常深远也可能不太深远,它对文学的影响也是如此。这种影响可以区分出如下几种**不同的类型**:

身着立体主义装束的胡戈·巴尔在伏尔泰歌舞场表演音响诗,1916 年

1. 有词音乐(旋律诗):正如图画诗具有视觉形态一样(视觉诗),文学也可以是音乐化的。因为通过语言可以获得某些节奏效果:辅音和元音的堆砌首先被当作声响体和音色来处理,并共同构成一个韵律。它们摆脱掉了承载含义的概念所具有的重负——这一点被利用到抒情诗中,主要目的是唤起一些情绪和联想。

- 这一原则通过达达主义的无意义音响诗(胡戈·巴尔《商队》,1916;或库尔特·施威特斯《元奏鸣曲》,1922—32)而变得流行。无意义音响诗可以用演唱、喃喃低语或咕咕哝哝的方式进行表演,并且也像乐谱一样进行记录。

- 以相似方式进行的还有恩斯特·扬德尔的音响诗，只不过后者的诗带有隐约可见的内容背景，试图以此表明某种政治立场，例如《喀嚓当啷》（1957）就用一些残酷的声响来影射战壕里的战斗情节。 <251>

2. 对文学结构的影响：除了声响形态之外，还可以看出音乐对文本结构的一些影响。
- 音乐的类型可以作为一种宽泛暗示来用作文学文本的标题——**套曲、室内乐或小奏鸣曲**都是常见的标题；列夫·托尔斯泰的《克罗采奏鸣曲》（1891）与贝多芬的一首小提琴奏鸣曲有关，不过在作品中已经很难看出奏鸣曲的痕迹。
- 在保尔·策兰的《死亡赋格曲》（1945）中可以看出一种严格意义上的文学对音乐结构的模仿：先是给出一个主题，然后就引导主题的通奏低音进行反复的重复和多声部的变奏，将各主题以对位法（亦即将它们作为与母题／动机相对的独立声部）交织在一起。大屠杀灾难的母题通过借鉴音乐上的赋格技法而被逐渐收紧。不过这个原则也并非是可以完整彻底地进行转用的，因为如果要那样的话，好几个声部必须同时出现，而这并不符合渐进式的语言表达的特点。

3. 音乐文学作为生活形式：在流行音乐的影响下也形成了一些新的文学形式；特别是"**DJ 文化**"激发着年轻的作家们，通过"混音"、"切音"和"搓盘"等手法来为从音乐精神中诞生的文学赋予新的生命（参阅 Poschardt 1995）。在风格上，莱纳德·戈茨（《锐舞》，1997）、本雅明·冯·斯图克拉德－巴勒（《混音》，1999）等作家的写作手法更接近聚会中的日常语言——一种音乐和文学的结合，这种结合同时也是一种生活形式的培养。这种形式涉及的是跳跃的印象、思想的碎片，以及从新闻和日常世界中复制来的现成部件，像对音乐构件进行数码采样（*sampling*）一样，这些东西被切割开来并重新组合（戈茨的《克罗诺斯》或《1989》，两篇都发表于1993年）。

参考文献

Gier, Albert: »Musik in der Literatur. Einflüsse und Analogien«. In: Zima 1995, S.61—92.

Müller, Ulrich: »Literatur und Musik. Vertonungen von Literatur«. In: Zima 1995, S.31—60.

Poschardt, Ulf: DJ-Culture. Hamburg 1995.

Scher, Steven Paul (Hg.): Literatur und Musik. Ein Handbuch zur Theorie und Praxis eines komparatistischen Grenzgebiets. Berlin 1984.

Vratz, Christoph: Die Partitur als Wortgefüge. Sprachliches Musizieren in literarischen Texten zwischen Romantik und Gegenwart. Würzburg 2002.

Zima, Peter V. (Hg.): Literatur intermedial. Musik–Malerei–Photographie–Film. Darmstadt 1995.

3.4 总体艺术作品

➡ **总体艺术作品**试图用来自尽可能多的艺术领域的符号结成符号联盟，来触及尽可能多的各种感官——静态的或动态的图画、渐进展开的语词以及多义的音乐都被投入使用。舞蹈或哑剧等身体表达姿态，此外还有触觉、嗅觉和味觉等感觉也都被调动起来。如果各门艺术在游戏中被统一为一体，那么前提是它们必须独立自律于任何其他目的。在这一过程中各门具体艺术追求完整、追求与其他艺术划清界限的努力就无法实现。它们各自不同的符号往往恰恰是为了形成对比效果而被统一在一起并被集结成一个总体陈述。

概念

在艺术实践中，总体艺术有着悠久的传统，从阿提卡悲剧开始，经由中世纪的礼拜仪式、圣人遗物崇拜仪式或神秘剧，直到巴洛克时期繁盛的宫廷节日。

浪漫派的艺术梦想：浪漫派对 1800 年前后以更强烈的方式呈现出来的世界怀有艺术的梦想，这些梦想也对总体艺术自身的纲领和观念构想做出了反思。在单门艺术之间的合作之外，浪漫派的总体艺术纲领提出了更高的诉求，那就是艺术还应该能够对科学产生影响，而整个世界也应该通过一种总体语言而最终得以诗化。生活自身应该被打上各种艺术的烙印，在弗里德里希·施莱格尔看来，这些艺术体现了一种浪漫派的生活艺术学说。

1800 年前后的总体艺术

总体艺术作品的理念在 1800 年前后所获得的发展，与艺术家功能的改变有关，后者此时已经最终从手工业的阴影以及宫廷、宗教和道德的义务中解脱出来：他获得了自身的独立地位，这种独立地位允许他可以将自己的能力技巧全部集中到艺术上来。这样一来就很容易产生一种热情，即将各门艺术结合起来，对它们进行实验——由于艺术摆脱了它的目的,于是它可以不遗余力地将自身定义为一个独立的审美世界。

理查德·瓦格纳:现实自身也可以成为艺术——这一希望同样也是瓦格纳的影响深远的总体艺术观念所具有的特点。作为政治革命者失败之后,瓦格纳在流亡苏黎世期间构想了一种作为工具的总体艺术作品,以求让破灭了的社会理想能够在艺术中继续存活。在他的影响广泛的《未来的艺术作品》(1850)中,他详细阐述了自己的目的,那就是让尽可能多的艺术门类参与到总体艺术之中,克服它们的各自为政。他把诗歌、音乐和舞蹈视为"天生的三姐妹"(Wagner 1911,第 67 页),赋予它们一种共同的作用,这种作用——再加上(舞台)布景艺术——就是总体艺术作品应该贴近大众地加以展现的作用。生理学知识也在其中起到某种作用:瓦格纳不是把人当作理性生物,而更多是当作一种神经生物来面对,因此投入了尽可能多的先进的技术效果(舞台机制、照明、焰火等),这些手段最终也为好莱坞电影带来了灵感。但是瓦格纳的雄心勃勃的目标始终是,启动一种**文化批判的总体艺术作品**,来对抗时尚态度、对抗敌视感性的抽象趋势,甚至对抗国家法律(参阅 Wagner 1911,第 60 页)。

幻觉美学　　一切自然的**幻觉效果**,不管它们是如何通过音乐家藏身于乐池中而得以促进的,其目的都是,"将这件艺术作品当作一面能够照见未来的预言之镜举到生活本身面前"(同前,第 2 页)。但问题始终在于,即使对于瓦格纳而言,音乐和诗里面的自然也成了一个逃遁之所,而且他还用情感崇拜和英雄主义把这种自然与德国神话联系在了一起。鉴于瓦格纳的艺术构想(以及拜罗伊特的演出实践),尼采在《悲剧的诞生》(1871)中表达了一个信念,那就是"世界的存在只有作为审美现象才是有理由的"(Nietzsche I,第 14 页),这句话总结出了一个自浪漫派以来的

1882年之前的拜罗伊特音乐节大厅

核心思想,并且为20世纪那些想要用世界来创作出一件艺术作品的很多不同艺术家提供了纲领。

<255>

先锋派的总体艺术作品

在此之后出现了多条线索,这些线索使得总体艺术作品在20世纪越来越受到欢迎:

1. **艺术与经验现实划清界限**:瓦西里·康定斯基尽管对各个艺术种类进行了划分,但却想要使它们能够在接受者的一种**联觉体验**中总体式地发挥作用:心灵被想象成一件弦乐器,它总是能够触动更多其他感官。艺术只是触发接受者的想象力,例如在舞台剧《黄色声音》①(1912)中,观众应该被激发起来共同参与演出。细腻敏感的神经艺术、玄奥晦涩的思想以及抽象的色彩、声

总体艺术作品在20世纪的发展方向

---

① 《黄色声音》:康定斯基的一部舞台实验剧,是一部融合了声音、色彩和运动的极为抽象的作品。创作于1909年,发表于1912年,在其生前未上演。——译注

音和词语空间创造了一个充盈的审美世界。喜好结盟的艺术门类之间的"和"字被康定斯基宣布为20世纪的口号,为的是用各种能够设想的艺术综合去对抗单一理性的、科学的世界;个体应该沉浸在宇宙发出的谜一样的声音之中。康定斯基开始转向这一思路是在他的包豪斯时期,那段时间里他开始把**技术革新**纳入思考范围,并致力于在应用艺术中推行一种"有计划的分析式思维"(Kandinsky 1973,第91页)。正如包豪斯的实验戏剧所做的那样,需要在产品中获得实现的节奏、力量和速度等问题,决定了技术领先的总体艺术作品的形式。

2. 先锋派:**艺术要让现实服从艺术规则**。联觉的艺术体验在20世纪通常致力于借助总体艺术作品来捕获一种正在逐渐消失的世界性关联。与此相反,先锋派艺术家们选取的是从技术中获得灵感的总体艺术作品的另一条路线:**在未来主义中**——未来主义试图借助(通过媒体和技术而获得的)艺术的持续革新而在抗议的浪潮中冲击现实——这一路线就变得非常危险。因为在先锋派的这一发展方向中,**技术和艺术结盟**成为一种军事混合物,它试图消解艺术和现实之间的界限,并最终演变为法西斯国家的噩梦——这个国家可以从消极意义上被作为一件总体艺术作品来分析(参阅 Wyss 1996)。

3. 当代的两种意图:正是从所有这些可能性中,抱着不同意图的当代总体艺术作品汲取着自身的营养。

- 当卡尔海因茨·**施托克豪森**用《光之星期五》(1997/2002)将实验音乐、图像和语言结合起来时,他竭尽各种艺术手段,为的是呈现出一个与现实对立的、陌生的、沉思冥想的世界。
- 戏剧,尤其是**后戏剧**,将技术—实验手段与艺术手段结合起来，为的是呈现出一个与现实世界相对立的陌生化的世界——海纳·米勒与导演罗伯特·威尔森的一些合作追求的就是这一目标（参阅 1.3.4 章）。

- 另外一种变体，是将整个日常生活解释成一件艺术作品，并用**审美设计**的标准来塑造它——高雅文化和日常文化、审美与非审美之间的界限在流行文化时代已经越来越难以辨认了。安迪·沃霍尔的名言"一切都是美的"成了主导日常生活的口号。这方面的表现主要是大量日常用品及程序的用户界面，它们可以刺激个体去交易或购买，此外，对周遭环境进行普遍的审美化装饰这一大的趋势也同样表明了这一点（参阅 Welsch 1996）。

- 个人的**生活设计**也同样遵循着这种审美要求。胡戈·巴尔早已将 19 世纪的纨绔主义和 1900 年前后的艺术家崇拜归结为一个信条："放弃作品，将自己的生活变成对象，以尝试一种精力充沛的复活"（Ball 1946，第 64 页）。整个人及其言行举止被风格化，成为一件艺术作品，麦当娜、赫尔格·施奈德[①]等艺术人物就是如此。将自己的生活用艺术形式包装起来展示给公众，成了日常文化的一种大趋势（参阅 Shustermann 1994；Goebel/Clermont 1997）。

电子合成的总体艺术作品 / 电子艺术

➡ **电子艺术**指的是将各门艺术用数字媒介合成在一起。电子网络成为新的核心隐喻，罗伊·阿斯科特*将其与一个愿望联系起来，即"精神在身

电子艺术（ars electronica）

[①] 赫尔格·施奈德（1955— ）：德国娱乐艺术家、导演、演员。——译注

体之外存在，超越时空界限"，以求建立一种"生物技术乌托邦"（Ascott 1989，第 100 页）。不安全感和惊讶效果构成了刺激所在，它要求参与者作出创造性的反应。

* 罗伊·阿斯科特：英国新媒体艺术家、理论家。——译注

网络电流将所有参与者联合成为一个进行活跃互动的大合作体。就此而言，重要的不是单个人的创造天赋，而是共同的规划，单个人要有意识地服从这种共同规划：

罗伊·阿斯科特
《总体数据工程》，
1989 年，第 106 页

> 作为艺术家，我们对于数据空间中的单个人的工作模式越来越不能满意。我们寻求图像合成、音响合成、文本合成。我们需要引入一些人的和人为的运动，环境动力学，对环境的转换，这一切都融合为一个天衣无缝的整体。简而言之，我们寻求一个总体数据工程。这样一个数据工程的工作场所，以及为这个数据工程采取行动的场所，必须是作为整体的整个地球：它的数据空间，它的电子智能。最后，这个工程的期限必须是无限的。

数字超文本
中的世界

通过这种覆盖全球的幻想，"将世界作为文本"这个有着悠久历史的母题——浪漫派作家们也曾心心念念于此——以电子方式获得了兑现。计算机开启了一系列不同视角和行为模式，**界面作为用户与网络的连接点构成了"人机共生现象中的一个共观区间"**（同前，第 104 页）。

在此意义上，**文本以及阅读概念的扩展**似乎是富有意义的，并且不必完全脱离纸质媒体。如果说完整封闭的作品统一体被文本互涉的概念所消解，并通过与其他门类艺术的关联而扩展成

为"视觉"的甚至"视听"的交互文本,那么这一现象在**数字超文本**中得到了加倍的增强。文本扩展的诸种可能性在网络文学的要求更高的项目中获得了全面的兑现,例如在由罗贝托·希曼诺夫斯基发起的《数字文学》项目中(Simanowski 2002,参阅第4.10章)。

参考文献

Ascott, Roy: Gesamtdatenwerk. Konnektivität, Transformation und Transzendenz. Kunstforum Bd.103, 1989, S.100—109.
Ball, Hugo: Flucht aus der Zeit. Luzern 1946.
Finger, Anke: Das Gesamtkunstwerk der Moderne. Göttingen 2006.
Förg, Gabriele: Unsere Wagner: Joseph Beuys, Heiner Müller, Karlheinz Stockhausen, Hans-Jürgen Syberberg. Frankfurt a.M. 1984.
Goebel, Johannes/Clermont, Christoph: Die Tugend der Orientierungslosigkeit. Berlin 1997.
Günther Hans (Hg.): Gesamtkunstwerk. Zwischen Synästhesis und Mythos. Bielefeld 1994.
Hiß,Guido: Synthetische Visionen: Theater als Gesamtkunstwerk von 1800 bis 2000. München 2005.
Kandinsky, Wassily: Essays über Kunst und Künstler. Bern 1973.
—/**Marc, Franz** (Hg.): Der blaue Reiter [1912]. München 1984.
Nietzsche, Friedrich: Werke in drei Bänden. Hg. von Karl Schlechta. München 1954.
Shusterman, Richard: Kunst leben. Die Ästhetik des Pragmatismus. Frankfurt a.M. 1994.
Simanowski, Roberto (Hg.): Literatur.digital. Formen und Wege einer neuen Literatur. München 2002.
Szeemann, Harald (Hg.): Der Hang zum Gesamtkunstwerk. Aarau/Frankfurt a.M. 1983.
Wagner, Richard: »Das Kunstwerk der Zukunft« [1850]. In: Sämtliche Schriften und Dichtungen, 16 Bde. Leipzig 1911, Bd.3/4.
Welsch, Wolfgang: Grenzgänge der Ästhetik. Stuttgart 1996.
Wyss, Beat: Der Wille zur Kunst. Zur ästhetischen Mentalität der Moderne. Köln 1996.

<258>

3.5 文学与电影

从将光学立像固定在照片中(路易·达盖尔,1839),经由运动过程的连续摄影(爱德沃德·迈布里奇,19世纪70年代),到连续镜头的储存,经过了50多年的时间:当摄影玻璃板被连续的赛璐珞胶片所取代,并且发明了相应的牵引机器之后,1895年,卢米埃尔兄弟在巴黎举行了备受瞩目的第一场电影放映。这种新的媒介迅速普及开来:特别是在柏林,进电影院看电影,成为一种超越社会阶层的普遍娱乐。

感知史——此处是指对"观看"在19世纪的社会历史条件的追问(参阅Segeberg 1996)——在对电影与文学之交互影响关系的研究中扮演着一个重要角色。在此,作为决定性因素起作用的包括交通技术从邮政马车、铁路到汽车的发展,这种发展为旅行者提供了无需本人身体移动就可以获得的快速呈现的图像;此外还包括大城市生活节奏的加快、居所及街道的人工照明以及艺术史上的全景照片(参阅Paech 1997,第56页和第64—66页)。

交互影响

与对摄影技术的接受不同,1900年之后的作家们迅速从电影过程中获得了灵感,例如埃尔瑟·拉斯克-许勒、戈特弗里德·本恩、阿尔弗雷德·德布林和弗兰茨·卡夫卡。卡夫卡记录了电影对于感知的重要意义,同时也暗示了电影对于文学的意义:"迅疾的运动、图像的快速变换,迫使人们做出一种持续的整体通览。不是目光夺取图像,而是图像夺取目光。它们淹没了

意识。电影为人们的迄今为止不曾着装的眼睛穿上了统一的制服。"(Kafka 1961，第 105 页)

最后那句话是可争议的，因为此前的望远镜、显微镜或者全景摄影就已经是眼睛的机械化了，但尽管如此，作家们在有一点上是看法一致的：电影——它自身就在 19 世纪叙事的视角导引中拥有一份漫长的前史（参阅 Paech 1997，第 45—63 页）——不仅可以改变观看习惯，而且也可以改变写作方式。作家们选择了**两种彼此相对的立场**，这两种立场直到今天仍然在被讨论。

- **电影作为迷醉和幻觉**：戈特弗里德·本恩的中篇小说《大脑》(1915) 将电影表现为一种类似迷醉的体验，与无意识和梦的过程近似。电影中的图像浮掠启发作家们创造出叙事图像流，这种图像流作为一种联想手法成为一种流派，并使得在 1900 年之前就已经间或为人们所使用的意识流变成了一种常见的风格手法。 根本意图

  <260>

- **电影作为批判性的文献汇编媒介**：阿尔弗雷德·德布林是明确地利用新媒介来追寻启蒙—解放兴趣的作家之一。与本恩不同，德布林从电影中得出的是客观真实的信条——作为不同声音、视角和印象的拼贴，写作应该具有一种"冷酷的风格"，拖泥带水的情节过程与心理分析式的内心审视同样都是不可取的。德布林的作品经由电影来模仿现代生活的节奏，例如《谋杀一朵黄花》(1912) 以及后来的《柏林，亚历山大广场》(1929)。叙述态度被多视角地在弗兰茨·毕勃科普夫和他周遭的各种声音以及其他匿名声音之间进行分割，仿佛是用摄影机拍摄的一个个文本段落。在德布林看来，这种中立的和人格化的叙述有能力以社会批判的方式对个体在现代世界中的状况进行描摹。

瓦尔特·卢特曼,《柏林:城市交响曲》,1927年的电影海报

瓦尔特·本雅明在电影中看到了一种**政治—民主的机会**,他在论说文《机械可复制时代的艺术作品》(1936)中对之进行了讨论。艺术节奏可以被变得适应生活节奏;在强化的神经刺激中,电影是"视觉无意识"(《全集》I,第500页)的一部分,新的媒介在全社会范围内建构了这种无意识,并力图使它变成有意识的。照相术,尤其是电影摄影机用它们的"俯冲与上升、中断与孤立、对过程的拉长与压缩、放大与缩小"(同前)使得这种新的感知变得可见。电影不仅仅成就了对大城市之刺激的震惊抗拒,而且还可以在艺术层面上强化这一体验。正是电影引发了一种**新的时代感**并强化了一种意识:"这时电影出现了,它以十分之一秒的炸药摧毁了这个牢笼世界,从此,我们可以在四处散落的废墟之间从容地进行探险之旅。"(《全集》I,第499—500页)本雅明把电影作为一种"助益生活的细微变化"(《全集》IV,第102页)推荐给作家们,因为他在目光的这种不安全化中首先看到一种可能,那就是规训感知,以便以解放了的姿态面对技术的革新,并以聪明的、人性的方式来利用这些革新。

电影作为现实建构:当电影的兴趣从表现主义式的表达和幻想式的乌托邦(弗里茨·朗《大都会》,1927)转向对大城市中的感知结构的冷静反思时,方式方法日益成为中心:**建构过程**变得比情节过程更重要。电影发现了快速**剪切**的技术,开始尝试超越文学的视角转换速度,例如在瓦尔特·卢特曼的影片《柏林:城市交响曲》(1927)中。

这部影片以平均3.7秒、最短0.2秒的镜头长度非常有意识地对眼睛提出生理学上高强度的要求。至少到此时,有一点已经很清楚了,那就是电影并非对现实的连贯再现,而是以每秒16幅(后来是24幅)图片的速度分割现实,然后再将它们重新组合起来,以此构建虚构的现实。也就是说,电影其实并没有把持续进行的事件录制下来,它只是延续了照相术的准备技术,然后用很多单个的图片构建出过程。从根本上说,它对现实的**塑造手段**就存在于此,这些塑造手段在形式上仍然在当前的视频短片的碎片美学中、借助碎片式的叙述进程被使用。电影可以有意识地进行这种构建并将剪辑呈现出来,也可以制作**幻觉电影**,将构建的痕迹统统抹去,假装是一种连贯的叙述。

文学的电影改编

文学的电影改编的道路:在早期电影史上,人们借助一些被改编成电影的著名文学主题和素材来达到捎带着确立新的艺术媒体的目的。在此过程中,对文学的电影改编的要求越来越高了:它从忠实改拍原作发展成为一种具有独立价值和自身规则的艺术类型。在这个基础上,重新产生了一些对于艺术门类的形式反思。

小型**纪录短片**标志着最初的电影尝试,但是很快电影创作者们就转向了**文学素材和一般虚构素材**。早在1896年,卢米埃尔就改编了歌德《浮士德》中的一场较短的情节,1907年他又改编了席勒《强盗》中的五场。乔治·梅里爱(《不可能的旅行》,1904)凭借其实验性创作——这种创作很快就开始倾向于带有情节剧模式的短篇小说(参阅 Paech 1997,第 25 页)——而成为重要的理念提供者。尽管梅里爱发掘了大量自己的内容,但电影制作者们还是尽可能从各个方面反复求助于作为既有媒介的文学所拥有的形式和主题,为的是以此获得体制等级(参阅同前,第63页)。从作家们那方面说,也同样存在着一种努力,即为电影提供资源,以新的视觉经验为取向来撰写他们的文本:1913年,库尔特·品图斯在其《电影书》中搜集了很多文学作品,这些作品都表现出试图与电影合作的努力,即使并未被电影所采用。

<262>

电影中的表现主义:随着罗伯特·维纳的《卡里加利博士的小屋》(1919/20)的出现,电影表现主义有了比文学表现主义更大的影响。魏玛共和国时期的电影中有一多半是以文学为蓝本的:弗里茨·朗的《尼伯龙根》(1923/24)和弗里德里希·默瑙的《浮士德》(1926)是重要证明,很早就被改编成电影的还有托马斯·曼的《布登勃洛克一家》(1923)。

文学的电影改编被确立为一种类型:自20世纪20年代开始也出现了一种主张"纯电影"的相反立场,谢尔盖·爱森斯坦以及后来的让-吕克·戈达尔试图让电影远离文学的影响,以求施展电影特有的表现手段(参阅 Paech 1997,第151—179页)。但尽管如此,拥有广泛观众的仍然主要是文学电影以及文学改编的电影这一类型。在20世纪20年代末将视觉再现与声音再现结合起来的有声电影这一杂交媒介,拓展了表达的可能性。文学语言不再需要通过费力阅读的字幕来展现,而是通过对话或叙述者的声音直接诉诸观众的听觉——有声电影用文本的字母空间制造出更高的现实效果。

直到今天,具有不同功能的文学电影这一悠久传统仍在利用这一点:

文学电影的功能:
- 1945至1965年间,通俗剧、喜剧和娱乐性散文作品更清楚地表明了一种**娱乐性电影**的倾向。

- 此后,世界文学中的更多**经典作品**(也包括现代经典)被移置到电影媒体之中(参阅 Albersmeier/Roloff 1989,第34

页)。电影制作者们把对高雅娱乐的诉求以及一种**教育思想**与电视这一大众媒体联系起来,这种教育思想的目的在于把一部公开的或隐匿的经典进行转化,使一个情节或一种心理特征变得可见(卢奇诺·威斯孔提的托马斯·曼《威尼斯之死》,1971;汉斯·盖森多夫的《魔山》电视剧版,1968,和电影版,1982)。

- **公司的利益**极大程度地决定了文学素材的上演情况。再现某个文学作品中的情节、人物特征和问题特征,始终都是一种关系到公司利益(制片人、导演和演员的利润收益)的颇受喜爱的艺术形式。与此相应的是当前那种为市场流行的影院电影提供书籍或继续改编书籍的趋势(托马斯·布鲁西克《阳光大道》的里安德·豪斯曼版本,1999;本雅明·冯·施杜克拉德-巴勒的《单人专辑》,2003;米歇尔·乌勒贝克的《基本粒子》,2006)。

作者电影:从电影初创时期开始就存在着一种电影改编必须忠实于文学文本的要求,至少到20世纪60年代以前,这一要求都没有认识到一点,那就是改编后的电影应该具有其**自身的审美品质**。在理解了这一点之后,电影不再对文学原作亦步亦趋,而是开始享有一种不拘形式的自身的审美权利。奥伯豪森"新电影"宣言(1962)强调了这种自主性,以此与国际水准接轨,并促成一种新意义上的作者电影,亦即由作家们**自己改编电影**:即使要与文学相联系,电影也应该发现其自身的规律。它不再必须支持文本,而是应该与文本保持平等合作的关系。这正是彼得·汉德克和维姆·文德斯的制作(例如《守门员在罚点球时的恐惧》,1971;《柏林苍穹下》,1987)以及亚历山大·克鲁格的工作所提出的诉求,后者将其关注单个人命运及其集体生活纲领的

<263>

蒙太奇散文中的一部分改编成了纪录片(《女爱国者》, 1979)。

赫尔伯特·阿赫特布什也属于用文学作品自己改编电影的作家之列(《横渡大西洋的人》, 1975;《无人之地》, 1990/91)。总体来说, 作者电影有助于促进文学的批判性主题, 这可以从赖纳·W. 法斯宾德的电视连续剧暨电影《柏林, 亚历山大广场》(1980)中看出来, 也可以从施隆多夫对海因里希·伯尔的《丧失了荣誉的卡塔琳娜·布鲁姆》(1975)、君特·格拉斯的《铁皮鼓》(1979)以及马克斯·弗里施的《能干的法贝尔》(1991)所作的电影改编中看出来。最显著的形式——审美角度的文学改编也许是维尔纳·内克斯的实验电影《尤利西斯》(1982), 这部电影效仿其文学蓝本詹姆斯·乔伊斯的《尤利西斯》(1922), 用大量流动不息的图像联想以及由被消解的日常行为构建的碎片组建了一个多视角的银幕世界。在此, 观看本身陷入停顿, 作为一种现实构建的电影本身被主题化了。

电影叙事与文学叙事的相似性构建

形式上的相似性　　除了对文学的电影改编进行主题研究和人物分析之外, 形式上的构建问题也是文学学(也包括与电影学的合作)在今后若干年里需要研究的主题(参阅 Paech 1997; Hickethier 2007)。

- **时间的塑形**：闪回(*flash-back*)、预叙、连续镜头的平行或交叉拼接以及时间拉长、时间压缩和偷停等技巧; 慢动作(*slow-motion*)和跳接(*jump-cut*);
- **空间透视和视角**：画面安排和调焦(全聚焦、半聚焦、近镜头及其切换), 不带内心视角的外部情节描述, 摄像机的冷静客观;
- **剪辑技术**、连贯性的消解、单个镜头拼接为连续镜头或者流动的全景呈现；将观众注意力引向所希望的细节的镜头剪切和缩放；

<264>

- **情绪引导**、悬念手段、升华、大团圆结局；
- **其他塑造手段**，如打光、慢速摇镜或快速摇镜。

参考文献

Albersmeier, Franz-Josef/Roloff, Volker (Hg.): Literaturverfilmungen. Frankfurt a.M.1989.

Beilenhoff, Wolfgang (Hg.): Poetika Kino: Theorie und Praxis des Films im russischen Formalismus. Frankfurt a.M. 2005.

Benjamin, Walter: »Das Kunstwerk im Zeitalter seiner technischen Reproduzierbarkeit«. In: Gesammelte Schriften I, Frankfurt a.M. 1980, S.471—508 (=G5).

Bleicher, Joan K.:Mediengeschichte des Fernsehens. In: Schanze 2001, S.490—518.

Hickethier, Knut: Film- und Fernsehanalyse. Stuttgart/Weimar ^{4}2007.

Jacobsen, Wolfgang/Kaes, Anton/Prinzler, Hans Helmut: Geschichte des deutschen Films. Stuttgart/Weimar ^{2}2003.

Kafka, Franz: Gespräche mit Franz Kafka. Aufzeichnungen und Erinnerungen von Gustav Janouch. Frankfurt a.M./Hamburg 1961.

Kessler, Frank (Hg.): Theorien zum frühen Kino. Frankfurt a.M. 2003.

Lexikon Literaturverfilmungen. Zusammengest. von Klaus M. Schmidt und Ingrid Schmidt. Stuttgart/Weimar ^{2}2001.

Paech, Joachim (Hg.): Film, Fernsehen, Video und die Künste. Strategie der Intermedialität. Stuttgart 1994.

—: Literatur und Film. Stuttgart/Weimar ^{2}1997.

Paech, Anne/Paech, Joachim: Menschen im Kino. Film und Literatur erzählen. Stuttgart 2000.

Pinthus, Kurt (Hg.): Kinobuch [1913]. Nachdruck Frankfurt a.M. 1983.

Schanze, Helmut (Hg.): Handbuch der Mediengeschichte. Stuttgart 2001.

— (Hg.): Metzler Lexikon Medientheorie/Medienwissenschaft. Stuttgart/Weimar 2002.

Schneider, Irmela: Der verwandelte Text. Wege zu einer Theorie der Literaturverfilmung. Tübingen 1981.

Segeberg, Harro (Hg.): Die Mobilisierung des Sehens. Zur Vor- und Frühgeschichte des Films in Literatur und Kunst. 1996.

<265>

3.6 文学与广播

广播的发明是无线电传播媒介的一个决定性进展：通过无线电转播，同一条讯息可以不止发送给单个的接收者，而且同时发送给广大公众。麦克卢汉观察到：广播将世界缩小到"村庄的尺寸，永不餍足地制造着对于流言蜚语、八卦谣言以及造谣中伤的村民式需求"（McLuhan 1964/1995，第 463 页），广播为**地球村**奠定了基础。随着广播的出现，媒体的发展也日益从信息储存转向了信息传播（Kittler 1986，第 251 页）。

在 1923 年开始运营的德意志广播电台的节目单中，除了音乐性的娱乐节目之外还包括文本朗诵，朗诵的内容除了诗歌之外还迅速扩展到短小的戏剧场景、传统戏剧的改编以及独立的新的"广播剧"。对这一新媒体的功能所作的分析研究也迅速地出现了。娱乐功能被纳入为政治服务的目的中，其中又分化为两翼极端：

政治上的对立

- **保守作家**如赫尔曼·彭斯（《广播剧》，1930）等人将其视为一个机会，可以通过集合大批被动的听众而制造一种**集体感**——这符合麦克卢汉的晚期观点，即广播可以起到"部落鼓"的作用（McLuhan 1964/1995，第 450 页），因为它将它的听众群体像一个远古部落一样集合到一起。最极端的例子是纳粹主义者们利用这一需求来播放种族问题的报告，以此将广播改造成攫取权力的手段。

- 与此相反，**左翼倾向的作家**所遵循的思路是，利用广播来推进社会解放和政治启蒙：曾经出现过一场**工人广播运动**，并且直至今天，布莱希特的某些观念仍然具有权威性，那就是将作为单纯新闻播报工具的广播变成**基层民主讨论的论坛**，这个论坛应该以互动的方式发挥作用，也就是要收集公众的意见和声音："要把广播从发布工具转变为交流工具"（Brecht 1932，第553页）。这样，广播的着眼点就不再仅仅是美化生活，而是还包括了教育作用，包括了用艺术上有趣的产品进行相互学习（同前，第555页）。

在政治兴趣之外还逐渐形成了一种**独立的听觉美学**：除了播放和讨论新闻之外，广播媒介的各种审美可能性迅速被人们所认识到，这些可能性针对的是听觉的培养，意在使听众们的听觉变得敏感细腻。除了提供信息、情节以及制造氛围之外，还应该依照广播自身的规律，用广播剧的声音、音响特效或音乐背景等手段"从麦克风里创作出戏剧"（Flesch 1931/2002，第473页）。<266>从这个意义上说，广播剧不应该简单地把麦克风背后的事件过程变成可见的——广播剧不是用来"看"的，它应该**遵循听觉规律**。一出广播剧应该不仅仅是一出被费力地针对听觉进行压缩的半拉戏剧，而应该是符合艺术规律的创作，这一点在弗莱施1924年的广播剧《电台魔术》中已经通过有意识地加入干扰性噪音和其他广播特效而得到了表明。

20世纪20年代的先进方法是源自电影的**剪辑和蒙太奇**。因为早期广播剧的音效制作还明显地延续着电影的传统，继承了后者的弹出画面、远景和特写镜头交替以及渐显和渐隐等技术。尽管有种种地点和场景变化的可能方式，但为了清楚起见，广播剧仍需要自己特有的标记方式：非真实领域的呈现、连续的梦境或者幻想段落可以附加解说，或者用音效效果加以表明，这种方法在瓦格纳的主导动机技巧中颇为常见。

广播剧的发展

功能与形式：由于新的技术设备的出现，口头语言可以被录制下来进行加工，也可以进行实时直播。作家们可以利用这种真实性的印象，而广播剧的作者和制作者们则必须使自己适应于这种**新媒体的条件**。即使一部广播剧的手稿总是可以读到，并且通常也获得了相应的出版，但其音响技术版本仍然会超越其文字版本，因为其中通常加入了听觉信号、音乐元素及声效，它们逐渐形成了听众的期待视野。

广播剧的历史表明，作家们并没有仅仅把这种新的媒介视为发表各种类型的涵括所有体裁文本的可能手段。自1923年开始就出现了**作为适用于广播的体裁的广播剧**，此外还存在一些混合形式，如广播小说（加入了对话元素的叙事文本）、报告文学以及语言的声响展演（参阅 Würffel 1978，第23—24页）。在这个早期阶段已经出现了后来得到进一步发展的**广播剧的各种形式和主题重点**：

广播剧的
形式/主题

- 实验性的噪音广播剧（罗尔夫·古诺尔德《贝林左纳》，1925）；
- 戏剧性报告剧暨时代广播剧，对话式中篇小说（阿诺尔特·布罗宁《米歇尔·科尔哈斯》，1927）；
- 清唱—叙事谣曲式作品（布莱希特《林德贝格的飞行》，1929）；
- 带有内心独白的广播剧（赫尔曼·凯瑟《亨里埃特姐妹》，1929）。

<267>

广播剧的历史：如果说在布莱希特、布罗宁和阿尔弗雷德·德布林——后者在1930年为人们奉上了《柏林，亚历山

大广场》的一个广播改编版本（《弗兰茨·毕勃科普夫的故事》，1930）——的影响之下，广播剧最初的发展更多的是本着社会批判的意图，那么它后来在纳粹的影响之下发生了变化，例如采取合唱形式的神圣剧，由此被改造成了**意识形态宣传剧**。

1945 年以后，**民主德国**的广播剧走的是一条自己的独特道路：处理社会日常问题，进行社会分析，或者以劳动生活（同样也是完全批判式的）为主题（参阅 Würffel 1978，第 172—207 页；Bolik 1994），与此相反，**联邦德国**的广播剧最初更青睐的是存在一个体性的主题。就这个以文学性为主的广播剧时期来说，具有决定性影响的是沃尔夫冈·博尔歇特在《在大门外》（1947）中对历史的克服。此外也包括君特·艾希在《梦》（1951）中所做的那种对于梦境和幻想领域的内向审视。如果说这个时期的广播剧是以惊醒的方式展现个体在一个经济奇迹的世界中所受到的威胁，那么在 20 世纪 50 年代的**广播剧的全盛时期**（Würffel 1978，第 69—71 页），广播剧所展现的从根本上说则是一种转向内心的吁求，而较少关注外部的改变——梦的实验室已经为个体的想象准备就绪（本诺·迈耶-维拉克《诱惑》，1957；英格博格·巴赫曼《曼哈顿的善神》，1958）。随着海因里希·伯尔的《结算》（1958）——这部作品是对战争的克服暨社会批判——弗里德里希·迪伦马特的司法怪诞作品《抛锚》（1956）以及理查德·海伊的《夜间节目》（1964）等作品的出现，政治性的流派也取得了自己的一席之地，但是到了 20 世纪 60 年代，这类作品已经所剩无几了。值得一提的是伯尔的《莫尔克博士收集的沉默》（1958），这部作品是自我反思式的、媒体和意识形态批判类型的广播剧的一个典型例子，它将存在主题与形式上的革新结合起来，为广播剧的体裁发展起到了指示方向的作用。

新广播剧及实验性方法

向新广播剧的转向是在1968年完成的，当时恩斯特·扬德尔和弗里德里克·迈吕克凭借着《五个人的人类》占据了一个实验空间：在此，语言不再作为一种信息载体被用于传达符合逻辑的行为或用于内心审视，相反，它自身变成了审美对象。通过借鉴20世纪20年代的早期尝试，新广播剧将**作为声响体的日常语言**作为对象，对其加以呈现、消解和重新拼接，将其与听觉实验结合起来，并混以立体声效果。一个词的音质所提供的各种**陌生化的可能**，尤其为年轻作家们所用，如彼得·汉德克（《广播剧》，1968）、费尔迪南·克里威特（《阿波罗美国》，1969）和尤尔根·贝克尔（《图画、房屋、家中常客：三出广播剧》，1969）。

有两种主要视角使得人们对广播剧始终保持浓厚兴趣：

<268>

- **政治诉求**：沃尔夫·万德拉切克在《保尔或试听小样的损毁》（1970）中用声音碎片和联想来刻画主人公，突出地强调了蒙太奇原则，通过运用从电视和广播中取得的真实声音材料而推行了**原声法**。有些人指责实验广播剧是一种自娱自乐的游戏，他们要求政治上的参与，因此他们利用原声法来制造一种政治上的公众舆论——例如君特·瓦尔拉夫和延斯·哈根的编年史剧《你们要什么，或你们还活着》（1973）以文献—现实主义风格把街上路人对抉择过程的表态吸收进来，因此完全在布莱希特的意义上把广播剧理解为**作者和公众之间的互动过程**。工作组作品《职业图景》（1971）（弗兰克·戈尔与受培训者共同创作）遵循的也是与此相应的目的。广播与文学的结合在罗尔·沃尔夫的作品中表现出的是一种娱乐的、更偏向潜意识地批判的色彩，他在《球是圆的》（1979）中以足球转播的声音作为自己的背景基础并对

- **实验效果**：广播和广播剧的影响究竟有多大，这可以从一个例子中看出来：1938年，奥尔森·威尔斯的讲述火星人入侵地球的广播剧《世界大战》在纽约居民中造成了大范围的恐慌反应。在一种已经流行起来的媒体身上当然就很难再期待看到这样的轰动效果了。今天，文学广播剧的位置是在国家广播电台的文化节目中：或者是带有细腻心理描写的侦探广播剧，或者是批判—讽刺性的谈话（马克斯·戈尔特《广播女饮者》，1989），或者是以媒体本身为主题的政治问题主题（F. C. 德留斯《巧舌如簧》，1999）。声响拼贴或实验在广播剧形式中只拥有数量很小的听众（坍塌的新建筑①《哈姆雷特机器》，1988；海纳·戈贝尔斯《代用城市》，1994），但是却部分地影响到了其他艺术形式，比如视频短片。总体来说，文学的听觉形式从广播中转移到了另一种转播媒体中：CD有声读物以其对文学更为丰富多彩的声音制作取得了越来越大的市场份额。

参考文献

Bolik, Sibylle: Das Hörspiel in der DDR: Themen und Tendenzen. Frankfurt a. M. u. a. 1994.

Brecht, Bertolt: Der Rundfunk als Kommunikationsapparat. Rede über die Funktion des Hörfunks [1932]. Große kommentierte Berliner und Frankfurter Ausgabe. Hg. von Werner Hecht u. a. Frankfurt a. M. 1992, Bd.21, S.552—557.

Flesch, Hans: Hörspiel, Film, Schallplatte [1931]. In: Kümmel/Löffler 2002, S.473—477.

Hagen, Wolfgang: Das Radio. Zur Geschichte und Theorie des frühen Hörfunks–Deutschland, USA. München 2005.

---

① 坍塌的新建筑：德国一支实验乐队，成立于1980年。——译注

Kittler, Friedrich A.: Grammophon Film Typewriter. München 1986.

Kümmel, Albert/Löffler, Petra (Hg.): Medientheorie 1888—1933. Texte und Kommentare. Frankfurt a. M. 2002.

Lersch, Edgar: »Mediengeschichte des Hörfunks«. In: Handbuch der Mediengeschichte. Hg. von Helmut Schanze. Stuttgart 2001, S.455—489.

McLuhan, Marshall: »Radio«. In: Die magischen Kanäle [1964]. Dresden/Basel 1995, S. 450—465.

Würffel, Stephan Bodo: Das deutsche Hörspiel. Stuttgart 1978.

第 4 章
文学学的方法和理论

4.1 关于文学学的学科史

4.2 阐释学

4.3 形式分析学派

4.4 接受美学

4.5 心理分析文学学

4.6 结构主义、后结构主义、解构

4.7 文学的社会史/文学社会学

4.8 话语分析

4.9 系统论

4.10 传播学

4.11 文化学的方法

4.1 关于文学学的学科史

在过去三十五年中,文学学的问题越来越多样化,文学学的方法和时尚变幻纷呈,文学学的范式更迭似乎越来越快——这一切只是文学学这一学科的历史的最新阶段,这一学科从狭义来看只有近 200 年的历史。**日耳曼语文学**①**作为语言学和文学学,它的"发明"**始于 19 世纪头三十年,即进行第一批相关的研究尝试和在大学中设立第一批相关的教授席位。

开端前的历史

广义的日耳曼语文学在开端之前有着较为漫长的历史:**16 世纪的人文主义学者**,例如康拉德·塞尔提斯②或者塞巴斯蒂安·弗兰克③就已出于爱国的动机显示出对德语(中世纪)原初文本的兴趣。**巴洛克和启蒙时期的诗学**以不同的方式研究德语文学:

<271>
- 奥皮茨的《德语诗论》(1624)是关于德语文学的诗学的开端;
- 安德烈亚斯·车尔宁④的《德语宝库简要》(1658)以德语巴洛克文学为例,勾勒出文学风格学的概貌。
- 戈特舍德的《批评性诗学浅论》(1730)除了丰富的诗学规则方面的指导之外,还包含文学史部分,这一部分除了古希腊罗马文学和欧洲文艺复兴时期文学之外也将德语文学作为主题。

18 世纪对中世纪文学文献日益关注,使得中世纪的重要文本得以重新发现和出版面世,但是关于文学史的认识依旧是零散的,缺乏关于历史秩序的意识。直到赫尔德提出历史哲学,这一

---

① 德语中 Germanistik 一词通常译作德语语言文学,但是从这一学科的发展史来说,它的覆盖面不仅限于这一范围,所以在本书中译作日耳曼语文学,相关的研究人员译作日耳曼语文学学者。——译注
② 康拉德·塞尔提斯(1459—1508),德国人文主义者。——译注
③ 塞巴斯蒂安·弗兰克(1499—1542),德国编年史家、神学家、作家。——译注
④ 安德烈亚斯·车尔宁(1611—1659),德国诗人。——译注

启示使人清晰地意识到文学与一个民族的历史紧密相连。在语言史领域中首先是阿德隆①，他在 1774 到 1786 年间出版了他的《高地德语方言的语法校评词典》，在语法和词源方面这部书对这个时代来说具有典范意义。1807—1812 年接着出版的是卡姆佩②的《德语词典》（五卷本）。

总的来说，16 到 18 世纪的日耳曼语文学作为德语语言文学学科并不存在于德国的大学之中，而总是一些学科之外的研究者、修辞学家、历史学家和法律学者等，他们不时援引德语文学的范例。

日耳曼语文学的建立阶段

将日耳曼语文学作为一门学科建立起来，这一建立过程的推动力在 19 世纪最初二十年间来自两个方向：一方面是文学中的浪漫派，另一方面是 1806 年之后面对拿破仑的占领而形成的具有浓厚的民族主义爱国色彩的政治反对派。

- 浪漫派学者如**威廉·格林**和**雅各布·格林**，还有作家**勃伦塔诺、冯·阿尔尼姆、蒂克**和**格勒斯**，他们出于反启蒙的冲动关注德意志民族的早期史（指中世纪——译注），开始广泛地搜集中世纪民间文化的文献、童话和民歌。**奥古斯特·威廉·施莱格尔**在 19 世纪初将《帕其伐尔》和《尼伯龙根之歌》称颂为德国所独有，是"北方要素和基督教要素的成功结合……它可以作为新的具有宗教浪漫性质的当代文学的范本"（Hermand 1994，第 29 页）。

---

① 阿德隆 (1732—1806)，德国语言研究者。——译注
② 卡姆佩 (1746—1818)，德国作家、语言研究者。——译注

<272>

● 尤其是在拿破仑占领德国的战役之后，爱国主义或者说民族主义的热情使得人们的需求日益高涨，要求在大学中举办关于德国中世纪文学的课程。1810年柏林大学成立时设立了**第一个德语语言文学的教授讲席**，很快在哥尼斯堡、格赖夫斯瓦尔德、吉森和海德堡也设立了相应的教授职位，同时还编辑出版了其他的古德语文本，比如《希尔德勃兰特之歌》、《可怜的海因里希》或者格林兄弟编写的《儿童和家庭童话集》。

日耳曼语文学最初的倾向带有明显的政治性——既是民族主义的，又具有共和色彩。人们希望将原来分封割据的帝国变成一个统一的现代国家，可是推动复辟和加强控制的卡尔斯巴德决议①让所有的希望化为泡影。这一状况使得日耳曼语文学走向去政治化：**卡尔·拉赫曼**②致力于严格从事实出发来处理德语文学的文献，这一方法使得版本语文学作为"客观"的学术性学科得以确立；另外雅各布·格林的语言史研究和他与他的弟弟一起开始编纂的《德语词典》（自1852年起）记录了这一学科的语文学化的过程。

具有自由倾向的日耳曼语文学学者既不愿屈从于纯粹的版本语文学，也不愿屈从于沉溺在德意志特性之中的民族学科，这些学者在19世

格林兄弟：《德语词典》，1854年的封面

---

① 卡尔斯巴德决议：1819年8月由普鲁士和奥地利主持召开的德意志各邦国的部长级会议，讨论在战胜拿破仑之后如何监督和制止德国的自由和民族运动，会议地点是卡尔斯巴德，位于今天捷克境内，当时是哈布斯堡王朝的统治区域。——译注

② 卡尔·拉赫曼（1793—1851），德国中世纪研究者和古语文学家。——译注

纪 30 年代常常被禁止从事自己的职业，例如重要的文学史家格奥尔格·戈特弗里德·盖尔维努斯，格林兄弟或者海因里希·奥古斯特·霍夫曼·冯·法勒斯雷本。1848 年强力驱散保罗教堂的议会之后出现了与 1818 年相似的镇压措施（关于日耳曼语文学的开端前的历史和早期史详见 Fohrmann/Voßkamp 1994）。

盖尔维努斯在他的《德意志民族文学史》(1835—1842) 中把 1800 年前后的文学称作"德国古典文学"，将这个时期的文学提升为德意志民族文化发展的顶峰，尤其是歌德和席勒的文本。与盖尔维努斯的具有自由倾向的文学史相对立，菲尔马 1845 年出版了他的具有民族保守倾向的《德意志民族文学史》，这部文学史直到第一次世界大战之前曾无数次再版。在这部书中文学的历史被去政治化，所谓的魏玛古典文学被神化成永恒的典范。

实证主义

日耳曼语文学在三月革命到帝国建立这段时间内作为学术性的学科确立下来——不过它放弃了政治性的纲领，同时严格局限于对古代文学进行文本语文学处理。在理解和把握文献中注重准确性和完整性，这一努力为 19 世纪后数十年文学学中的实证主义提供了准备。 <273>

1871 年俾斯麦建立帝国之后，**实证主义**成为文学学的指导性概念：

- **有权要求与自然科学具有同等价值**：精细和准确地搜寻、汇集、保存和编纂德语文学的文献，宣称这一精细和准确与自然科学的"客观"具有同等价值。在歌德的最后继承人去世之后歌德档案向外界开放，这是**实证主义的突出范例**。歌德所有的文学文本、信件、日记、笔记、草图和草案、包括最微小的字条，歌德一生留下的整个资料性遗产都被收入 143 卷的**魏玛版**歌德文集（1887—1919）。即便这一精细的工作直到今天仍然显得颇为有益和值得称赞，但是实证主义者的视角局限于文学：他们在机械地收集数据的过程中缺乏批判性，不做任何阐释或者说历史哲学或政治的解释。

- 这个时期的**文学史撰写**也显示出实证主义的倾向：19 世纪 80 和 90 年代最有影响的日耳曼语文学学者威廉·舍雷尔笔下的文学史是从精心处理过的材料中推导出来的作家生平和作品形成史；除了这部文学史之外，实证主义研究最重要的成果是大量的大型作家文集、篇幅巨大的作家传记和工具书。

对实证主义的批评

20 世纪最初几年**反对实证主义的立场**可以分为三个流派，1900 年前后是方法论领域较为开放的第一阶段：

- **思想史流派**针锋相对地反对实证主义文学学貌似自然科学的自我定位。威廉·**狄尔泰**将自然科学的认识目标定为"解释"，将人文科学的认识目标定为"理解"（见 4.2 章）。在 20 世纪的头二十年中属于思想史流派的有鲁道尔夫·翁格尔、弗里德里希·贡道尔夫或者弗里茨·施特里希。
- **形式类型学的研究**试图对实证主义毫无区分地累积起来的大量数据进行归类，以便得到更为准确的体裁和时期的概念。海因里希·沃尔夫林就在他的《艺术史的基本概念》（1915）中解释了"巴洛克"这个风格史和艺术史概念，奥斯卡·瓦策尔和弗里茨·施特里希将这个概念用于 17 世纪的文学。
- **新浪漫主义—民族主义日耳曼语文学**感到自己的使命是在新

帝国中填补实证主义留下的文化空缺，表现为三种策略：
(1) 转向某种**混乱的浪漫派概念**，常常与此相关联的是带有民族主义色彩地反对所有的现代性，反对技术的和文明化的，反对大城市；
(2) **突出乡土要素的日耳曼语文学**，将古代日耳曼部落提升为德意志民族文化发展的开端；
(3) 带有明显的**种族主义色彩的日耳曼语文学**，它将雅利安人的特性和日耳曼种族解释为优等文化的证明。

种族的、民族主义的日耳曼语文学，内心流亡：在第一次世界大战之前和之中，上述所有流派中的民族主义倾向都进一步加强，在**第一次世界大战**中，许多日耳曼语文学学者要求将这个中小学和大学中都有的专业方向建成一个"德意志学科"，它应成为所有西方的、外国的、过度文明化的和社会民主主义的对立面。魏玛共和国时期的日耳曼语文学延续了战前的各种流派（详见Hermand 1994，第84—86页）。

纳粹德国时期的日耳曼语文学可以用"种族的领导学科"和"种族学和部族学的文学史"来标出它的核心要点。研究文学传统的目的是寻找坚强的种族英雄的范本，文学经典也发生了相应的改变。文学学自愿服务于种族认同或者在战争中服务于强化战斗意志。当然在日耳曼语文学中也有**内心流亡**：专注于研究某个（较早的）时期或者研究文学体裁和风格问题，这类研究成为远离政治的清静之地。

1945年以来的日耳曼语文学

鉴于纳粹党对日耳曼语文学完全是为己所用，战后这个学科的反应是彻底的去政治化——不过人员方面基本上保持了连续性：只有少数教授被暂时停职，其他人都保留职位。学术研究转向文学传统中的"杰作"，这一转向显示出对"心灵慰藉"、对"持续性"和"典范性"的追寻。文本几乎完全脱离了历史、社会和心理学的语境，只做文本内在的考察。战后在方法史方面最具影响力的两位学者是**埃米尔·施泰格尔和沃尔夫冈·凯塞尔**，他们坚定地承续了 20 世纪上半叶思想史—形式分析的流派，删去了所有意识形态—种族的成分。

<275>

尽管作品内在研究在 50 年代决定了日耳曼语文学学科的自我定位，但是细细看来这十年的日耳曼语文学不再是铁板一块：思想史、阐释学（见第 4.2 章）和形式分析学派（见第 4.3 章）是直到 60 年代三种最重要的趋势，随后文学学的方法最终变得越来越多样，更迭越来越迅速，使得这一学科时至今日呈现出多层次的方法多元性：

1965 年以来的方法趋势

- 1965 年起的**接受史和接受美学**（第 4.4 章）
- 同时期开始的**文学社会史**（第 4.7 章）
- **结构主义的开端**（第 4.6 章）
- 70 年代下半期的**心理分析文学学**（第 4.5 章）
- 80 年代初**话语分析**完成了这一学科的根本性的范式转换（第 4.8 章）
- 90 年代初以尼克拉斯·卢曼为代表的**系统论**（第 4.9 章）
- **最新的方法论构想**是最晚于 90 年代末发现的文化研究/文化学、女性主义文学理论/性别研究和新历史主义，它们成为文学学的主导范式（第 4.11 章）

> **关于方法的使用**：在下面的章节中将详细解释上述方法和问题，在此之前先从一般的意义上介绍一些关于使用这些方法的提示。
>
> **不要高估方法！** 方法简单地说是指在对文学、文学史和文学学的对象进行研究，达到某种认识目的、理解目的或者解释目的时所走过的任何一条道路。方法自身从来不是目的，它总是以事实为准绳，描述学术性自我反思的过程，既反思不同的把握研究对象的特有方式，也反思不同的认识兴趣。
>
> **但也不要低估方法！** 研究工作的认知目的和描述分析文本状况的（概念性的）手段因方法而异。随着方法的变化，对文本的发现也有所变化。每种方法都以特定的术语为标志，即专业概念，它们常常是从该方法所依托的相邻学科中借来的。根据所使用方法的特定目的、术语性的手段体系、还有它所援引的核心作者，可以确定该种方法，并把它与其他方法区分开来。

深化

<276>

参考文献

Barner, Wilfried/König, Christoph (Hg.): Zeitenwechsel. Germanistische Literaturwissenschaft vor und **nach** 1945. Frankfurt a.M. 1996.

Fohrmann, Jürgen/Voßkamp, Wilhelm (Hg.): Wissenschaft und Nation. Studien zur Entstehungsgeschichte der deutschen Literaturwissenschaft. München 1991.

—/**Voßkamp, Wilhelm** (Hg.): Wissenschaftsgeschichte der Germanistik im 19. Jahrhundert. Stuttgart 1994.

Hermand, Jost: Geschichte der Germanistik. Reinbek bei Hamburg 1994.

Mertens, Volker (Hg.): Die Grimms, die Germanistik und die Gegenwart. Wien 1988.

Nünning, Ansgar (Hg.): Metzler Lexikon Literatur- und Kulturtheorie. Ansätze – Personen-Grundbegriffe. Stuttgart/Weimar[3] 2004.

Weimar, Klaus: Geschichte der **deutschen** Literaturwissenschaft bis zum Ende des 19. Jahrhundert. München 1989.

<277>

4.2 阐释学

4.2.1 理解的问题

自从有文本以来，理解文本总会遇到问题。由于语言表述固定在纸（或者其他数据载体）上，所以它们随着时间的流逝脱离作者的意图，获得了自己的生命。随着语言的变迁就已出现第一个问题——词语在历史的发展中改变含义。对文学文本来说也是如此，随着时间的流逝，文学文本被感知的侧重点各不相同，在不同的时期和世纪中，文学文本遇到完全不同的读者视角。从小范围来看，一本书的第一次和第二次阅读也是如此，两次阅读总是带来不同的认识。日常经验中也有类似的情况，比如在展开自行讨论的报刊文本中，在政府声明中或者使用说明和谈话中，对一个表述会有各式各样的阐释，因而产生误解，需要追问或者解释。

概念 ➡ **阐释学**作为理解的学说从事文学文本的阐释，不过阐释的对象也包括口头表述和其他承载意义的结构，例如图像、动作、行为或者梦境，为了完成阐释，阐释学的代表人物自 17 世纪以来发展出一套越来越精确的手段体系。在此后的时间中，阐释学作为学术性的学科开始确立，不过它的传统要更加悠久。在希腊语中 *Hermeneutike techné* 是指阐释和翻译的技艺（参阅 Gadamer 1974，第 1062 页）——这一概念与拉丁语的 Interpretatio 接近。影响到这一概念的或许是神的使者赫尔墨斯，这个神话形象给人传递超越尘世的智慧和生活准则，同时担任较为合格的转达神意者。

4.2.2 阐释学的历史和地位

开端前的历史

1. 古希腊罗马时期的阐释学:所有讲述和书写的东西都需要阐释,都需要区分正确的和不太正确的解释,这一基本认识已影响到古希腊罗马的阐释学。这一时期的阐释学同时受到希腊和犹太传统的影响。古典的对荷马史诗的阐释就已对解释活动做出区分。一方面是词语和含义的研究(sensus litteralis),这一研究力图通过语言逻辑的探讨再现作者意图的本义,这就是**语法—修辞的阐释**。另一方面的兴趣则以**讽喻式的阐释**为标识,这一研究虽然也保留流传下来的著作的字面表述,但是它超越原本的词语含义,根据同时代的自身语境引申出多重的书面含义(sensus allegoricus)。

阐释学的早期历史

<278>

2. 早期的圣经阐释学:早期基督教的阐释学对比《旧约》与《新约》,进行讽喻式的解释,即从字面含义背后解读出某种更高的真实含义,这一含义在中世纪经过奥古斯丁扩展为**四重含义的学说**。这四重含义指的是:

- 字面含义:再现历史事件,
- 讽喻含义:指向《旧约》中神与信徒之盟中救恩史的允诺和《新约》中神与信徒之盟中的兑现,
- 道德含义:以伦理上的善行为目标,
- 神秘含义:暗示宗教的末世(参阅 Lubac 1959—64)

这类解释可以超出文本的范围,自身成为教义。与此相反,路德指出随意解读的危险,他废弃了讽喻式解释的深层含义,**将**

圣经文本本身置于阐释的中心：路德的箴言是文字能够自我阐释。起决定性作用的不再是教会的教导权威，而是紧贴文本的阅读，在阅读中将单个的文本部分与整个文本语境相联系，同时又从整个文本语境出发来解释单个部分。从单个字母出发去理解文字的含义，这也是**路德翻译圣经**的基本意图。在这一文本部分和整体的相互作用中可以看出阐释学循环的前身，不过这里的阐释学循环还局限于文本本身。路德还没有考虑到读者的视野处在变化之中，这正是反对宗教改革派指责他的地方。

3. 18世纪的阐释学：1629年约翰·克里斯蒂安·丹豪尔①引入Hermeneutica的概念，将其系统化，提出一系列阐释规则，自此之后，尤其是在18世纪，阐释学被扩展为学术性的学科（关于阐释学历史的进一步发展参阅Rusterholz 1996；Jung 2001）。神学从三个领域出发对文字作品进行生活实用性的阐释：

<279>

- **subtilitas applicandi（应用的技巧）**：借助这一技巧可以将文本的规则或行动建议应用于具体的生活情景；
- **subtilitas intelligendi（理解的技巧）**：对明确无误的词义的历史理解；
- **subtilitas explicandi（解释的技巧）**：从某个现实读者的视野出发所做的解释，通过视野的变化文本的含义发生变化（参阅Rusterholz 1996，第111—112页）。

对法学来说阐释学也是核心的工具，比如用来澄清一条具有普遍意义的法律原则如何与一个特定的个案相关联：阐释、评论

---

① 原文有误，应为约翰·康拉德·丹豪尔（Johann Conrad Dannhauer 1603—1666），德国神学家。——译注

或者判决说明都是解释的产物。18世纪末还出现了文学阐释学，它关注的是文本阐释的规则（参阅 Szondi 1975）。

浪漫主义阐释学及其后果：施莱格尔和施莱尔马赫

启蒙运动时期的阐释学做了多番尝试，力图制定出理解文本的规则。早期浪漫派带来了转折。在早期浪漫派看来，将正确的理解看作目的本身就成问题。在诺瓦利斯的辩驳中，尤其是在**弗里德里希·施莱格尔**以他的文章《论不可理解性》（1800/1970）所进行的辩驳中，他们将误解或者**不可理解性称作阐释的原则**。施莱格尔将文本看作不断的阐释过程和持续的解释步骤，它们构成**无限对话的文化**，作者和读者都参与其中。误解或者不理解恰恰是持久探讨文本含义多样性的动力，这些文本含义将在**进步的整体诗**（progressive Universalpoesie）中不断地进一步展开："一部经典著作从不需要能被完全理解。不过那些有学养的或者正在培养自己的学养的人，必须要越来越多地从中学习。"（Schlegel 1800/1970，第 340 页）

非正统神学家**弗里德里希·施莱尔马赫**也持有浪漫主义阐释学的论点，他甚至谈到"理解的狂热"，认为这一狂热阻碍了多重理解，只会遮蔽投向无限的目光。（1799/1974，第 57 页）。

施莱尔马赫将阐释本身描述为艺术或者描述为意义的创造，因此对他来说艺术也是无限对话的组成部分："我只理解我认为必要的和可以建构的。按照最终的原则来看理解是一项无限的任务。"（1799/1974，第 78 页，着重点为本书作者所加）这句话显示出施莱尔马赫是如何强调阐释活动的主观性，他同样承认作者可以带有主观性、个体性和创造性地使用语言。**施莱尔马赫将这一点表述为双重的阐释视角：**

- **心理学的阐释**：阐释者必须具有与作者相当的才气才能够熟悉这一视野，在心理学的阐释中，阐释者要尽可能充满灵感地去体会作者或者"预言式"地理解作者；读者以创造性的想象力重新创作被阐释的作品。按照施莱尔马赫的观点，合乎艺术的阐释既致力于最微小的细节，也致力于言语与文字中看上去最自然而然的东西——于是阐释学最终成为一门艺术，它最初可以像说话者自身一样理解他所讲的言语，随后可以比说话者自身更好地理解他所讲的言语（同前，第86页）。不过施莱尔马赫为此还需要另一种策略。
- **语法的阐释**：从神学阐释学中施莱尔马赫熟悉了阐释的规则，这些规则涉及文本的语言构造，并且有意识地无视个体性的语言使用。这种技术性的阐释技艺直到今天还影响着学校的文本阐释，施莱尔马赫将它扩展为一个语法阐释系列，既考虑到普遍有效的语言结构，也注意到这些结构的历史语境。

这是一种"比较式的理解"或者说"语法—历史式"的文本认识，具有固定的阐释规则，施莱尔马赫用它来补充另一种体验—创造性的心理学阐释。对语言的理解也是如此。虽然每个语言使用者遇到的是普遍性的语言结构，但是他以个体的方式来使用它们。语言的意义取决于对语言的具体使用，在这一使用中普遍性的语言结构各自得到个体性的实现。

读者这个角色的位置是介于上述两个极端之间：一方面是阐释的准确和贴近应用，另一方面是词语的不可捉摸性，读者介于含义明确和含义分散之间，介于**真实和过程**之间，介于**普遍性**和**个体性**之间。通过推估式的心理学猜测来建构阐释的整体，然后通过语言的解释使得细节得到保障，由此又可以显现出**理解的环**

状结构。语言的交流不再简单地传递固定的意义和信息,而是每个个体阐释者都可以利用他的语言能力来塑造讯息,从而形成新的语言表述。施莱尔马赫的功绩在于提出有限的(语法)阐释和无限的(心理)阐释、由规则主导的阐释和推估式创造性阐释的相互作用。

<281>

威廉·狄尔泰:理解作为亲身体验

狄尔泰的理解学说同样以一组对立的概念为标志:

- **说明**是以通过因果关系获得自然法则为目标,从自然法则明白无误地推导出单一的现象——这是自然科学的经验式方法。
- **理解**则被狄尔泰明确地用于人文科学。理解不只是认知式的抽象估算,而是包含着对他者的**亲身体验**,这一体验才将读者和作者的生活视野汇聚到一起——因此"在艺术品中表现出来的是艺术家的体验、表达和理解的组合"(1910,第99页)。阐释者要将他的体验视野投射到其他的视野中去,这样才能达到尝试性的理解;"我们要想理解自身和他人,只有将我们体验到的生活置入每种关于自己的和异在的生活的表达中"(同前)。

藉此狄尔泰扩展了**阐释学的循环**,他将个体的立场与普遍性的总体知识联系起来,以此跨越具体的时间或文化的鸿沟,使之可以参与到社会力量中去。狄尔泰坚信交流的成功,"我对他者的理解可以在我的内心体验中发现,我的自身体验可以通过理解在异在者身上重新找到"(VII,第213页)。

这一构想的问题所在:激发阐释者的体验能力,这一做法尽管是值得期望的——他要处于一种"快乐状态"(VI，第192页)——但是这一点不能成为决定阐释正确性的尺度。狄尔泰要求阐释者具有"个人的天才禀赋"(V，第267页)，他在这一要求中毫无疑问强调了在潜意识里支配着整个19世纪的立场，这一立场直到今天依然依稀可辨：阐释者通过理解得以与作家并肩而立，他理解作家，因而觉得自己与作家处于同一高度。由此可能带来质疑，在生命之流中过多的体验可能会过快地摆平矛盾或者过快地让陌生的视野变得和谐。狄尔泰没有考虑到在陌生的传统和文化之间有可能存在着根本性的差异（浪漫派为误解的辩护兼顾到了这些差异）。

马丁·海德格尔：理解作为生活的条件

继承了这一理解的生命哲学的是像马丁·海德格尔这样的人，他在《存在与时间》(1927)中原则上将理解视作一种生活的条件。我们始终都是处在用语言来描述的历史的世界之中，所以理解是所有认识和每次行动，也就是说日常生活实践的基础。换一种说法（用海德格尔的行话），理解是**在世**(**In-der-Welt-Sein**)**的条件**。理解作为一种活动首先并不与文本相关联，而是处在生活的关联之中，从这些关联中每次阐释都产生出新的存在的可能性。

面对每个事实，理解者都带有他的**认知视野**，他根据自己的需求视角来运用这一视野：一块林地在猎人来看可以搜寻猎物，护林员将它作为植物学的对象来对待，散步者希望它是休闲地，旅游业经理考虑它的收益，慢跑者看到它的坡度具有体育方面的吸引力，情人则观察它是否具有田园气息。

对文本来说也是如此：如果读者"像某种东西显示的那样"

去阐释它的话，这种阐释在海德格尔看来正是"阐释者不言而喻的、不加探讨的先行之见"（Vormeinung）（同前）。与此相应，"阐释从来不是对先行给定之物的无前提的把握"（同前）。进行阐释的人在语言的"勾勒式的展开"中，在给定之物和他自己的本质之间发现存在的可能性（同前，第148页）。

凡是科学皆有理解的循环：海德格尔对认识的客观性持保留态度，在这一点上他十分准确（与狄尔泰不同）地将自然科学包括进来：在自然科学中同样无法严格区分认知的主体和认知的客体。不存在可以进行事实性观察的"物自体"，所谓的物自体总被证明是理解过程、"先行理解"（Vorverständnis）或者方法学上的"先行掌握"（Vorgriff）的产物，它们一起导致了结果。这一循环是阐释的基本条件。目标不是避免这一循环，而是"按照合适的方式进入这一循环"（同前，第153页）——这就是说意识到自己的视野，为此承担起责任，去追问自己理解过程中陈规旧习的由来。

汉斯－格奥尔格·伽达默尔：理解作为创造性的理解

海德格尔的基本论点强调理解是文本和读者之间的沟通活动，它改变双方的视野，这一论点是从**生存论的含义**上来理解**阐释学的循环**（Grondin 2001）。这一想法对海德格尔的学生汉斯－格奥尔格·伽达默尔同样具有主导作用：阐释学的功绩基本上在于"将某个含义的关联体从一个别样的'世界'转入自己的世界"（1974，第1062页）。伽达默尔同样认为理解是一种存在方式，正是阐释奠定了文化生活的基础。他比海德格尔更加具体，他想到的是汇集了经验、生活和语言的具有审美价值的作品，并且用**诸多核心概念**论述了这一观点（《真理与方法》，1960）：

<283>

- **审美经验**：伽达默尔没有将作品看作对所有外界影响具有抵抗力的封闭的统一体。作品更多的是新的感知对象，读者在审美经验中可以去感知这一对象。从作品语言的陌生性上读者可以发现自己视野的界限。读者认识到自己的先行判断（Vor-Urteil），反过来说，读者参与文本世界的建构，按照自己的尺度来展开这一世界的新观点。在沟通这两个过程中读者可以最终再现文本的陌生视野。这两个方面处于问答关系之中：

> 伽达默尔，1960，
> 第 268 页
>
> 这就意味着阐释者自己的思想总是融入到对文本含义的重新发现中去。由此看来阐释者的自身视野是决定性的，但是即便是这一视野也不是某种要坚持和贯彻到底的自身立场，而更多的是可以考虑的和冒险提出的某种意见或者可能性，藉此来把握文本的内容。

文本中提出的问题通过与读者的对话提升到一个新的层次。这就导致"文本的含义不是有时，而是总是超出它的作者。因此理解不仅是再现性的行为，而且是创造性的行为"（同前，第280页）。伽达默尔以此证实文本比作者的自我理解和写作意图更高。由此看来阐释也不只是揭示所指向的含义，其原因在于书面文本脱离作者的意图，不是（像口头语言）消融到具体的情景之中。

- **阐释学的循环**：伽达默尔以阅读过程为对象通过不同的形式来凸现这一循环，即文本和读者两个相互变动的视野之间的互动。从全面的角度来看，伽达默尔在部分和整体之间都看到这种循环状的关系，即在章节和全书之间、作家的单部书和所有作品之间、在作家的所有作品和作家的生平之间、在作家的视野和他的同时代环境的视野之间。

- **视野融合**：阐释者、作者和文本部分或整体彼此接近、过去和当下彼此接近，伽达默尔将这一现象描述为循环原则，最终会导向"视野融合"（同前，第 289 页），不过这一融合在实现过程中总是仅仅趋向于融合，在建构中随时会被取消。
- **阐释学与自然科学**：伽达默尔将阐释学循环作为认知模式与自然科学的"方法"区分开来，在自然科学的方法中认识主体要定义对象领域，并从中得出客观的结论。不过对伽达默尔来说（如同对海德格尔来说）这一过程只是所谓的客观： <284> 对自然科学来说同样必须反思自己的前提（或者问题视野），否则就是幼稚的实证主义，去追踪所谓纯粹的事实，不考虑自身认识兴趣的相对性。

➡ **阐释学循环**的早期形式受到路德的影响，对他来说细读圣经得出的理解源自文本细节与整体之间的相互关系。狄尔泰扩展了这一概念，即个体视野与历史流传下来的普遍性视野之间的互动，后者以艺术品的形式表现出来。流传得更为普遍和今天用得更多的是海德格尔和伽达默尔赋予这个概念的含义，他们将每个阐释都称为理解者和陌生视野之间的相遇，就特殊事例而言是读者的认识框架和阅读或认识对象的新视角之间的相遇。从这一意义来看，理解、阅读和认识总是一种阐释活动——因为一个讯息的含义从来不曾完全展现于眼前，也从来不曾被完全阐释，每个新的阐释才建构起这一含义。

阐释学循环

存在问题的方面：伽达默尔的阐释学既具有现实性也不无可批评之处。阐释学循环的图片展现了它暗藏的缺欠。如果将伽达默尔的设想继续推想下去，历史与理解这两个方面相互依赖，阐释永无终结。循环的圆周无法完成：当下对传统的把握也是对传统的不断更新。历史的含义被相对化，同时被提升到一个新的层次。因此更准确地说应该是**阐释学的螺旋**模型，在这一螺旋中

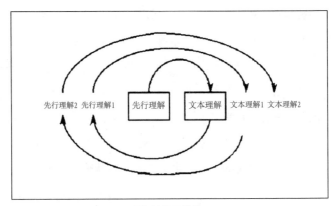

理解的阐释学循环

理解不再回到出发点,而是在更广阔的维度中展开,而且确实让两个方面都运动起来。对作者和读者的视野来说,这意味着从文本的过去中不断发现可能的潜在含义和启发,这些新的发现随着新的阅读视野的不同总会有所差异,也就是在阐释中发生变化。这一点在日常阅读经验中可以得到证实,对一本书的第一次和第二次阅读从不会以同样的认识告终。

文化传统的优先地位:伽达默尔的另一个问题是他虽然不将作者的意见视作传统的权威,但是将作品本身视作传统的权威,理解者必须再现它——伽达默尔对具有历史传承性的经典文本抱有特殊的敬意。伽达默尔告诫要防止纯主观的理解或者理解的随意性,但是无法确定主观任意性的阐释始于哪里,也无法确定阐释的客观界线在哪里。在这方面伽达默尔以文化传承为对象的宏伟规划出现了矛盾。海德格尔就已在后来的论述中将《存在与时间》中的积极筹划的理解者变成传承史的接受者,这个接受者"能够倾听讯息"(1959,第121页)。在伽达默尔这里与此相似,理解者最终隶属于传统。在这个模式中没有考虑到这一传统有朝一日会出现断裂,失去效力或者面对批评性的问题。

> **弗洛伊德的心理分析**（除了它引起轰动的观点之外）在20世纪70年代被作为**深层阐释学**重新发现，它试图理解生活史的相互关联，将病人的象征性现实理解为语言和图像的游戏，在这一阐释学中，对话伙伴在阐释学的循环中相互赋予意义，同时相互核查这些意义（参阅Lorenzer 1973，第88页）。弗洛伊德将他的阐释称作需要核查的建构。在他的模式中这一阐释同样是无法结束的，不过医生在治疗方面的兴趣还是在于做出确切的诊断，从而使他的阐释具有明确的含义（见第4.5章）。
>
> **文学教学法**或许是阐释学理解模式的最重要和最平常的实践领域。在20世纪70年代，教学法专家借用阐释学理论，扩展简单的范文阅读和作品内在批评学派（见第4.3章）式的单纯评析，他们使用的方法是批评性的积极阅读，在阅读中学生被视为独立的伙伴，与文本展开对话。这种方法注重行动和注重对文本的创造性接受，在一些学校的实践中得到检验，比如米勒－米夏埃尔斯（1991）就将它作为方案进行介绍。**积极的接受**或者创造性地处理文本将能够使人更好地走近文本、敞开文本、分析文本和让文本成为审美经验，米勒－米夏埃尔斯将它称为**建构性的阐释学**，这一观点也得到了神经心理学的验证（Willenberg 1999）。

阐释学在现实中的应用事例

<286>

讨论

下面提到的几个**要点**问题在过去数十年中曾反复讨论：

- **观念史的倾向**：从社会史的立场（参阅第4.7节）来看，阐释学的基本立场倾向于观念、思想、图像、母题或者艺术形式诸方面，因此不无值得批评之处。不过两种立场并不相互排斥——用阐释学的方法来研究象征性的形式，同时兼顾社会历史的条件，这会带来前景广阔的整体性阐释视角。
- **对含义明确化的批评**：在阐释中一方面是地位得到加强的读者，另一方面是强大的传统或者说经典宝库，两者之间的两难困境贯穿各种阐释学流派。如果理解的主体只是需要传统来进一步发展自己，那么就会面对一个问题，两个视野如何能够像伽达默尔设想的那样始终达成一致。如果达成一致的话，那么每一次阐释岂非都以含义的明确化为目的，从而剪除了所有令人惊奇的新的阐释。

- 这至少是一些人批评阐释学的焦点，在这些人看来，阐释学和直到今天以**文本细读**模式决定着学校教学的评析性实践是意图明确的行动：评析和对解释的评价都与机构性的权力相关。美国的文化批评学者苏珊·桑塔格断言，艺术阐释恰恰使审美的感受能力变得迟钝——急需的不是阐释学，而是"评析的情色"（1964/1991，第22页）。贡布莱希特（2004）同样曾指出不受阐释控制的审美瞬间的力度和在场性。在后结构主义中，特别是雅克·德里达批评了伽达默尔的以"真理"为目的和对含义的阐释，他反对意见的一致、对立的协调统一和视野的融合，主张冲突性的对立和对异质性的承认（参阅 Gondek 2000；见第 4.6 章）。

- **曼弗雷德·弗兰克的建议**：弗兰克试图通过引入后结构的视角（参阅第 4.6.2 章）和语言学的问题来批判性地发展阐释学。在这一过程中施莱尔马赫的双重关注重新发生作用：客观的语言结构和主观的创造性都参与到文学的产生及其阐释之中。文本既是客观的，也是主观的：**普遍性的语言结构**独立于作者/读者而形成，这些结构离不开个人的参与活动，**个体**改变着语言或者说给语言带来新意。至于谈到语言，弗兰克接受后结构主义的多义性假说，同时又有自己的论点，即每个字符串所包含的含义"要大于某个时代某个主体所能发现的含义"（Frank 1979，第 69 页）。脱离了形成起因的文字不断进入新的历史环境，增添了更多的意义。在具有

<287>

现实性的个体语言使用中这些意义也在不断生成，所以弗兰克在谈到阐释时断言："这一不确定性和自由的要素为理解提供了空间。"（同前，第63页）

- **"客观阐释学"的界限**：就语言而言，每个文化表述都需要阐释，不管它是日常的、政治的、哲学的或是文学艺术的。这一事实反驳了客观阐释学的倾向，即从明白无误的、可以确定的文本讯息或者作者意图出发，批评开放式的阐释游戏——这种客观阐释学可能来自篇章语言学，比如希尔施（1972）区分文本的字面意义和它对某个特定读者的主观含义，也可能来自关注定性研究的社会科学，这类研究试图从社会文献中获得含义明确的陈述。（参阅 Oevermann 1986 和 Wagner 2001）。

一方面是地位提升的读者，另一方面是文本意义的实现或者致力于客观认识的努力，两者之间的对立性冲突很难决断。重要的认识在于在任何阐释中都必须看到自身探索的相对性。这并不妨碍获取关于陌生的作者视野和文本视野的认识，不过彻底意义上的阐释学总是认为，阐释性的注释只具有暂时性，它将由进一步的阅读来补充、修正或批判（参阅 Körtner 2001）。这不是支持阐释中的完全随意和万事皆可（anything goes）。努力使自己的阐释透明化（可理解性的标准）最终有利于必要的交流，否则单个的阐释将只会无人理睬。对文本的每种建构必须在讨论中加以比较和探讨，没有自在的文本真实，文本真实要不断地通过努力去获取。

基础文献

Boehm, Gottfried/Gadamer, Hans-Georg (Hg.): Seminar: Philosophische Hermeneutik. Frankfurt a. M.1976.

Bühler, Axel: Hermeneutik: Basistexte zur Einführung in die wissenschaftstheoretischen Grundlagen von Verstehen und Interpretation. Heidelberg 2003.

Dilthey, Wilhelm: Gesammelte Schriften. Göttingen 1957ff. (Einleitung in die Philosophie des Lebens, Bd.5/6; Der Aufbau der geschichtlichen Welt in den Geisteswissenschaften [1910], Bd.7; Einleitung in die Geisteswissenschaften [1883].

Forget, Philippe (Hg.): Text und Interpretation. München 1984.

Frank, Manfred: Das individuelle Allgemeine. Textstrukturierung und –interpretation nach Schleiermacher. Frankfurt a. M.1977.

—: »Was ist ein literarischer Text und was heißt es, ihn zu verstehen?« In Texthermeneutik: Aktualität, Geschichte, Kritik. Hg. von Ulrich Nassen. Paderborn u.a. 1979, S.58—77.

Gadamer, Hans-Georg: Wahrheit und Methode. Tübingen 1960.

—: »Hermeneutik«. In: Historisches Wörterbuch der Philosophie. Hg. von Joachim Ritter u.a., Bd. III. Basel/Stuttgart 1974, Sp.1061—1073.

Gockel, Heinz: Literaturgeschichte als Geistesgeschichte: Vorträge und Aufsätze. Würzburg 2005.

Gondek, Hans-Dieter: Hermeneutik und Dekonstruktion. Hagen 2000.

Grondin, Jean: Von Heidegger zu Gadamer: unterwegs zur Hermeneutik. Darmstadt 2001.

Heidegger, Martin: Sein und Zeit [1927]. Tübingen [15]1984.

Hirsch, Eric Donald: Prinzipien der Interpretation. München 1972 (engl. 1967).

Jung, Matthias: Hermeneutik. Zur Einführung. Hamburg 2001.

Körtner, Ulrich (Hg.): Hermeneutik und Ästhetik. Neukirchen-Vluyn 2001

Lubac, Henri de: Les quatre sens de l'écriture. Paris 1959—64.

Müller, Peter/Dierk, Heidrun/Müller-Friese, Anita: Verstehen lernen: ein Arbeitsbuch zur Hermeneutik. Stuttgart 2005.

Nassen, Ulrich (Hg.): Klassiker der Texthermeneutik. Paderborn 1982.

Oevermann, Ulrich: »Kontroversen über sinnverstehende Soziologie. Einige wiederkehrende Probleme und Missverständnisse in der Rezeption der ›objektiven Hermeneutik‹«. In: Handlung und Sinnstruktur: Bedeutung und Anwendung der objektiven Hermeneutik. Hg. Von Stefan Aufenanger u. Margrit

Lenssen. München 1986, S.19—83.

Rusterholz, Peter: »Grundfragen der Textanalyse. Hermeneutische Modelle«. In: Grundzüge der Literaturwissenschaft. Hg. Von Heinz L. Arnold u. Heinrich Detering. München 1996, S.101—136.

Schlegel, Friedrich: »Über die Unverständlichkeit« [1800]. In: Schriften zur Literatur. Hg. Von Wolfdietrich Rasch. München 1970, S.332—342.

Schleiermacher, Friedrich D. E.: Hermeneutik [1799]. Hg. u. eingeleitet von Heinz Kimmerle. Heidelberg 1974.

Szondi, Peter: Einführung in die literarische Hermeneutik. Frankfurt a. M. 1975.

Wagner, Hans Josef: Objektive Hermeneutik und Bildung des Subjekts. Weilerswist 2001.

引用文献 / 供深入阅读的文献

Gadamer, Hans-Georg/Habermas, Jürgen: Theorie-Diskussion. Hermeneutik und Ideologiekritik. Frankfurt a. M. 1971.

Gumbrecht, Hans Ulrich: Diesseits der Hermeneutik. Über die Produktion von Präsenz. Frankfurt a. M. 2004.

Habermas, Jürgen: Erkenntnis und Interesse. Frankfurt. a. M. 1968.

Heidegger, Martin: Unterwegs zur Sprache. Pfullingen 1959.

Lorenzer, Alfred: Sprachzerstörung und Rekonstruktion. Frankfurt a. M. 1973.

Mandl, Heinz/Friedrich, Helmut Felix/Hron, Aemilian: Psychologie des Wissenserwerbs. In: dies.: Pädagogische Psychologie. Weinheim 1994, S.143—218.

Müller-Michaels, Harro: Produktive Lektüre. Zum produktionsorientierten und schöpferischen Literaturunterricht. In: Deutschunterricht 44 (1991), S.584—594.

Sontag, Susan: Gegen Interpretation. In: Dies.: Kunst und Antikunst. Frankfurt a. M. 1991 (amerik. 1964).

Willenberg, Heiner: Lesen und Lernen: eine Einführung in die Neuropsychologie des Textverstehens. Heidelberg 1999.

Wolf, Thomas R.: Hermeneutik und Technik. Martin Heideggers Auslegung des Lebens und der Wissenschaft als Antwort auf die Krise der Moderne. Würzburg 2005.

<289>

4.3 形式分析学派

概念 ➡ **形式分析学派**形成于20世纪20年代，它是阐释学中以文学学为方向的具体派别，它仅以作品的内在关联为指向，即文本世界中的结构和母题，不关注作者生平或者社会环境的要素。

埃米尔·施泰格尔：移情和分析

形式分析的第一个纲领性表述是由埃米尔·施泰格尔提出的（《作为作家想象力的时间》，1939）。施泰格尔首先试图赋予文学学以他所主张的特色，反对19世纪末以来形成的诸多方法：

- 反对威廉·舍雷尔（1883）的**心理学实证主义**，舍雷尔将文本读作历史的盘点或者病历资料，他力求根据因果关系从经历、习得和遗传推导出作品，这是经验——实践式的处理方式，从中产生了后来的来源研究、文本批评或者传记研究。

- 反对**从天才视角出发的历史撰写法**，比如像弗里德里希·贡道尔夫（1920）的做法，他将歌德的作品阐释为克服悲剧性生活环境的过程，由此对思想史产生了特殊的影响。

- 反对**同时代的民族主义历史撰写法**，比如像约瑟夫·纳德尔，他从地域性思维方式或者部落历史出发推导出大量云山雾罩的精神产品，在施泰格尔看来这是在模糊中削减文学性。（1939，第11页）。

- 即便是**思想史**，只要它将文本直接看作哲学，同样也不为施泰格尔所接受，这样的思想史忽视了文学文本的自身规律性。（1939，第16页）。

施泰格尔对社会史的观察方式（见第 4.7 章）知之甚少，这一方式由格奥尔格·卢卡奇和瓦尔特·本雅明于 20 世纪 20 年代提出，遭到当时已经确立起来的学院派日耳曼语文学的公开歧视，施泰格尔的研究完全是另一个方向，即作品内在式的观察。

➡ 在**作品内在式分析**中，阐释者的目光要严格地转向作品的内在关联性，转向文本微观和宏观结构的形式特征（比如叙述细节或者语言符号的声音形式）、转向体裁特点、素材和母题及其变体。关键不是因果式的演绎，比如将文本的产生回溯到作家的状态——"不是取决于作品背后，之上或者之下的因素"(1939，第 11 页)，而是要研究文学作品本身，这样才能"极其谨慎地描述每部艺术作品"(1939，第 17 页)。

作品内在式分析
<291>

风格问题和人类学的拓展：施泰格尔继承了前人已然提出的考察立场，比如奥斯卡·瓦尔策尔反对世界观式的文学学，他将文学首先阐释为遵循自身规律的艺术（1923）。罗曼语文学家莱奥·施皮策的研究（1930）同样表述为风格类型学，不过他的研究更着眼于挖掘作者的个人风格或者时期风格。作品阐释方面的先驱还有从事体裁史问题研究的卡尔·菲埃托尔（1925）和弗里德里希·拜斯纳（1941）。不过施泰格尔拓展了他自己的要求：从文本指向时代的感受和时代的构想，指向作家的思维形式和直观形式，从而获取关于人的范本式的基本信息。文学学必须是人类学，必须传递关于人的可能性和人的视野的信息。

反驳性观点：如果真的认为可以毫无间隙地置身于创作者的视野或者面对文本采取客观的视角，这种观点总是有问题的。除此之外，施泰格尔还十分强调直观（在这方面他属于狄尔泰的阐释学传统）。他主张要审核和研究"直接印象"，指导审核和研究的著名格言是"**我们理解那些感动我们的东西，这是所有文学学**

的真正目的"(1939，第 11 页）。需要研究的是母题、观念或者图像、韵律结构、诗行结构或者句法结构以及其他形式特征。对这一方法的反驳性观点认为：不受时间影响的形式学说如果完全淡去构成环境的历史条件将是片面的。

沃尔夫冈·凯塞尔：作品内在阐释及其后果

沃尔夫冈·凯塞尔的倾向略有不同，他的导论性著作《语言的艺术作品》(1948) 对整个时期产生了影响——或许正是由于这本书没有探讨无所不包的存在问题和人类学的问题，这些问题常常使施泰格尔具有主观色彩的文本探讨变得模糊起来。就凯塞尔而言可以划出狭义的和广义的影响范围：

- **形式分析的优先地位**：凯塞尔虽然也将"对作家特质的体验能力"作为研究的前提（同前，第 11 页），但是这一能力的基础是"尽可能合乎事实地理解作家的文本"，即"正确阅读的艺术"（同前，第 12 页）。为了介绍这一艺术，凯塞尔提出了一整套**全面的分析手段**，他运用他的文学基本概念的学说和文学构成细节的学说，也运用了关于体裁、从属体裁和构成形式诸技巧的论述（这使得他的导论直到今天仍然值得一读，即便是带有一定的保留）。从施莱尔马赫的视角来看，可以说凯塞尔偏爱语法式阐释，施泰格尔倾向于心理学阐释。
- **具有现代性特征的人类学**：施泰格尔要求艺术品具有风格上的一致性，从这一意义上说施泰格尔实行的是经典崇拜 (1955，第 14 页)，凯塞尔则有所不同，他强调紧张关系的价值，赋予现代文学的断裂的碎片形式以自身价值，认为它讲述了人的存在条件。

形式分析和思想史与欧美其他地区在方法方面有横向关联，这一点在 20 世纪 20 年代就已清晰显露。这一不难辨认的关联见于法国的**文本解读学派**（explication de texte），这一学派同样关注对语言形式及其背后的观念的分析，关注版本问题和作者的作品语境（Lanson 1924，Spitzer 1969），同时见于**新批评的文本细读方法**（Spingarn 1924，Wellek/Warren 1963），这一方法脱离作者意图和历史变迁来研究文本的结构、图像性和多义性，并且尽量不加评价地描述它们。

与形式分析学派并行存在的还有大量只是关注文学内容的研究，比如形象史、情节史、素材史、主题史和母题史（Frenzel 1962 或 1976）。不过这类主题学（参阅 Beller 1992）如果不描述影响母题选择的社会视野和社会变迁过程的话，它就依旧具有片面性。

一般性的批评

1945 年之后**作品内在阐释进入繁荣时期**，个中缘由部分在于让文本摆脱政治—意识形态的致命控制。它同样也可以帮助某些学者致力于开辟**不受意识形态干扰的文本分析新视野**，藉此隐去自己在纳粹统治时期的各种参与活动。日耳曼语文学学者回避对自己的历史灾难的追问，占据统治地位的是像本诺·冯·维泽的《从莱辛到黑贝尔的德国悲剧》（1948），这类书聚焦于文本，脱离政治去探讨普遍的人的存在状况。这同样也是遁入永恒的形式和主题，许多日耳曼语文学学者直到 60 年代都在这一方法的遮盖下寻求保护。

凯塞尔认为断裂的形式或者多义性所表达的是具有普遍性的现代心绪，不过他也没有将对这一心绪的阐释扩展到社会历史

<293>

层面。这是作品内在分析方式的主要缺欠，它**略去了社会史过程和其他语境**，而且没有表述任何相近的视角。毫无疑问，每个社会变迁都对所谓的稳定的文学形式和体裁产生影响，这些形式和体裁不是亘古不变的，它们的功能在变化，恰恰可以从社会史的平台来重新确定这些功能（见第 4.7 章）。

各种作品内在类型的研究，从胡戈·弗里德里希的《现代诗的结构》（1955）到后来的体裁理论研究（参阅 Lämmert 1955, Klotz 1960, Müller 1968），都只是泛泛涉及或是根本不涉及这些方面。尽管如此，这类作品内在研究的探索在中小学实践和大学基础阶段作为工具依旧使用，因为它们可以训练对文本结构的细致研究和对文本要素和形式的准确眼光。

深化

> 还有值得讨论的方面，除了索绪尔的语言学之外凯塞尔的形式分析学派在多大程度上影响了文学学中的**结构主义**。结构主义同样首先要求研究紧贴文本，揭示文本中的对立和结构原则，不过此外还力求建立与日常和政治诸方面的语言和图像的关系（见第 4.6 章）。1965 年前后作品内在分析的方法就面对来自结构主义、社会史视角和解放读者理论的明显竞争。反之，形式分析学者对严格的文学社会学方法也提出批评，他们认为艺术不是以直接等同的方式与社会进程相对应，而是按照**文学自有的建构**运行，对此必须给予出色的分析。从长远的角度来看，从这场讨论中受益的是一些阐释学学者，他们擅长将从文本自身出发的精确的文本分析方法与社会史的语境结合起来（参阅如 Vietta/Kemper 1983）。

基础文献

Danneberg, Lutz: »Zur Theorie der werkimmanenten Interpretation«. In: Zeitenwechsel. Germanistische Literaturwissenschaft vor und nach 1945. Hg. von Wilfried Barner u. Christoph König. Frankfurt a. M.1996, S.313—342.

Kayser, Wolfgang: Das sprachliche Kunstwerk. Bern 1948.

Klotz, Volker: Geschlossene und offene Form im Drama: München 1960.
Lämmert, Eberhard: Bauformen des Erzählens [1955]. Stuttgart ⁸1990.
Müller, Günther: Morphologische Poetik. Tübingen 1968.
Rickes, Joachim/Ladenthin, Volker/Baum, Michael (Hg.): 1955—2005: Emil Staiger und die »Kunst der Interpretation« heute. Frankfurt a. M.2007.
Rusterholz, Peter: »Formen ›textimmanenter Analyse‹«. In: Grundzüge der Literaturwissenschaft. Hg. Von Heinz L. Arnold u. Heinrich Detering. München 1996, S.365—385.
Spitzer, Leo: »Zur sprachlichen Interpretation von Wortkunstwerken«. In: Neue Jahrbücher für Wissenschaft und Jugendbildung 1930, S.623—651.
—: Texterklärungen. Aufsätze zur europäischen Literatur. München 1969.
Staiger, Emil: Die Zeit als Einbildungskraft des Dichters. Zürich 1939.
—: »Die Kunst der Interpretation« [1951]. In: Die Kunst der Interpretation. Studien zur deutschen Literaturgeschichte. Zürich 1955. S.9—33.
Viëtor, Karl: Geschichte der deutschen Literatur nach Gattungen. München 1925.
Walzel, Oskar: Gehalt und Gestalt im Kunstwerk des Dichters. Berlin 1923.
Wellek, René/Warren, Austin: Theorie der Literatur. Frankfurt a. M./Berlin 1963 (amerik. 1949).

引用文献 / 供深入阅读的文献

Beißner, Friedrich: Geschichte der deutschen Elegie. Berlin 1941.
Beller, Manfred: Stoff, Motiv, Thema. In: Brackert, Helmut/Stückrath, Jörn F. (Hg.): Literaturwissenschaft. Ein Grundkurs. Reinbek bei Hamburg 1992, S.30—37.
Frenzel, Elisabeth: Stoffe der Weltliteratur. Ein Lexikon dichtungsgeschichtlicher Längsschnitte. Stuttgart 1962.
—: Motive der Weltliteratur. Ein Lexikon dichtungsgeschichtlicher Längsschnitte. Stuttgart 1976.
Friedrich, Hugo: Struktur der modernen Lyrik. Hamburg 1955.
Gundolf, Friedrich: Goethe. Berlin 1920.
Lanson, Gustave: »Quelques mots sur l'explication de textes. Esprit–Objets–Méthode«. In: Ders. Méthodes de l'histoire littéraire. Paris 1925, S.38—57.
Scherer, Wilhelm: Geschichte der deutschen Literatur. Berlin 1883.
Spingarn, Joel Elias: »The New Criticism«. In: ders.: Criticism in America. New York 1924, S.11—43.
Vietta, Silvio/Kemper, Hans-Georg: Expressionismus. München 1983.
Wiese, Benno von: Die deutsche Tragödie von Lessing bis Hebbel. Hamburg 1948.

<295>

4.4 接受美学

概念　➡ **接受美学**是 20 世纪 60 年代兴起的新的文学学方向，它承接了阐释学的基本观点，即在阐释过程中读者的建构性活动具有决定性的参与作用。总的来说重心从文本移向读者，不过并非完全没有约束地探讨读者的角色，而是在分析中将这一角色看作受到文本结构的引导（"隐含读者"）。从读者角色的历史变迁出发，可以撰写一部"读者的文学史"。除此之外，个体的阅读过程也成为阅读心理学的研究对象

汉斯·R. 尧斯："康斯坦茨学派"的奠基

读者的文学学：尧斯的切入点是研究读者对文本的参与活动，他宣告他的这一切入点是范式的转换。在尧斯看来，原则上讲是读者"实现"了艺术品，即通过读者的活动才使得多姿多彩的艺术品得以兑现或者产生作用。从这一意义上来看，文学史的撰写要重新架构，要首先描写读者对文本的反应。这些反应在不同的历史时期产生不同的效果史，要通过**效果史**这面镜子来展现这些反应。按照尧斯所创建的"康斯坦茨学派"的研究假设，正是在漫长的接受史过程中文本才发挥出它的潜在可能，因此要首先根据阅读方式来确定文本。在这一研究过程中，不仅学术性的阅读，而且业余爱好式的阅读都要纳入考察的范畴，后者同样与文本处在对话关系之中。尧斯关注的是**两个中心概念**：

- **期待视野**：尧斯从知识社会学家卡尔·曼海姆那里借用这个概念，他用这个概念来标识出一个事实，即文本给定某个视野，读者以其源自生活世界的期待视野对这一视野给予回答——读者的观点、基本立场、还有他的文学方面的先行知

识（Vorwissen）（比如关于体裁、母题、主题或者问题）在此都起作用。与此相应，文学学的任务是从文本中重构文本所要回答的社会问题——这些问题是以往读者的期待视野的一部分。通过这种方式来展现过去读者理解作品的可能方式。

- **审美感知**：尧斯将作品及其读者看作对话关系，因此从根本上来说他赋予读者以新的权利。与伽达默尔的观点不同，读者不仅承接传统，而且读者"可以担任积极的角色，通过自己创造作品的方式对传统做出回答"（1975a，第 325 页）。反过来看，文本在接受史过程中开启新的观点，提供新的感知可能性，这些可能性对读者来说是陌生的，对他所习惯的感知方式提出质疑。这一过程的目的在于"在异化的生活世界中人们面临习惯化经验的压力，审美感知可以用来抗拒这一压力"（Jauß 1972，第 35 页）。尧斯正是关注到文学这一非同寻常的可能性视野，他沿用席勒的审美教育思想，从这一视野中看到阅读具有创造历史的能量。

<296>

沃尔夫冈·伊瑟尔：文本中的读者角色

由此看来，接受美学不仅关注对接受的历时比较，而且致力于在共时的层面展现**文本提供的审美选择**和通过当下的读者来兑现这一选择。沃尔夫冈·伊瑟尔特别侧重这方面的研究，他研究的是具体文本中的读者角色，更确切地说读者参与的可能性，这些可能性可以在文本结构中铺展开来。**其中的核心的观点如下：**

- **隐含读者**：伊瑟尔同样借助于文本来展示读者角色的历史变迁（尤其是英国小说），总的来说他可以证实他的观点，即随着 18 世纪现代文学的开始，**读者的积极性**越来越受到欢迎。他的兴趣首先在于研究阅读过程本身，或者说研究读者"生成"文本的建构性成就。每个文本都要求有一个特定的隐含读者，也就是说勾勒出特定的读者模式。在这方面他首先借鉴了罗曼·英加登现象学文学学。英加登的出发点是"文学作品之所以'具有生命力'，是因为文学作品在丰富多样的具体化过程中显现出来"（1965，第49页），伊瑟尔则主张"作品的真正特性是过程，只有在阅读过程中才能展开这一特性"（1976，第39页）。

- **由文本控制的阅读过程**：伊瑟尔展示出读者如何从阅读开始时就勾勒图景，在继续阅读时或是能够看到这些图景被证实，或者不得不修正这些图景，读者通过"游移的视点"（同前，第186页）以不同的视角来组合他的阅读，从中得出假设或者重新放弃假设。文本显示的视角通过**读者的想象图景**来实现，被另一个视角所补充和重新修改。这是构建幻觉的过程，这个过程之所以能够启动要归因于文本，它开启视野，给予暗示或者提供观点，从而预示未来（前摄）（Pretention），或者文本在进一步的阅读中指向过去（滞留）（Retention）。

<297>

- **空白/不确定处**：读者的想象力最为活跃的地方是虚拟世界的图景不确定或者图景的含义出现矛盾之处：在**空白**或**不确定处**（还是借用 Ingarden 1965，第53页），也就是说在章节的结尾、情节和场的转换，开放式的结尾、残片式的描述这些地方，接受者必须建立起关联，从而构成阐释。文学学要展示文本的不确定处如何起作用，它们如何招呼读者，即如何确定读者必须做出反应的**召唤结构**。填补空白不是随意的，而是由文本框架来引导的。

接受美学与结构主义

读者参与到虚拟世界的语言游戏之中，深入探究这些语言游戏，与其中的想象和视角打交道，藉此方能创造出文本。这是伊瑟尔所设想的读者活动，卡尔海因茨·施蒂尔勒正是在这个意义上谈论《文本作为行为》(1975)——这不是一种可见的行为，而是一种象征性的行为，这一点从对应用文本和虚拟文本的区分中就可以看出来。

汉斯·乌尔里希·贡布莱希特(1975)研究文化文本、文学文本和科学文本，旨在探究它们如何塑造读者的经验模式：某个特定时代的知识视野通过作者的参与得以过滤，以文学体裁的形式传递给读者，读者的具有可变性的知识储备可以通过文本"得到新的信息"。文本对同时代的读者具有什么样的功能或影响意图，对此首先要形成一个假设。贡布莱希特在随后的**结构分析**中力图从文本现象出发来对这一假设做出判断，这样文本结构可以和历史的条件、知识的循环、语言的行为方式和规范联系起来。关于文本的观点必须从两个方面来展示，一方面是读者的视野，另一方面是文本的结构。

这一程序符合人们的愿望，即在文本结构中展示读者如何构建含义和做出反应，同时赋予有时流于纯粹推理的接受美学方法以基础。翁贝托·艾柯和罗兰·巴特从**结构主义—符号学的视角**曾经描绘过类似的接受概念。

翁贝托·艾柯：在《开放的作品》(1973)中翁贝托·艾柯以先锋派（乔伊斯的《尤利西斯》等）的文本为例，描述残片式结构、空白和多元价值(Polyvalenz)如何挑起读者的参与。在开放式的现代艺术品中读者成为作者的共同创作者。艾柯将作品理解为由语义的节点或者说符号构成的指向系统，读者须将这

<298>

些语义节点或者符号与自己的语义世界连接起来。如果文本被划分为对立结构或者意义单位，就可以指称阐释的暂时结果（最终解释项）（Schlussinterpretant）①。不过这也只是新的阐释的前期阶段：每次阐释在进行中都运用符号，随后将由下一位阐释者用符号来解码。由此理论上就产生了阐释或者评论的无限符号链（**无限的符号意指过程**）（Semiose）。读者按照文本的内在规律来改变文本结构的形式。"童话中的读者"（lector in fabula）要变成"童话中的狼"（lupus in fabula），要勇于面对冲突（Eco 1987），总的来说，艾柯同样偏爱与文本结构展开交流式互动游戏的读者。

罗兰·巴特：巴特对读者的安排更加极端，他将文本分割为双重符码（参阅巴特 1987），这一做法首先受到精确的结构分析的影响。由此产生出后来的要求，即要求读者切割或者分割文本（分解 décomposition），同时不要急于找寻文本的意义，即所指。与日常阅读不同，学术型的读者要创造新的通道、入口和语境，从而作为积极的读者，不再是消费者，而是创作者，在文本中留下尽可能多的标记和痕迹（同前，第 8 页）。阅读的任务是彰显，而不是减弱文本的多元性。巴特也谈到文本的"重新写作"，这一重新写作只能存在于**含义的星形消解**（同前，第 9 页）。

读者的权限原本应该由此达到最高峰——不过效果却并非如此，巴特让这些权限最终消融到一张话语的网络之中（见第 4.6 章）。《**文本的愉悦**》（1973）彰显出来，读者在享受中消融到环绕的文学和日常文本中去，消融到有着自己的生命的文本编织物中去。

---

① 最终解释项也可译作最终意义，其中的解释项或意义（Interpretant）这一概念是皮尔斯（Charles Sanders Peirce）的符号三分法中的第三项，解释项可以分为直接、动态和最终三种，最终解释项是符号解释者对符号发出者的真实意图的最终确定。——译注

批评与视角

社会史或唯物主义方面对康斯坦茨学派的接受美学提出批评，认为它没有考虑经验中的读者，而是停留在理想读者的世界之中，这个理想读者是由文本所规定的，没有将物质基础，也就是社会状况的"基础"纳入考察的范围（参阅 Weimann 1977，第 XXVI 页）。不过贡布莱希特就对这一异议做出回复，他通过具体的分析展示读者的角色如何发生历史变迁，如何通过与文本和体裁的互动来呈现这一变迁。此外尽管各种保留意见不无理由，但是它们并没有妨碍接受美学的思想很快被人们所接受。

接受美学的后续发展

- **经验性的接受研究**关注特定的阅读方式如何产生，为什么某些读者偏爱某些文本，读者如何建构文本的意义（Groeben 1977；Faulstich 1977）。研究者让读者对文本进行自由联想，总结内容提要，进行改写或者词汇填空（参阅 Groeben 1977，第 75 页以后）。由此出发，格勒本（借用英加登的概念，Ingarden 1975）提出"具体化的振幅"（Konkretisationsamplituden），用这个概念来形象地展示阅读中主观要素的偏离作用。结果显示，多义性和不确定性不仅局限于现代文本，而是作为机动要素原则上适用于"所有文学作品"（1977，第 35 页）。此外有迹象表明，认知性的文本加工与情感性的文本加工相符（Faulstich 1977，第 138 页）。

- **经验性—建构主义研究**：虽然格勒本区分个体的具体化过程（Konkretisation）和学术性的阐释过程，前者在阐释之前先预设结构，后者则必须从可理解性的角度出发总体把握关于各种阐释视角的探讨。但是在后来的经验性—建构主义的研究框架中，格勒本（1992）指出，即使在学术领域中意义也不仅被接受，而且以意义修辞格的形式被建构，"直到文本在读者看来具有一体性的含义"（1992，第 620 页）。照此来说，阐释的标准**不是"正确性"，而是"生存力"**，这就是说取决于一个阐释如何可以被接受，多大程度上有效，可带来什么样的视角，推导出来的结论是否可行等。与此相关的问题是阐释是否令人感兴趣和有无潜在的可能带动进一步的研究。作者意图和符合作品的阐释都退居次要地位，**阐释可以想象为共同建构诸多世界**，这些建构的世界又成为许多读者在谈话中讨论的主题（Schmidt 1990，第 11—88 页）。

<300>

基础文献

Barthes, Roland: Lust am Text. Frankfurt a. M. 1974 (frz. 1973).

—: S/Z. Frankfurt a. M. 1987 (frz. 1970).

Eco, Umberto: Das offene Kunstwerk. Frankfurt a. M. 1973 (ital. 1962).

—: Lector in fabula. Die Mitarbeit der Interpretation in erzählenden Texten. München 1987 (engl. 1979).

Gumbrecht, Hans Ulrich: »Konsequenzen der Rezeptionsästhetik oder Literaturwissenschaft als Kommunikationssoziologie«. In: Poetica 7(1975), S. 388—413.

Ingarden, Roman: Das literarische Kunstwerk. Tübingen 1965.

Iser, Wolfgang: »Der Lesevorgang. Eine phänomenologische Perspektive«. In: Warning 1975, S.253—276.

—: Der Akt des Lesens. München 1976.

Jauß, Hans Robert: Literaturgeschichte als Provokation. Frankfurt a. M.²1970.

—: Kleine Apologie der ästhetischen Erfahrung. Konstanz 1972.

—: »Der Leser als Instanz einer neuen Geschichte der Literatur«. In: Poetica 7 (1975a), S.325—343.

—: »Zur Fortsetzung des Dialogs zwischen ›bürgerlicher‹ und ›materialistischer‹ Rezeptionsästhetik«. In: Warning 1975, S.401—434.

—: Ästhetische Erfahrung und literarische Hermeneutik. Frankfurt a. M. 1991.

Schmidt, Siegfried J. (Hg.): Der Diskurs des radikalen Konstruktivismus. Frankfurt a. M.² 1990.

Stierle, Karlheinz: Der Text als Handlung. München 1975.

Warning, Rainer (Hg.): Rezeptionsästhetik. Theorie und Praxis. München 1975.

引用文献 / 供深入阅读的文献

Aissen-Crewett, Meike: Rezeption als ästhetische Erfahrung. Potsdam 1999.

Faulstich, Werner: Domänen der Rezeptionsanalyse: Probleme, Lösungsstrategien, Ergebnisse. Kronberg/Ts. 1997.

Groeben, Norbert: Literaturpsychologie. Rezeptionsforschung als empirische Literaturwissenschaft. Paradigma–durch Methodendiskussion an Untersuchungsbeispielen. Kronberg/Ts. 1977.

—: »Empirisch-konstruktivistische Literaturwissenschaft«. In: Literaturwissenschaft. Ein Grundkurs. Hg. von Helmut Brackert und Jörn Stückrath. Reinbek bei Hamburg 1992, S.619—629.

Weimann, Robert: Literaturgeschichte und Mythologie. Frankfurt a.M. 1977.

<301>

4.5 心理分析文学学

概念 ➡ 弗洛伊德自 1900 年起的一系列尝试对**心理分析文论**的形成具有决定性的影响,他从医学神经学出发进行心灵的阅读,即系统地阐释人格及其无意识的部分。自 20 世纪 60 年代以来,文学学从三个层面上追踪这些思路,即一般意义上的艺术家创作过程、文本内部的人物形象心理学和关于阅读过程的接受理论。

4.5.1 弗洛伊德的基础概念

弗洛伊德的研究有着文学上的传统:卡尔·菲利普·莫里茨在 1780 年前后就致力于小型的个案研究,研究被询问者或者他自己的异常、梦境或想象,并将这些个案研究记录下来,还将它们转化成文学(小说《安东·赖泽》,1785—90),他的努力可以看作弗洛伊德的研究的先驱,同样可以看作先驱的还有**浪漫派作者在心理学方面的兴趣**,他们探讨想象或者疯狂的主题,比如让·保尔、海因里希·冯·克莱斯特和 E. T. A. 霍夫曼。

医学和人文科学构成弗洛伊德的两极,他徘徊在**自然科学的说明**和**人文科学的理解**之间。这一点不仅仅体现于弗洛伊德的广泛的相关研究,在这些研究中,弗洛伊德从艺术家心理学的角度和形式的角度对文学文本或者图像艺术作品进行分析(比如以 E. T. A. 霍夫曼的小说《睡魔》为研究对象的《论莫名恐惧》,IV,第 241—274 页)。

关于梦的活动的描述:在弗洛伊德的核心著作《梦的解析》(1900)中除了探讨心理能量和力量之外,对梦的图景和梦的文本进行了细致到分秒的阐释,在阐释中展示被压抑的欲望或者问题情结，提供关于无意识的信息。梦的活动在于将隐藏的基础性的梦境欲望转化成具体可见的梦境内容。在这方面弗洛伊德特别展示出他在语文学方面的精巧，他将梦境中的图像凝缩和图像移置、表现形式和图像象征等机制看作隐藏思想的化装表现，对它们进行分析（II，第 280—487 页）。由文学形式和传统悠久的素材构成的语文学阐释学奠定了阐释的基础（参阅 Ricœer 1969），弗洛伊德一直使用这一方法，从俄狄浦斯情结的观点到他后来的神话学构想。

深层阐释学：弗洛伊德不只以阐释的明确性为目的（这可以是心理治疗的兴趣所在），而是承认每个心理和文化现象的阐释都是无法终结的，恰恰需要**多义阐释**（见第 4.2.2 章），在这一点上他与浪漫派阐释学相近。这里自始至终都是一个介于推测和确认或者放弃之间的**阐释游戏**，也就是说是一个介于阐释者和文本（或病人）之间的交流互动之戏，它与阐释学的循环相符，利科尔（Ricœer 1969）称之为深层阐释学。心理分析学家阿尔弗雷德·罗伦策因此有理由总结："在心理分析中，阐释学这位来自古老家族的尊贵小姐被诱导建立一种感性关系。"（1977，第 115 页）

<302>

文化理论：弗洛伊德在受到第一次世界大战影响的著作《超越快乐原则》(1920) 中提出厄洛斯（Eros）和塔纳托斯（Thanatos），两个概念，它们作为生的本能和死的本能或者快乐原则和现实原则影响到他对文化的描述。起先弗洛伊德是从学院派医学的角度理解创伤的概念，即创伤是个人的感知器官未能应付的刺激冲击，后来他把人放到社会史的条件中去观察，包括战争、危险和现代生活的节奏。不仅仅是生的本能塑造出成熟的生活方式，而且死的本能也被弗洛伊德称作对立的原则，这一原则通过创伤性的强迫性重复指向衰亡（III，第 213—272）。

阐释的层面：弗洛伊德的阐释对象从个体层面到社会和历史

维度。阐释的模式是通用的，即将心理、文化或者政治的表述读作文本，从这一文本中可以解读出作为亚文本的更深一层的意义。

4.5.2 在文学学和相邻学科中的应用

特别是在 20 世纪 60 和 70 年代，文学学研究学习和掌握了心理分析的不同观点（概貌可见于 Schönau/Pfeiffer 2003）。一方面是弗洛伊德的实践，另一方面是狄尔泰从艺术家的生活整体来阐释艺术作品的意图（参阅第 4.2 章），这两者对随后产生的**作者心理学的传记研究方法**产生了决定性的影响，这一方法具有明显的简单化倾向：作者被置于沙发床上，对他的无意识的动机和创伤展开搜寻，他的文本被读作他的心灵问题的化身——这一研究的兴趣常常还以轰动效应为目的，比如关于卡夫卡的研究总是要突出他的父亲情结，或者以托马斯·曼为例，总是要从文本中读出家庭问题（参阅 Finck 1973）。这类问题之所以遭到质疑，原因在于在大多数情况下将文本简化为作者的心理学，阐释在倾向上更多的是泄露了阐释者自身，而不是作者。

文学学中的应用

1. 艺术创作过程：从作者心理学中发展出一个同样立足于心理分析的研究分支，这就是对艺术过程本身的研究。浪漫派认为天才和疯狂紧密相关（参阅龙勃罗梭 1885 年的书名[①]），弗洛伊德在他的艺术研究中对此做了更改，他认为所有想象都必须转化

---

① 切萨雷·龙勃罗梭（Cesare Lombroso 1835—1909）意大利医生，从事法医学和精神病学研究，曾著有《天才与疯狂》一书。——译注

成**艺术形式**,以便产生客观的作用。这方面研究的范本是弗洛伊德以《作家与白日梦》为题的论述,在论述中他把艺术品视作可以用来塑造激情的空间(X,第 159—170 页)。文艺心理学家恩斯特·克里斯(Ernst Kris)① 在这一意义上强调了意识在艺术塑造过程中的参与作用:"在审美创造中退化(regression)是有意图的和受控制的。"(1952,第 253 页)必须发展和完成作为基础的灵感。

直到今天,心理分析文学学的兴趣依旧在于考察无意识和对想象、图景和内心冲动的有意识塑造之间的互动关系(参阅 Curtius 1976)。它涉及**创造性**的各种形式,同时还包括在多大程度上涉及到无意识的升华的问题,直至对创造性的最佳前提的实用考虑,这些考虑都是心理学(Guilford 1968)或者新近的创造性研究(Brodbeck 1995)的内容。

2. 人物形象心理学:这是另一个研究区域,它不以作者为背景来研究文本中的人物形象组合。可以提出的问题有为什么某个人物以特定的方式思考、想象或者行动,如何解释他的神秘的行为方式。文学学特别关注于分析那些问题性的形象(Wünsch 1977,第 50 页)。不过将人物归类于某个人格类型(比如多愁善感型或者歇斯底里型)常常只是简单的贴标签(同前,第 49 页以后)。自 20 世纪 70 年代起,这类形象心理学的观点成为文学学的经典方法之一。比如分析亨利希·曼的小说《臣仆》中赫斯林的威权性格或者表现主义范围中的自我分离(Ich-Dissoziation)(Vietta/Kemper 1997,第 30—185 页)。

---

① 恩斯特·克里斯(1900—1957)艺术史家和心理分析学家,生于奥地利,后流亡到美国,入美国籍。他提出服务于自我的退化概念,认为它参与文学艺术的创作活动,尤其是在笑话和漫画中。——译注

3. 接受理论：在接受美学产生和发展为经验性接受研究的同时，诺曼·霍兰德提出了心理分析的接受理论。霍兰德同样研究经验中的读者对文本的极其不同的反应，在研究中，他既考虑到弗洛伊德就已视为阐释方法的读者的自由联想，又兼顾到读者的书面记录，以便通过心理分析的面谈来揭示文本与读者之间的平行性深层结构。在霍兰德看来，读者原则上都努力将自己的生活要素和想象投射到文本上，这一点是明确无疑的，这正是阐释学的基本观点。阅读可以使读者绕开无意识的内心审查，与自己的想象建立毫无恐惧的关系。这些想象产生于读者与文本的创造性互动，这一活动可以描述为将作者的想象转移到读者，读者则可以以将想象反向转移到作者的形式来做出反应。（Holland 1975，第 113 页以后）。

自 20 世纪 70 年代起，在联邦德国主要是**弗赖堡的文学心理学学派**，他们综合运用这些不同的观点。这一学派探讨的是一系列人类学问题，比如创伤（Mauser 2000a）或者文学与性（Cremerius 1991），以此为重点也进行了其他的作者心理学方面的探讨（Pietzcker 1996；Mauser 2000b）。

自 80 年代起，雅克·拉康的**结构心理分析**的建议为日耳曼语文学所接受。拉康不再像弗洛伊德一样关注加强自我，而是关注展示主体之间的相互决定和相互依赖。主体不再被理解为自律，而是原则上是他律的，也就是说被描述为由外在所决定（《助成"我"的功能形成的镜像阶段》，I，第 63—70 页）；要研究的是这个与其他主体处在结构关系游戏之中的主体，拉康在不时进行的文学文本分析中研究这一主体（比如对爱伦·坡的小说《被窃的信》的研究，I，第 7—60 页）；每个形象都处在与其他形象的动态关联中，没有确定的自我身份，而是根据他们关于对手的异在视角的看法来行动。此外他们显得不再掌握他们的语言或者表述，而是为他人的语言所陈述，在他们的思想和行动中被空洞的能指（这里指的是隐藏起来的信）所引导。还有一个问题是文字和文学如何作为媒介来建构心理内容（参阅 Weber 1990）。

主体的消解和他律这一观点尤其得到弗里德里希·吉特勒的影响，他在阐释歌德的《威廉·迈斯特》时展示出主要形象为外在的文字或者档案所建构。从这一角度来看，人成为他人的愿望和语言的经停站或者媒介。这一观点在 80 年代汇入媒介条件下对言说和书写的观察（关于媒介类型学见第 4.10 章）。 <305>

基础文献

Berg, Henk de: Freuds Psychoanalyse in der Literatur-und Kulturwissenschaft: eine Einführung. Tübingen 2005.

Cremerius, Johannes (Hg.): Psychoanalytische Textinterpretation. Hamburg 1974.

Curtius, Mechthild: Seminar: Theorien der künstlerischen Produktivität. Frankfurt a. M.1976.

Freud, Sigmund: Studienausgabe. Hg. von Alexander Mitscherlich u.a. Frankfurt a.M. 1969ff. (bes. Die Traumdeutung, Bd.II; Jenseits des Lustprinzips, Bd. III, S.213—272; Schriften zu Kunst und Literatur, Bd.X).

Holland, Norman: 5 Readers Reading. New Haven/London 1975.

Kaus, Rainer J.: Literaturpsychologie und literarische Hermeneutik: Sigmund Freud und Franz Kafka. Frankfurt a.M. 2004.

Kris, Ernst: Psychoanalytic Explorations in Art. New York 1952.

Lacan, Jacques: Schriften, Bd. I. Hg. von Norbert Haas. Olten/Freiburg i. Br. 1973.

Lohmann, Hans-Martin/Pfeiffer, Joachim (Hg.): Freud-Handbuch. Leben–Werk–Wirkung. Stuttgart 2006.

Lombroso, Cesare: Genie und Wahnsinn. Leipzig 1885 (ital. 1963).

Lorenzer, Alfred: Sprachspiel und Interaktionsformen. Vorträge und Aufsätze zu Psychoanalyse, Sprache und Praxis. Frankfurt a. M.1977.

Ricœur, Paul: Die Interpretation. Ein Versuch über Freud. Frankfurt a. M. 1969 (frz. 1965).

Schönau, Walter/Pfeiffer, Joachim: Einführung in die psychoanalytische Literaturwissenschaft. Stuttgart/Weimar ^{2}2003.

引用文献 / 供深入阅读的文献

Brodbeck, Karl-Heinz: Entscheidung zur Kreativität. Darmstadt 1995.
Cremerius, Johannes (Hg.): Literatur und Sexualität. Würzburg 1991.
Finck, Jean: Thomas Mann und die Psychoanalyse. Paris 1973.
Guilford, Joy P.: »Creativity«. In: Ders.: Intelligence, Creativity and their Educational Implications. San Diego 1968, S.77—96.
Kittler, Friedrich A./Turk, Horst: Urszenen. Literaturwissenschaft als Diskursanalyse und Diskurskritik. Frankfurt a. M.1977.
Mauser, Wolfram: Trauma. Würzburg 2000a.
—: Georg Christoph Lichtenberg. Vom Eros des Denkens. Würzburg 2000b.
Pietzcker, Carl: Johann Peter Hebel. Unvergängliches aus dem Wiesental. Freiburg i. Br. 1996.
Vietta, Silvio/Kemper, Hans-Georg: Expressionismus. München ^{6}1997.
Weber, Samuel: Rückkehr zu Freud. Jacques Lacans Entstellung der Psychoanalyse. Wien 1990.
Wünsch, Marianne: »Zur Kritik der psychoanalytischen Textanalyse«. In: Methoden der Textanalyse. Hg. v. Wolfgang Klein. Heidelberg 1977, S.45—60.
Wyatt, Frederic: »Anwendung der Psychoanalyse auf die Literatur. Phantasie, Deutung, klinische Erfahrung«. In: Curtius 1976, S.335—357.

4.6 结构主义、后结构主义、解构

4.6.1 结构主义

➡ **文学学上的结构主义**在原则上可以理解为与各种形式的阐释学相反的运动（见第 4.2 章）。阐释学的阐释挖掘可能隐藏在语言符号背后的东西（意义、含义或者**所指**的世界），结构主义则在**能指**的层面上分析符号之间的关系。在这个层面上是从结构的角度来描述文化现象：展现的是文学对象的所有符号组成部分之间的关系和差异，而不是这些组成部分的实质。结构主义想藉此遵循的理想是近乎自然科学的精确描述，这种描述涵盖文学文本，也涵盖广泛的文化现象。

概念

1. 来自语言学的出发点：费尔迪南·德·索绪尔在他的《普通语言学教程》（遗著 1916）中**将语言描写为差异的体系**，而不是承载意义的实体的总汇。因此单个语言符号的价值不在于通过意义与某个外在于语言的现实事物产生关联。具有决定作用的是符号（所指/能指）在语言体系的关系组合中的位置（关于结构主义语言学参阅 Piaget 1973，第 72 页以后；Albrecht 2006）。

2. 符号学的文化概念：在索绪尔之后，符号分析扩展到所有可能的文化现象。这些现象被当作语言一样进行分析，即视作符号的序列，符号的价值取决于符号之间的关系。像与现实的关联这样的具有规定性和决定性的外在要素变得无关紧要。对结构主义者来说，整个世界可以是一种语言、一个可以解读其符号的文本。克洛德·列维－施特劳斯将结构主义的思维

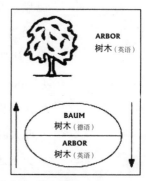

索绪尔的符号模式：
所指和能指的关联

模式转用于民族学，研究原始时期和人类初期的文化：他研究波利尼西亚各民族的神话故事和崇拜仪式，试图找出符号性的结构模式，然后将这些模式理解为对所研究的整个文化都具有代表性（参阅《忧郁的热带》，1955）。在研究中他考察空间和时间的概念（参阅 Lévi-Strauss，1962），分析不同文化的思维和感知形式中的修辞手法或者说比喻和图像。

3. 结构心理分析：在探讨心理分析的过程中，雅克·拉康没有像弗洛伊德一样致力于加强自律的自我，而是首先展示主体之间彼此被决定的状况。主体受到彼此之间对对方的观点的影响，即受到其他主体的视角的影响。因此主体依赖于其他主体，同时也依赖于语言。主体只是表面上自如地使用语言作为工具，它其实更为他人的语言所支配。这一语言**将无意识像语言一样进行建构**，仿佛当作修辞手段，像隐喻和转喻一样（见第 4.5 章）。

4. 政治科学：路易·阿尔都塞利用能指和所指这两个符号层面的区分，来区别可见的社会现象层面及其不可见的趋势。由此就会关注到社会的意识形态基础的问题，单个文本都依赖于这些基础。这些基础可以作为不在场但却有效的文本加以分析。它们是"阅读文本中隐藏的东西"，与其他文本具有结构上的关联性，从马克思主义的角度来看可以读作资本主义世界的症候学（Althusser/Balibar 1972，第 32 页）。在阿尔都塞这里，如同在拉康那里一样，连自我也只是一种功能——不过这一功能不是从私人的群体组合，而是在具体的政治性群体组合中确定的。这一方法还深深地影响了阿尔都塞的学生米歇尔·福柯和他提出的话语分析（见第 4.8 章）。

文本学和文学学

列维-施特劳斯、拉康和阿尔都塞对德国 70 年代的讨论有着巨大的影响，不过首先是以**罗曼·雅柯布森**为首的俄国形式主义学派，这一学派影响了 60 年代末开始的文学学讨论。俄国形式主义的主导思想同样在于文学只是间接地谈论社会现实，文学不谈论世界，更不谈论作者：文学按照特定的方式来组织符号。总的来说，雅柯布森的论述旨在说明，文学特别关注自身的**语言形式**，即能指层面，通过自我指涉的组织与日常语言相区别。这种性质方面的差异首先取决于**文学性的语言功能**，它将文学作品标识为要求严格的游戏。这一游戏不必指向语言之外的事物："这一功能将关注的焦点投向符号的可感性，由此加深了符号和客体这一根本性的两分法。"（Jakobson 1993，第 92 页以后）

<308>

按照雅柯布森的观点，通常推测在语言背后有意义的空间，可是这一空间是无法看到的，符号将自身置于突出地位，这一现象常常被称为"**前景化效果**"（比如 Jakobson 1993，第 79 页）。这是一种陌生化效果，它的基础在于言语的能指，即语言的表层，比意义层变得更加重要。

具体的做法在某些方面与作品内在阐释相似，不过显然更加准确。比如雅柯布森研究诗歌语言的各种建构原则：

- 比如平行结构这样的句法模式， 　　　　　　　　　研究的层面
- 构成文本的词类及其统计学上的重复性，
- 像布莱希特的诗《我们就是她》（1930）这样用人称代词来展示丰富的差异性的游戏，
- 词语材料的语音方面，
- 语音的游戏，比如元韵和头韵，

- 赋予文本以结构的二元编码，比如"一与多"，"整体与部分"等（参阅 Jakobson 1976）。

雅柯布森关心的不是布莱希特用他的文本"想说什么"，在这里作者的角色被有意识地忽略。雅柯布森的分析同样不以语言材料背后的意义为目的。他的兴趣是**描述诗歌本身的语言结构**，在分析中显示差异，展现诗歌内部的文本内在关系，从而尽量不带任何意识形态地阅读诗歌。

如果说雅柯布森主要是关注诗歌语言形式的结构，那么**结构性篇章语言学**则是深入研究叙事模式。**阿尔吉尔达斯·格雷马斯**和后来的保加利亚文学学家**茨维坦·托多洛夫**将这一思维模式用于叙事文本的分析：他们分析的目标是叙事的深层结构，必须要显露出隐藏在文本表层后面作为基本模式的这一结构。**热拉尔·热奈特**除了研究时间性的叙事结构之外，还展示了叙事文本会有哪些对象层面。他与雅柯布森有所不同，他涉及语言的两个层面：一方面涉及符码或者说符号的构成，另一方面涉及符号的信息或者意义。在分析叙事链条（Erzählkette）中的隐喻结构和转喻结构的过程中他继承了雅柯布森的方法（尤其是在有关普鲁斯特的分析中，参阅 Genette 1966）。

罗兰·巴特将文本分析扩展到研究广泛的文化符号领域，这一领域也包含日常文化。他以美容广告为例，展示其文本结构如何组织"年老/年轻"和"干燥/湿润"这两组**对立**，最终给正面的价值赋予新的意义特征：过去只意味着"湿润"的东西，现在将它与年轻、美丽和清新相关联（参阅 Barthes 1957/1970，第 47 页以后）。在文本的词语表层背后显露出由相互隐含的对立面构成的深层结构，分析的目的正在于描述这一深层结构。文本、图像、地图和其他所有可能的文化现象之间的符号世界被看作由差异状况构成的系统来分析，象征性的要素根据差异状况来相互确定（Deleuze 1975，第 279 页）。在《流行体系》（1967/1985）①一书中巴特的做法很相似，他同样按照对立性来研究流行的语言，在语义的挪移中展开分析。**将所有类型的文本都切割成符码，重新安排各个部分，分析和综合一起构成结构主义的工作**（参阅 Barthes 1966）。

接受理论：罗兰·巴特在他的《S/Z》一书的研究中展开分析，将文本划分为符码（并且将符码分成对立的组合）——这符合他的要求，即读者要切割或者分割文本（分解 décomposition），最好不要过快地给所指划定意义。

翁贝托·艾柯在《开放的作品》（1973）中对读者的活动做了类似的描写，即在结构中的参与协作，这特别适合于先锋派的文本（乔伊斯《尤利西斯》等）。残片式结构、空白和多元价值挑战读者的参与协作。在现代的开放式艺术品中读者成为作者的共同创作者。艾柯将作品理解为**由语义的节点或者说符号构成的指向系统**，它们构成网络，读者须将这些语义节点或者符号与自己的语义世界连接起来。如果文本被划分为对立结构或者意义单位，就可以指称暂时的最终解释项（阐释结果）。不过这也只是新的阐释的前期阶段：每次阐释在进行中都运用符号，随后将由下一位阐释者用符号来解码。由此理论上就产生了无限的符号链（**无限的符号意指过程**）。文本结构需要读者的参与，读者按照文本的内在规律来改变文本结构的形式。

---

① 德译本的书名是《流行的语言》，用来指巴特将流行或者时尚看作文本和语言。
　　——译注

肯定与批评

尽管有着个体性的区别,**结构主义者的下列分析视角**是具有典型性的:

分析的层面

- **差异的原则**:语言的意义不再是自然确定或者作为触手可及的实质,而是通过与共同构成一个体系的其他语言要素的差异来确定。
- 索绪尔提出的**语言符号的任意性**扩展到文本,文本不再被视为固定的意义单位或者内容性的实质。
- **相互确定**:文化现象相互依赖或者处在一个由差异状况构成的关系体系中。
- **对立体**:分析在对立体或者二元编码中进行。
- **不同的符号系统**:自雅柯布森起作为研究对象的语言扩展到文学文本,自艾柯和巴特起其他符号系统也成为可读的"文本"(图像、时尚的"语言"等)。
- **共时性**:与历史思维(比如阐释学)的历史式深层眼光不同,研究集中在当下的时间层面。
- **对主体的怀疑**:主体不被视作独立的统一体,而是依赖于结构、知识秩序或者档案,也就是说作为非人格化的要素,它在系统场所之间变换着自己的安身位置。

对结构主义的**指责**批评它局限于纯粹的共时性,可以用来回复这一指责的是福柯的努力,他将研究推向历史的纵深(第4.8章)。关于结构主义的最后一点讨论得最多:人们倾向于指责结构主义是一种"反人道主义",因为它取消了主体这一赋予意义的统一体或者权威。主体身上的建构含义、审美活动或者体验能力是否可以加以分析,结构主义者将这一问题看作缺乏精确而予以排斥,这个问题值得继续关注。

4.6.2 后结构主义

> ➡ 像巴特或者拉康这样的作者虽然没有明确更改纲领，但是拓宽了结构主义的某些方法，在 20 世纪 60 年代末前后开始超越封闭的结构和二元的编码，着手研究**能指的自身活力**和它的创造性的无序。在研究中，语言、图像和其他符号被理解为开放的过程，要描摹这些过程的运动方向，这一研究工作本身被理解为审美的活动。

概念

克服结构主义：结构主义者在研究中注重系统，它们试图分析秩序，后结构的实践则展现**无序**，它证实的恰恰是系统盘点不可能（参阅 Culler 1999，第 21 页）。要观察的不是固定的结构或者符码的构造，而是含义结构散落成粒子。可以置于文化符号大厦之中的是灭点（Fluchtlinien）和力场（Kraftfelder）。①

<311>

- **块茎**：德勒兹和瓜塔里（1980/1997）把社会符号架构当作块茎来分析——这是一种无限分叉的根茎交织物，可以通过文本找到进入的途径。追寻着文本的相互链接的陈述，可以观察到文学是如何描绘来自社会机制，同时依旧从属于这个政治—社会机器的灭点。总的来说，写作方式本身成为一项介于文学与哲学之间的活动，因此德勒兹的格言是"对待写作要像对待一条河流，而不是对待符码"（Deleuze 1993，第 17 页）。

- **播撒**（Dissémination）：过程性写作的思想符合后结构主义的分析活动，这种分析活动不是创造新的固定的统一体，而是消解和散落，雅克·德里达（1967/1972）称之为播撒：含义的分散导致开放的领域，在这里逃离本源含义的能指之

后结构主义分析活动的基本概念

---

① 灭点和力场是德勒兹的重要理论概念。——译注

间展开较力的游戏。

- **过程替代固定的统一体**：把感性要素引入到科学之中，这一要素可以通过"文本的愉悦"让冷冰冰的理性分析变得更加有趣（Barthes 1973/1987），在70年代初这是大趋势。巴特在他的日常文化研究中仍在进行结构主义式的论述，不过他是第一批**对结构主义提出批评**的人，他批评的是结构主义的出发点，即认为深层和表层结构之间存在着十分稳固的关系。这一对结构主义的自我批评使他走向后结构主义。他对能指或者说符号的强调走向极端：意义、主体、世界、性别角色等都不再是事实上的统一体，它们没有核心或实质。它们只是符号过程的产物，经由众多社会流行的话语产生出来（关于话语分析见第4.8章；关于性别研究见第4.11.2章）。

- **对阐释的理解发生变化**：如果能指与所指的关系发生松动，阅读或者条分缕析的阐释就会纵横流过或经过文本，却没有产生固定的意义（参阅 Barthes 1987/1973，第9页以后）。阐释（如何它还可以称作阐释的话）在文本引发的无尽的意指过程（Signifikationsprozesse）中迷失了自己。在后结构主义中再也谈不上有保证和可确定的含义。

- **作者之死**：作者意图中的含义当然更被悬置起来：巴特1968年就已宣布"作者死了"（1968/2000，第12页以后）。读者现在必须创造新的通道、入口和语境，在文本中留下尽可能多的标识和痕迹。通过这种**含义**的星形**消解**要实现逆向阅读，这种阅读与实用性的快速日常阅读要区分开来。这一策略还有着政治原因：社会明确指定要将创作和接受区分开来，针对这一指定，"文学活动的任务不是……使读者成为消费者，而是使读者成为创作者"（Barthes 1987，第8页）。

- **各种读者类型**：艾柯也扩展了他的结构主义读者模式，他将读者描述为处在迷宫图景之中。保守的读者置身于古典的迷宫中，迷宫总是导向固定意义这一中心小屋。在巴洛克的迷宫中读者会在众多的路径中迷路，不过他坚信正确的阐释这一目标性的观念。与此相反，在块茎这一无限缠绕的菌类交织物中，读者可以在无限多的位置进入、自我封闭和打开新的通道——但是无权做出终结性的阐释，而始终只是将评论文本与语言的交织物联结起来（1987，第 688 页以后）。

- **拟人化的文字**：拉康、德里达和巴特将文字理解为自行行动的统一体。能指似乎像生物一样行动，作为行动者它似乎取代作者（并且常常还有读者）。换一种说法：如果说结构主义者拉康把心灵当作文本来分析，现在他赋予字母和文本自身以灵魂。与此相对，**作者和读者被非人化**：他们消融在话语的网络之中，仿佛置身于蛛网之中。从这个后结构的视角出发，文本评论者"自身就已是由诸多其他文本构成的多样性存在，必须将其作为系统来转换和重新书写（Barthes 1987，第 14 页以后）。在反复引用的《文本的愉悦》中，作者和读者完全相互转化："在文本的舞台上没有舞台的台唇，在文本的背后没有主动态（作家）和被动态（读者），没有主体和客体。"（Barthes 1987，第 25 页）读者消融在环绕着他的文学文本和日常文本之中，这是一个舞蹈着的符号的编织物，这些符号都有着自己的生命。

- **与阐释学的分歧**：法国后结构主义的形成不仅得益于对结构主义的继承，也得益于与海德格尔和伽达默尔的德国阐释学的争论（参阅 Forget 1984）。在主体问题、还有历史问题、"真理"问题和意义问题上都有深刻的分歧。后结构的作者指责阐释学，他们认为连文本也是由开放的意义过程构成，这些过程无法用固定的阐释模式来确定，而是发生于**能指**

的游戏，即字母和词语的游戏。如果说伽达默尔未能批评性地追问经典作品的作用，而是想让它们发挥作用，让理解的视野接续地展开，那么德里达则突出差异和断裂，并挑衅性地提出问题："真是接续性的不断扩展？或者更多的是非接续性的结构转换？"（Forget 1984，第 57 页）。

4.6.3 解构

概念 ➡ 与解构相近的后结构主义具有批判性和拆散含义的倾向，在**解构**的方法中，这一倾向在文学学和文化学方面得到了进一步的显现。没有任何一个代表人物总结性地给解构的概念做出定义，不过他们的意图总的来说清晰可辨，这就是展示文本建构具有根本性矛盾的潜在特性，同时分析文本建构的修辞学状态，也就是说不是发掘它的真实性，而是它的符号性建构。

雅克·德里达：延异

德里达直至今日影响到诸多讨论，他的影响表现在下述**语言学和文学学方面**：

- **揭示文本的矛盾**："解构"是一个人为创造的词汇，它是雅克·德里达 60 年代末提出的有两层意义的新词。它是一种阅读策略，试图揭露文本的语言学建构，同时试图将其卷入矛盾之中，以便**消解**这一建构。要将文本中相互矛盾和相互干扰的意义链分割到词语和字母的层面，从而原则上"使得以获知含义为目的的阐释要求不再有效"（Wegmann 1997，第 334 页）。换一种说法，目的在于**暴露出意义结构**，这些意义结构脱离作者的意图，彼此竞争，也就是说产生出**对立的含义**。

➡ 西方传统的基础是存在在声音中在场，德里达 (1967/1974) 与之相反，他用文字来凸现文字不能展现固定的意义统一体，而是生发于持续的含义缺失的游戏。**延异**（德里达挑战式地用错误的拼写法将它写作 différance）意味着符号（载体）与含义之间的差距或者能指与所指之间的鸿沟。

延异的概念

<314>

- **对含义中心的批判**：与后结构主义相似，解构反对明确的阐释学解码。德里达与阐释学，特别是与伽达默尔之间的论争焦点在于，德里达否认接受者的任何视野融合，否认阐释学要求的日常共识，否认交流的成功（参阅 Forget 1984 中的讨论文章）。他关注的恰恰不是伽达默尔的一致性和对传统的接受，而是关注断裂（rupture）、剪切（coupure）和普遍意义上的**非连续性**——这里也显示出延异的要求。这同样适用于解构主义者完全非历史的行事方式，他们有意识地让文本对象从历史语境中脱离出来，以便让它们发挥自身的作用，从中得出新的逆向观察方式。

- 在**能指与所指的互动关系游戏**中看到新的联系，这种做法在思想上接近结构主义。结构主义的目的在于分析由此产生的触手可及的意义组合，德里达却强调**意义的去中心化**，使得结构主义超出了自己的边线。在德里达看来，阐释和赋予含义总是被不断推迟，它们是可取消的：分析在不断的延异中推迟着"某个确定"的含义，含义逃逸，只被展现为不在场的含义。解构要使人意识到含义在每次阅读中被重新创造出来。在多层次的文本程序中，可以相互对立地阅读诸多阐释的线索和层面，这样将打破封闭的结构主义领域。这种做法体现在对创造性语言游戏的偏爱之中，比如德里达在分析中将 carte（明信片）、écart（差距、差异）和 trace（痕迹）作为**回文构词游戏**（Anagramm）使用（参阅 Derrida 1987）。由此除了可以看出德里达的语言学出身之外，还显示出他与犹太卡巴拉传统（Kabbala）的关系，卡巴拉是一种字母、文字和数字的秘法，它产生于 13 世纪，受到犹太传统或者说文字学说和基督教诺斯替派（Gnosis）的影响。

- **告别极权式的整体思想**：与文化的整体性设想相联系的阐释被看作有意识形态之嫌。任何关于明确化和含义固定化的努力被看作陷阱，包含着将思想固化为某种政治立场的危险。延异的想法也是针对这一危险的：延异作为永久的对立和持续的矛盾就是要使反对成为可能，它的方法正是在于它避免确定性。从这一意义来看，解构的目的在于打开通向不在场的空间、隐蔽物和无法描述物的视角，这一点可以在**围绕崇高展开的讨论**中看到（参阅 Lyotard 1989）。

"耶鲁学派"

除了主要由德里达和巴特奠定的法国流派之外，在美国特别引人关注的是**保罗·德曼**，他（与哈罗德·布鲁姆、希利斯·米勒和杰弗里·哈特曼）建立了"耶鲁学派"。

修辞学的概念：德曼试图证明文学和哲学语言具有修辞学的基本架构。它不是再现合乎逻辑的认识，更不是某种经验的东西，而是停留在语言符号的层面，在这一层面上指向其他符号，与世界不发生接触。由此得出的结论是所谓的具有真理性和推理性的哲学语言也不过是由修辞格构成的大厦。哲学不是真理的陈述，而是对世界的推测，像文学一样。德曼由此铲平了哲学与文学话语之间的门类差别。

讽喻：讽喻这一修辞格有着决定性的作用，在德曼看来它不指向任何固定的所指或者意义基础，而是在图像的程序中不断延迟着自己，不断在新的能指中显现出来。他在关于卢梭、尼采和里尔克等的研究中也分析了这种图像的延迟（参阅 de Man 1979/1988）——他用来分析的文本都是自身显露其建构，并且将这一建构作为主题的。这些文本之所以能够做到这一点，原因在于它们建构、变化或者纠正、放弃它们所有的隐喻，戏耍着图像的意义边界，从而使得确定的阐释变得难以理解。

带有美学性质的分析：解构理论中一直令人颇感兴趣的问题是文本究竟如何建构它的意义和这一建构如何影响理解过程。对理论的语言来说，这一问题产生了引起诸多讨论的结果，即语言不再以推理的方式研究文本的所谓真理，而是自身具有虚构或者文学的性质，也就是说不是进行分析，而是对文本构成的网络的不断续写。德里达和德曼在不同的审美程度上实现了这一指导原则（参阅 Bowie 1987）。

在理论界的地位：随着含义和（作者与读者的）主体性的消解，要发掘对抗性的阅读方式。在这方面解构与系统论有相近之处，系统论也以类似的做法将作者与读者或者说行动与反应当作文本交织物来分析（参阅 de Berg/Prangel 1995）。阐释学也试图接受对作者和读者的解构，将其纳入某种理解的理论。不过交流双方这两个权威的消解使得曼弗雷德·弗兰克（1980）的沟通尝试更加困难，他想将文学文本的多义性原则与作者视野或者其风格特征的视野结合起来。在理解这个概念上双方的差别也过于巨大：解构主义者认为理解不是指向目标的，而是将符号不时进行无序播撒的活动。

基础文献

Albrecht, Jörn: Europäischer Strukturalismus: ein forschungsgeschichtlicher Überblick. Tübingen 2006.
Babka, Anna/Posselt, Gerald: Dekonstruktion und Gender Studies. Wien u.a. 2006.
Barthes, Roland: Mythen des Alltags. Frankfurt a. M. 1970 (frz. 1957).
—: Die strukturalistische Tätigkeit. In: Kursbuch 5 (1966), S.190—196.
—: Die Sprache der Mode. Frankfurt a. M. 1985 (frz. 1967).
—: »La mort de l'auteur«. In: Manteia, Heft 5 (1968), S.12—17; dt. in: Texte zur Theorie der Autorschaft. Hg. v. Fotis Jannidis/Gerhard Lauer/Matías Martínez/ Simone Winko (Hg.): Stuttgart 2000, S.185—193.
—: S/Z. Frankfurt a. M. 1976 (frz. 1970).
—: Lust am Text. Frankfurt a. M. 1987 (frz. 1973).
Bertram, Georg W.: Hermeneutik und Dekonstruktion. Konturen einer Auseinandersetzung der Gegenwartsphilosophie. München 2002
Bogdal, Klaus M.: Historische Diskursanalyse der Literatur. Theorie, Arbeitsfelder, Analysen, Vermittlung. Opladen 1999.
Bossinade, Johanna: Poststrukturalistische Literaturtheorie. Stuttgart/Weimar 2000.
de Berg, Henk/Prangel, Matthias: (Hg.): Differenzen. Systemtheorie zwischen Dekonstruktion und Konstruktivismus. Tübingen 1995.
Deleuze, Gilles: »Woran erkennt man den Strukturalismus?« In: François Chatelét (Hg.): Geschichte der Philosophie, Bd. 7. Frankfurt a. M. u.a. 1975, S.269—302.
—: Unterhandlungen: 1972—1990. Frankfurt a. M. 1993 (frz. 1990).
de Man, Paul: Allegorien des Lesens. Frankfurt a. M. 1988 (amerik. 1979).
Derrida, Jacques: Die Schrift und die Differenz. Frankfurt a. M. 1972 (frz. 1967).
—: Grammatologie. Frankfurt a. M. 1974 (frz. 1967).
—: Randgänge der Philosophie. Wien 1972 (frz. 1972).
—: Die Postkarte von Sokrates bis an Freud und Jenseits. 2. Lieferung. Berlin 1987.
Dosse, François: Geschichte des Strukturalismus, 2 Bde. Hamburg 1997/1998 (frz. 1991).
Fietz, Lothar: Strukturalismus. Eine Einführung. Tübingen[3] 1998.
Forget, Philippe (Hg.): Text und Interpretation. Deutschfranzösische Debatte. Frankfurt a. M. 1984.
Frank, Manfred: Das Sagbare und das Unsagbarer. Studien zur neuesten französischen Hermeneutik und Texttheorie. Frankfurt a. M. 1980.
Geisenhanslüke, Achim: Einführung in die Literaturtheorie. Darmstadt 2003, S.69—90 bzw. 90—120.

Hempfer, Klaus W. (Hg.): Poststrukturalismus – Dekonstruktion Postmoderne. Stuttgart 1992.

Jakobson, Roman: Hölderlin – Klee – Brecht. Zur Wortkunst dreier Gedichte. Eingeleitet und hg. von Elmar Holenstein. Frankfurt a. M. 1976

—: Semiotik: Ausgewählte Texte 1921—1971. Hg. von Elmar Holenstein. Frankfurt a. M. 1988.

—: Poetik. Ausgewählte Aufsätze 1919—1982. Hg. von Elmar Holenstein und Tarcisius Schelbert. Frankfurt a. M. 1993.

König, Nicola: Dekonstruktive Hermeneutik moderner Prosa: ein literaturdidaktisches Konzept produktiven Textumgangs. Hohengehren 2003.

Lévi-Strauss, Claude: Das wilde Denken. Frankfurt a. M. 1973 (frz. 1962).

Lyotard, Jean-François: Das Inhumane. Plaudereien über die Zeit. Wien 1989.

Münker, Stefan/Roesler, Alexander: Poststrukturalismus. Stuttgart/Weimar 2000.

Saussure, Ferdinand de: Cours de linguistique générale. Paris/Lausanne 1916.

Titzmann, Michael: Strukturale Textanalyse. Theorie und Praxis der Interpretation. München ³1993.

<317>

Wahl, François (Hg.): Einführung in den Strukturalismus [1973]. Frankfurt a. M. 1981.

Wegmann, Nikolaus: »Dekonstruktion«. In: Reallexikon der Deutschen Literaturwissenschaft. Hg. von Klaus Weimar. Berlin/New York 1997, S.334—337.

引用文献 / 供深入阅读的文献

Althusser, Louis/Balibar, Etienne: Das Kapital lesen. 2 Bde. Reinbek bei Hamburg 1972 (frz. 1965).

Bohrer, Karl Heinz (Hg.): Ästhetik und Rhetorik. Lektüren zu Paul de Man. Frankfurt a. M. 1993.

Bowie, Malcolm: Freud, Proust and Lacan. Theory as Fiction. Cambridge 1987.

Culler, Jonathan: Dekonstruktion. Derrida und die poststrukturalistische Literaturtheorie. Reinbek bei Hamburg 1999.

Deleuze, Gilles: Unterhandlungen 1972—1990. Frankfurt a. M. 1993 (frz. 1990).

—/ Guattari, Félix: Tausend Plateaus. Berlin 1997 (frz. 1980).

Eco, Umberto: Das offene Kunstwerk. Frankfurt a. M. 1973 (ital. 1962).

—: Der Name der Rose. Mit einem Nachwort. München 1987 (ital. 1980).

Frank, Manfred: Was ist Neostrukturalismus? Frankfurt a. M. 1983.

Genette, Gérard: Figures I. Paris 1966.

Holenstein, Elmar: Von der Hintergehbarkeit der Sprache. Kognitive Unterlagen der Sprache. Frankfurt a. M. 1980.

Lacan, Jacques: Schriften, Bd. I und II. Hg. von Norbert Haas. Olten/Freiburg i. Br. 1973/1975.

<318> **Piaget, Jean**: Der Strukturalismus. Olten 1973.

4.7 文学的社会史 / 文学社会学

70 年代初确立了一种对文学的社会史观察方式，它与文学的思想史和观念史截然对立，也对立于 50 年代和 60 年代早期在联邦德国文学学和文学课中占据统治地位的形式分析和文本内在的阐释方法。

> ➡ **文学的社会史**将文学文本的社会条件和关联置于考察的中心。社会史的文学学一般来说研究在随着历史而变迁的社会条件下文本的产生、分配和接受。

概念

4.7.1 开端前的历史

文学与社会和历史紧密相关，这一设想由来已久。这里只是粗线条地勾勒一下它的发展过程，社会史的观察方式经历了从 19 世纪初**德国唯心主义**到联邦德国的所谓**批判理论**的发展过程。

1. 格奥尔格·威廉·弗里德里希·黑格尔在 1817 到 1818 年的学期中第一次讲授美学，在他的《美学》中称颂古希腊罗马时期，认为这个时期的人完全与自身认同，他们可以在社会和历史中处在一个有意义的位置，作为一个和谐完整的人生活。艺术在这个时期可以展现个体—社会—历史的整体，即总体性（Totalität）。就他当时所处的市民社会而言，黑格尔解释了个体如何"依赖于外在的影响、法律、国家机构和市民状况，个体面对这些情形，无论他是否将它们作为自己内心的一部分，都必须向它们屈服"（黑格尔《美学》，第 225 页以后），在他看来现代社会迫使人发生异化，将（据称）在古希腊罗马时期还"完整"的人削减到他的社会角色。有趣的是黑格尔总结道："这是世界的散文性。"（同前，第 227 页）

<319> 现代市民社会连同它的所有"法律、国家机构和市民状况"，这一切对黑格尔来说都是散文性的——与之相对，古希腊罗马是"诗歌本身"。黑格尔将他对市民社会的感受用"散文"的图像表述出来，由此在现代社会的特殊机制和文学的某个局部领域之间建立起联系。在考察长篇小说时黑格尔得出结论："现代意义上的长篇小说以已然形成散文性秩序的现实为前提。"（黑格尔《美学》，第 177 页）

2. 格奥尔格·卢卡奇在 1916 年的《小说理论》中直接承继了黑格尔的设想，即在市民社会中无法体验总体性：

卢卡奇，
《小说理论》，
1916, 第 47 页

> 长篇小说是一个时代的史诗，对这个时代来说，生活的外延总体性不再得到清晰易懂的确定，意义是否内在于生活成为了问题，不过这个时代仍有总体性的信念。

总体性和"意义"退隐到复杂的社会结构背后。卢卡奇得出结论：长篇小说是寻找总体性的文学形式，是试图重构失去的意义关联性的文学形式。长篇小说的出发点是"散文性"现代中的**个体异化**。在卢卡奇那里长篇小说是"超验的无家可归状态"的文学形式（同前，第 32 页）。通过对现代市民社会的缺陷的分析，卢卡奇得出与之相适应的文学形式：传记式长篇小说。在这类长篇小说中意义已不再无可置疑，小说主人公被派遣到一个变得无限复杂和异化的社会中去寻找意义。在社会组织结构和文学体裁之间起到沟通作用的是"意义"，前者缺少意义，后者重构意义。

> 小说是内心自我价值的历险形式，它的内容是心灵的故事，心灵出发去了解自身，心灵寻求历险，以便在历险中自我检验，在历险中得到证实，找到自己的本质。

卢卡奇，
《小说理论》，
1916，第 78 页

二十年代卢卡奇将他的文学社会学理论推向极端：尤其是或多或少地将马克思主义的影响教条化。卢卡奇要求文学必须反映现实（**反映论**），比如通过精心设计的形象组合来摹写社会状况。不过卢卡奇理解的反映不是幼稚地"原封不动地摹写"社会现实，比如阶级社会。社会主义现实主义肤浅地解释反映的定理，导致了这一错误理解。

<320>

3. 批判理论：在黑格尔，尤其是在卢卡奇的理论中，社会和文学的关系是由内容决定的：长篇小说在内容上与异化的社会相关联，在这个社会中个人寻找失去的意义。后来的两位理论家试图不是让内容来决定社会与文学的关系，而是要求必须在形式层面，在"文本的内在逻辑"层面，寻找艺术品与社会的互动关系：**特奥多尔·阿多诺**和**瓦尔特·本雅明**。本雅明属于所谓"法兰克福学派"的外围成员，阿多诺则是最核心的成员，这是法兰克福社会研究所中一个从事社会学、社会心理学、哲学和美学研究的小组，该研究所成立于 20 年代，1933 年流亡美国，1945 年重新回到法兰克福大学。尤其是以阿多诺为代表，形成自己的社会理论、哲学和美学，它们被统称为批判理论，直到今日依旧给人以不断的启迪。

按照阿多诺的观点，应该在**形式**的层面，即**作品内在逻辑**的层面，观察艺术品与社会的沟通。阿多诺将作为作品"技巧"的文学形式理解为既自律又他律：文学形式是自律的，因为它在作品中由自身决定，只在作品中以这种形式存在，不由任何外在于文本的他人所强加。不过同时形式又是他律的：在艺术品中还有外在于作品的东西起作用，这是某种社会性的东西（今天人们或许会称之为话语），从语言这一可以普遍使用的媒介开始，延伸到诗行形式、体裁结构乃至叙述技巧等。社会写入到艺术品的形式之中。

阿多诺提出设想，来解释如何能够将文本的形式理解为社会结构的印迹，从而第一个实现了本雅明在他的随笔《作为生产者的作者》（1934）中提出的重要要求。这一要求构成现代艺术社会学最重要的问题，远远超出上文中探讨的艺术品和社会之间的沟通模式。本雅明将文学作品中的**作家写作技巧**，即被叙述世界的形式性组织，与相关时期的**生产关系**建立起联系。参与决定社会组织结构的物质生产技术在艺术品中得到反映，它反映在作品的叙述技巧、构思、结构原则和形式之中。阿多诺接受了本雅明的观点，即在社会和作品的形式组织之间存在普遍性的关系。阿多诺认为"审美形式"是"沉淀的内容"（阿多诺《美学理论》，第 15 页），现实世界的结构和社会的结构反映在作品获得形式的方式和方法之中，反映在作品的"叙述技巧"之中："现实中未曾解决的对立在艺术品中作为形式的内在问题重又出现。不是添加到艺术品中的对象化瞬间，而是现实与作品形式之间的关系才决定了艺术与社会的关系"（同前，第 16 页）。

艺术品以特定的风格特点和叙述技巧式的**构思方式**为标志，它们在作品中形成十分特有的逻辑性，由此构成作品。这一逻辑性不仅立足于作者的主观决定：作品所遵循的逻辑性远远超出有意识的创作意图，它为外在于艺术的现实逻辑性所决定。作者

"听从……社会的普遍性"（同前，第 343 页）。艺术品仿佛无意识地摹仿这一普遍性的外表，它"接近"这一普遍性，在作品的叙述技巧或者风格表现与社会普遍性的细微逻辑性之间存在着明确的互动关系。

不过在阿多诺看来，艺术品并不局限于这一摹仿，一方面被异化和被物化的现象构成市民社会的基调，也影响到作品的审美结构，另一方面作品本身也给这一现象树立了异在的对立面。艺术品"在可能达成和解的视野中"呈现"关于（社会）矛盾的最先进意识"（同前，第 285 页）。艺术品中除了对社会性摹仿的审美实现之外，还同样以审美手段保留着**乌托邦的瞬间**——仅就作品坚持自身的个体性和封闭性就可以看出。这一乌托邦的特点具有极其不同的审美形象，它是艺术的本质，它才构成作品的"历史性的真实含义"（同前）。

由此艺术品具有基本的**潜在抵抗力**：它超出社会的现状，展示尚不存在的场所。阿多诺走得更远，他甚至说艺术品在形式中提出自律的诉求，仅此一点就可以成为一种显现和允诺，告诉我们作为个体的可能性：自决和自律，而不是在一个异化的社会中被异化和功能化。

4.7.2 分析对象和核心问题

文学学的社会史方法按照研究对象可以粗略地划分为两类：
- 一类方法的研究对象是**文本内部要素**，这类方法力求在考虑社会关联性的前提下发掘文本的内容性要素和形式性特色，以此扩展文本理解和文本阐释。
- 另一类方法展现文学交流体系中**处于文本外部的社会组成部分**。

<322>

文本内部问题

文学文本的社会史阐释方法试图在文学文本中确认与文本之外具体的社会、政治或者社会史事实相关的东西。

- **内容和素材方面**：文学文本中的素材、母题、形象和形象组合、历史"数据"、社会"数据"和政治"数据"都与文本之外的社会史数据建立起关联，文学文本见证了社会史，更确切地说：它是社会史在文学媒介中的反映，必要时它表明自己的关于社会史的立场，肯定性、批判性或者革命性的立场。比如莱辛的《爱米丽雅·迦洛蒂》以贵族与市民之间的等级差别、贵族的堕落与市民的道德之间的等级差异为主题，这一主题无疑受制于文本的历史环境。《布登勃洛克一家》中的家庭结构从"四世同堂"的大家庭转变为现代的小家庭，这一转变牵涉18世纪晚期和19世纪德国市民阶层中发生的社会进程。

- **形式方面**：从文本的形式要素来看，文本内部的问题显得更加复杂：除了与社会和历史的内容性关联之外，在文本中有没有与社会性有关系、有交流和有依赖性的东西，或者甚至摹写社会性的东西？卢卡奇将"长篇小说"的体裁，即文学表述中一整套形式传统，归结于现代性背景下的意义丧失，本雅明和阿多诺对作家写作技巧和作品形式组织的社会性所做的思考也属于这一范围。除此之外还可以提出例如下述问题：歌德18世纪90年代创作的诗体史诗运用的是韵律稳定的六音步诗行，这是否是歌德对法国大革命之后方向性危机的特有的（歌德式）回答：在社会动荡时期固定的文学形式似乎能提供某种安全。

文本外部问题

1. 文学社会学探究文学交流在何种变迁着的**社会条件**下得以存在,即探究文学交流体系的社会学框架。这里关注的是文学创作和接受的**社会场所**。 <323>
- 在中世纪是修道院和官廷,小规模的精英团体才有权参与文学交流;
- 18 世纪的官廷是大多数市民作家活动的场所;
- 官廷与城市公共剧院的区别:后者构成莱辛笔下的市民悲剧的前提;
- 以及文学交流体系所有组成部分的历史——社会学发展所构成的整体组合。

2. 文学创作的条件,也就是说作者方面,是文学社会学研究的核心,即作者在法律、经济和社会学方面的定位和保障。作者是否依赖于某个不仅保障作者的生活费用,而且插手和影响文学创作过程的资助者,或者说恩主?定制之作、对诸侯的颂扬之作、社交之作或应景之作都源自此类资助。或者作者的文学创作是否是专制主义宫廷氛围中市民学者或行政官员的业余活动?18世纪晚期和 19 世纪作者的创作活动发展为谋生的职业,这也是文学社会学探讨的对象——与此密切相关的有法律方面的保障,包括关于加印的禁令和版权法,直至作家协会和媒体工会(关于作者的总体研究参阅 Bosse 1981, Kreuzer 1981, Kleinschmidt 1998)。

3. 作者的社会来源是具有社会史倾向的文学学的兴趣所在:作者出身的等级、阶级、阶层或者环境,或许还有他所攀升或者所沦落到的环境，还有作者的等级或阶层属性以何种方式影响到他所创作的文本，影响到他的文学创作纲领和他特有的影响意图。与此相关，还必须观察对作者的社会评价，这一评价具有历史的和或许个体的差异性：很高的社会认同或者贬低性的评判（"无以为生的艺术"、"放荡不羁的艺术家"），还需要观察或许是作者自我选择的封闭状态和完全脱离社会群体或机构。

<324> 4. 文学交流体系中**文学沟通的权威与机构**成为研究的对象：文学的媒介方面，包括中世纪的手抄本文化、印刷术或快速印刷机的发展、图书市场、出版业和图书贸易博览会业的发展、借阅式图书馆、读书会和工人教育协会的发展、还有文学课、文学学和书评业与报纸期刊业（关于印刷术参阅 Giesecke 1991；关于图书市场参阅 Uhlig 2001；关于图书馆的历史参阅 Ruppelt 2001；Jochum 1993）。

5. 在文学交流体系的接受方面，**特定的历史受众**的社会史是文学社会学的研究对象。关注的是历史上的特殊接受群体所呈现出来的等级或阶级特有的排他性：中世纪诗体长篇小说的宫廷受众、专制主义时期戏剧的宫廷受众、18世纪的市民读者或者莱辛的构想，即为城市的非贵族观众创作一种市民悲剧。读者或者接受者社会学原则上探寻在某个特定时期存在着何种戏剧观众或者阅读受众，哪个社会群体在哪个时期以何种方式阅读哪些文本，他们出于何种原因和或许得到何种机构化的支持去读书和看戏（中小学、大学、工人教育协会、成人高校）。这些问题涉及广泛的接受社会学，涉及文学的文化史，它们构成对传统的文学史的补充，随着这些问题的提出，除了文化环境之外（比如在皮埃尔·布尔迪厄的理论中），非经典性的文学文本、低俗

文学和消遣文学也进入了文学学探讨的视野（参阅 Silbermann 1981；Franzmann 1999）。

6. 与此相关的还有**经验式的接受研究提出的问题**：文本如何作用于社会？文学文本或者文学构想的作用确实可以以文献的形式确定吗？可以以文献记录的作用与作者或作者群体的纲领性作用意图之间的关系如何：启蒙时期长篇小说关注修身和教益、莱辛的作品关注引起怜悯和道德教育、布莱希特的作品关注政治—意识形态方面的批判性思考？文本或是符合作家意图，或是脱离作者意图，从经验上和客观上看，它与它所处的社会制度之间关系如何？它是肯定这一制度或者批判这一制度？它是以挑衅为目的还是以奋起反抗为目的？

7. 文学与艺术的社会角色必须作为文学与艺术社会学中最广泛的问题加以探讨——也就是说文学与艺术在社会的亚系统集合内到底起到何种作用。这关系到文学交流可能得到承认，成为最重要的社会象征体系之一，或者成为社会现实的纠正机制（"海因里希·伯尔作为阿登纳时期的文学良心"），或者在现代媒体社会中文学的日渐边缘化。**文学体系与其他社会体系的关系**问题构成向文学系统论的过渡（见第 4.9 章）。

<325>

20 世纪 70 年代文学学的社会史倾向产生了令人不可低估的作用，表现为两个大型文学史项目：**德语文学的社会史**，它们对传统的思想史式的文学史撰写法构成补充：一个是由罗尔夫·格里明格主编的《汉塞版德语文学社会史》（1980 年以后）、计划撰写十二卷，描述从 16 世纪到当代的德语文学，另一个是赫斯特·阿尔伯特·格拉塞主编的《德语文学：一部社会史》（十卷

德语文学的社会史

本，汉堡兰贝克出版社，1980年以后）。在这两部文学史中不是解释文学现象的哲学、观念史或宗教史的背景，而是将文学与社会事件和运动、社会结构和意识形态绑定在一起。

4.7.3　社会史文学学的终结和／或余响

尽管社会史文学学做出了值得承认的成绩，但是从方法学史来看它基本限于70年代。对它的批评一方面基于一个事实，这就是它常常只是将文学文本用来证实普遍的社会、政治或者历史哲学的构想，带有明显的政治—意识形态倾向，省略了本来的文学性。此外把马克思主义的历史机械论作为基础显得不无问题。另一方面社会史的文学学无法回答介于社会政治"现实"与文学文本之间的"桥梁"的问题。文学文本的"社会"决定论似乎具有绝对性，实际上这是一条死胡同：文学创作中概念史和观念史的关联、美学传统和规范、互文性的关系、传记性的影响和深层心理学的前提以及其他方面在纯社会史的视角下都无法得到充分的考察。尽管如此，当前的诸种方法学尝试完全可以理解为社会史文学学的继续或者对它的批判性接受。这一传统明显地影响到话语分析、系统论和新历史主义（见第4.11章）。

参考文献

Adorno, Theodor W.: Ästhetische Theorie [1969]. Ges. Werke, Bd. 7. Hg. Von Rolf Tiedemann. Frankfurt a. M. 1970.

—: Einleitung in die Musiksoziologie. Zwölf theoretische Vorlesungen. Frankfurt a. M. 1975.

Benjamin, Walter: »Der Autor als Produzent. In: Ders.: Gesammelte Schriften. Hg. Von Rolf Tiedemann und Hermann Schweppenhäuser, Bd. II, 2, Frankfurt a. M. 1980, S.683—701.

—: »Der Erzähler. Betrachtungen zum Werk Nikolai Lesskows«. In: Ders. Gesammelte Schriften. Hg. Von Rolf Tiedemann und Hermann Schweppenhäuser, Bd. II,2, Frankfurt a. M. 1980, S.438—465.

Bosse, Heinrich: Autorschaft ist Werkherrschaft: Über die Entstehung des Urheberrechts aus dem Geist der Goethezeit. Paderborn 1981.

Franzmann, Bodo u.a. (Hg.): Handbuch Lesen. Im Auftrag der Stiftung Lesen und der Deutschen Literaturkonferenz. München 1999; Taschenbuchausgabe Baltmannsweiler 2001.

Giesecke, Michael: Der Buchdruck in der frühen Neuzeit. Eine historische Fallstudie über die Durchsetzung neuer Informations- und Kommunikationstechnologien. Frankfurt a. M. 1991.

Glaser, Horst Albert (Hg.): Deutsche Literatur. Eine Sozialgeschichte. Von den Anfängen bis zur Gegenwart, 10 Bde. Reinbek bei Hamburg 1980ff.

Grimminger, Rolf (Hg.): Hansers Sozialgeschichte der deutschen Literatur (bisher 9 von 12 geplanten Bänden erschienen). München 1980ff.

Hegel, Georg Wilhelm Friedrich: Vorlesungen über die Ästhetik [1817]. Teil I-III. Stuttgart 1980.

Jochum, Uwe: Kleien Bibliotheksgeschichte. Stuttgart 1993.

Kleinschmidt, Erich: Autorschaft. Konzepte einer Theorie. Tübingen 1998.

Kreuzer, Helmut (Hg.): Der Autor. Göttingen 1981 (LiLi 42).

Lukács, Georg: Die Theorie des Romans. Ein geschichtsphilosophischer Versuch über die Formen der großen Epik [1916]. Darmstadt & Neuwied ^{6}1981.

Ruppelt, Georg: »Bibliotheken«. In: Franzmann 2001, S.394—431.

Sibermann, Alphons: Einführung in die Literatursoziologie. München 1981.

Uhlig, Christian: »Der Buchhandel«. In: Franzmann 2001, S.356—393.

Voßkamp, Wilhelm/Lämmert, Eberhard (Hg.): Historische und aktuelle Konzepte der Literaturgeschichtsschreibung. Tübingen1986.

<327>

4.8 话语分析

4.8.1 概念的发展

近年来话语的概念显现出令人不知所措的繁荣，简直到了分文不值的地步。在 18 世纪话语（Diskurs）是一个普通的词语，用来指谈话、闲聊和交流思想，如今语言学的谈话分析中还可见到类似的使用（参阅 Ehrlich 1997）。在德国主要是尤尔根·哈贝马斯的社会学中特别偏爱使用这一概念："话语"在哈贝马斯这里是指"某种讨论，在这一讨论中个人之间就规范的有效性进行沟通，试图达成可以承受的共识，在这一过程中不考虑"非统治性话语"中的等级结构，只需服从更好的论证这一"无强制的强制"（参阅 Habermas 1971）。

在法国叙事理论中，话语（discours）表示书面性叙述中的叙述进程，对这一书面性叙述可以进行形式分析，它与被叙述的故事（histoire）相区别（参阅 Genette 1994）。追溯这一概念的词源也不能找到更多的信息：拉丁语的 discursus 意味着混乱和往复来回，"进行激烈探讨"（diskurrieren）的是某个时期的**语言和思维模式**，它们决定政治舆论、具体的行为方式或者文学。

4.8.2 米歇尔·福柯：话语概念的奠基

米歇尔·福柯（1926—1984）在这个概念的流行过程中起了决定性的作用，但是没有对它做出系统性的确定。

概念 ➡ 福柯将**话语**称为"一定量的从属于同一个构成系统的陈述（Foucault 1973，第 156 页）。话语由确切的规则和主导范畴决定，这些规则和范畴从理论上无限多的陈述可能性中确定特定的语句，通过排除法的程序确定什么是必须可以知道和讲述的。由此确立出标准，哪些陈述属于某个**知识领域、构成系统**或者话语，哪些陈述不被允许。与此相对，嘈杂的日常谈话、电话簿、编织指南或者其他的"非正常"交流不属于话语之列。

<328>

"经典性"的或者"列入经典"的作品这一称号不是给予所有的文本，而是只给予少数出于策略挑选出来的文本——这类命名（在这一事例中指对"经典性文学"这一话语的命名）很少进行，以便形成等级结构。在社会中，这类决定十分重要，因为它控制着特定人（或人群）可以说和不可以说什么。话语的形成就是进行排除和**减少的进程**，它是用来构成垄断的权力手段。正如不是每个人都能每时每刻随意讲话一样，也不是每个人都能接触话语，接触话语是要有授权的（参阅 Foucault 1974a，第 26 页）。如果将一个时期的话语汇集起来，它们构成一个库或者**档案**，这一档案包含一整套规则，藉此才能进行话语实践（参阅 Foucault 1973，第 156 页）。

事例：文学话语

福柯详细研究了许多科学在这些进程中的角色，最终将它们所获得的知识称为**机构的产物**。他从一部中国古代关于动物种类的百科全书中摘了一段：

a）属于皇帝的动物，b）涂抹防腐剂的动物尸体，c）驯顺的动物，d）乳猪，e）海牛，f）传说中的动物，g）无主的狗，h）属于这一分类的动物，i）发疯似的动物，j）数不清的动物，k）用十分精致的骆驼毛制作的毛笔绘制的动物，l）诸如此类、m）打破水罐的动物，n）远看像苍蝇的动物。

米歇尔·福柯，《词与物》，1971，第 17 页

这一事例具有普遍性，它显示（对今天的科学来说也是如此！）

话语的知识秩序具有怎样的随意性和可变度:它们不是自然而然的存在,而是不同的文化总是得出不同的结果——而且不一定更正确。

真理作为修辞学的产物:真理无法通过客观事实的方式来获取,而是出于特定的意图用语句来制作的,中立地说是约定的结果,这一点福柯是从尼采那里学来的。语言共同体的成员就真理达成一致,用隐喻或转喻这类语言图像来制作真理,也就是说用人为的编造和具有欺骗性的概念组合,在长期的使用中这些表述就自然而然地构成我们的思维视野。这方面的事例比如说是"科学断定"这样一句话,它表现为拟人的手法,要求发挥作用,但是常常缺少论证。用这种思维习惯和幻觉更容易施展权力,这是一个主要的观点。

知识意志:话语分析可以展示出来,真理意志(参阅 Foucault 1974c,第 12 页以后)如何同样可以成为支配那些不具备这一知识的人的意志。在每个断言和每种知识背后都隐藏着权力意志——这又是尼采的思维图式(Denkfigur),福柯将它进一步发展,提出知识意志的论点(1974a,第 11 页以后)。他不是用它来指个体的行为方式,而是指转达世界图景的思维图式,不过由此传递的不是真理,而是虚构,或者是根本无法或只是残缺地反映世界的瞬间抓拍。尽管如此这些图景依然发生作用:它们会构成话语,从而形成施展权力的"排除机制"(同前,第 15 页)。

《词与物》中的文学语言:福柯在这一详细的早期研究(1966/71)中极其清晰地将知识系统与文学联系起来。他指出自 1800 年以来文学在与科学的对立中自我指涉和自我反思,科学则自 18 世纪起将文学排挤出知识秩序的领域,越来越多地以公式和图表的方式来接近对象。文学语言不再被用作传递信息或者摹写现实世界的工具。恰恰借助于关于自身语言性质的思考,文学可以构成反抗统治性理性知识形式的对立话语，从而提供可选择的认识途径：文学具有无序的和对抗性的自身"存在"，可以建立起一个自己的事物秩序的模型（参阅 Foucault 1971，第 366 页）。

4.8.3 福柯对机构的批判和对权力的分析

不过福柯会收回将"文学"作为强大的对立性话语的希望：20 世纪 70 年代他摘去文学的王冠，不再承认文学在相邻的诸话语中具有优先性，而是将它看作依赖于这些相邻的话语。他首先关注的是分析历史的知识构成，即那些通过对知识的排序来影响知识内容的思维系统（Foucault 1973）。

话语性和非话语性实践：作为众多话语领域中的一个，文学自身显示出权力结构的特征，可以依此推论，它的**机构**就是媒体评论、学术评价或者学校教学，由它们来决定是否存在"高雅"文学的经典，这一经典排除或者允许"低俗"的应用文本形式，比如像报刊文本、应景文本或者通俗歌曲。文学不是自我确定的具有固定定义的实体，而是在历史中变换着它的功能，这一功能可以由它在其他话语之间所处的位置来描写。在这方面文学批评可以做出部分贡献：它为文学话语的参与者指定各自的位置。不过文学外部的权力要素也产生影响，这些权力要素或许是文化部门，或许是审查机构，它们可能会把文学批评当作辅助手段来使用。在这些结合部，话语性和非话语性的实践携起手来，所谓非话语性实践指的是技术、经济与社会条件或者政治权力部门。

<330>

社会机制（Dispositiv）：总的来说福柯挪移了他的视角，他更多地谈论权力机构，也就是实际的框架条件，话语在这一框架内转化为社会实践。他尤其关注的是医院、精神病院和监狱，将它们当作权力要素来进行分析，这些要素对文学中所有具有支

配性的生活领域、道德概念或者思维方式都有着决定性的影响（Foucault 1977）。权威势力将自己的力量集中起来，构成社会机制，这是一个在策略上支配着参与者的网络（Foucault 1977—1986, Bd. 1）。科学机构也是如此。它们同样通过排除或规范的策略来推行知识政策，由此发挥社会机制的作用。

作为生产过程的权力： 由此推导出福柯的一个核心论点：权力不仅具有**压制性**，它不仅压制表述，它首先具有**创造性**，它参与话语知识库的建构，一般来说，它通过真理的仪式来创造新的对象领域（参阅 Foucault 1977，第 250 页）。人成为处在忏悔压力下的"坦白的动物"（Foucault 1977—1986，第 77 页）。由此形成一些文本类型：审讯记录、自传式报道和信件，这些文本都可以由发源于 18 世纪的医学、精神病学、教育学和刑事学这些关于人的科学总结为卷宗，存入档案，随时调用。这些文本也塑造社会，赋予社会以政治的外貌（Foucault 1977，第 250 页）。

监视技巧： 福柯并不想正面评价权力机构——他的发出点在于批评。他在**权力分析**中指出，正是开明的机构将犯罪和性这些敏感领域当作威胁来看待和监视。他通过分析宗教忏悔和监狱的历史，包括相关的规训策略和监视技术，来描绘良心的形成过程（1977）。**全景敞视主义**的窥视原则从宗教忏悔扩展到所有社会领域，1800 年前后形成中的现代国家要监视一切，审讯的出现符合它不断增长的信息需求（1977，第 251 页以后）。现代监狱的原型是由杰里米·边沁 1787 年设计的全景敞视监狱（Panoptikon），它的中心是一座眺望塔，从塔上可以看到所有周围环绕的囚室，从外面却无法看到塔内——目的在于让囚犯将这种被

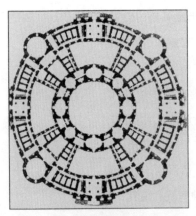

全景敞视监狱平面图

监视的情景内化，使得囚犯能够自我控制。权力的内化原则是福柯的权力分析的对象。

"主体"之死：如果将人设想成活生生的个性统一体，那么他将为这一系列可能的景象所吞没，或者像福柯用一幅十分富有诗意的画面所表述的，他"将会消失，如同海岸边沙地上的一张脸"（1971，第462页）。人也是知识秩序的虚构，这一秩序会发生变化，从而会创造另一个人。于是近代的自我，自信的和自主的主体出现了问题：在主体所创造的现代知识秩序中，主体自身受到威胁，不再自立，而是应了拉丁语的字面含义sub-iectum，即屈服者。

<331>

作者之死：作者是主体中写作者的特例，他同样属于福柯认为可随意虚构的机构。他的写作同样源自话语，话语影响他的言语，支配着作者，作者只是以某种历史功能的形式出现（1974b，第7—31页）。现代作者和艺术家曾经是把守着自己的精神财产的法律形象，现在他们已经走到尽头——自现代以来经常反复提到的挑衅式表述就是作者之死，这一表述的核心陈述就是这一意思（这里的作者不是表现为具体个人，而是表现为相应的权威）。这一论点首先是由罗兰·巴特提出（1967/1977），他对广告和其他日常现象的分析很可能促使他得出这一观点：贯穿作者的各种声音可以看作符码来进行研究（Barthes 1973，第11页）。巴特的分析更关注文学文本；福柯则更注重探寻作者概念形成的历史机制（一般性的论述见第一章）。

4.8.4 文学学中应用的可能性

从广义上看，受到福柯影响的探讨都可以归入**历史话语分析**，它体现为对知识体系和社会权威如何在文学文本中表现出来的考古学研究（Kammler 1986；Bogdal 1999）。对文学学来说，福柯打破确定性的幻觉和摧毁确定性更是后果严重。即便福柯的分析只是间接适用于文学文本，而且话语分析究竟是不是一种方法还有争议，但是它提供有效的工具，用来检验文学学的一些主导概念。

首先导致的是一系列否定：

- **作者**不是源于某一天才的灵感和这一灵感的完全实现，而是受到他相邻的话语的预先影响。
- **读者**也没有由于作者地位的动摇而更加强大。暗中取消作者赋予含义的权力，承认读者的创造性作用，如果说这一观点在罗兰·巴特（1987）看来是民主的行动，那么从福柯的主体批判来看读者也不是自主支配文本的统治者，而是受到话语的约束。
- 福柯对**文本**感兴趣，不是把它看作封闭的整体，而是看作结构化的开放性过程，在这一过程中社会话语参与其中（Foucault 1974b）。
- **作品的概念**也成了问题：作品及其完整的陈述不再归因于任何形式的作者意图。
- **历史**如果像传统中一样被视作"线性进化的意识史"（参阅1974c，第14页），呈现为连续性的进程，同样会遭到福柯的怀疑。随着对历史的怀疑，历史的撰写也遭到质疑，历史的撰写不再被理解为事件的历史或者数据的链条，而是必须考虑到背后隐藏着的话语。
- **对机构的批判**在福柯笔下最终可以用于对中小学和大学这些教育机构的批判。这同样适用于文学史这一学科，文学史的形成源于教育政策的需求。早期浪漫派为了反对图书泛滥中出现的迷失方向的现象，采取了精减的策略：建立文学经典系列，将重要的和次要的图书区分开来，以达到交流和教育的目的（见第一章）。这一挑选工作为形成中的文学史奠定了基础，文学史就是标示出代表性的作品，按照观念来排列这些作品——这一努力最终导致日耳曼语文学的形成。

- 福柯将**阐释**本身展现为机构的产物或者权力的游戏，这一点也涉及日耳曼语文学的核心：

> 如果说阐释意味着将沉埋在起源中的意义缓慢揭示出来，那么只有形而上学能够阐释人类的成长。如果说阐释意味着用暴力或者诡计占有不含有本质含义的规则体系，给它强加一个方向，使它顺从于新的意志，让它出现在别的游戏之中，要它屈服于别的规则，那么人类的成长是一系列阐释。

福柯
《论知识的颠覆》，
1974c，第95页

话语分析的新发展

1. 话语间性分析是受到福柯的研究工作的启发之后在德国派生出来的研究分支。它研究的是由社会塑造的图景、含义的综合体和想象的综合体构成的网络，这一网络控制着政治观念和行为方式。这些语言图景或者被**尤尔根·林克**叫作"含义—图景"（Sinn-Bilder）（Link 1983，第286页）的东西被称作**集体象征**（Link 1988），在这些图景中沉淀着关于简单结构的设想。这些集体象征参与社会性的含义建构过程，起到重要作用。文学这一话语间性的特征在于它遵循自己的语言规则，同时又特别适合于将各种社会主题、探讨和知识积累（即相邻的特殊话语）汇总到一起：它将这些话语当作原始的素材，将它们转换成生动的象征，使得它们能得到广泛的知晓和理解。文学这一话语间性是与所有可能的文本种类交织在一起，比如应用文本、明信片文本或者政治文献。话语间性分析的代表人物以 18 世纪至今为例做了一番历史的展示，他们对比传播广泛的通俗图像，对比它们的文学变体和日常变体，分析它们构成的对立组群或者对立组对（参阅 Parr 2000）。

罗兰·巴特在研究中同样对比文学文本与不同的文化领域，比如身体规范、时尚、媒体或者日常语言，他的研究为这一方法提供了清晰的范本。在此巴特选择了一个与福柯有所不同的方向，他不是从权力的角度出发，而是研究社会形式的修辞学结构。他强调的是话语的语言学意义：巴特将社会交流、社会文化现象、世界观和立场作为意识形态的表述联系到一起。运用这种**符号学的方法**他也可以进行一般性的文化比较（无论是西欧文化还是东方文化）。这是他与福柯的相似之处：在巴特这里社会实践也不是自然而然的实践，而是由符号建构的实践——这一观点对国际符号学产生影响（参阅 Nöth 2000）。与此相应，文学分解成**符码**（Codes），它是复调的言语，同时得到来自非文学文本的支持。以这一复杂的统一体为例，巴特（和话语间性分析）揭示出特定的语言图像是如何固定下来的，而且是以不幸的方式固定下来：这些图形僵化成为政治的陈词滥调和意识形态的构造物，必须通过详细的分析使它们"流动"起来。

2. 物质史是话语分析的另一个方向，它目前的普及范围比话语间性更为广泛。物质的概念包括**技术媒介**，不过也包括想象或者**观念的形成**，它们构成技术媒介的基础。此外物质还涉及所有的档案类型、这些档案包含最广义的文献、证书或者个人数据。**弗里德里希·吉特勒**的研究项目《记录体系》(1985/2003) 就是发掘话语实践的技术和媒介前提。媒介对福柯来说属于非话语实践，在吉特勒看来却占据首要地位，它从内容上塑造信息，影响思维方式和文学写作方式，甚至确定社会现实（见第 4.10 章）。斯特凡·里格（2000）使这一方法更明确地指向作为基础的话语，话语伴随着技术的发展，尤其是心理学知识，它在与存储和传递媒介的相关联中形成。由此还产生了与媒介学的联结点，媒介学研究技术、社会和文化话语之间的功能关联，它将这些话语都称为"媒介"。（见第 4.10 章）

3. 文字策略的分析：从存储器的运转可以推导出关于其基础程序的推论——在可见的技术媒介背后存在着话语策略。**曼弗雷德·施奈德**指出，这一原则不仅适用于数字和数据存储器，而且也适用于所有关于人的数据记录的档案，这类数据包括材料、卷宗、文档、证书或者笔记，甚至包括审讯记录、供词或者自传笔记（参阅 Schneider 1986；Kittler/Schneider/Weber 1990）。这些文本共同组成文化的模型，成为至少部分来自这一背景的文学文本的基础。施奈德的分析不是聚焦于技术角度，而是影响文本的权力政治的关联性，包括在文学文本中反映出来的仪式建构：宗教性的忏悔命令、自传性坦白的策略、爱的习惯（Schneider 1992）或者其他立足于经验模式再利用的文化事件（Schneider 1997）。由此可以发掘构成文学基础的机制，即对文学形式产生影响的思维策略。

4.8.5　视角和批评

福柯的所有作品虽然提出许多论点，但是没有建立完整的系统。他的目的也不在于创建整体性的理论大厦，他会把这种理论大厦指斥为权力的机器，因为它阻碍了进一步的思考。他接受某些矛盾之处：比如一方面是十分宽泛的话语概念，另一方面是话语事件中可以具体描述的权力游戏，两者之间存在着跳跃性。话语概念的变换式使用并没有妨碍对福柯的观念的积极接受，反倒是（或许是以创造性误解的形式）促进了这一接受。福柯笔下贯穿始终的主题，像权力、社会机构、知识构成和角色多变的主体作为话语的文字空间，它们在各个领域留下无数的影响痕迹：媒介理论、政治权力分析、女性主义理论和后殖民主义和社会心理学研究。

<335>

话语分析探讨的问题

由此出现一系列对日耳曼语文学来说可以探讨的问题：

- 权力支配者在科学或文学话语中实施的调控是如何运作的？
- 对忏悔的强制如何影响到文学？
- 现代监狱的发明对文学有何影响？
- 有没有在文学中建构的爱的仪式？
- 媒介的痕迹在文本中如何体现？
- 作者作为支配者在某个特定时刻起什么作用？这一作用如何在文本中体现？
- 文本以何种方式搭建"真实"？它按照何种策略来进行？
- 在政治中有哪些语言调控？在公共媒体或者文学中对此是如何反思的？
- 有没有具有支配作用的文学文本？
- 文学学在它的历史上做出了哪些决定来创造特定的真实？

福柯对文学文本发生兴趣是将它们看作知识秩序、权力结构或者生活条件的历史证明，从这一点来看与社会史方法有交叉之处（见第4.7章）。对文学的特殊性福柯没有给予关注。正如尤尔根·林克和曼弗雷德·施奈德所揭示的，话语分析完全可以与文学机构相关联，这一应用可以带来更多的收获。"逆向阅读"

文本和确定性（Barthes 1973，第 41 页）可以打开新的视野，去考察尚待揭示话语性基础的主导概念，比如作者、"高雅"和"低俗"文本、读者、文化或时期。阐释学学者也可以追问自身的研究策略：他们自己的"交流纲领"可以描述为"积极的意义排序政策"（Fohrmann/Müller 1988，第 239 页）——这是一个自我研究，完全可以归到阐释学的循环。

基础文献

Angermüller, Johannes (Hg.): Diskursanalyse: Theorien, Methoden, Anwendungen. Hamburg 2001.

Barthes, Roland: »La mort de l'auteur«. In: Manteia, Heft 5 (1968), S.12—17; dt. in: Jannidis, Fotis/Lauer, Gerhard/Martinez, Matias/Winko, Simone(rlg.): Texte zur Theorie der Autorschaft. Stuttgart 2000, S.185—193.

—: S/Z. Frankfurt a. M. 1976 (frz. 1970).

—: Die Lust am Text. Frankfurt a. M. 1987 (frz. 1973).

Fohrmann, Jürgen/Müller, Harro (Hg.): Diskurstheorien und Literaturwissenschaft. Frankfurt a. M. 1988.

<336>

Foucault, Michel: Die Ordnung der Dinge. Eine Archäologie der Humanwissenschaften. Frankfurt a. M. 1971 (frz. 1966).

—: Archäologie des Wissens. Frankfurt a. M. 1973 (frz. 1969).

—: Die Ordnung des Diskurses. Frankfurt a. M. 1974a (frz. 1971).

—: Schriften zur Literatur. München 1974b (frz. 1962—69).

—: Von der Subversion des Wissens. München 1974c (1963—73).

—: Überwachen und Strafen. Die Geburt des Gefängnisses. Frankfurt a. M. 1977 (frz. 1975).

—: Sexualität und Wahrheit, Bd. 1—3. Frankfurt a. M. 1977—86 (frz. 1976—84).

—: Hermeneutik des Subjekts. Vorlesung am Collège de France (1981/82). Frankfurt a. M. 2004.

Jäger, Siegfried: Kritische Diskursanalyse: eine Einführung. München 2004.

Kittler, Friedrich A.: Aufschreibesysteme 1800/1900 [1985]. München ^{5}2003

—/**Schneider, Manfred/Weber, Samuel** (Hg.): Diskursanalysen 2. Institution Universität. Opladen 1990.

Link, Jürgen: »Literaturanalyse als Interdiskursanalyse. Am Beispiel des Ursprungs literarischer Symbolik in der Kollektivsymbolik«. In: Fohrmann/Müller 1988, S.284—307.

Mills, Sara: Der Diskurs: Begriff, Theorie, Praxis. Tübingen/Basel 2002 (engl. 2002).

Schneider, Manfred: Die erkaltete Herzensschrift. Der autobiographische Text im 20. Jahrhundert. München 1986.

—: Liebe und Betrug. Die Sprachen des Verlangens. München 1992.

—: Der Barbar. Endzeitstimmung und Kulturrecycling. München 1997.

引用文献 / 供深入阅读的文献

Bogdal, Klaus-Michael: Historische Diskursanalyse der Literatur: Theorie, Arbeitsfelder, Analysen, Vermittlung. Opladen 1999.

Ehlich, Konrad (Hg.): Diskursanalyse in Europa. Frankfurt a. M. 1994.

Genette, Gérard: Die Erzählung. München 1994 (frz. 1983).

Habermas, Jürgen: »Vorbereitende Bemerkungen zu einer Theorie der kommunikativen Kompetenz«. In: Ders./Niklas Luhmann (Hg.): Theorie der Gesellschaft oder Sozialtechnologie. Frankfurt a. M. 1971, S.101—142.

Kammler, Clemens: Michel Foucault. Eine kritische Analyse seines Werks. Bonn 1986.

Keller, Reiner: Wissenssoziologische Diskursanalyse: Grundlegung eines Forschungsprogramms. Wiesbaden 2005.

Link, Jürgen: Elementare Literatur und generative Diskursanalyse. München 1983.

Nöth, Winfried: Handbuch der Semiotik. Stuttgart/Weimar [2] 2000.

Parr, Rolf: Interdiskursive As-Sociation: Studien zu literarisch-kulturellen Gruppierungen zwischen Vormärz und Weimarer Republik. Tübingen 2000.

Rieger, Stefan: Die Individualität der Medien. Eine Geschichte der Wissenschaften vom Menschen. Frankfurt a. M. 2000.

4.9 系统论

4.9.1 概念的发展

> **系统**是一个万金油式的概念,可以用在政治或者心理学领域,也可以用于经济学、(神经)生物学、法律和美学的理论建构,这一概念在发展过程中可以从各种学科来理解。一般来说:如果希腊语的 systema 指的是一个由各个分支部分构成的整体,那么系统论中的系统不是表述为固定的统一体或者实体,而是由交流构成的动态交织物(参阅 Baecker 2001)或者是通过反馈来自我创造和维持的网络。

概念

自 20 世纪 70 年代年以来形成了一个由系统论各个分支构成的网络,这一网络已将差异极大的应用领域和知识领域联系起来:

- 生物学和神经生物学(自 20 世纪 50 年代起发展起来)(参阅 Maturana/Varela 1987)
- 社会学(主要是通过 Niklas Luhmann 1984)
- 心理学和医学(参阅 Kriz 1999)
- 经济学和环境科学(参阅 Gnauck 2002)
- 教育学
- 政治学和法学(参阅 de Berg/Schmidt 2000)
- 历史学和文化学(参阅 Becker/Reinhardt-Becker 2001)
- 艺术学(参阅 de Berg/Schmidt 2000,第 180—242 页)
- 文学学在 20 世纪 90 年代利用系统方法的空前繁荣,全面引进这一理论

生物学将所有通过反馈过程的调控来维持自身系统的对象都视作**生命系统**,即识别出化学数据,这些数据同时包含着加

工这些数据的程序，因而可以不断地重新进行生产。在这一意义上，**神经生物学**探寻什么是生命系统，它如何自我运作，如何按照自身感受器官的规则来加工来自环境的刺激。根据这一观点，学习不仅是源自外界的改造，而且也是一个统一体借助于内在前提对新的东西做出反应，从而进行的系统建造。（参阅 Maturana/Varela 1987）。

<338>　**自生产**（Autopoiesis）是核心概念之一，可以初步表述为：生命系统自身形成所有维持生命的功能，它接受环境的刺激，但是按照自己的法则来加工这些刺激（希腊语 auto 是指自我，poein 是指做，参阅 Becker/Reinhardt-Becker 2001，第 31—39 页）。**建构主义**继续发展了这一方法，它研究神经系统作为内部调节的统一体如何建构我们感知的世界，探讨在多大程度上可以说每个单独的感受器官都是作为自我发展的自生产体系来运作的（参阅 Schmidt 1990）。

4.9.2　尼克拉斯·卢曼：基本概念

社会学家尼克拉斯·卢曼（1927—1998）将神经生物学的系统程序转用于社会进程，他以塔尔科特·帕森斯的理论为基础，继承了帕森斯的基本观点：人的行动是从一个过度复杂的世界或者说从这一世界的无穷视野中攫取出各具重要性的视角。这是一个挑选过程，它建构起一个社会的规则、观察方式或者行动建议。下列主导概念在这一过程中发挥作用：

- **社会的自生产**：比照自生产的思想，可以说社会通过其象征和交往规则来勾勒自身，也就是通过它的全部社会实践。**复杂性**主要不是意味着"复杂"，它真正指的是系统在其要素之间可能建立的联结数量。系统根据自身的需求寻求复杂性，以维持它的各种功能，每一步新的发展都意味着复杂性的增加。不过如果联结的可能性过多会面临崩溃的威胁——在这种情况下要减少复杂性，即系统必须做出选择，以便获得主导编码（Leitcodes）（Becker/Reinhardt-Becker 2001，第23—25页）。

- **按功能分化**是18世纪末以来现代社会发展的标志性原则。卢曼在受到广泛重视的《社会系统》（1984）一书中勾勒了相应的进化模式，并且论证了由各个分领域构成的社会如何向更高的复杂度发展：政治、法律、经济、道德、教育、哲学、艺术或宗教就是这些构成成分，它们逐渐自我运作，自立和专门化地工作，因而可以具有效性。它们自我控制，各个分领域一起构成社会的整体。

- **交流**：系统内部和互涉的系统之间的交流具有关联性，这种关联性对社会来说具有建构性（konstitutiv）。人、个体及其互动是次要的，不直接归属于社会，可以观察的只有"交流及其作为行动的属性"（Luhmann 1984，第240页）。无论是生物、事物还是社会等等，系统学家只观察交流行为（Kommunikate），行动中的言说者被当作"非透明物"（opak）。

- **系统的建造**一方面"通过社会系统的自我观察和自我描述"（Luhmann 1984，第241页），另一方面通过相应的**系统之间的交流**。这一交流是通过**主导区别**（Leitdifferenzen）来控制的，主导区别是对立性的组对或者双重编码，它们构成系统的编码。每个系统都有不同的主导区别，比如"占有—不占有"和"有效率和无效率"（经济）；"真实—虚假"（科学、神学）；"创新—复制"（技术）；"善—恶"（道德哲学）；"掌权者—反对派"（政治）；"美—丑"和"有趣—无聊"

（艺术）；"入时—过时"（娱乐行业）等等。借助于这些主导区别，系统从环境中潜在的无穷属性当中获得自己的特征。它需要对自己的主导区别进行反思，以便推动自身的进化。从这一点来说系统甚至需要问题来自我定位，没有这些问题它将无法生存。

- **结构性的联结**：系统不仅进行自我交流，而且与各自的**环境**进行交流，环境指的是由它出发所能看到的周围的系统，它与周围的系统处在相互影响之中。这种结构性的联结经由交集而产生，比如在法律系统和隐私关系之间，如果缔结婚姻或者确定非婚的生活共同体，就会形成这一结构性联结；或者当文学和政治相遇时，通过奖项来倡导文学或者从负面来说通过审查制度来限制文学，这时也会形成这一结构性联结（参阅 Becker/Reinhardt-Becker 2001, 第65—67页）。形成和分化的**分系统**由此获得新的视角。

- **涌现性**（Emergenz）：如果各个分系统让这些视角发生关联，就会通过相遇的协同效应（Synergieeffekte）形成新的情况，不过对这些新情况无法做出确切无误的预言（涌现性）。如果说对一个系统的自身行为原本就无法做出准确的预言，因为原则上说它可以有多种反应方式，那么各个系统彼此做出的反应就更难做出预言，更不用说控制。

- **权变性**（Kontingenz）：这种不可预言性同样适用于社会的可计划性，社会的分系统总会呈现出不同于设想的发展。这一开放性的未来事件领域被称为权变性——罗伯特·穆齐尔在小说《没有个性的人》（1930）中将它在文学上描述为"可能性的意义"。

- **艺术的角色**：面对事件的不可预言性，卢曼承认艺术恰恰能够扮演一个带来希望的角色，如果艺术带来未曾意料到的新视角，通过"制造世界的权变性"带来陌生的体验，就能做到这一点："固定的日常模式被证实为是可以消解的，它变成一个可以别样阅读的多语境的现实——既被贬低，又恰恰由此而提升了价值"（Luhmann 1986，第 625 页）。艺术可以让僵化的态度面对事物的其他形状，由此可以获得新的行动视角：面对日常确定性的一叶障目，艺术通过谜团、迷乱或者开启新的语境来应对。

<340>

- **多语境**（Polykontextualität）：在文学学中与此相对应的是多语境的方法，即从其他系统的角度来观察文学，比如法律、医学或者政治（参阅 Plumpe/Werber 1995）——文学系统移离中心地位，从其他视角来观察文学系统。

4.9.3 观察的过程

观察者的权威：与文学的重要关联来自于观察者的概念：可以通过观察者来分析系统事件，而观察者又具有自身的系统。系统论不是描述毫无摩擦的交流如何发生，而是展示系统之间、不可融合的主导区别之间的非兼容性，它们使得交流变得困难。从这一意义上说，系统论是观察的理论：每个进程、每种状态和每个事物都依赖于观察者的视角、概念或者描述方式。

认识的相对性：如果观察者能够观察自己的观察，又在第三个层面上能够观察这一观察之观察，以此类推，那么他的观察将永无止境，永远无法最终确定他的位置。因此每个认识者都有自我认识的盲点。这一点符合日常经验中的自我欺骗或者说可以通过他人来了解自身的观察者位置。

与阐释学的相似性：如果读者像观察者一样，将文本当作陌生的世界来了解，在自己的系统条件下再造这一文本，探究新的观察方式，从而了解自身的世界观，就会显示出与影响视野这一阐释学思想的相似性（参阅 de Berg/Prangel 1997）。将这一观点移用到文本情形中，就可以说阅读不是简单地转递信息，而是每个读者都在自己的系统条件下生成文本的意义（参阅 Schmidt 1990，第 63 页以后）。

双重的权变性：如果参与交流的双方要相互理解（比如像作者与读者在文本上相互理解），两者就必须从一个由各种理解可能性构成的储备中进行挑选，因此会涉及双重的权变性，同时也意味着理解中的双重非准确性（Becker/Reinhardt-Becker 2001）。观察者还可以从文学中得出一个经验：在撰写历史的过程中，他不要把文学发展读作朝向一个明确的目标。原因在于文学文本也创造开放性的未来视野，虽然以特定的方式去运用这一视野，但是它的实现总会出乎意料。因此对文学时期的描述只是观察者事后的建构——或许具有洞见性，但是它抹平了裂痕，或许忽略了不符合时期框架的诸多倾向。

4.9.4 文学与其他系统之间的相互影响

系统论在文学学中的应用

➡ 在**文学分析**中，系统论的范畴特别适用于观察文学与其他系统（即它的环境）的共同作用。恰恰是这方面可以展示系统不仅自成一体发挥作用，而且相互交流，交流的渠道是建立主导区别和与其他系统的主导区别保持均衡。

主导区别：如果一个系统出于自身考虑去检验其他系统的主导区别，就会发生交流。文学作品完全可以从环境或者其他系统出发来进行评判：

- 经济上看作畅销或者非畅销商品，
- 政治上看作批评或者肯定，
- 宗教上看作忏悔或者无神论，
- 法律上看作毒害青年的文字，或许要列入禁书录，
- 如果能提供生活的帮助或者教益可看作道德机构，
- 具有教育作用，原因在于文本可以具有潜在的教化作用，可以在课程中考虑这一作用，或者因其不适用而加以拒绝。

正如文学可以指涉其他系统的编码，它可以从自己的视角出发，将其他系统的区分性观点转用于自己的目的，或者将这些观点看作对自己的苛求而加以驳回。原因在于文学主要探求的不是经济、政治或者道德上的主导区别，而是艺术的规律，即文本是有趣还是无聊、高深还是素朴、富于启发性还是平淡无奇、协调还是破碎。自18世纪末以来，恰恰是"**有趣和无聊**"这组主导区别成为文学发展的动力（参阅 Plumpe 1993）。 <342>

文学系统的分化：系统论学者总是将1770年前后称作现代社会开始分化成各个较小的系统的过渡期（Sattelzeit）[①]（Luhmann 1984；Schmidt 1989）。在建立独立的文学体系的过程中，狂飙突进运动的作者关于**天才崇拜**的努力颇为重要：他们将自己看作个体，带着日益增长的自我意识，争取承认和（法律方面的）权利，通过文学纲领或者自传体文本来推进这一诉求。原创性成为自视为重要个体的文学家的标志。他做出这一努力，同时让自己从邦国君主、神学家或者道德哲学家可能会提出的所有社会要求中摆脱出来，通过这种方式致力于**文学系统的自立**，文

[①] 这个概念是德国著名历史学家克泽勒克（Reinhart Kosellek 1923—2006）提出的，用来指从近代早期到现代的过渡时期。——译注

学系统在多样化的环境或者社会中作为独立的系统确定下来（参阅 Plumpe 1993）。文学家和他的艺术都不应接受相邻领域的指令，文学家自己掌握命运，自己确定规则，获取自己的身份（见第 1 章）。

互文性：1800 年前后的文学系统强化了自身的地位，它的方法是让单个文本结成更加紧密的网络。它们相互引用，创造出互文的关联性。《少年维特的烦恼》(1774/1787) 就显示出这一点。小说主人公同时也是一个勤奋的读者：荷马史诗、莪相 (Ossian) 的英雄歌 (Heldengesänge)、莱辛的《爱米丽雅·迦洛蒂》和克洛普施托克的作品是他的阅读成果。《少年维特的烦恼》这一文本同样为后来者所承继，体现在许多仿维特式作品和大量的书信体小说中，直至乌尔里希·普伦茨多夫①的《少年 W 的新烦恼》(1972)。《少年维特的烦恼》的**潜在接续性**体现在后来出现的引文、改写、借用、暗示和探讨之中。

4.9.5　作为系统构建的文学自我指涉性

文学自我创作的进程不仅仅体现在社会指涉方面，也不限于通过单个文本将自己置于互文的关联中（见第 1.2 章）。在这一进程中许多策略共同发生作用：

自我指涉性带来的自生产：文本结构可以指向自身，揭示自身的构造，比如从克里斯蒂安·莫尔根施特恩的诗作《美学的黄鼬》(1900) 中可以看出这一特点：

克里斯蒂安·莫尔根施特恩《美学的黄鼬》

| Das ästhetische Wiesel | 美学的黄鼬 |

---

① 乌尔里希·普伦茨多夫 (Ulrich Plenzdorf 1934—2007) 德国作家。——译注

saß auf einem Kiesel	坐在卵石上
inmitten Bachgeriesel.	溪流潺潺之间。
Wißt ihr,	你们知道，
weshalb?	为了什么？
Das Mondkalb	笨牛
verriet es mir	透露给我
im stillen:	悄悄地：
Das raffinier-	这只精心布局
te Tier	的兽
tats um des Reimes willen.	这样做是为了韵脚。

这里展现的黄鼬不是实际存在的动物学意义上的黄鼬，而是只存在于诗歌形式中的黄鼬。在诗中谈到诗歌形式如何发挥作用：韵脚高于对象，对象必须符合艺术或者说系统的需要，甚至为此将形容词 raffinierte 生硬地断开。严格的轴对称格局是审美的安排。这也是一首自我旋转、自我暗示和只为自身而存在的图像诗。

诗歌中的系统建造：这首诗显示出自身的系统性质，它的方式是表述出主导区别：诗歌不追寻真实、经济或者道德，而是追寻是否押韵、是否是艺术和是否适用于图像。它的自我指涉性在于它（不无反讽地）对诗歌语言的条件做出普遍性的反思，在于它或许是一台写作诗歌的机器，因为在这里可以看到创作其他诗歌的构造计划。

媒介和形式：对一般意义上的诗歌语言这一媒介进行自我反

思，以求获得具体的形式。如果将媒介定义为用以完成交流的一般性结构（比如用来达成交易的金钱，显示脚印的沙子，或者体育竞赛中的单个项目），那么文学使用的是语言这一一般性的媒介，以求获得更为特殊的形式，在这一事例中是诗歌交流的形式。

各种形式的自指涉（Selbsthinweise）在文学中可以以多种方式完成。文学藉此表达它的创作规则。下面这个例子展示一个句子通过反馈得以重新产生的原则："E ist dEr ErstE, sEchstE, achtE, zwölftE, viErzEhntE …（E 是第一个、第六个、第八个、第十二个、第十四个……——译注）"还需要补充"……在这个句子中的字母"（Schwanitz 1990, 第 59 页）。每个 E 的位置同时确定了规则，句子按照这一规则可以无限延续下去。与此相似的情况会出现在小说中，如果叙述者对角色进行反思，读者被带进叙述者的制作间，或者出现在戏剧中，如果发表关于戏剧的陈述，即文本提供文本如何产生（和可以如何写下去）的信息。这种**自我指涉性**的特殊变体是**自我讲述**（Autologie），即在形式层面上再次映照出创作规则：正像在莫尔根施特恩的诗中一样，用韵律的形式来谈论韵律。

4.9.6 为文学学和文学批评提供的视角

即便某些方法听上去与先前的作品内在式分析和社会史切入方式有相似之处，但是运用系统论的概念性表述可以更准确地阐述特定的问题：

- 在**文学社会学**方面可以展示文学体系与其他体系——法律、政治、经济、医学、宗教等——处在何种互动或者关联之中，这些体系如何各自通过不同的主导编码相互区别，按照自身的规则运行。

- 在**历史**方面可以描述文学何时指向周围环境，何时指向自身体系。1900年前后的唯美主义（参阅莫尔根施特恩）的典型之处在于媒介和形式的合力作用完全指向艺术本身。这一抉择在1770年前后开始显露，早期浪漫派坚决加以推进，尤其是关于艺术的自我反思。20世纪的先锋派则与此相反，他们要将艺术系统与日常生活相交杂，推行去区分化，取消发挥组织功能的艺术规则，或者加强运用日常事物和技术，以求革新社会（参阅Plumpe 2001）。

- 文学在其纲领中的**自我描述**起着重要的作用，在具体的文本分析中可以更准确地看到文本以何种方式指向自身，它如何显露出自身的策略或者建构，如何对自身的被创作性进行思考。分析常常将文本分为编码数值（Codewerte）或者二元对立（binäre Oppositionen），通过这一框架来描述功能体系，其他的分析细节都交给比如作品内在阐释。

- **对宏大概念的批评**：系统论对"人"、"道德"和所有人类学的范畴从原则上来说都提出质疑，因此文学学的传统支柱都出现了问题。尤其是**作者**及其灵感和**读者**的参与感都消解为系统的功能：他们令人感兴趣不是因为他们是个体，而是因为他们是**角色的承载者**，可以给自己划定性质和取消性质。由于这一原因就否定系统论的"人性"立场是短视的，正是这一中立的非体验性视角可以排除先入之见和保持距离地切入，从而可以更加敏锐地分析诸如社会问题。

- **批评性的反驳**：从**话语分析的角度**出发，可能会指出系统论的缺欠，即社会不仅可以描述为由各个系统构成的功能关联，而且可以通过权力机制的作用来描述，这些权力机制是具体可感的，必须对它们进行审核和梳理。且不论卢曼（1997）也曾提议采取批判性的观察方式，从根本上来说系

<345>

统论者会反驳说不存在好的或者坏的系统——至少对观察者来说是这样,观察者的立场不可能是特权的立场,他总是依据自己的区分能力来描述系统之间的状况或者系统内部的进程。只有这样,这些描述才会起作用或者令人感兴趣,带来进一步的交流。因此文学研究者的任务还在于,观察自身的观察,这一点与**阐释学凸显**自身的认知视野有可以比较之处(参阅 Berg/Prangel 1997;Pfeiffer 2001)。除去某些矛盾之外,系统论和阐释学可以在这方面和具体的文本分析中发现相通之处,从而消除教条式僵化的危险。

基础文献

Baecker, Dirk: »Kommunikation«. In: Ästhetische Grundbegriffe. Historisches Wörterbuch in sieben Bänden. Hg. von Karlheinz Barck u.a. Stuttgart/Weimar 2001, S.384—426.

—: (Hg): Schlüsselwerke der Systemtheorie. Wiesbaden 2005.

Barsch, Achim: »Kommunikation mit und über Literatur. Zu Strukturierungsfragen des Literatursystems«. In: Spiel 12,1 (1993), S.34—61.

Becker, Frank/Reinhardt-Becker, Elke: Systemtheorie. Eine Einführung in die Geschichts- und Kulturwissenschaften. Frankfurt a.M./New York 2001.

Dieckmann, Johannes: Einführung in die Systemtheorie. München 2005.

Fohrmann, Jürgen/Müller, Harro (Hg.): Systemtheorie der Literatur. München 1996.

Luhmann, Niklas: Soziale Systeme. Frankfurt a.M. 1984.

—: »Das Kunstwerk und die Selbstreproduktion der Kunst«. In: Stil. Geschichten und Funktionen eines kulturwissenschaftlichen Diskurselements. Hg. von Hans Ulrich Gumbrecht/Karl Ludwig Pfeiffer. Frankfurt a.M. 1986, S.620—672.

—: Die Gesellschaft der Gesellschaft. Frankfurt a.M. 1997.

—: Einführung in die Systemtheorie. Heidelberg 2004.

Plumpe, Gerhard: Ästhetische Kommunikation der Moderne, 2 Bde. Opladen 1993.

—/**Werber, Niels** (Hg.): Beobachtungen der Literatur. Aspekte einer polykontexturalen Literaturwissenschaft. Opladen 1995.

—/**Werber, Niels**: »Systemtheorie in der Literaturwissenschaft oder ›Herr Meier wird Schriftsteller‹«. In: Fohrmann/Müller 1996, S.173—208.

—: »Avantgarde. Notizen zum historischen Ort ihrer Programme«. In: Aufbruch ins 20. Jahrhundert. Über Avantgarden. Hg. von Heinz L. Arnold. München 2001, S.7—14.

Schmidt, Siegfried J. (Hg.): Die Selbstorganisation des Sozialsystems. Literatur im 18. Jahrhunderts. Frankfurt a. M. 1989.

—: Der Diskurs des radikalen Konstruktivismus. Frankfurt a.M. ²1990.

Schwanitz, Dietrich: Systemtheorie in der Literatur. Ein neues Paradigma. Opladen 1990. <346>

引用文献 / 供深入阅读的文献

Bardmann, Theodor M./Lamprecht, Alexander: Systemtheorie verstehen. Eine multimediale Einführung in systemisches Denken. Wiesbaden 1999.

de Berg, Henk/Prangel, Matthias (Hg.): Systemtheorie und Hermeneutik. Tübingen 1997.

—/**Schmidt, Johannes** (Hg.): Rezeption und Reflexion. Zur Resonanz der Systemtheorie Niklas Luhmanns außerhalb der Soziologie. Frankfurt a.M. 2000.

Gnauck, Albrecht (Hg.): Systemtheorie und Modellierung von Ökosystemen. Heidelberg 2002.

Hohm, Hans-Jürgen: Soziale Systeme, Kommunikation, Mensch. Eine Einführung in soziologische Systemtheorie. Weinheim 2000.

Jahraus, Oliver (Hg.): Interpretation—Beobachtung—Kommunikation. Avancierte Literatur und Kunst im Rahmen von Konstruktivismus, Dekonstruktivismus und Systemtheorie. Tübingen 1999.

Jensen, Stefan: Erkenntnis—Konstruktivismus—Systemtheorie. Eine Einführung in die Philosophie der konstruktivistischen Wissenschaft. Opladen 1999.

Koschorke, Albrecht (Hg.): Widerstände der Systemtheorie. Kulturtheoretische Analysen zum Werk von Niklas Luhmann. Berlin 1999.

Kriz, Jürgen: Systemtheorie für Psychotherapeuten, Psychologen und Mediziner. Eine Einführung. Wien 1999.

Maturana, Humberto/Varela, Francisco: Der Baum der Erkenntnis. Die biologischen Wurzeln menschlichen Erkennens. Bern/München 1987.

Pfeffer, Thomas: Das zirkuläre Fragen als Forschungsmethode zur Luhmannschen Systemtheorie. Heidelberg 2001. <347>

4.10 传播学

视角 ➡ **传播学**探究的是技术媒介的交流过程是如何改变的,会产生怎样的社会学或者文化影响(总体参阅 Hickethier 2003)。日耳曼语文学学者从这一视角出发更专注于考察**在技术媒介的条件下文学是如何发展的**。从最初的书写文字,经过视觉媒介和听觉媒介,直至数字媒介,在这一过程中可以观察到媒介如何在文学中被加工成主题,尤其是在文本结构中留下痕迹,或者促进新体裁的形成。同样可以反过来提出问题:文学如何赋予新媒介以形式语言。自 20 世纪 20 年代末以来瓦尔特·本雅明的研究给予**媒介美学**以重要的推动,本雅明研究的是社会问题、摄影与电影这类媒介和可以改变感知形式的艺术之间的关联性。

麦克卢汉的媒介人类学及其结果

主要概念 **1. 马歇尔·麦克卢汉的主要概念**自 20 世纪 60 年代以来对文化学、文学学和社会科学的某些方面产生了持续的影响:

- **媒介塑造内容**,它传输内容的方式可以根据各个感官的不同特点来诉诸感官——由此才有麦克卢汉的被广泛引用的命题,这就是媒介即讯息或者说媒介决定讯息("the medium is the message",1995,第 23 页及其他页)。
- **媒介从根本上影响社会**:麦克卢汉的出发点是"媒介塑造和控制着人类共同生活的规模和形式"(同前,第 23 页),也就是说对社会生活有着深刻的影响。
- **人的感知的延伸**:人借助于媒介仿佛为自己创造了延展的皮肤,他添设了人工的器官,这些器官起到**延伸**神经系统和权力范围的作用:"在电力技术发明的一个多世纪之后的今天,我们甚至将中枢神经系统扩展成一个围绕全球的网络,因此关于我们这颗行星的一切都不再受到时空的限定。"(同前,第 15 页)
- **两种媒介类型**得以区分:像印刷术或者收音机这样的"热"媒介集中于某一种感官,像有声电影或者电视机这样的"冷"媒介同时混杂地诉诸诸多感官。 <348>
- **地球村**:在地球村中讯息流传的速度像乡间闲话一样,总的来说交流状况是得到优化的。这既是遵循游戏般的自我目的性,更重要的是中枢神经系统的策略,通过提高生活的速度来扩大潜在的权力。
- **艺术的角色**:麦克卢汉并非遵循纯唯物主义的观点,即媒介完全决定对环境的感知,他认为艺术或文学不只是媒介状况的反映。他甚至相信艺术或文学具有沟通的功能:"在新一波技术浪潮麻痹有意识的进程之前,艺术家能够纠正感官之间的相互关系。他可以在麻痹、潜意识的摸索和做出反应之前予以纠正。"(同前,第 109 页)

2. 媒介学是一个思想学派,它受到麦克卢汉的视角的决定性影响,主要形成于法国。这一学派的方法(比如 Debray 2003 或者 Bougnoux 2001)表明,总是能够通过探究思维方式、象征性的现实和机构性的语境或实践来揭示媒介发挥功能的机制:"媒介学将自身与生态学相联系:它研究既是技术的又是社会的环境,这些环境塑造和回收我们的象征性表征(Repräsentationen),从而使我们可以共同生活。"(Bougnoux 2001,第 25 页)媒介学包含主体或者说沟通者(Mediateure)和客体(技术),还有为此所需的物质性组织(团体、政党、教会)和材料含义上的媒介(器械)。阿尔布莱希特·科朔尔克(2003)提出不同的媒介学观点,他只是极其广义地将技术媒介的角色具体化。他主要分析的是在自然科学（生理学）和技术构想的影响下文学中的交流状况和记忆文化发生了怎样的变化。

3. 媒介心理学：自 20 世纪 60 年代以来，社会史学派的文学学只要没有在研究中淡化作为文化工业的技术世界，就会零散地触及关于**媒介、感官感知和艺术的关联性**问题。直到 80 年代中期这些视角才在日耳曼语文学中具有自身的价值。弗里德里希·A. 吉特勒系统地研究媒介对文学的影响，尤其是从媒介心理学的观点（参阅 Kittler 1986 和 2003），在研究中他给予媒介明确的优先地位，否认文学具有任何自身的规律性。

4. 媒介的话语史：吉特勒的方法与思想史针锋相对，总的来说他试图将文学学纳入媒介技术和传播学。从文学学的观点来看，曼弗雷德·施奈德（1987）的话语史至少显得更为均衡恰当，他指出文学的美学或形式传统是在与印刷术或者其他媒介条件和权力策略的关联作用中形成的。书面文字的话语性条件可以直接通过媒介技术来形成，施奈德将印刷术和宗教改革的相遇呈现为视觉感官的敏锐化和能指的魔幻化。主要从麦克卢汉的观点出发，书面文字和印刷术自 80 年代中期以来普遍成为重要的主题，尤其是吉塞克（1991）在他的内容广泛的研究中以此为例描述了由权威势力构成的网络，它们规范、进行和分配视觉的感知。

印刷媒介条件下的文学

在传播学视角的实际应用中，最重要的是分析文学对印刷媒介的依赖性（一般性研究 Binczek/Pethes 2001）。在这方面文学学提出一些问题：

1. 媒介对书写和思维的影响：文学语言和写作会受到媒介的影响，尼采就曾表述过这一思想：尼采患有严重的眼疾，1865年专为盲人发明的打字机使他能够通过按键来选择一个个字母，看到句子在纸上同步出现。这一方式影响到尼采的写作，他获得灵感，进行游戏般的字母、词语和字行的试验，因而偏爱短文或者警句，而不是大型的文学体裁。当书写者在打字机上直接看到自己的产品就在眼前时，文本的内容也发生了变化，因此尼采得出后果深远的结论："书写工具参与我们思想的形成。"（Nietzsche 1882/1981，第172页）从这一观点来看，文本的生产条件不是无关痛痒的，媒介条件从口头传承经过手抄本和印刷术直至电脑稿，这些条件要与文学联系起来看，原因在于正是它们创造了一些文学体裁。

媒介影响思想

2. 书面语文化的发展：如果说字母就可以称作媒介，它在两个交流者之间起到沟通者的作用，那么书面语文化的发展已经普遍地成为众多研究的对象，这些研究指出这一文化技术的影响效果（McLuhan 1964/1995；Flusser 1992）。书面语产生之初纯粹服务于实用目的（商务信件，简短的消息），不过它也可以用于控制和占有的目的。另外一个功能是保障文化流传。此外弗鲁塞尔（Flusser 1992）提出一个引起热议的论点，他揭示运用书面语还可以开拓思维的方向：字母表在视觉上的单一性和持续性从文化史来看与特定的思想相关联，即历史的进程奔向某个未来的点，思维必须具有指向特定目的的政治指向性。换种方式来表述：字母表与战争行为具有某种亲缘性。

书面语的文化

<350>

印刷术　　**3. 作为大众媒介的印刷术**：许多研究的主题是近代早期开始之际的媒介转换。中世纪手抄本文化的特征是少数文本的口头和人际直接传承，或者说口头性和视觉性（参阅 Wenzel 1995），到了近代早期这一文化为约翰内斯·谷登堡的活字印刷术所替代（Binczek/Pethes 2001；Giesecke 1991）。1454 年前后完成的第一部印刷本《圣经》揭开了一场**媒介的革命**，它具有奠基性的意义，使得书籍成为大众媒介，书籍在公众政治生活和文化生活中起到重要的作用。

在这一语境中，书面语的连续性和线性特征给**文学史带来重要影响**（McLuhan 1964/1995，第 32 页），这一影响成为研究的对象：

- 统一铅字的目的在于规范化的信息加工过程，这一变化引发近代科学体系中对统一化思维的需求。
- 书面语的跨地区流传使得发展一种统一的标准语言变得很有意义，由此产生了日益增长的民族国家的意识。
- 以宗教、政治和消遣为内容的传单文献流传开来。
- 没有印刷术的出现，马丁·路德翻译《圣经》是不可想象的，原因在于无法传播；
- 这同样适用于宗教改革运动，没有印刷术的出现，就不会存在这一形式的宗教改革运动。
- 随着默读这一新的方式的出现，形成了一个各种声音的主观回声室（Hallraum），也就是说思考的空间，它可以被视为近代个体性形成的条件（参阅 Schneider 1987）。
- 文学作为支付得起的媒介成为决定性的公共权威，它创造了公共性或者公众舆论。
- 长篇小说这一体裁的地位得到提升。

4. 交通技术的要素伴随着书面语的传播过程,尤其是 15 世纪末以来随着**邮政业**的发展(参阅 Siegert 1993)更是如此。邮驿马车服务的物流系统与 18 世纪某些文学形式的发展密切相关。**报刊业**源自邮政驿站,并逐渐确立下来——邮政驿站处在交通要道的交叉点,可以最方便地将在那里汇聚起来的消息收集整合,这些消息当然不具有政治价值,而是具有消遣价值(参阅 Lotz 1989)。由此形成了一些**文学的出版形式**:

交通技术

- **道德周刊**:作为消遣性的刊物产生,覆盖相对较大的读者群。在 18 世纪作为传授启蒙的媒介它的作用是无可争议的。
- **文学副刊**(法语 feuillet,指页和纸张)与周刊一起兴起,有着同样的美学和政治要求。
- **中篇小说艺术**受到短小的报刊小说的深刻影响(在席勒的早期小说和克莱斯特的作品中尤其明显)。
- **书信体小说**作为 18 世纪的叙述体裁同样得益于邮政这一关键要素;它创造了私人性的语言文化(参阅 Nickisch 1991,第 44—59 页和 158—167;Siegert 1993,第 35—101,参阅第 1.4 章)。

5. 使用电脑的文本制作:电脑是当下前景最为广阔的大众媒介,电脑中的文本制作也已成为新近文学学的研究对象,研究者分析新媒介对阅读和写作过程的作用(参阅 Kammer 2001,第 519—554)。有些私人文本和文学项目将电脑当作有利的传播途径,但是在形式上依旧保留传统("13 论坛"和"书—池边生活",1999),[①] 这类文本和项目多得不可计数,文学学感兴趣的是除此

文本的数字制作

---

① "13 论坛"(Forum der Dreizehn)是搭建于 1999 年的文学网络平台。"书——池边生活"(the Buch–leben am pool)是以 pool 为名的文学网络平台(1999—2001)的结集作品。——译注

之外的另一类行动，它们改变的不仅是文学的形式，而且是文学的基本概念。因此如果在写作和阅读中运用虚拟空间中的可移动性，兼顾到超文本中浏览的可能性，就需要将容易引起误解的广义概念网络文学更确定地表述为**数字文学**。所谓的"随机文本"（random-Texte）作为新体裁也成为研究对象，随机文本是指用鼠标点击词语或者图像，以便构成图像或者声响的拼贴，或者开启新的词语组合。罗贝托·希曼诺夫斯基在他的"数字文学"（literatur.digital）项目中实现的就是这种性质的文本，同时实现了作者与读者的消解、联结和互动的结构特性，他在评论性的书籍中详细分析了这些特点（Simanowski 2002）。

<352>

听觉和视觉媒介

文学在其媒介或者说物质载体中是怎样表现的，随着这一问题的提出，文学学开辟了新的主题和形式，不过也开辟了新的历史关联性。

1. 视觉媒介：如果探讨用于观看的技术性器械（Walitsch/Hiebler 的文章，引自 Hiebel 1999，第 281—540 页）对文学的影响，应该说视觉媒介自 18 世纪以来与文学的关系已经得到多方面的研究。如果展现一幅简洁的图画（格言诗、寓言）或者在篇幅较大的长篇小说中给出一系列短小的事件图景，就会考虑到显微镜和带画框的图画对 18 世纪小型文学体裁的影响（Langen 1934）。在研究中描述的还有全景画与 19 世纪叙述方式的关系（参阅 Segeberg 1996）和摄影术给文学带来的问题（参阅 Plumpe 1990），或者连续摄影术对 1900 年前后多重视角的发展的影响，尤其是 1895 年以来**电影技巧**与**文学叙述方式**的互动循环（见第 3.5 章）。在最后这一互动关系的研究中发掘出多种类似的布局策略，比如观察角度和视角的选择，剪辑技术以及安排时间的方式（参阅 Hickethier 2007）。

2. 听觉媒介：听觉媒介对文学的影响可见于意识流的发明这一事例。意识流不再是纯粹的文学事件，1887 年发明了留声机，由此又设计出了放音用的唱机，意识流是留声机随机录音得出的媒介效果。可以以声音媒介的方式来进行真实的保存，这一可能性促使人们记录内在的声音，这就展现为阿尔图尔·施尼茨勒的小说（《古斯特少尉》1900）中的内心独白（参阅 Kittler 1986，第 243 页）。语言作为讯息的传递者带来技术性的问题，这一问题在文学中反映出来，比如 1900 年前后对语言的怀疑，同时开始关注语言的声音形式或者字母，将它们与含义分割开来。这一变化在诗歌中表现为对字母或者词语进行视觉的排列，或者表现为放弃语言的含义层面的音响诗。

明克尔和勒斯勒尔（2000）研究电话在哲学和文学中的影响，或者是作为匿名化的交际媒介，或者是作为像卡夫卡的《城堡》（1923）中的权力工具，或者是通常意义上存在于文学交流的变形过程之中（参阅 Bräulein 1997）。自 1923 年以来，文学与听觉媒介最紧密的合作是广播电台，这一合作直到今天依旧影响着由广播电台和 CD 版听力书市场所提供的丰富多样的广播剧（参阅第 3.6 章）。

媒介理论的前景

在媒介的发明日渐加速的时代，将关注的目光转向媒介近来已经跃然成为文学学的新范式，这一点并不令人惊异。媒介理论是否因此只是一种时髦现象？尼尔·波兹曼在他对媒介的**批评**中可能有此暗示，他指责媒介通过知识的轰炸（甚至"文化艾滋病"）有意造成迷惘，同时排斥所有个人的经验。

特别是在关于教育的讨论中，澄清**媒介的价值**成为广泛可见的教育学需求和教学法需求（参阅 Wermke，引自 Schanze 2001）。从这一讨论中反映出媒介理论与文学学之间的争论。即便如此，有一个见解并未受到这一争论的影响，这就是认识和获取知识不是纯粹的思想活动和思想产物，而是始终在媒介中实现："我们对我们的社会，对我们生活的世界的了解都通过大众媒介"（Luhmann 1996，第 9 页）。最晚从 1800 年起，认识、感知和艺术也服从于工业化的进程，这一进程在文学形式中反映出来。在连续的相邻媒介中来展现文本，这将成为广泛的研究兴趣所在，同样在媒介条件下作者和读者的角色的变迁也成为关注的对象（Rau 2000）。媒介不能只是被视为器械、机器或者某种含义的技术载体，这一认识不是流行的观点，而是根本性的观点。媒介总是同时展现出内容的条件和基本秩序。它更和社会机构、象征性的表述系统和操作方式的历史密切相关。原则上可以用媒介性（Medialität）(Rauscher 2003) 这个概念来称呼这个功能组合，这个功能组合在今后几年中对文学学和文化学来说是具有指向性的视角。

基础文献

Benjamin, Walter: Medienästhetische Schriften. Hg. mit einem Nachwort von Detlef Schöttker. Frankfurt a. M. 2002.
Faulstich, Werner: Medienwissenschaft. Paderborn 2004.
Flusser, Vilém: Die Schrift. Frankfurt a. M. 1992.
Geisenhanslüke, Achim: Einführung in die Literaturtheorie: von der Hermeneutik zur Medienwissenschaft. Darmstadt 2004.

Giesecke, Michael: Der Buchdruck in der frühen Neuzeit: eine historische Fallstudie über die Durchsetzung neuer Information- und Kommunikationstechnologien. Frankfurt a. M. 1991.
Hickethier, Knut: Film- und Fernsehanalyse. Stuttgart/Weimar [4]2007.
—: Einführung in die Medienwissenschaft. Stuttgart 2003. <354>
Hiebel, Hans H. u.a.: Große Medienchronik. München 1999.
Kloock, Daniela/Spahr, Angela (Hg.): Medientheorien. Eine Einführung. München 1997.
McLuhan, Marshall: Die magischen Kanäle [1964]. Dresden/Basel 1995.
Schanze, Helmut (Hg.): Handbuch der Mediengeschichte. Stuttgart 2001.
— (Hg.): Metzler Lexikon Medientheorie/Medienwissenschaft. Stuttgart/Weimar 2002.
Schnell, Ralf: Medienästhetik. Zu Geschichte und Theorie audiovisueller Wahrnehmungsformen. Stuttgart/Weimar 2000.

引用文献 / 供深入阅读的文献

Binczek, Natalie/Pethes, Nicolas: »Mediengeschichte der Literatur«. In: Schanze 2001, S.248—315.
Bougnoux, Daniel: »Warum Mediologen…«. In: Mediale Historiografien. Hg. von Lorenz Engell u. Joseph Vogl. Weimar 2001, S.23—31.
Bräunlein, Jürgen: Ästhetik des Telefonierens: Kommunikationstechnik als literarische Form. Berlin 1997.
Debray, Régis: Einführung in die Mediologie. Bern u.a. 2003.
Kammer, Manfred: »Geschichte der Digitalmedien«. In: Schanze 2001, S. 519—554.
Kittler, Friedrich A.: Aufschreibesysteme 1800/1900 [1985]. München [5] 2003.
—: Grammophon Film Typewriter. München 1986.
Koschorke, Albrecht: Körperströme und Schriftverkehr. Mediologie des 18. Jahrhunderts. München [2] 2003.
Langen, August: Anschauungsformen in der deutschen Dichtung des 18. Jahrhunderts. Rahmenschau und Rationalismus (1934). Darmstadt (Neudruck 1965).
Lotz, Wolfgang (Hg.): Deutsche Postgeschichte. Essays und Bilder. Berlin 1989.
Luhmann, Niklas: Die Realität der Massenmedien. Opladen 1996.
Münker, Stefan/Roesler, Alexander (Hg.): Telefonbuch. Frankfurt a. M. 2000.

Nickisch, Reinhard M. G.: Brief. Stuttgart 1991.

Nietzsche, Friedrich: Briefwechsel. In: Kritische Gesamtausgabe. Hg. von Giorgio Colli und Mazzino Montinari. Berlin/New York 1981, III. Abt., Bd.1.

Plumpe, Gerhard: Der tote Blick. Zum Diskurs der Photographie in der Zeit des Realismus. München 1990.

Postman, Neil: Das Technopol: die Macht der Technologien und die Entmündigung der Gesellschaft. Frankfurt a. M. 1992.

Rau, Anja: What you click is what you get? Die Stellung von Autoren und Lesern in interaktiver digitaler Literatur. Verlag im Internet: dissertation.de 2000.

Rauscher, Josef: »Medien und Medialität«. In: Christoph Ernst/Petra Gropp/Karl Anton Sprengard (Hg.): Perspektiven interdisziplinärer Medienphilosophie. Bielefeld 2003, S. 25—44.

Schneider, Manfred: »Luther mit McLuhan. Zur Medientheorie und Semiotik heiliger Zeichen«. In: Diskursanalysen I. Hg. von Manfred Schneider/Friedrich Kittler/Samuel Weber. Opladen 1987, S.15—32.

Segeberg, Harro (Hg.): Die Mobilisierung des Sehens. Zur Vor-und Frühgeschichte des Films in Literatur und Kunst. Frankfurt a. M. 1996.

Siegert, Bernhard: Relais. Geschicke der Literatur als Epoche der Post. Berlin 1993.

Simanowski, Roberto (Hg.): literatur.digital. München 2002.

Wenzel, Horst: Hören und Sehen. Schrift und Bild. Kultur und Gedächtnis im Mittelalter. München 1995.

Wermke, Jutta: »Medienpädagogik«. In: Schanze 2001, S.140—164.

4.11 文化学的方法

直到 20 世纪 90 年代，前面章节中探讨的各种方法或者文学学的途径像"时尚"一样相互替代，自 90 年代起方法的多样性日渐被视为同时可支配的全部工具的总和，可以用来进行文学论证和分析，每个人可以根据待研究对象的需求使用其中的工具。

与此同时，文学学在讨论中日益被看作**文化学的组成部分**——文化学是一个巨大的框架，它包含了大多数以往的方法流派和问题。正如下文所展示的，德语文学学的新倾向是追溯较早时期已经具有跨学科或者学科互动倾向的方法学流派，这些流派可以看作从文化学的角度理解这一学科的出发点。具有文化学倾向的文学学既意味着学科对象领域的扩展，也意味着强化跨学科的指向。

文学学这一学科并非简单地为文化学所替代。文学作为研究对象的复杂性、文学研究的必要性以及（处在其他艺术或者文化生产的整体中的）文学自身的价值，这一切使得人们有理由创立一门学科，它主要从事文学的研究——当然也要兼及其他在某种程度上为文学提供程序和美学的文化话语。

4.11.1 文化研究

➡ "**文化学**"首先是一个集合性概念，它用来指所有致力于描述和分析文化结构和文化现象的科学。"因此无论是民族学家、语文学家、传媒学者、社会学家、文化批评家或是自称的自由研究者，如今每个研究与社会权力关系相交织的文化实践的人都可以给自己贴上'文化研究'的标签。"(Engelmann 1999，第 25 页)

概念

学科的历史:"文化学"概念的兴盛可以看作是一个尝试,目的是让曾经称作"人文科学"(Geisteswissenschaft)的学科通过方法的论证来获得合法性——"人文科学"这样表述的概念只有德语中有(见第 4.1 章)。用"文化"这一更为精确的表述来替代英美和法语区使用的概念"人文科学"(humanities 或者 sciences humaines),它既指人类社会的物质产品,也指这一社会的机构和共同约定的程序和仪式等。

➡ **文化研究**:与听上去没有专指的"文化学"这一广义概念不同,文化研究自诞生之日起就是一种十分精确的具有政治指向的方法:它的先驱是 20 世纪 50 年代对通俗文学和电影、广告和媒体的文学学研究,在英国面对二战后剧烈的社会变化,从这些研究中发展出一个政治性和教育性的项目。理查德·霍加特在他的《文化的用途》(1957) 一书中揭示了较为复杂的文化现象,并且在伯明翰成立了一个研究所,即当代文化研究中心 (Center for Contemporary Cultural Studies)。这一机构的研究对象在很多方面与当今文化研究的研究对象相符:民歌和通俗音乐、日常艺术、居住文化、青年文化、体育等等。除了霍加特之外,雷蒙德·威廉斯(《文化与社会》1958)和 E. P. 汤普森(《英国工人阶级的形成》1963)都是文化研究的发起者。

方法的历史:文化研究一方面承继了 20 世纪马克思主义哲学的传统(阿尔都塞、法兰克福学派),另一方面接受了结构主义和话语分析的影响。如同结构主义中的语言符号,所有的社会"现实"都被解释为并未"真正"给定,而是借助于一个复杂的差异指向系统来建构,"[源于] 一个由诸要素、话语或者实践所构成的 [……] 交织物,要分析这一交织物内部的关系构成"(Engelmann 1999,第 18 页)。文化不再按照正统的马克思主义来区分,不再把它看作处于经济基础之上的上层建筑的现象,而

是看作所有话语和社会行动方式的总和，它们传达的是关于社会的经验。

作为文化学的文明史：诺贝特·埃利亚斯的文明史研究也应该属于具有文化史倾向的文学学语境，他 1939 年在伦敦流亡期间就已出版的著作《文明的进程》直到 20 世纪 70 年代才得到广泛的接受，也就是说与文化研究和社会史式文学学的有力影响相关。在这部作品中埃利亚斯描述了中世纪以来欧洲现代社会的发展过程，他将其看作通过塑造与分化的复杂进程来实现的社会化过程，他的跨学科研究结果为现代文学学提供了多种多样用以借鉴的可能。

<358>

文化社会学：法国的研究者皮埃尔·布尔迪厄同样是以文化社会学的方式来论证的，他的研究著作《区分：对趣味判断的社会批判》(1979)将(个体或者阶级性主体的)特有的文化消费功能揭示为社会性的区分特征。对特定文学的接受是个体区别于他人的习性(Habitus)，是身份形成过程中的社会性行为和自我塑造模式。在他后期的巨作《艺术的法则》(1992/1999)中布尔迪厄以福楼拜为例，揭示了 19 世纪逐渐向自律分化的"文学场"，从而在尼克拉斯·卢曼的系统概念之外提供了另外一种文化史的选择(见第 4.9 章)。

结果与研究对象：文化研究对文化有着极端民主化的理解：文化不再是高雅文化和精英文化，而是包括各种亚文化、青年文化、劳工文化和通俗文化、少数族群文化和多元文化性的表现形式。尤其是自 20 世纪 80 年代以来，文化研究越来越国际化，研究对象的覆盖面十分广阔——这些研究对象一方面凸现文化研究的**跨学科性**，另一方面明显不同于传统的文学学：

- 通俗文化艺术作品或者事件的影响方式；
- 媒介性结构的排演、落实和组织；

- 对通俗类的分析：知识问答、电视、特定规格的电视观众的构成、网络浏览、音乐、购物、时尚和生活品位、消费现象（参阅 Hügel 2003）；
- 身体话语和自我排演、由文化提供材料的身份建构（族群身份、性身份、阶层身份、个体或者集体身份）；
- 种族主义或者多元文化性；
- 电子邮件交流和网络文化；
- 文化政策、城市、殖民主义、全球化等等。

文化研究的功绩首先在于确立了经过方法学思考的现代文化社会学或者文化话语分析。作为文化学的文学学可以在整体文化的大背景下更好地给特定的文学性文化现象来定位，低俗文学和通俗文学如何确定其文化位置，或者说在与其他媒介的竞争、在事件文化（Eventkultur）和网络文化的语境下文学性文化如何理解，这些问题只有在这一背景下才是可以想象的。尽管如此，语文学式的、分析式的、或许是阐释学式的单个文本研究绝不是多余的（Nünning/Nünning 2003 对"文化学的诸多构想"有概览式的介绍）。

参考文献

Benthien, Claudia/Velten, Hans Rudolf (Hg.): Germanistik als Kulturwissenschaft. Eine Einführung in neue Theoriekonzepte. Reinbek bei Hamburg 2002.

Böhme, Hartmut/Mattusek, Peter/Müller, Lothar: Orientierung Kulturwissenschaft. Was sie kann, was sie will. Reinbek bei Hamburg 2000.

Bromley, Roger u.a. (Hg.): Cultural Studies. Grundlagentexte zur Einführung. Lüneburg 1999.

Engelmann, Jan (Hg.): Die kleinen Unterschiede. Der Cultural-Studies-Reader. Frankfurt a. M. 1999.

Göttlich, Udo u.a. (Hg.): Die Werkzeugkiste der Cultural Studies. Bielefeld 2001.

Hohendahl, Peter Uwe (Hg.): Kulturwissenschaften. Beiträge zur Erprobung eines umstrittenen literaturwissenschaftlichen Paradigmas – Cultural studies. Berlin 2001.

Hörning, Karl H./ Winter, Rainer (Hg.): Widerspenstige Kulturen. Cultural Studies als Herausforderung. Frankfurt a. M. 1999.

Hügel, Hans-Otto (Hg.): Handbuch Populäre Kultur. Begriffe, Theorien und Diskussionen. Stuttgart/Weimar 2003.

Lindner, Rolf: Die Stunde der Cultural Studies. Wien 2000.

Lutter, Christina / Reisenleitner, Markus: Cultural studies. Eine Einführung. Wien 2002.

Nünning, Ansgar/Nünning, Vera (Hg.): Konzepte der Kulturwissenschaften. Theoretische Grundlagen – Ansätze – Perspektiven. Stuttgart/Weimar 2003.

Nünning, Ansgar (Hg.): Metzler Lexikon Literatur-und Kulturtheorie. Ansätze – Personen – Grundbegriffe. Stuttgart/Weimar³ 2004.

4.11.2　女性主义文学理论 / 性别研究

➡ **女性主义文学理论**是指特定的文学学研究和项目，这些研究和项目"从女性视角研究文学文本中的女性描写和女性的文学创作和接受"(Nünning 2004，第 172 页；详细的基础知识参阅 Lindhoff 2003；Kroll 2002)。这里指的不是方法学上具有连贯性的文学理论流派，而是从历史沿革和具体方法上都互有差异的多种方法。

概念

方法的历史：尤其是在 20 世纪 70 年代，女性主义是指源自北美的一场学术运动，它起先关注的是由男性创作的文学中的女性形象，在分析中揭示对人物形象和对女性特点的"父权式"塑造。来自北美的凯特·米利特的纲领就是"逆向"阅读，她阅读的主要是 19 和 20 世纪的文学，分析写作者的男性视角，从女性主义视角出发阅读女性形象，目的在于观察这些形象是如何从男

<360>

性的权力视角被创造出来。

女性主义文学理论的**第二个潮流**或者说阶段是力求反抗传统经典的统治地位，指出女性文学的传统。这既意味着（重新）发现被遗忘的女性作者，阐释和编辑她们的文学作品，也意味着从新的观察角度出发对已知女性作者的新的阐释。

文学学的女性研究有其偏爱的**对象**，这就是女性作为作者的自我定位，还有就是在历史上为女性施展自身文学才华提供便利或者可能的地点或者非大众性的社会圈，比如中世纪的修道院或者1800年前后的沙龙。同样属于其偏爱的研究对象的还有女性写作的"典型"体裁（尤其是私人交流的文本类型），不过也包括"大型"的传统文学体裁（参阅 Gnüg/Möhrmann1998）。这些潮流总的来说致力于**研究女性特有的写作**，研究与众不同的女性美学，这一美学在男性经典之外或者在与男性经典的对抗中确立自身的文学传统（伊莱恩·肖瓦尔特：《她们自己的文学》，1977）。

反思与自我批评：这一建立逆向经典的原则自身又成了问题：一方面它确立的新经典过于明显地源自单一的视角，即来自社会中间阶层的、异性恋的白种女性——像"族群"、"种族"和"性取向"之类的范畴被排除在外，另一方面分类和排斥、等级化和经典化都显现为由男性创造和建构的科学和文学机制中的权力实践。女性主义文学学的最初几年依托于显而易见的解放热情，这时的纲领是从男性的意识形态化的女性形象中解放出来，展示积极的女性典范，随后在20世纪70年代末这一讨论就达到了一个新的层面。父权的压迫深深地渗透到语言之中，渗透到学术言语和程序的概念性表述和方法学之中。

解构主义的女性主义：借助于心理分析、后结构主义和话语分析的认识，整个传统的知识生产程序被揭露为具有男性指向——因此必须建立全新的学术话语（关于女性主义理论的发展参阅 Frei Gerlach 1998，第 19—151 页）。"女性主义文学批评迄今为止的中心诉求是建构女性的主体性和身份，这一诉求遭到否定：女性现在要做的是从根本上克服西方的主体性构想和身份构想"（Lindhoff 2003，第 VIII 页）。无论是女性的还是男性的主体都被看作语言结构或者说集体话语的产物，纲领性的目标不再是建构女性的主体和身份，而是解构性别差异，将它看作服务于传统的主体建构的基本话语秩序。

从女性主义解构主义出发**对文学学范畴和对象进行批评和审核**，直到触及像"作品"和"作者"这样的核心范畴。西尔维亚·博芬申就曾指出"天才"和"创造性行动"这类构想在传统上首先具有男性的内涵，而创造性这一概念的形象表现，比如像缪斯或者讽喻，则具有女性的躯体，不过这一躯体是男性想象出来的（Bovenschen 1979，第 238 页）。从传统来看文学拥有数不胜数的女性或者说妇女的意象，不过这些意象都必须放到由男性主宰的话语政策的语境中去理解（即便这些意象出现在由女性创作的文本中）。性别差异作为话语特征创造出文本中的性别差异。

文化学的普遍化：性别研究

女性主义文学学总是超出文学这一研究对象，因为它将媒介和社会的建构进程这一整体纳入自己的研究对象的范围——从这一点来看它已经具有明显的文化学特征。因此可以将性别研究看作文化研究的类型之一，是女性主义文学学的普遍化：它关注的是诸如文化构成和话语中的**性别角色的建构**："性别研究探讨性别对文化、社会和各种学科的重要性。它不以任何确定的性别概念为前提，而是研究这样一个概念如何在各种关联性中形成或者说被制造出来。"（Braun/Stephan 2006，第 3 页）

概念

<362>

> **性别**（Gender，拉丁语 generare 是生产、生成的意思）区别于生物学意义上的性（sexus），是指在文化或者话语中产生的关于性别的社会角色的观念或者设想。性别研究认为"文化上的意义产生过程是通过性别差异来组织的"（Kroll 2002，第 143 页）。**性别研究**超出女性主义文学理论，因为它的研究对象包含男性意象，男性想象和男性设想。

性别研究必然包括**对日常文化和通俗文化的研究**，一方面只有这样才能恰当地描述性别角色的社会建构的维度，另一方面只有这样才能兼顾可能出现的女性的文学创造性，包括这一创造性的历史的和当下的区域。在性别研究的语境下，出现了后殖民的视角、受到族群差异（文化的杂糅性）影响的特殊的性别问题、还有将"偏离规范"的性现象纳入视野的酷儿研究，正是在这些方面话语制定规范的作用最为明显。除此之外，性别研究"在批判自然确定或者本质确定的（性别）身份的同时提出了问题，即这些身份展演的文化实践和舞台"（Bischoff 2002，第 309 页）。

性别研究作为文学学的探讨，它研究的是"女性和男性的文化架构如何在文学及其阅读中建构、稳固和修正"（Kroll 2001，第 144 页）。在这一过程中，分析遵循的当然是**全面的具有跨学科性质的和文化学上具有原创性的方法**：必须顺着和逆着文学文本来阅读来自宗教、法律、政治、医学、教育学和哲学的话语。除了研究文本中性别图景的架构之外，性别研究还研究性别与体裁架构和体裁构想之间的关联（gender 和 genre），还有具有性别角色特征的文学创作和接受的形态。

参考文献

Bischoff, Dörte: »Gender-Theorien: Neuere deutsche Literatur«. In: Claudia Benthien/Hans Rudolf Velten (Hg.): Germanistik als Kulturwissenschaft. Eine

Einführung in neue Theoriekonzepte. Reinbek bei Hamburg 2002, S.298—322.

Bovenschen, Silvia: Die imaginierte Weiblichkeit. Exemplarische Untersuchungen zu kulturgeschichtlichen und literarischen Präsentationsformen des Weiblichen. Frankfurt a. M. 1979.

von Braun, Christina/Stephan, Inge (Hg.): Gender-Studien – eine Einführung. Stuttgart/Weimar [2] 2006.

Dausien, Bettina u.a. (Hg.): Erkenntnisprojekt Geschlecht. Feministische Perspektiven verwandeln Wissenschaft. Opladen 1999.

Frei Gerlach, Franziska: Schrift und Geschlecht. Feministische Entwürfe und Lektüren von Marlen Haushofer, Ingeborg Bachmann und Anne Duden. Berlin 1998.

Gnüg, Hiltrud/Möhrmann, Renate (Hg.): Frauen Literatur Geschichte. Schreibende Frauen vom Mittelalter bis zur Gegenwart. Stuttgart/Weimar [2] 1998.

Harding, Sandra: Feministische Wissenschaftstheorie. Hamburg [3] 1999.

Kroll, Renate (Hg.): Metzler Lexikon Gender Studies – Geschlechterforschung. Ansätze – Personen – Grundbegriffe. Stuttgart/Weimar 2002.

Lindhoff, Lena: Einführung in die feministische Literaturtheorie. Stuttgart/Weimar [2] 2003.

Schweickart, Patrocinio P.: »Reading Ourselves: Toward a Feminist Theory of Reading«. In: Elizabeth A. Flynn/Patrocinio P. Schweickart (Hg.): Gender and Reading: Essays on Readers, Texts, and Contexts. Baltimore 1986, S.31—62.

Weigel, Sigrid: Topographie der Geschlechter – kulturgeschichtliche Studien zur Literatur. Reinbek bei Hamburg 1990.

<363>

4.11.3 新历史主义

➡ **新历史主义**指的是一种起先属于历史学的方法，由美国人斯蒂芬·格林布拉特创立，它关注历史对象的事实方面，分析的核心是对事实方面的细致入微的兴趣。"新历史主义致力于［……］将显微镜对准由话语线束织成的厚密的文化或历史的织物，追踪其中单个线束，以便再现历史中某个局部的复杂性、无序性、复调性、非逻辑性和生命力"（Baßler 2001，第15页）。这样一方面是话语分析的自我相对化或自我反思，另

概念

一方面可以对单个对象进行历史的研究。新历史主义就是以历史为对象的话语分析。

理论的历史：这一方法的理论形成和巩固阶段是 20 世纪 80 年代，这一阶段与美国人**斯蒂芬·格林布拉特**的名字密不可分，他的研究对象是文学和文艺复兴时期的历史。尤其是他的关于莎士比亚的研究为"新历史主义"研究提供了理想类型（Idealtypus）的模型。在基本理论观点上，格林布拉特首先区别于比如具有马克思主义特色的目的论历史哲学。新历史主义对力求意义单一和目标明确地讲述整个人类历史的历史架构都表示不满，这一不满主要受到法国后现代理论的影响。

传统：尤其是鉴于米歇尔·福柯的话语分析研究（参阅第 4.8 章），撰写历史已经不能再视为客观地再现历史事实。反之可以清晰地看到，撰写历史在很大程度上运用了叙述性的文学模式（White 1990、1991、1994）。这种叙述模式是流传下来的排序原则和范畴，它们区分"重要"和"非重要"的数据，可以将丰富的历史数据梳理出秩序，现在这些模式变得可疑起来，自身需要接受检验或者遭到解构。**历史的真实并不存在，它是被制造出来的**：一方面每个历史"叙述"中都显现出特定社会群体或者权力的特殊利益，另一方面大量常常在无意识中产生作用的话语参与到撰写历史的过程之中。

结果：这一话语分析式思考的首要效果是**历史编纂学叙述的自我反思性**，自我批判和自我相对化："新历史学学者"知道，在撰写历史的过程中，素朴地看上去是他描述历史，其实这一历史是他自己制造的；他创造出历史的含义。正是在这一意义上，个体和性别的身份总是以文化或者话语为基础的刻入过程的结果（参阅第 4.11.2 章）。这样的身份——无论是个人的身份还是文学文本的身份——只有放到话语或者互文的网络中才能理解,这一网络建构了身份。

分析实践：可以用"细读"这一概念来最精确地描述文本的阐释实践,这是贴近文本的阅读,它在英美传统中起先几乎完全是作品内在式的,它的目光现在投向文本本身和极其不同的话语"线束",也就是说从纲领上放弃了文本内在式。新历史主义文学研究者以弗洛伊德或者拉康的心理分析阐释模式为指向,关注潜在(如同某种社会无意识)参与文本写作的话语,即关注那些在文本表面可能被排挤或者排除的东西。

斯蒂芬·格林布拉特追踪"从文本进入到其他文化区域和其他媒介中的单个话语线束"(Baßler 2001,第 16 页)。在这一过程中,比如像莎士比亚的文本,就可以把它们读作**其他话语的几乎无穷无尽的刻入过程的结果**,是复杂的交换过程的交汇点。在这类专题研究之外,格林布拉特还藉此提出方法学的要求：微观的研究对象要具有代表性,代表其他文化或者历史现象；新历史主义以管中窥豹的方式,借助于自己的研究既展现整体文化和历史,也显示出自己的方法学："每个新历史主义文本都通过修辞式的结构在话语的关联之间建立起连接,同时设定语言游戏的语法,这一语言游戏可以在后结构主义理论已然撼动的地基上仍旧称作历史的语言游戏、称作'历史'。"(同前,第 20 页)

在这个侧重历史的研究中,文学所起的作用只是众多参与文化总体的话语之一：经济、法律史、经济史、人类学、历史学、宗教和文学史只是这一根本上**具有跨学科性质的研究方向**中的一些(不过是核心的)领域,这一研究方向试图在文化学研究诸领域的整体布局中给文学以确切的定位。

参考文献

Baßler, Moritz: New Historicism. Tübingen 2001.
Kaes, Anton: »New Historicism: Literaturgeschichte im Zeichen der Postmoderne?«. In: Hartmut Eggert (Hg.): Geschichte als Literatur. Formen und Grenzen der Repräsentation von Vergangenheit. Festschrift für Eberhard Lämmert. Stuttgart 1990, S.56—66.
White, Hayden V.: Die Bedeutung der Form. Erzählstrukturen in der Geschichtsschreibung. Frankfurt a. M. 1990.
—: Auch Klio dichtet oder Die Fiktion des Faktischen. Studien zur Tropologie des historischen Diskurses. Stuttgart 1991.
—: Metahistory. Die historische Einbildungskraft im 19. Jahrhundert in Europa. Frankfurt a. M. 1994.

4.11.4 人类学

通常的视角 ➡ **人类学**是一门跨学科的文化学，它从社会学、民族学、哲学、艺术学、文学学和传媒学等学科中汲取营养。它的核心问题是"关于人的知识"，即人在历史的进程中都创造了哪些思维形式和感知形式，是哪些自我形象塑造了人。

社会学和思想史方向标志着**两个可能的指向**：

1. 社会学派别在德国首先是通过格奥尔格·西美尔和马克斯·韦伯对人类学产生影响，这一学派的人类学致力于研究思维形式和心态如何与特定的社会结构相符合。西美尔描述货币流通问题及其对特定生活方式和感知方式的作用（《货币哲学》，1900），他将其看作一个发展过程，直至获取可能性，不过也带来异化的危险。此外西美尔将大城市的感知形式置于同时代的社会心理学的关联之中（1890ff./1998）。韦伯探究的是新教、内心世界的禁欲和资本主义发展之间的关联(《新教伦理与资本主义精神》,1905)。

社会学传统的主导地位在法国表现为"心态"概念的成功,它研究的不是像新教这样的宏大的思想史潮流,而是私人历史文档中的日常史证明材料。这些材料可以揭示思维态度、日常生活形式、还有情感文化和对社会问题的观点(菲利普·阿里埃《童年的历史》,1960/2003;菲利普·阿里埃/乔治·杜比《从罗马帝国到当代的私人生活史》,1989)。

2. 作为思想史和思维史,恩斯特·卡西尔的《符号形式的哲学》(1923—29/1994)产生了主要的影响。在这本著作中对人类学问题的研究不太注重社会基础,而是关注感知形式的层面,不是进行社会学的分析,而是将其作为思维形式,也就是作为思想史来分析。它探讨的主题是不同文化的观念、图景、神话、宗教、哲学、语言和通常以符号方式来传递的认识内容。这些形式被概括成**符号的概念**。它们塑造个体的感知视野,同时设置限定个体感知世界的视角。世界不是简单地由经验来确定,也不是借助于感官刺激显现在如蜡版一样的主观感知中,而是由认识的主体共同塑造的:"符号世界成为起因,以新的方式将体验内容和直观内容进行排列、表述和组织"(1942/1994,第15页)。卡西尔可以藉此展示,从流传下来的思维的最初证明材料到当代哲学,人类关于**世界的图景**和对世界的感知发生了怎样的变化(参阅2005)。

<366>

这样的思维视野可以讲述人及其通过自身的感知来影响世界的方式。它还可以讲述文化的关联性,正如卡西尔《关于文化学的逻辑》(1942/1994)的思考所示。由于语言、艺术、音乐和哲学既是意义的世界,也是表达的形式,所以它们也塑造着文化生活,不过卡西尔没有谈论这一生活的社会学基础。

文学学中的应用

沃尔夫冈·伊瑟尔（1991）在普遍意义上将人类学的思维图式用于文学。文学提供或者说排演思维模式，这一思维模式具有超出实用性思维和超出只是关注现实的思维的潜质，由此文学将**虚构和想象**结合起来。从原则上看，日常讲述或梦境也被写入了虚构性，与其不同的是，文学意识到这一点，它自己指出自己特有的虚构。从历史上看（文学）的虚构形式虽然有所变化，不过文学基本上展现出来，人们将哪些视角与可能性视野中的思维相联系，同时展现出来哪些愿望、渴求、还有恐惧被写入到文本之中。这一可设想物构成的领域就是想象，这是一个思维所能企及的开放的领域。

人的构想：对文学学探讨来说有一个问题特别重要，即哪种**关于人的知识**决定了一个作者在撰写文本时的视野，即他是从哪个视角出发进行写作的。正如沃尔夫冈·里德尔在他的席勒研究（1985）中所展示的，文学回答关于医学和自然科学之类的其他科学的问题，在形式和内容上也受到其他科学的影响：在主题上，它将同时代关于人的知识转用于情节和事件过程；在形式上，它按照自己的规律来展现这一知识，不过也在变换自己的规则（比如在叙述方式上）。这一再现知识空间的过程影响着作者或者文本，虽然从总体来说这一过程具有观念史的倾向，不过如果把诸如医学话语纳入进来就超出了这一范围。

在文学人类学中得到详细研究的主题领域是**人类学作为学术学科本身**的形成过程，它是如何从自身出发对 18 世纪的文学产生影响的。这一影响过程的发生有其意图，即让一个在身体与心灵、在各种社会功能之间全面发展的人融合成为"完整的人"（参阅 Schings 的文章 1994）。

具有争议的视角：如果建构关于人的基本陈述，而这些陈述却无法在历史上得到确定，那么将某些人类学的认识扩展到集体的和普遍的范围就值得批评。文化思维形式和社会结构之间的关系应该如何处理，这依旧是一个悬而未决的问题。对卡西尔很是夸赞的福柯简洁地说出了问题所在："主体不是简单地在符号的游戏中形成，它是在可以进行历史分析的现实实践中形成的"（Foucault 1987，第289页）。对文学人类学来说，一个重要的研究视角正是进一步引入话语分析的探讨。这同样适用于**媒介的角色**，媒介也影响到感知形式和思维形式。卡尔－路德维希·普法伊费尔在其影射伊瑟尔的研究专著《媒介与想象》（1999）中展现了特定的媒介组合如何对思维和文学产生影响，另外阿尔布莱希特·科朔尔克（1999）运用媒介学的方法发掘出书写媒介与思维之间的联系。正如阿莱达·阿斯曼的研究（2005）所表明的，目前将人类学与媒介问题联系起来是一个重要的视角。

参考文献

Ariès, Philippe: Die Geschichte der Kindheit. München/Wien [15] 2003 (frz. 1960).

—/**Duby, Georges** (Hg.): Geschichte des privaten Lebens. 5 Bde. Frankfurt a.M. 1989 (frz. 1985−87).

Assmann, Aleida: Zwischen Literatur und Anthropologie: Diskurse, Medien, Performanzen. Tübingen 2005.

Cassirer, Ernst: Philosophie der symbolischen Formen [1923/25/29]. 3 Bde. Darmstadt [10] 1994.

—: Zur Logik der Kulturwissenschaften. Fünf Studien [1942]. Darmstadt [6] 1994.

—: Vorlesungen und Studien zur philosophischen Anthropologie (Nachgelassene Texte und Manuskripte). Hamburg 2005.

Elias, Norbert: Über den Prozeß der Zivilisation [1939ff.]. Frankfurt a.M. 1991.

Fauser, Markus: »Literarische Anthropologie«. In: Ders.: Einführung in die Kulturwissenschaft. Darmstadt 2003, S.41−65.

Foucault, Michel: »Interview«. In: H. L. Dreyfus/P. Rabinow: Michel Foucault.

Jenseits von Strukturalismus und Hermeneutik. Frankfurt a. M. 1987, S.265—292.

Gebauer, Gunter (Hg.): Anthropologie. Leipzig 1998.

Iser, Wolfgang: Das Fiktive und das Imaginäre: Perspektiven literarischer Anthropologie. Frankfurt a.M. 1991 (Nachdruck 2001).

Koschorke, Albrecht: Körperströme und Schriftverkehr. Mediologie des 18. Jahrhunderts. München 1999.

Pfeiffer, Karl-Ludwig: Das Mediale und da Imaginäre: Dimensionen kulturanthropologischer Medientheorie. Frankfurt a.M. 1999.

Riedel, Wolfgang: Die Anthropologie des jungen Schiller. Zur Ideengeschichte der medizinischen Schriften und der »Philosophischen Briefe«. Würzburg 1985.

Schings, Hans-Jürgen (Hg.): Der ganze Mensch. Anthropologie und Literatur im 18. Jahrhundert. Stuttgart/Weimar 1994.

Simmel, Georg: Soziologische Ästhetik [1890—1911]. Hg. u. eingel. von Klaus Lichtblau. Darmstadt 1998.

—: Philosophie des Geldes [1900]. Bd. 6 der Gesamtausgabe. Frankfurt a.M. 1989.

Weber, Max: Die protestantische Ethik und der Geist des Kapitalismus [1905]. Weinheim [3] 2000.

Wulf, Christoph (Hg.): Vom Menschen. Handbuch Historische Anthropologie. Weinheim/Basel 1997.

第 5 章
附　录

5.1 Abkürzungen

Dr.	Drama
Erz.	Erzählung
gr.	griechisch
HA	Goethe: Werke. Hamburger Ausgabe. München 1982.
ital.	italienisch
Kom.	Komödie
L.	Lyrik
lat.	lateinisch
Nov.	Novelle
P.	Prosa
R.	Roman
Tb.	Tagebuch
Zs.	Zeitschrift

5.2 Bibliographie

5.2.1 Lexika

Arnold, Heinz Ludwig (Hg.): *Kritisches Lexikon zur deutschsprachigen Gegenwartsliteratur (KLG)*. München 1978ff. (Loseblattausgabe). CD-ROM-Ausg. 1999ff. Online: http://www.KLGonline.de/

Barck, Karlheinz u. a. (Hg.): *Ästhetische Grundbegriffe. Historisches Wörterbuch in sieben Bänden.* Stuttgart/Weimar 2000ff.

Best, Otto F.: *Handbuch literarischer Fachbegriffe. Definitionen und Beispiele.* Überarb. u. erw. Ausg. Frankfurt a. M. 1995.

Borchmeyer, Dieter/Žmegač, Viktor (Hg.): *Moderne Literatur in Grundbegriffen.* Tübingen ²1994.

Böttcher, Kurt (Hg.): *Lexikon deutschsprachiger Schriftsteller. Von den Anfängen bis zur Gegenwart.* 2 Bände. Bd. 1 Leipzig 1987; Bd. 2 Hildesheim/Zürich/New York 1993.

Brauneck, Manfred (Hg.): *Autorenlexikon deutschsprachiger Literatur des 20. Jahrhunderts.* Reinbek bei Hamburg 1995.

Brinker-Gabler, Gisela/Ludwig, Karola/Wöffen, Angela: *Lexikon deutschsprachiger Schriftstellerinnen von 1800 bis 1945.* München 1986.

Brunner, Horst/Moritz, Rainer (Hg.): *Literaturwissenschaftliches Lexikon. Grundbegriffe der Germanistik.* Berlin ²2006.

Deutsches Literatur-Lexikon. Biographisch-bibliographisches Handbuch. Hg. von Bruno Berger und Heinz Rupp; ab Bd. 6 hg. von Heinz Rupp und Carl Ludwig Lang. Bern/München/Stuttgart ³1968ff. (zuletzt Bd. 21: Streit-Techim, 2002).

Füssel, Stephan (Hg.): *Deutsche Dichter der frühen Neuzeit (1450—1600). Ihr Leben und Werk.* Berlin 1993.

Gfrereis, Heike (Hg.): *Grundbegriffe der Literaturwissenschaft.* Stuttgart/Weimar 1999.

Hechtfischer, Ute u.a. (Hg.): *Metzler Autorinnen Lexikon.* Stuttgart/Weimar 1998.

Jens, Walter (Hg.): *Kindlers neues Literaturlexikon.* München 1988—1992.20 Bände, 2 Supplementbände 1998. CD-ROM München 1999.

Killy, Walther (Hg.): *Literaturlexikon. Autoren und Werke deutscher Sprache.* Gütersloh 1988—1993.

Lang, Carl Ludwig/Feilchenfeldt, Konrad (ab Bd. 2) (Hg.): *Deutsches Literatur-Lexikon. Das 20. Jahrhundert. Biographisch-bibliographisches Handbuch.* Geplant auf 16 Bände. Bern/München 2000ff.

Lutz, Bernd/Jeßing, Benedikt (Hg.): *Metzler Autoren Lexikon. Deutschsprachige Schrlftsteller vom Mittelalter bis zur Gegenwart.* Stuttgart/Weimar ³2004.

Meid, Volker (Hg.): *Sachlexikon der Literatur.* München 2000.

—: *Reclams Lexikon der deutschsprachigen Autoren.* Stuttgart 2001.

—: *Sachwörterbuch zur deutschen Literatur.* Stuttgart 1999 (Auch als CD-

ROM).

Nünning, Ansgar (Hg.): *Metzler Lexikon Literatur-und Kulturtheorie. Ansätze— Personen—Grundbegriffe.* Stuttgart/Weimar ³2004.

Reallexikon der deutschen Literaturwissenschaft (RLW). Hg. von Klaus Weimar. Bisher erschienen: Bd. 1—2 (A-O). Berlin u.a. 1997, 2000.

Ricklefs, Ulfert (Hg.): *Das Fischer Lexikon Literatur.* 3 Bände. Frankfurt a.M. 1996.

Schweikle, Günther/Schweikle, Irmgard (Hg.): *Metzler Literatur Lexikon. Begriffe und Definitionen.* Stuttgart ²1990.

Steinecke, Hartmut (Hg.): *Deutsche Dichter des 20. Jahrhunderts.* Berlin 1994.

Steinhagen, Harald/Wiese, Benno von (Hg.): *Deutsche Dichter des 17, Jahrhunderts. Ihr Leben und Werk.* Berlin 1984.

Wetzel, Christoph: *Lexikon der deutschen Literatur. Autoren und Werke.* Stuttgart 1987.

Wiese, Benno von (Hg.): *Deutsche Dichter des 18. Jahrhunderts. Ihr Leben und Werk.* Berlin 1977.

— (Hg.): *Deutsche Dichter der Romantik. Ihr Leben und Werk.* Berlin ²1983.

— (Hg.): *Deutsche Dichter des 19. Jahrhunderts. Ihr Leben und Werk.* Berlin ²1979.

— (Hg.): *Deutsche Dichter der Moderne. Ihr Leben und Werk.* Berlin ³1975.

— (Hg.): *Deutsche Dichter der Gegenwart. Ihr Leben und Werk.* Berlin 1973.

Wilpert, Gero von: *Sachwörterbuch der Literatur.* Stuttgart ⁸2001.

—: *Lexikon der Weltliteratur. Deutsche Autoren. Biographisch-bibliographisches Handwörterbuch nach Autoren A-Z.* Stuttgart ⁴2004.

—: *Lexikon der Weltliteratur. Fremdsprachige Autoren. Biographisch-bibliographisches Handwörterbuch nach Autoren A-Z.* Stuttgart ⁴2004.

5.2.2 Literaturgeschichten

Baasner, Rainer/Reichard, Georg: *Epochen der deutschen Literatur. Ein Hypertext-Informationssystem.* Stuttgart 1998ff. Bisher: *Aufklärung und Empfindsamkeit* (1998); *Sturm und Drang/Klassik* (1999); *Romantik* (2000). Als Datenbank vieler Universitätsbibliotheken zugänglich.

Bahr, Ehrhard (Hg.): *Geschichte der deutschen Literatur. Kontinuität und Veränderung. Vom Mittelalter bis zur Gegenwart.* 3 Bände. Tübingen 1987—88.

Beutin, Wolfgang u.a.: *Deutsche Literaturgeschichte. Von den Anfängen bis zur*

Gegenwart. Stuttgart/Weimar ⁶2001.

Brenner, Peter J.: *Neue deutsche Literaturgeschlchte. Vom ›Ackermann‹ zu Günter Grass.* Tübingen ²2004.

de Boor, Helmut/Newald, Richard (Hg.): *Geschichte der deutschen Literatur von den Anfängen bis zur Gegenwart.* 7 Bände in 11 Teilbänden. München 1949ff.

Glaser, Horst Albert (Hg.): *Deutsche Literatur. Eine Sozialgeschichte.* 10 Bände. Reinbek bei Hamburg 1980ff.

Gnüg, Hiltrud/Möhrmann, Renate (Hg.): *Frauen Literatur Geschichte. Schreibende—Frauen vom Mittelalter bis zur Gegenwart.* Stuttgart/Weimar ²1998.

Grimminger, Rolf (Hg.): *Hansers Sozialgeschichte der deutschen Literatur vom 16. Jahrhundert bis zur Gegenwart.* 12 Bände. München 1980ff.

Hauser, Arnold: *Sozialgeschichte der Kunst und Literatur* [1953]. München ²1983.

Jansen, Josef: *Einführung in die deutsche Literatur des 19. Jahrhunderts. Bd. 1: Restaurationszeit (1815—1848);* Bd. 2: *März-Revolution, Reichsgründung und die Anfänge des Imperialismus.* Opladen 1982/1984.

Meid, Volker: *Metzler Literatur-Chronlk. Werke deutschsprachiger Autoren.* Stuttgart/Weimar ³2006.

Propyläen Geschichte der Literatur. Literatur und Gesellschaft der westlichen Welt. 6 Bände. Hg. von Erika Wischer. Berlin 1981ff.

Schlaffer, Heinz: *Die kurze Geschichte der deutschen Literatur.* München 2002.

Schütz, Erhard/Vogt, Jochen u.a.: *Einführung in die deutsche Literatur des 20. Jahrhunderts.* Bd. 1: *Kaiserreich.* Opladen 1977; Bd. 2: *Weimarer Republik, Faschismus und Exil.* Opladen 1978; Bd. 3: *Bundesrepublik und DDR.* Opladen 1980.

See, Klaus von (Hg.): *Neues Handbuch der Literaturwissenschaft.* 25 Bände. Wiesbaden 1972ff. Neuere deutsche Literaturgeschichte in folgenden Bänden:

    Bde. 9—10: *Renaissance und Barock I-II* (1972);

    Bde. 11—13: *Europäische Aufklärung I-III* (1974—1985);

    Bde. 14—16: *Europäische Romantik I-III* (1982—1985);

    Bd. 17: *Europäischer Realismus* (1980);

    Bde. 18—19: *Jahrhundertende—Jahrhundertwende* (1976);

    Bd. 20: *Zwischen den Weltkriegen* (1983);

    Bde. 21—22: *Literatur nach 1945 I-II* (1979).

Sørensen, Bengt Algot: *Geschichte der deutschen Literatur.* 2 Bände. Bd. 1: *Vom Mittelalter bis zur Romantik.* München 1997; Bd. II: *Vom 19. Jahrhundert bis zur Gegenwart.* München ²2002.

Žmegač, Viktor (Hg.): *Geschichte der deutschen Literatur vom 18. Jahrhundert bis zur Gegenwart.* 3 Bände in 4 Teilbänden. Königstein 1979—1985. Als Taschenbuch in 6 Bänden. Königstein 1984/85; als CD-ROM 1999.

— (Hg.): *Kleine Geschichte der deutschen Literatur.* Weinheim ³1993.

5.2.3 Einführungen in die Neuere deutsche Literaturwissenschaft

Allkemper, Alo/Eke, Norbert O.: *Literaturwissenschaft.* Paderborn 2004.

Arnold, Heinz Ludwig/Detering, Heinrich (Hg.): *Grundzüge der Literaturwissenschaft.* München ³1999.

Becker, Sabine/Hummel, Christine/Sander, Gabriele: *Grundkurs Literaturwissenschaft.* Stuttgart 2006.

Brackert, Helmut/Stückrath, Jörn (Hg.): *Literaturwissenschaft. Ein Grundkurs.* Reinbek bei Hamburg 2001.

Klausnitzer, Ralf: *Literaturwissenschaft. Begriffe—Verfahren—Arbeitstechniken.* Berlin 2004.

Pechlivanos, Miltos/Rieger, Stefan/Struck, Wolfgang/Weitz, Michael (Hg.): *Einführung in die Literaturwissenschaft.* Stuttgart/Weimar 1995.

Renner, Ursula/Bosse, Heinrich (Hg.): *Literaturwissenschaft—Einführung in ein Sprachspiel.* Freiburg i. Br. 1999.

Schneider, Jost: *Einführung in die moderne Literaturwissenschaft.* Bielefeld ³2001.

Schnell, Ralf: *Orientierung Germanistik. Was sie kann, was sie will.* Reinbek bei Hamburg 2000.

Vogt, Jochen: *Einladung zur Literaturwissenschaft.* München ²2001.

Zymner, Rüdiger (Hg.): *Allgemeine Literaturwissenschaft. Grundfragen einer besonderen Disziplin.* Berlin ²2001.

Einführungen in die Textanalyse und –interpretation

Andreotti, Mario: *Die Struktur der modernen Literatur. Neue Wege in der Textanalyse.* Bern ³2000.

Burdorf, Dieter: *Einführung in die Gedichtanalyse.* Stuttgart/Weimar ²1997.

Corbineau-Hoffmann, Angelika: *Die Analyse literarische Texte. Einführung und Anleitung.* Tübingen/Basel 2002.

Eicher, Thomas/Wiemann, Volker: *Arbeitsbuch: Literaturwissenschaft.* Paderborn ³2001.

Fricke, Harald/Zymner, Rüdiger: *Einübung in die Literaturwissenschaft. Parodieren geht über Studieren.* Paderborn ⁴2000.

Martinez, Matias/Scheffel, Michael: *Einführung in die Erzähltheorie.* München ⁶2005.

Schneider, Jost: *Einführung in die Roman-Analyse.* Berlin ²2006.

Schutte, Jürgen: *Einführung in die Literaturinterpretation.* Stuttgart/Weimar ⁵2005.

Strelka, Joseph P.: *Einführung in die literarische Textanalyse.* Tübingen ²1998.

Bücherkunden

Blinn, Hansjürgen: *Informationshandbuch deutsche Literaturwissenschaft.* Frankfurt a. M. ⁴2001.

Hansel, Johannes: *Bücherkunde für Germanisten.* Berlin ⁹1991.

Paschek, Carl: *Praxis der Literaturinformation Germanistik.* Berlin ²1999.

Raabe, Paul: *Einführung in die Bücherkunde zur deutschen Literaturwissenschaft.* Stuttgart/Weimar ¹¹1994.

Zelle, Carsten: *Kurze Bücherkunde für Literaturwissenschaftler.* Tübingen 1998.

5.2.4 Bibliographien

Perodika/Digitales

»Eppelsheimer-Köttelwesch«: *Bibliographie der deutschen Literaturwissenschaft.* Bd.1 (1945–1953) bis Bd. 8 (1968). Frankfurt a.M. 1957ff.—Bibliographie der deutschen Sprach-und Literaturwissenschaft (1969ff.). Begründet von Hanns Wilhelm Eppelsheimer, fortgef. von Clemens Köttelwelsch und Bernhard Koßmann. Hg. von Wilhelm R. Schmidt. Frankfurt a.M. 1971ff. (Online 1985–2007).

Germanistik. Internationales Referatenorgan mit bibliographischen Hinweisen. Jg. 1ff. Tübingen 1960ff.

MLA (Modern Language Association). International Bibliography of Books and Articles on the Modern Languages an Literatures. Bd. 1 (1921). New York 1922ff. (online).

Abgeschlossene Bibliographien (knappe Auswahl)

Bärwinkel, Roland/Lopatina, Natalija/Mühlpfordt, Günther: *Schiller-Bibliographie 1975—1985*. Berlin 1989.

Caputo-Mayr, Maria Luise/Herz, Julius M.: *Franz Kafka. Internationale Bibliographie der Primär-und Sekundärliteratur.* München ²2000.

Dünnhaupt, Gerhard: *BibliographischesHandbuch der Barockliteratur. Hundert Personal-bibliographien deutscher Autoren des siebzehnten Jahrhunderts.* 3 Bände. Stuttgart 1980/81; 2. Auflage in 6 Bänden unter dem Titel: *Personalbibliographien zu den Drucken des Barock.* Stuttgart ²1990—1993.

Handbuch der deutschen Literaturgeschichte. 2. Abteilung: Bibliographien. Hg. von Paul Stapf. München 1969ff.

Henning, Hans/Hammer, Klaus (Hg.): *Internationale Bibliographie zur deutschen Klassik 1750—1850*. Folge 1—10 erschienen unselbständig in den *Weimarer Beiträgen* 6—10 (1960—1964); ab Folge 11/12 in Bearbeitung von Hans Henning und Siegfried Seifert in selbständiger Form: Weimar 1968ff. (erscheint jährlich).

Hermann, Helmut G.: *Goethe-Bibliographie. Literatur zum dichterischen Werk.* Stuttgart 1991.

Jonas, Klaus Werner: *Die Thomas-Mann-Literatur. Bibliographie der Kritik.* 2 Bände. Berlin 1972—1979.

Kohler, Maria: *Internationale Hölderlin-Bibliographie (IHB). 1804—1983.* Hg. vom Hölder-lin-Archiv der Württembergischen Landesbibliothek Stuttgart. Stuttgart 1985.

Kuhles, Doris: *Lessing-Bibliographie. 1971—1985.* Unter Mitarb. von Erdmann von Wilamowitz-Moellendorf. Berlin/Weimar 1988.

Matter, Harry: *Die Literatur über Thomas Mann: Eine Bibliographie 1898—1969.* 2 Bände. Berlin 1972.

Pyritz, Hans: *Goethe-Bibliographie.* Unter red. Mitarb. von Paul Raabe. Fortgef. von Heinz Nicolai und Gerhard Burkhardt. 2 Bände. Heidelberg 1965—1968.

Pyritz, Ilse (Hg.): *Bibliographie zur deutschen Literaturgeschichte des Barockzeitalters.* Begr. von Hans Pyritz. Teil 1: *Allgemeine Bibliographie. Kultur- und Geistesgeschichte, Poetik, Gattungen, Traditionen, Beziehungen, Stoffe.* Bern/München 1991; Teil 2: *Dichter und Schriftsteller, Anonymes, Textsammlungen.* Bern/München 1985; Teil 3: *Gesamtregister.* Bern/München 1994.

Schlick, Werner: *Das Georg Büchner-Schrifttum bis 1965.* Hildesheim 1965.
Seifert, Siegfried/Volgina, Albina A.: *Heine-Bibliographie 1965—1982.* Berlin/ Weimar 1986.
—: *Goethe-Bibliographie 1950—1990.* Hg. von der Stiftung Weimarer Klassik. 3 Bände. München 1999.
—: *Lessing-Bibliographie.* Berlin/DDR 1973.
Vulpius, Wolfgang: *Schiller Bibliographie 1893—1958 nebst Ergänzungsband 1959—1963.* Weimar/Berlin 1959—1967.
Wersig, Peter: *Schiller-Bibliographie 1964—1974.* Berlin 1977.
Wilhelm, Gottfried: *Heine-Bibliographie.* Unter Mitarb. von Eberhard Galey. 2 Teite nebst einem Ergänzungsband von Siegfried Seifert. Weimar/Berlin 1960—1968.

5.2.5 Periodika

Fachzeitschriften

Das achtzehnte Jahrhundert. Zeitschrift der Deutschen Gesellschaft für die Erforschung des Achtzehnten Jahrhunderts. Göttingen: Wallstein 1.1977ff.
Amsterdamer Beiträge zur neueren Germanistik. Amsterdam: Rodopi 1.1972ff.
Arbitrium. Zeitschrift für Rezensionen zur germanistischen Literaturwissenschaft. München: Beck, ab Jg.7: Tübingen: Niemeyer 1.1983ff.
Aufklärung: Interdisziplinäre Halbjahreszeitschrift zur Erforschung des 18. Jahrhunderts und seiner Wirkungsgeschichte. Hamburg: Meiner 1.1986ff.
(Pauls und Braunes) Beiträge zur Geschichte der deutschen Sprache und Literatur (PBB). Halle: Niemeyer, 1.1874ff. (nach dem Zweiten Weltkrieg in Tübingen, in Halle erschien zwischen 1955 und 1979 unter gleichem Titel eine parallele Zeitschrift).
Colloquia Germanica. Internationale Zeitschrift für germanische Sprach-und Literaturwissenschaft. Bern (später Tübingen): Francke 1.1967ff.
Daphnis. Zeitschrift für mittlere deutsche Literatur. Amsterdam: Rodopi 1.1972ff.
Deutsche Vierteljahrsschrift für Literaturwissenschaft und Geistesgeschichte (DVjs). Halle, ab Jg. 23/1949: Stuttgart: Metzler 1.1923ff.
Der Deutschunterricht. Beiträge zu seiner Praxis und wissenschaftliche Grundlegung (DU). Stuttgart: Klett, später Seelze: Friedrich 1.1948/49ff. Darin aufgegangen: *Diskussion Deutsch*

Diskussion Deutsch. Zeitschrift für Deutschlehrer aller Schulformen in Ausbildung und Praxis (DD). Frankfurt a. M./Berlin/München: Diesterweg 1.1970—26.1995=H.1—144.

Editio. Internationales Jahrbuch für Editionswissenschaft. Tübingen: Niemeyer 1.1987ff.

Études Germaniques (EG). Paris: Didier 1.1946ff.

Euphorion. Zeitschrift für Literaturgeschichte. Bamberg: Buchner, seit 1952: Heidelberg: Winter 1.1894ff.

Fontane-Blätter. Halbjahreschrift im Auftr. d. Theodor-Fontane-Archivs u. d. Theodor-Fontane-Gesellschaft e. V. Potsdam: Archiv 1.1965ff.

German life and letters. A quarterly Review (GLL). Oxford: Blackwell 1.1936/37—4.1939,1; N.F. 1.1947/48ff.

The German Quarterly (GQ). Appleton, Wisc: American Association of Teachers of German 1.1928ff.

The Germanic review. Devoted to studies dealing with the Germanic languages and literatures. New York: Columbia UP 1.1926ff.

Germanisch-romanische Monatsschrift (GRM). Heidelberg: Winter 1.1909ff.

Simpliciana. Schriften der Grimmelshausen-Gesellschaft. Bern u.a.: Lang 1.1979ff.

Internationales Archiv für Sozialgeschichte der deutschen Literatur (IASL). Tübingen: Nie-meyer 1.1976ff.

Literatur für leser(LfL). München: Oldenbourg, jetzt Frankfurt a. M.: Lang 1.1978ff. *Literatur in Wissenschaft und Unterricht* (LWU). Würzburg: Königshausen & Neumann 1.1968ff.

Mitteilungen des deutschen Germanistenverbandes. Frankfurt a.M.: Diesterweg, seit 1997 Bielefeld: Aisthesis 1.1954ff.

Modern language quarterly. A journal of literary history (MLQ). Durham, NC: Duke UP 1.1940ff.

The Modern Language Review. A quarterly journal (MLR). Cambridge: UP 1.1905ff.

Monatshefte für deutschsprachige Literatur und Kultur. Madison, Wisc.: UP 1.1899ff.

Neophilologus. An international journal of modern and medieval language and literature. Groningen: Noordhoff 1.1915ff.

Poetica. Zeitschrift für Sprache und Literaturwissenschaft. Amsterdam: Grüner, später München: Fink 1.1967ff.

Publications of the Modern Language Association of America (PMLA). New

York, NY: Assoc.1.1884/85ff.

Recherches germaniques. Revue annuelle. Strasbourg: Université Marc Bloch 1.1971ff.

Text und Kritik. Zeitschrift für Literatur. München: edition text & kritik 1.1964ff.

Weimarer Beiträge. Studien und Mitteilungen zur Theorie und Geschichte der deutschen Literatur (WB). Weimar: Arion, seit 1964: Berlin: Aufbau 1.1955; seit 1992 unter dem Titel: *Weimarer Beiträge. Zeitschrift für Literaturwissenschaft, Ästhetik und Kulturwis-senschaften.* Wien: Passagen 1.1992ff.

Wirkendes Wort. Deutsche Sprache und Literatur in Forschung und Lehre (WW). Trier: WVT Wissenschaftlicher Verlag Trier 1.1950/51ff.

Zeitschrift für deutschePhilologie (ZfdPh). Berlin u. a. :Schmidt 1.1869ff.

Zeitschrift für Germanistik (ZfG). Leipzig: VEB Verlag Enzyklopädie 1.1980—10.1989; N. F. Berlin: Lang 1.1991ff.

Zeitschrift für Literaturwissenschaft und Linguistik (LiLi). Göttingen: Vandenhoeck, ab Heft 97 (1995) Stuttgart/Weimar: Metzler 1.1970/71ff.

Jahrbücher

Brecht-Jahrbuch. Frankfurt a.M.: Suhrkamp 1974—1980.

The Brecht Yearbook. Madison, Wisc.: UP 1.1971ff.

Georg Büchner Jahrbuch. Frankfurt a.M., ab Jg. 8 Tübingen: Niemeyer 1.1981ff.

Goethe-Jahrbuch. Frankfurt a.M.: Sauerländer 1.1880—34.1913; *Jahrbuch der Goethe-Gesellschaft.* Weimar: Verlag der Goethe-Ges. 1.1914—21.1935; Fortführung: *Goethe. Vierteljahresschrift der Goethe-Gesellschaft. Neue Folge des Jahrbuchs.* Weimar: Verlag der Goethe-Ges., später Böhlau 1.1936—33.1971; seit 1972 wieder unter dem Titel: *Goethe-Jahrbuch.* Weimar: Verlag Hermann Böhlaus Nachfolger Weimar 89.1972ff.

Goethe Yearbook. Columbia, SC: Camden House 1.1982ff.

Heine-Jahrbuch. Hamburg: Hoffmann & Campe, ab Jg. 34 Stuttgart/Weimar: Metzler 1.1961ff.

Herder-Jahrbuch/Herder-Yearbook. Stuttgart/Weimar: Metzler 1.1992—6.2002.

Iduna. Jahrbuch der Hölderlin-Gesellschaft. Tübingen: Mohr 1.1944. Forts. ab 2 (1947): *Hölderlin-Jahrbuch.* Ab 1990 in Stuttgart/Weimar: Metzler, seit 1998 in Eggingen: Ed. lsele.1944/2.1947ff.

Jahrbuch für Internationale Germanistik (JIH). Frankfurt a.M.: Athenäum, ab

Jg. 5 Bern: Lang 1.1969ff.
Jahrbuch der Deutschen Schillergesellschaft. Stuttgart: Kröner 1.1957ff.
Jahrbuch des Freien Deutschen Hochstifts. Tübingen: Niemeyer 1902—1936/40 (1940); N.F.1962ff.
Kleist-Jahrbuch. Stuttgart/Weimar: Metzler 1.1990ff.
Lessing-Yearbook. München: Hueber, später Göttingen: Wallstein 1.1969ff.
Thomas-Mann-Jahrbuch. Frankfurt a.M.: Klostermann 1.1988ff.

5.2.6 Internetseiten/-Portale

Bibliographien zur Germanistlk. Geordnet nach Fachgebieten: http://www.biblint.de/index.html

Die Düsseldorfer Virtuelle Bibliothek: Germanistik: http://www.uni-duesseldorf.de/WWW/ulb/ger.html

Erlanger Liste: http://www.erlangerliste.de/ressourc/liste.html

germanistik.net: Internet Resources for Germanists: http://www.germanistik.net

Germanistische Fachinformationen im WWW: http://www.ub.fu-berlin.de/internetquellen/fachinformation/germanistik/

Internetquellen zur Germanistik: http://www.stub.uni-frankfurt.de/webmania/webgermanistik.htm

Studienbibliographie zur Germanistik. Von Armin Fingerhut: http://www.fingerhut.de/geisteswissenschaften/germanistik.htm

人名索引

（索引页码为原著页码，即本书边码）

Achternbusch, Herbert 赫尔伯特·阿赫特布什 264
Adelung, Johann Christoph 约翰·克里斯托夫·阿德隆 272
Adorno, Theodor W. 提奥多·阿多诺 321—322
Aischylos 埃斯库罗斯 172、383
Albertinus, Aegidius 埃吉迪乌斯·阿尔贝提努斯 199
Alciato, Andrea 安德里亚·阿尔恰多 243
Alemán, Mateo 马提奥·阿雷曼 199
Alkaios aus Mytilene 米蒂利尼的阿尔卡伊俄斯 144
Althusser, Louis 路易·阿尔都塞 308、358
Anakreon 安纳克里昂 135
Anzengruber, Ludwig 路德维希·安岑格鲁伯 177
Aragon, Louis 路易·阿拉贡 243
Ariès, Philippe 菲利普·阿里埃 366
Ariost 阿里奥斯托 145
Aristoteles 亚里士多德 158—160、165、167—168、172、175、182、215、217
Arnim, Achim von 阿希姆·冯·阿尔尼姆 249、272
Artaud, Antonin 安东尼·阿尔托 170
Ascott, Roy 罗伊·阿斯科特 257
Asklepiades von Samos 萨摩斯的阿斯克勒庇俄斯 144
Asmuth, Bernhard 伯恩哈德·阿斯穆特 138、165
Äsop 伊索 196

Assmann, Aleida 阿莱达·阿斯曼 368
Augustinus 奥古斯丁 208、218

Bach, Johann Sebastian 约翰·塞巴斯蒂安·巴赫 231—232
Bachmann, Ingeborg 英格博格·巴赫曼 153、268
Bachtin, Michail 米哈伊尔·巴赫金 183
Ball, Hugo 胡戈·巴尔 251、257
Barclay, John 约翰·巴克莱 198
Barlach, Ernst 恩斯特·巴拉赫 179
Barthes, Roland 罗兰·巴特 2、298—299、309、311—313、316、332、334
Batteux, Charles 夏尔·巴托 137
Baumgarten, Alexander Gottlieb 亚历山大·戈特利卜·鲍姆加登 220
Becher, Johannes R. 约翰内斯·R. 贝歇尔 154
Becker, Jürgen 尤尔根·贝克尔 202、243、268
Becker, Reinhardt 莱因哈特·贝克尔 339
Beckett, Samuel 塞缪尔·贝克特 179
Beethoven, Ludwig van 路德维希·凡·贝多芬 252
Beißner, Friedrich 弗里德里希·拜斯纳 292
Benjamin, Walter 瓦尔特·本雅明 184、208、261、291、321、348
Benn, Gottfried 戈特弗里德·本恩 153、260、265
Bense, Max 马克斯·本泽 245
Bentham, Jeremy 杰里米·边沁 331
Berg, Alban 阿尔班·贝尔格 248
Berlichingen, Götz von 葛茨·冯·伯里欣根 208
Bernhard, Thomas 托马斯·伯恩哈德 208
Beuys, Joseph 约瑟夫·博伊于斯 180
Biermann, Wolf 沃尔夫·比尔曼 148
Birken, Siegmund von 西格蒙德·冯·比尔肯 148
Bismarck, Otto von 奥托·冯·俾斯麦 274
Bloom, Harold 哈罗德·布鲁姆 316
Boccaccio, Giovanni 乔万尼·薄伽丘 196
Bodmer, Johann Jacob 约翰·雅各布·博德默 219
Bodmersdorf, Imma von 伊玛·冯·博德默斯多夫 147

Böll, Heinrich 海因里希·伯尔 201—202、210、264、268
Borchert, Wolfgang 沃尔夫冈·博尔歇特 180、268
Börne, Ludwig 路德维希·伯尔内 154
Bourdieu, Pierre 皮埃尔·布尔迪厄 325、359
Bovenschen, Silvia 西尔维亚·博芬申 362
Brecht, Bertolt 贝尔托尔特·布莱希特 147—148、154、162—163、168—170、178—179、182、196、267—268、309
Breitinger, Johann Jacob 约翰·雅各布·布莱廷格 219、240
Brentano, Clemens 克雷门斯·布伦塔诺 249—250、272
Brinkmann, Rolf Dieter 罗尔夫·迪特尔·布林克曼 245
Broch, Hermann 赫尔曼·布罗赫 211
Bronnen, Arnolt 阿诺尔特·布罗宁 267—268
Brussig, Thomas 托马斯·布鲁西克 263
Büchner, Georg 格奥尔格·毕希纳 163、168、178、230、248、301、380、382
Bürger, Gottfried August 戈特弗里德·奥古斯特·毕尔格 147、151
Burroughs, William S. 威廉·巴勒斯 245
Busch, Wilhelm 威廉·布施 244

Campe, Joachim Heinrich 约阿希姆·海因里希·坎佩 199、272
Canetti, Elias 埃利阿斯·卡内蒂 208
Cardano, Gerolamo 杰罗拉莫·卡尔达诺 208
Cassirer, Ernst 恩斯特·卡西尔 366—368
Celan, Paul 保尔·策兰 153、228、231、252
Cellini, Benvenuto 本韦努托·切利尼 208
Celtis, Conrad 康拉德·塞尔提斯 271
Cervantes, Miguel de 米盖尔·德·塞万提斯 199
Cezanne, Paul 保罗·塞尚 242、246
Cicero, Marcus Tullius 马尔库斯·图利乌斯·西塞罗 215、218
Claudius, Matthias 马蒂亚斯·克劳迪乌斯 249
Cook, James 詹姆斯·库克 209
Corneille, Pierre 皮埃尔·高乃依 174

Daguerre, Louis 路易·达盖尔 260

Dannhauer, Johann Christian 约翰·克里斯蒂安·丹豪尔 279

Dante, Alighieri 阿利吉耶里·但丁 144

Defoe, Daniel 丹尼尔·笛福 199

Deleuze, Cilles 吉尔·德勒兹 312

Delius, Friedrich 弗里德里希·德留斯 269

Derrida, Jacques 雅克·德里达 287、312—314、314—316

Diderot, Denis 德尼·狄德罗 241

Dilthey, Wilhelm 威廉·狄尔泰 274、282—283、285、290、292、303

Döblin, Alfred 阿尔弗雷德·德布林 191、201、260—261、268

Duby, Georges 乔治·杜比 366

Dürrenmatt, Friedrich 弗里德里希·迪伦马特 178、180、268

Eckermann, Johann Peter 约翰·彼得·艾克曼 196

Eco, Umberto 翁贝托·艾柯 202、235—236、298、310—311、313

Eich, Günter 君特·艾希 268

Eisenstein, Sergej 谢尔盖·爱森斯坦 263

Elias, Norbert 诺贝特·埃利亚斯 358

Elisabeth von Nassau Saarbrücken 拿骚－萨尔布吕肯的伊丽莎白 198

Eluard, Paul 保罗·艾吕雅 243

Enzensberger, Hans Magnus 汉斯·马格努斯·恩岑斯贝格 154

Euripides 欧里庇德斯 247

Fassbinder, Rainer W. 赖纳·W. 法斯宾德 180、264

Fielding, Henry 亨利·菲尔丁 193

Fischart, Johann 约翰·菲莎特 198

Flaubert, Gustave 古斯塔夫·福楼拜 359

Fleming, Paul 保尔·弗雷明 149

Flusser, Vilém 弗鲁塞尔 351

Fontane, Theodor 提奥多·冯塔纳 2、148、189、197、200

Forster, G. 福斯特 209

Foucault, Michel 米歇尔·福柯 2、308、311、328—330、334、336—337、364、368

Franck, Sebastian 塞巴斯蒂安·弗兰克 271

Frank, Manfred 曼弗雷德·弗兰克 287、316

Freud, Sigmund 西格蒙特·弗洛伊德 286、302—304、365

Freytag, Gustav 古斯塔夫·弗莱塔克 160、200

Friedrich, Hugo 胡戈·弗里德里希 294

Frisch, Max 马克斯·弗里施 180、264

Gadamer, Hans-Georg 汉斯－格奥尔格·伽达默尔 278、283—285、290、313、315

Geißendörfer, Hans. W. 汉斯·W. 盖森多夫 263

Gellert, Christian Fürchtegott 克里斯蒂安·F. 盖勒特 175、196、199、207、213

Genette, Gérard 热拉尔·热奈特 188—189、194、204、309

George, Stefan 斯特凡·格奥尔格 153

Gervinus, Georg Gottfried 格奥尔格·戈特弗里德·盖尔维努斯 273

Giesecke, Michael 米夏埃尔·吉塞克 350

Glaser, Horst Albert 赫斯特·阿尔伯特·格拉塞 326、386

Godard, Jean-Luc 让－吕克·戈达尔 263

Goebbels, Heiner 海纳·戈贝尔斯 269

Goethe, Johann Wolfgang 约翰·沃尔夫冈·歌德 IX—X、2、135、137、140 —141、143 —145、151、155 —156、162、167、176、178、190、196 —197、200、207 —209、213、224、226 —228、232、234、242、249、262、274、305、323、380、383—384

Goetz, Rainald 莱纳德·戈茨 180、245、252

Göhre, Frank 弗兰克·戈尔 269

Goldt, Max 马克斯·戈尔特 269

Gomringer, Eugen 奥伊根·高姆林格 148、245

Görres, Joseph 约瑟夫·戈勒斯 250、272

Gorgias von Leontini 莱奥提尼的高尔吉亚 217

Gottsched, Johann Christoph 约翰·克里斯托夫·戈特舍德 137、175、182、219、272

Grass, Günter 君特·格拉斯 200、209、264

Greenblatt, Stephen 斯蒂芬·格林布拉特 364—365

Greimas, Algirdas J. 阿尔吉尔达斯·格雷马斯 309

Grimm, Jakob 雅各布·格林 272—273

Grimm, Wilhelm 威廉·格林 272—273

Grimmelshausen, Jacob Christoph von 雅各布·克里斯托夫·格里美尔斯豪森 199、209

Grimminger, Rolf 罗尔夫·格里明格 326

Groeben, Norbert 诺贝特·格勒本 300

Gryphius, Andreas 安德里阿斯·格吕菲乌斯 141—143、145、149、153、157、174—175、231、234

Guattari, Felix 菲利克斯·瓜塔里 312

Gumbrecht, Hans Ulrich 汉斯·乌尔里希·贡布莱希特 298

Gundolf, Friedrich 弗里德里希·贡道尔夫 274、291

Gunold, Rolf 罗尔夫·古诺尔德 267

Gutzkow, Karl 卡尔·古茨科夫 154、200

Habermas, Jürgen 尤尔根·哈贝马斯 328

Hagen, Jens 延斯·哈根 269

Haller, Albrecht von 阿尔布雷希特·冯·哈勒 150

Hamburger, Käte 凯特·汉布格 185、192

Handke, Peter 彼得·汉特克 163、180、201—202、242、264—265、268

Hartmann, Geoffrey 杰弗里·哈特曼 316

Hauptmann, Gerhart 格哈特·豪普特曼 163、168、178

Hausmann, Manfred 曼弗雷德·豪斯曼 147

Haußmann, Leander 里安德·豪斯曼 263

Heartfield, John 约翰·哈特菲尔德 201

Hebbel, Friedrich 弗里德里希·黑贝尔 140、178

Hebel, Johann Peter 约翰·彼得·黑贝尔 194、196

Hegel, Georg Wilhelm Friedrich 格奥尔格·威廉·弗里德里希·黑格尔 319—321

Heidegger, Martin 马丁·海德格尔 282—284

Heine, Heinrich 海因里希·海涅 154、209、249

Heinse, Wilhelm 威廉·海因泽 242

Hemingway, Ernest 欧内斯特·海明威 197

Henkel, Arthur 阿尔图尔·亨克尔 243

Herbert, Zbigniew 兹比格涅夫·赫伯特 243

Herder, Johann Gottfried 约翰·戈特弗里德·赫尔德 144、151、202、240、272

Herodot 希罗多德 209

Hey, Richard 理查德·海伊 268

Hieronymus 耶柔米 218

Hirsch, Eric Donald 埃里克·唐纳德·希尔施 288

Hoffmann, E. T. A. 霍夫曼 248、250、253、302

Hoffmann, Heinrich 海因里希·霍夫曼 244

Hoffmann von Fallersleben, August Heinrich 奥古斯特·海因里希·霍夫曼·冯·法勒斯雷本 273

Hofmannsthal, Hugo von 胡戈·冯·霍夫曼斯塔尔 152、178、248

Hofmannswaldau, Christian Hofmann 克里斯蒂安·霍夫曼·霍夫曼斯瓦尔道 207

Hoggart, Richard 理查德·霍加特 358

Holland, Normann 诺曼·霍兰德 304—305

Hölty, Ludwig Christoph Heinrich 路德维希·克里斯托夫·海因里希·赫尔蒂 151

Holz, Arno 阿诺·霍尔茨 245

Homer 荷马 183、209—210、278、343

Horaz 贺拉斯 137、160、240

Horváth, Ödon von 厄东·冯·霍尔瓦特 178

Houellebecq, Michel 米歇尔·乌勒贝克 263

Humboldt, Alexander von 亚历山大·冯·洪堡 209

Ibsen, Henrik 亨利克·易卜生 178

Iffland, August Wilhelm 奥古斯特·威廉·伊夫兰德 177

Ingarden, Roman 罗曼·英加登 297—298

Ionesco, Eugène 欧仁·尤内斯库 179

Iser, Wolfgang 沃尔夫冈·伊瑟尔 297—298、367—368

Jakobson, Roman 罗曼·雅柯布森 308—309、311、318

Jandl, Ernst 恩斯特·扬德尔 148、245、251、268

Jauß, Hans Robert 汉斯·罗伯特·尧斯 296—297

Jean Paul 让·保尔 227、232、250、302

Johnson, Uwe 乌韦·约翰森 201—202、208、210、382

Joyce, James 詹姆斯·乔伊斯 201、264、298、310

Jung-Stilling, Johann Heinrich 约翰·海因里希·容-史蒂林 208

Kafka, Franz 弗朗茨·卡夫卡 260、303、353、382

Kaiser, Georg 格奥尔格·凯泽 179

Kandinsky, Wassily 瓦西里·康定斯基 256

Kästner, Erich 埃利希·凯斯特纳 149

Kayser, Wolfgang 沃尔夫冈·凯塞尔 275、292—293

Keller, Gottfried 戈特弗里德·凯勒 197、200

Kesser, Hermann 赫尔曼·凯瑟 267

Killy, Walther 瓦尔特·基利 138

Kipphardt, Heinar 海纳尔·基普哈特 180

Kisch, Egon Erwin 埃贡·艾尔温·基什 210、213

Kittler, Friedrich A. 弗里德里希·A. 吉特勒 266、305、334、349—350

Kleist, Heinrich von 海因里希·冯·克莱斯特 161、178、302

Klinger, Friedrich Maximilian 弗里德里希·马克西米利安·克林格尔 178

Klopstock, Friedrich Gottlieb 弗里德里希·戈特利卜·科洛普施托克 141、144—146、151、219

Kluge, Alexander 亚历山大·克鲁格 201、264

Knef, Hildegard 希尔德嘉德·奈福 208

Koeppen, Wolfgang 沃尔夫冈·科彭 201

Koschorke, Albrecht 阿尔布莱希特·科朔尔克 349、368

Kotzbue, August von 奥古斯特·冯·科策布 177

Krausser, Helmut 赫尔穆特·克劳瑟 251

Kriwet, Ferdinand 费尔迪南·克里威特 268

Kroetz, Franz Xaver 弗兰茨·克萨佛·克罗埃茨 178

Lacan, Jacques 雅克·拉康 305、308、311、313、365

Lachmann, Karl 卡尔·拉赫曼 273

La Fontaine, Jean de 让·德·拉封丹 196
Lang, Fritz 弗里茨·朗 261、263
La Roche, Sophie von 苏菲·冯·拉洛赫 199、207
Lasker-Schüler, Else 埃尔瑟·拉斯克－许勒 178、260
Lehmann, Hans-Thies 汉斯－蒂斯·雷曼 171、182
Lenz, Jakob Michael Reinhold 雅各布·米夏埃尔·莱茵霍尔特·伦茨 162、168、178、327
Lenz, Siegfried 齐格弗里德·伦茨 201
Lessing, Gotthold Ephraim 戈特霍尔特·埃弗拉伊姆·莱辛 7、160、162－163、165－167、175－176、182、196、220、225、235－236、240、323－325、343、369
Lévi-Strauss, Claude 克洛德·列维－施特劳斯 307－308
Link, Jürgen 尤尔根·林克 333、336
Logau, Friedrich von 弗里德里希·冯·罗高 147
Lohenstein, Daniel Casper 丹尼尔·卡斯佩尔·罗恩斯泰因 174
Lombroso, Cesare 切萨雷·龙勃罗梭 304
Lorenzer, Alfred 阿尔弗雷德·罗伦策 303
Ludwig XIV 路易十四 174
Luhmann, Niklas 尼克拉斯·卢曼 276、339－341、346、354、359
Lucács, Georg 格奥尔格·卢卡奇 291、320－321、323
Lumière, Auguste 奥古斯特·卢米埃尔 260、262
Lumière, Louis Jean 路易·让·卢米埃尔 260、262
Luther, Martin 马丁·路德 218、228、279、285、351

Madonna 麦当娜 257
Mahler, Gustav 古斯塔夫·马勒 249
Mallarmé, Stéphane 斯特凡·马拉美 153、245
Man, Paul de 保罗·德曼 316
Mann, Heinrich 亨利希·曼 304
Mann, Thomas 托马斯·曼 2－3、191、200－201、209、226、250－251、263、303
Mannheim, Karl 卡尔·曼海姆 296
Martial 马尔提阿利斯 147

Mayröcker, Friederike 弗里德里克·迈吕克 268

McLuhan, Herbert Marshall 赫伯特·马歇尔·麦克卢汉 266、348—350、356

Méliès, Georges 乔治·梅里爱 262

Meyer, Conrad Ferdinand 康拉德·费尔迪南·迈耶 197

Meyer-Wehlack, Benno 本诺·迈耶-维拉克 268

Miller, Hillis 希利斯·米勒 316

Millett, Kate 凯特·米利特 360

Montaigne, Michel de 米歇尔·德·蒙田 211

Montemayor, Jorge de 若尔热·德·蒙特马耶 198

Morgenstern, Christian 克里斯蒂安·莫尔根施特恩 245、343—345

Mörike, Eduard 爱德华·莫里克 139、156

Moritz, Karl Philipp 卡尔·菲利普·莫里茨 200、244、302

Mozart, Wolfgang Amadeus 沃尔夫冈·阿玛多伊斯·莫扎特 248、250、253

Müller, Heiner 海纳·米勒 158、163、170、180、182、242、257、270

Müller, Wilhelm 威廉·米勒 249

Müller-Michaels, Harro 哈罗·米勒-米夏埃尔斯 286

Münker, Alexander 亚历山大·明克尔 353

Murnau, Friedrich 弗里德里希·默瑙 263

Musil, Robert 罗伯特·穆齐尔 201、211、213、340

Muybridge, Eadweard 爱德沃德·迈布里奇 260

Nadler, Josef 约瑟夫·纳德尔 291

Nekes, Werner 维尔纳·内克斯 264

Nestroy, Johann 约翰·内斯特罗伊 177

Nicolai, Friedrich 弗里德里希·尼克莱 209

Nietzsche, Friedrich 弗里德里希·尼采 237、247—249、251、255、316、329、350

Novalis 诺瓦里斯 250、280

Offenbach, Jacques 雅克·奥芬巴赫 248

Opitz, Martin 马丁·奥皮茨 137—139、141、149、174—175、198—199、219、271

Ovid 奥维德 207

Parsons, Talcott 塔尔科特·帕森斯 339
Passos, John Dos 约翰·多斯·帕索斯 201
Petersen, Jürgen H. 尤尔根·H. 彼得森 188—189
Petrarca, Francesco 弗朗西斯科·彼得拉克 149
Pfeiffer, Karl-Ludwig 卡尔–路德维希·普法伊费尔 368
Pindar 品达 135、145
Pinthus, Kurt 库尔特·品图斯 262
Piscator, Erwin 艾尔温·皮斯卡托 168
Plenzdorf, Ulrich 乌尔里希·普伦茨多夫 343
Pocci, Franz von 弗兰茨·冯·波奇 244
Pongs, Hermann 赫尔曼·彭斯 266
Ponte, Lorenzo da 罗伦佐·达·彭特 248
Poschardt, Ulf 乌尔夫·波沙特 252
Postman, Neil 尼尔·波兹曼 354

Quintilian 昆体良 215、218、222、229、231

Rabelais, François 弗朗索瓦·拉伯雷 198
Racine, Jean 让·拉辛 163、174
Raimund, Ferdinand 费尔迪南·莱蒙德 177
Reuter, Christian 克里斯蒂安·罗伊特 199、210
Richardson, Samuel 塞缪尔·理查生 199、207
Ricœur, Paul 保罗·利科尔 303
Riedel, Wolfgang 沃尔夫冈·里德尔 368
Rieger, Stefan 斯特凡·里格 335
Rilke, Rainer Maria 莱纳·玛利亚·里尔克 147、153、242、246、290、316、318
Ripas, Cesare 凯萨雷·利帕 243
Robbe-Grillet, Alain 阿兰·罗伯–格里耶 202
Rochlitz, Johann Friedrich 约翰·弗里德里希·洛赫利茨 IX
Rodin, Auguste 奥古斯特·罗丹 242

Roesler, Stefan 斯特凡·勒斯勒尔 353
Rousseau, Jean-Jacques 让－雅克·卢梭 199、207—208、316
Runge, Erika 埃里卡·龙格 210
Ruttmann, Walter 瓦尔特·卢特曼 262

Sappho aus Mytilene 米蒂利尼的萨福 144
Sarraute, Nathalie 娜塔丽·萨洛特 202
Saussure, Ferdinand de 费尔迪南·德·索绪尔 294、307、311、318
Schelling, Friedrich Wilhelm Joseph 弗里德里希·威廉·约瑟夫·谢林 137
Scherer, Wilhelm 威廉·舍雷尔 274、291
Schikaneder, Emanuel 伊曼努埃尔·施卡内德 248
Schiller, Friedrich 弗里德里希·席勒 137、140—141、147—148、161、167、175、207、227、248、262、270、297、318、352、368
Schlegel, August Wilhelm 奥古斯特·威廉·施莱格尔 211、272
Schlegel, Friedrich 弗里德里希·施莱格尔 211、250、254、280
Schleiermacher, Friedrich 弗里德里希·施莱尔马赫 280—281
Schlingensief, Christoph 克里斯托夫·施林根西弗 181
Schlöndorff, Volker 弗尔克尔·施隆多夫 264
Schmidt, Arno 阿诺·施密特 202
Schnabel, Johann Gottfried 约翰·戈特弗里德·施纳贝尔 199
Schneider, Helge 赫尔格·施奈德 257
Schneider, Manfred 曼弗雷德·施奈德 335—336、350
Schnitzler, Arthur 阿尔图尔·施尼茨勒 353、356
Schöne, Albrecht 阿尔布莱希特·勋内 243
Schubert, Franz 弗兰茨·舒伯特 249、251
Schwitters, Kurt 库尔特·施威特斯 245—246、251、253
Seneca 塞内加 160、173
Seume, Johann Gottfried 约翰·戈特弗里德·索伊莫 209
Shakespeare, William 威廉·莎士比亚 162—163、173、365
Showalter, Elaine 伊莱恩·肖瓦尔特 361
Sidney, Sir Philipp 菲利普·锡德尼 198
Simanowski, Roberto 罗贝托·希曼诺夫斯基 258—259、352
Simmel, Georg 格奥尔格·西美尔 366

Solger, Karl Wilhelm Ferdinand 卡尔·威廉·费尔迪南·索尔格 137
Sontag, Susan 苏珊·桑塔格 287
Sophokles 索福克勒斯 161、172
Spitzer, Leo 莱奥·施皮策 292
Staden, Hans 汉斯·斯塔登 209
Staiger, Emil 埃米尔·施泰格尔 275、291—293、295
Stanzel, Franz K. 弗兰茨·K. 斯坦策 185—187
Stein, Charlotte von 夏洛特·冯·斯泰因 209
Sternheim, Carl 卡尔·斯特恩海姆 178
Stierle, Karlheinz 卡尔海因茨·施蒂尔勒 298
Stifter, Adalbert 阿达贝尔特·施蒂夫特 197、200、210、382
Stockhausen, Karlheinz 卡尔海因茨·施托克豪森 256
Stolberg, Christian 克里斯蒂安·施托尔贝格 151
Storm, Theodor 提奥多·施托姆 197
Strauß, Botho 博托·施特劳斯 180
Strauss, Richard 理查德·施特劳斯 248
Strich, Fritz 弗里茨·施特里希 274
Stuckrad-Barre, Benjamin von 本雅明·冯·施杜克拉德-巴勒 252、263
Süskind, Patrick 帕特里克·聚斯金德 202
Susman, Margarete 玛格丽特·苏丝曼 152

Tasso, Torquato 托夸多·塔索 145
Thompson, E. P. 汤普森 358
Tieck, Ludwig 路德维希·蒂克 242、272
Todorov, Tzvetan 茨维坦·托多洛夫 309
Tolstoi, Leo 列夫·托尔斯泰 252
Tscherning, Andreas 安德烈亚斯·车尔宁 272
Tucholsky, Kurt 库尔特·图霍尔斯基 149
Turrini, Peter 彼得·图里尼 178

Ulrichs, Timm 提姆·乌尔里希斯 153
Unger, Rudolf 鲁道尔夫·翁格尔 274

Verdi, Giuseppe 居赛比·威尔第 248
Vergil 维吉尔 210、225
Viëtor, Karl 卡尔·菲埃托尔 292
Vilmar, August Fr. Chr. 奥古斯特·弗里德里希·克里斯蒂安·菲尔马 273
Visconti, Lucino 卢奇诺·威斯孔提 263
Voß, Johann Heinrich 约翰·海因里希·福斯 141、151
Vostell, Wolf 沃尔夫·福斯泰尔 180

Wackenroder, Wilhelm Heinrich 威廉·H. 瓦肯罗德 242—243
Wagner, Richard 理查德·瓦格纳 235、237—238、247—249、254—255、267
Wallraff, Günter 君特·瓦尔拉夫 210、269
Walser, Martin 马丁·瓦尔泽 201
Walzel, Oskar 奥斯卡·瓦尔策 238、274、292
Warhol, Andy 安迪·沃霍尔 257
Weber, Max 马克斯·韦伯 366
Weiss, Peter 彼得·魏斯 201
Welles, Orson 奥森·威尔斯 269
Wenders, Wim 维姆·文德斯 264、265
Wezel, Johann Carl 约翰·卡尔·魏泽尔 199
Wickram, Georg 格奥尔格·维克拉姆 198
Wieland, Christoph Martin 马丁·维兰德 137、140、145、204
Wiene, Robert 罗伯特·维纳 263
Wiese, Benno von 本诺·冯·维泽 294
Williams, Raymond 雷蒙德·威廉斯 358
Wilson, Robert 罗伯特·威尔森 180、257
Winckelmann, Johann Joachim 约翰·约阿希姆·温克尔曼 240—241
Wolf, Ror 罗尔·沃尔夫 269、356
Wölfflin, Heinrich 海因里希·沃尔夫林 274
Wondratschek, Wolf 沃尔夫·万德拉切克 268

Zesen, Philipp von 菲利普·冯·泽森 198
Zuckmayer, Carl 卡尔·楚克迈耶 178、180

术语索引

（索引页码为原著页码，即本书边码）

Abenteuerroman 冒险小说 199

Absolute Metapher 绝对隐喻 231

Absurdes Theater 荒诞派戏剧 179

actio 表演 222

Affirmation 肯定 325

agon 竞技 172

Akt 幕 161

Aktionstheater 行动剧 181

akustische Medien 听觉媒介 353—354

Alexandriner 亚历山大体 140、162

alkäische Odenstrophe 阿尔卡伊俄斯体颂歌 144

Allegorie 讽喻 231—232、316

allegorische Deutung 讽喻式的阐释 279

Allgemeines Preußisches Landrecht 普鲁士普通邦法 1

Alliteration 头韵 141、248

Alltagskultur 日常文化 257、363

Alltagsrhetorik 日常修辞学 220

Alternation 抑扬交替 139

amplificatio 放大 226

Anachronie 时序错乱 194

Anadiplose 首尾连珠法 226

Anakoluth 错格 162

Analepse 倒叙 194

analytisches Drama 分析剧 160

Anapäst 抑抑扬格 139

Anapher 首语重复法 226

Angemessenheit 适恰 225、234

Annonce 报纸广告 206

Anschlusspotenzial 潜在接续性 343

Anthropologie 人类学 292—293、366—368

antikes Sprechtheater 古代话剧 171

Antithese 对照 228

Aposiopese 中断法 162、227

appellative Textfunktion 呼吁性文本功能 3

Appellstruktur 召唤结构 298

aptum 适切 225—226

Arbeiter-Radio-Bewegung 工人广播运动 266

Arbeiterbildungsverein 工人教育协会 325

Archaismus 复古词 229

ars electronica 电子艺术 257—258

aside 旁白 164

asklepiadeische Odenstrophe 阿斯克勒庇俄斯体颂歌 144

Ästhetik 美学 220、319

Ästhetikdesign 审美设计 257

ästhetische Bildung 审美教育 167

ästhetische Funktion 审美功能 4

ästhetische Erfahrung 审美经验 284、286

Ästhetisierung 审美化 242

Ästhetizismus 唯美主义 345

Asyndeton 连词省略法 226

auditives Zeichen 听觉符号 237

Aufklärung 启蒙 209、219、271

Aufklärungsroman 启蒙小说 199—200

auktoriale Erzählsituation 从作者出发的叙述情境 186

Ausdifferenzierung 分化 339、343

Auslassung 省略 227

Außenweltdarstellung 外部世界呈现 190
Aussparung 略去不表 193
Authentizität 真实性 207、210
Autobiographie 自传 206、208—209、213
Autologie 自我讲述 345
Autonomie 自律 321—322、343
Autopoiesis 自生产 338—339、343、347
Autor 作者 1—2、5、312、324、332、345
Autoreferenzialität 自我指涉性 181、345
Autorenfilm 作者电影 263
Autorpsychologie 作者心理学 303
Avantgarde 先锋派 256

Ballade 叙事诗 143、147
Bänkelsang 街头说唱诗 148
Barock 巴洛克 140、173、271—272、274
Barockdrama 巴洛克戏剧 174
Barocklyrik 巴洛克诗歌 149、245
Barockroman 巴洛克小说 198
Beiseitesprechen 旁白 164
Beratungsrede 协商演说 221
Bewusstseinsstrom 意识流 191、201
Bibelhermeneutik 圣经阐释学 279
Bibelübersetzung 圣经翻译 279、351
Bildbeschreibung 图像描写 241—242
bildende Kunst 造型艺术 240—242
Bildergeschichte 图画故事 244
Bildgedicht 图画诗 242—243
Bildlektüre 图像阅读 236
Bildungspolitik 教育政策 6
Bildungsroman 成长教育小说 200、210
Blankvers 无韵诗行 140、162
Blickwinkel 视角 264

Botenbericht 信使报告 161
Brief 书信 206
Briefroman 书信体小说 200、207、352
Briefsteller 尺牍大全 207
Buchdruck 印刷术 4、7、325、351、356
Buchmarkt 图书市场 325
Buchstabenbilder 字母画 245
bürgerliche Öffentlichkeit 市民公共领域 166
bürgerlicher Roman 市民小说 198
bürgerliches Trauerspiel 市民悲剧 174—176
Bürgertum 市民 323—324
Burleske 闹剧 173

Chanson 香颂 148
Charakter- und Handlungsdramen 性格和情节剧 165
Chor 歌队 161
Choraldichtung 宗教赞歌 143
Chronik 编年史 206
close reading 文本细读 287、293、365
comédie larmoyante 含泪喜剧 175
Comic 漫画 244
comic strips 连环漫画 244
commedia dell'Arte 艺术喜剧 173
commedia erudita 博学派喜剧 173
conciliare 争取拉拢 221
concitare 刺激采取行动 221
coupure 剪切 315
Cultural Studies 文化研究 276、357—359、362
Cut-up-Verfahren 剪裁法 245
Cyberkultur 网络文化 359

Dada 达达 179
Daktylus 扬抑抑格 139、229

décomposition 分解 299
Dekonstruktion 解构 314—316
Dekonstruktivismus 解构主义 318
dekonstruktivistischer Feminismus 解构主义女性主义 361
delectare 使愉悦 221
deutscher Idealismus 德国唯心主义 319
Deutsches Wörterbuch 德语词典 273
Dialog 对白 164
Dichterdrama 诗人剧 176
Diegese 故事 188
Differenz 延异 314—316
digitale Literatur 数字文学 352
digitaler Hypertext 数字超文本 258
direkte Rede 直接引语 190—191
discours 话语 328
Diskurs 话语 328
Diskursanalyse 话语分析 276、326、328—330、337、346、359、364
dispositio 梳理 219、222
Dispositiv 社会机制 331
Dissémination 播撒 312
Dithyrambos 酒神颂歌 171
Divertimento 套曲 252
DJ-Culture DJ 文化 252
docere 教导 221
Dokumentarliteratur 报告文学 210
Dokumentartheater 文献剧 180
Drama 戏剧 158—160
dramatischer Monolog 戏剧化独白 164
drei Einheiten 三一律 159—160
Dreistillehre 三层风格说 225、234
Druckmedien 印刷媒介 350—352
dubitatio 怀疑 228

Editionsphilologie 版本语文学 273

Einbildungskraft 想像力 240

Einheit der Handlung 情节的统一 160

Einheit der Zeit 时间的统一 160

Einheit des Raumes 空间的统一 161

Ekphrasis 说图 241、246

Elegie 哀歌 137、146

elegische Distichon 哀歌式对句 141、146

elektronisches Gesamtkunstwerk 电子合成的总体艺术作品 257—258

Ellipse 省略法 227

elocutio 风格化 219、222、226、228

Emblem 寓意画 243—244

Emergenz 涌现性 340

Empfindsamkeit 善感性 151

empirische Rezeptionsforschung 经验性的接受研究 300、325

Endreim 尾韵 142

engagierte Lyrik 介入诗 154—155

Enjambement 跨行 141

Entwicklungsroman 发展小说 200

Epigramm 箴言诗 147

Epik 叙事文学 183

Epipher 句尾重复法 226

epischer Monolog 叙事独白 164

episches Präteritum 叙事过去时 192—194

episches Theater 叙事剧 168、179

Epochenbegriff 时期概念 135

Erbauungslyrik 感化诗 150

erhabener Stil 崇高的风格 225

Erkenntnishorizont 认知视野 283

Erlebnislyrik 体验诗 150—151、155—156

erlebte Rede 自由间接引语 191

Erwartungshorizont 期待视野 296

erzählende Prosa 叙事散文 183—185

Erzähler 叙述者 184—185、188
Erzählerbericht 叙述者报道 189—190
Erzählerfiktion 叙述者虚构 185—187
Erzählform 叙述形式 189
Erzählgegenstand 叙述内容 185
Erzählhaltung 叙事态度 189
Erzählsituation 叙述情境 185—187、188
Erzähltempo 叙述节奏 193
erzählte Zeit 被叙述时间 193—194
Erzählverhalten 叙事行为 189
Erzählzeit 叙述时间 193—194
Essay 论说文 206、210
Ethnologie 民族学 307
ethos 伦理 218、221
Ethos-Strategie 伦理策略 164
Eventkultur 事件文化 359
Experiment 实验 269
Experimentalmusik 实验音乐 256
Experimentaltheater 实验戏剧 180
experimentelles Theater 实验戏剧 170—171
explication de texte 文本解读 293
Exposition 引子 160
Expressionismus 表现主义 4、263
expressionistisches Drama 表现主义戏剧 179
expressive Funktion 表达性功能 3

Fabel 寓言 195
Fahrplan 行车时刻表 206
faktuales Erzählen 陈述事实的叙述 185
Farce 笑剧 172
Fastnachtsspiel 狂欢节滑稽剧 172、182
feministische Literaturtheorie 女性主义文论 276、360—361
feministische Literaturwissenschaft 女性主义文学学 362

feministischer Dekonstruktivismus 女性主义解构主义 362、369

Festrede 节庆演说 221

Feuilleton 小品文、文学副刊 206、352

Figuren 人物 164—165

Figurengedicht 图形诗 148、245

Figurenpsychologie 人物形象心理学 304

Figurenrede 人物的言谈 189—190

fiktionales Erzählen 虚构的叙述 185

Fiktionalität 虚构性 208、367

Film 电影 236—237、260—262

Filmtechnik 电影技巧 353

Flugblatt 传单 206

Flugschriftenliteratur 传单文献 351

Fokalisierung 聚焦 188

foregrounding 前景化 309

Form 形式 321、323、344

formale Werte 形式价值 7

Formanalyse 形式分析 293、319

formanalytische Schule 形式分析学派 275—276、291—293

Formationssystem 构成系统 328

Formtypologie 形式类型学 274

Fotografie 摄影 260—261

Frage 问题 227

Frankfurter Schule 法兰克福学派 321

Frauenforschung 女性研究 361

Freiburger literaturpsychologische Schule 弗赖堡的文学心理学学派 305

Frühe Neuzeit 近代早期 149

frühneuzeitlicher Prosaroman 近代早期的散文小说 197

Furcht und Mitleid 畏惧和怜悯 166

Futurismus 未来主义 256

Gattungsbegriff 体裁概念 135—137

Gebrauchsanweisung 使用说明书 206

Gebrauchsformen 应用形式 206—208

Gedanken- oder Sinnfiguren 思想或意义修辞格 227

Gedicht 诗 137—138

Gedichtformen 诗的形式 145—147

Gegenwärtigkeitsillusion 当前性幻觉 192

Geistesgeschichte 思想史 274、276、291、319、366

geistiges Eigentum 知识产权 1

Gelegenheitsrede 应景演说 221

geminatio 重复法 226

gemischte Charaktere 混合性格 165

Gender 性别 362

Gender-Forschung 性别研究 362

Gender Studies 性别研究 276、360—362

genera causarum 缘由类型 217

genera dicendi 等级类型 218

genera elocutionis 风格类型 220

genera orationis 演说类型 220—221

Genie 天才 1

Geniekult 天才崇拜 343

genus deliberativum 政治演说类型 218、221

genus demonstrativum 节庆–炫耀演说类型 218、221

genus iudiciale 法庭演说类型 218、221

genus medium 中层类型 225

genus sublime 低层类型 225

Gerichtsrede 法庭演说 221

Gesamtkunstwerk 总体艺术作品 237、254—256

Geschichtsdrama 历史剧 176

geschlossene bzw. tektonische Dramenformen 封闭的及构造式的戏剧形式 161

gesellschaftskritisches Volksstück 社会批判性的大众剧 177

Gesellschaftsroman 社会小说 200

Gesetz 法规条例 206

global village 地球村 266、349

Glosse 讽刺性杂文 206

Gradatio 顶真 226

Graffiti 涂鸦艺术 244

grammatisch-rhetorische Auslegung 语法—修辞的阐释 279、281

Grammophon 唱机 353、356

Haiku 俳句 147

Handschrift 手抄本 324

Hanswurstiaden 以小丑为主角的闹剧 175

Haupttext 主文本 163

Hermeneutik 阐释学 5、276、278—279、303、305、313、341、346

hermeneutischer Zirkel 阐释学的循环 282—284、290

hermeneutische Spirale 阐释学的螺旋 285、290

Heteronomie 他律 322

Hexameter 六音步诗行 141

hiatus 裂隙 229

histoire 故事 328

Historiendrama 历史剧 173

historische Diskursanalyse 历史话语分析 332

historisches Präteritum 历史过去时 192—193

Hochsprache 标准语言 351

höfisch-historischer Roman 宫廷—历史小说 198、210

Höfische Lyrik 宫廷诗歌 149

höheres Lustspiel 高雅的喜剧 178

hoher Stil 高层风格 225

Hörästhetik 听觉美学 266

Horizontverschmelzung 视野融合 284

Hörspiel 广播剧 267—269

Hymne 赞美诗 146

Hyperbaton 倒装法 227

Hyperbel 夸饰 232

Hypertexte 超文本 5

Hysteron Proteron 逆序法 227

Ich- Erzählsituation 第一人称叙述情境 187
Idealismus 唯心主义 319
Ideengeschichte 观念史 287、319
ikonisches Zeichen 图形符号 235—236
Illusionseffekt 幻觉效果 255
Illusionskino 幻觉电影 262
imaginatio 想像力 222—223
impliziter Leser 隐含读者 296—297
indirekte Rede 间接引语 190
inhaltliche Werte 内容价值 7
Innenweltdarstellung 内心世界呈现 190
innere Emigration 内心流亡 275
innerer Monolog 内心独白 191、201
inscriptio 标题 243
intellektuelles Wirkziel 智识上的作用目标 221
Interdiskursanalyse 话语间性分析 333—334
Interdisziplinarität 跨学科性 359
Intermedialität 媒体间性 235—236、237—238
Interpretation 阐释 8—9、333
interrogatio 问题形式 227
Intertextualität 互文性 4、343
inventio 发明 219—221
Inversion 倒装句 227
Ironie 反讽 228
iterativ-durative Raffung 迭代—持续压缩 194

Jambus 抑扬格 139、229
Jammer und Schauder 怜悯和恐惧 165

Kadenz 诗行结尾 140
Kalendergeschichte 日历故事 196
Kammermusik 室内乐 252
Kanon 经典 6—7、361

Karlsbader Beschlüsse 卡尔斯巴德决议 273

Katastrophe 灾难 160

Katharsis 净化 165—166、182

Kirchenliedstrophe 众赞歌诗节 143

Klangcollage 声响拼贴 269

Klassizismus 古典主义 174、176

klassizistisches Drama 古典主义戏剧 174

Klimax 层进 226

Knittelvers 双行押韵诗行 140

Kollektivsymbol 集体象征 243、333

Komödie 喜剧 159

Konkrete Poesie 具体诗 148、153、245

Konstanzer Schule 康斯坦茨学派 296—297

Konstruktion von Geschlechterrollen 性别角色的建构 362

konstruktive Hermeneutik 建构性的阐释学 286

Konstruktivismus 建构主义 300、339

Kontingenz 权变性 340、341

Konversationsroman 谈话小说 200

Körperdiskurs 身体话语 359

Kreativität 创造性 304

Kreisstruktur des Verstehens 理解的环状结构 281

Kreuzreim 十字韵 142

kritisches Theater 批判戏剧 168—169

Kritische Theorie 批判理论 319、321

kühne Metapher 大胆的隐喻 230

Kulturbegriff 文化概念 307

Kulturpolitik 文化政策 359

Kultursoziologie 文化社会学 359

Kulturtheorie 文化理论 303

Kulturwissenschaft 文化学 276、357—359、369

Kunstballade 艺术叙事谣曲 147

Künstepartnerschaft 艺术搭档 238

Kunsterzählung 艺术小说 242

Kunstlied 艺术歌曲 249

Kurzgeschichte 短篇小说 197

Lautgedicht 音响诗 251

Lautpoesie 音响诗 353

Leerstellen 空白 298—299、301

Lehrgedicht 教育诗 150

Lehrstück 教育剧 179

leidenschaftliches Affektziel 激烈的情绪目标 221

Leihbibliothek 借阅式图书馆 325

Leitartikel 社论 206

Leitdifferenz 主导区别 342—343

Leitmotive 主导动机 247

Leseprozess 阅读过程 297

Leser 读者 7—8、313、332、345

Leserhorizont 读者视野 284

Lesesucht 阅读成瘾 8

Lesezirkel 读书会 325

licentia poetarum 诗的自由空间 219

literarische Gebrauchsformen 文学的应用形式 206—208

literarische Hermeneutik 文学阐释学 280

literarischer Diskurs 文学话语 329

literarische Reportage 文学报道 210

literarische Wertung 文学评价 7

Literarizität 文学性 208

Literaturadaption 文学改编 264

Literaturbegriff 文学概念 206

Literaturdidaktik 文学教学法 286

Literaturgeschichtsschreibung 文学史撰写 274

Literatursoziologie 文学社会学 319、325、345

Literatursystem 文学系统 347

Literaturunterricht und –wissenschaft 文学课与文学学 325

Literaturverfilmung 文学的电影改编 262—264

Litotes 反叙 232

littera 字母 2

loci a persona 与人物有关的情况 220、223—224、234

logos 理性 221

Logos-Strategie 逻各斯策略 164

Lyrik 抒情诗 137—139

lyrischer Monolog 抒情独白 164

lyrisches Ich 诗歌自我 152

Machtanalytik 权力分析 330—331

Madrigalvers 牧歌诗行 140

Malerei 绘画 235

Massenmedien 大众媒介 351

Materialismus 唯物主义 299

Mauerschau 城墙视角 161

Medialität 媒介性 354

Medien 媒体或媒介 206、334、348、356、368

Medienanthropologie 媒介人类学 348—349

Medienästhetik 媒介美学 348

Medienpsychologie 媒介心理学 305、349

Medienrevolution 媒介的革命 351

Medientheorie 媒介理论 335、337、354、369

Medienwissenschaften 传播学 348—350

Mediologie 媒介学 349

Medium 媒介 344

Melopoetik 旋律诗 251

Memoiren 回忆录 206

memoria 记忆 222

Mentalitätsgeschichte 心态史 366

Metapher 隐喻 3、230、234、329

Methode 方法 276

Methodenpluralismus 方法多元性 276

Metonymie 转喻 231、234、329

mildes Affektziel 温和的情绪目标 221

Milieu 环境 168

Mitleid 怜悯或同情 166、175

mittlerer Stil 中层风格 225

Modus 方式 186

Monolog 独白 163

Montage 蒙太奇/拼贴 201、211、245、267

Montageroman 蒙太奇小说 201

Montagetechnik 蒙太奇手法 201—202

Moralische Wochenschriften 道德周刊 352

morality plays 道德剧 173

movere 打动 221

Multikulturalität 多元文化性 359

Musik 237、247、249

Musikbeschreibung 音乐描写 249—250

Musiktheater 音乐剧 247—248

Musikzitat 音乐引文 251

Mysterienspiel 神秘剧 172

Nachahmung 模仿 158

Nachricht 新闻 206

narrative Ebene 叙事层 188

Narratologie 叙事学 364

Naturalismus 自然主义 178

Nebentext 副文本 163

Neologismus 新造词 229

Netzliteratur 网络文学 352

neues Hörspiel 新广播剧 268—269

neutrales Erzählen 中立叙述 187

New Criticism 新批评 293

New Historicism 新历史主义 276、326、364—365

niederer Stil 低层风格 225

niederes Lustspiel 低俗喜剧 177

Nouveau roman 新小说 202
Novelle 中篇小说 196
Novellenzyklus 中篇小说系列 196
Novellistik 中篇小说艺术 352

O-Ton-Verfahren 原声法 269
objektive Hermeneutik 客观阐释学 288
Ode 颂歌 145
Odenstrophe 颂歌诗节 144
offene bzw. atektonische Dramenformen 开放的及非构造性的戏剧形式 162—163
offenes Kunstwerk 开放式艺术品 299、310
officia oratoris 演说者的任务 219—221
Oper 歌剧 247—248
optische Medien 视觉媒介 353—354
optische Poesie 视觉诗 245
optisches Zitat 外观引文 241
Optopoetik 视觉诗 251
Ordnung der Dinge 词与物 330
ornatus in verbis coniunctis 对词语之间关联的修饰 226
ornatus in verbis singulis 对单个词语本身的修饰 226
Oxymoron 矛盾修辞法 228

Paarreim 对韵 142
Pamphlet 论战手册 206
Panoptismus 全景敞视主义 331
Paradoxon 悖论 228
Paragone 比较 235
Parallelismus 平行结构 227
partes artis 制作步骤 220—221
pathos 激情 218、221
Pathos-Strategie 激情策略 164
Pentameter 五音步诗行 141

Peripetie 突变 160
personale Erzählsituation 人物叙述情境 187
Perspektive 视角 186、264
Perspektivität 视角性 188
perspicuitas 清晰 226
Picaroroman 流浪汉小说 199
pictura 画 243
Pietismus 虔信主义 207—208
poésie pure 纯诗 153—155
Poetik 诗学 215—217、219、271
poetische Sprachfunktion 文学性的语言功能 309
Polykontexturalität 多语境 341
Polyptoton 同现 226
Polysyndeton 连词叠用法 226
Popkultur 通俗文化 359
Populärkultur 通俗文化 363
Positivismus 实证主义 273—274、291
Positivismuskritik 对实证主义的批评 274—275
Posse 滑稽剧 173
Postdramatik 后戏剧 170—171、257
postdramatisches Theater 后戏剧化戏剧 171、182
Postkolonialismus 后殖民主义 336
postmoderner Roman 后现代小说 202
Poststrukturalismus 后结构主义 311—313、318
Posttexte 后文本 4
Postwesen 邮政业 352、356
Prätexte 前文本 4
probare 证明 221
Programmmusik 标题音乐 249
progressive Universalpoesie 进步的整体诗 280
Prolepse 预叙 195
pronuntiatio 演说 222
Propagandastück 意识形态宣传剧 268

Propagandatext 意识形态宣传文章 206

Prosa der Welt 世界的散文性 319

Prosaroman 散文小说 197—198

Protestsong 抗议歌曲 206

provorsa oratio 平铺直叙 139、184

Psychoanalyse 心理分析 286、302—304、306、365

psychoanalytische Literaturwissenschaft 心理分析文学学 276、302—304

psychologische Interpretation 心理学的阐释 280

puritas 纯正 226

Quadrivium 四艺 218

Quartett 四行诗节 143

Queer Studies 酷儿研究 363

Rachetragödie 复仇悲剧 173

Radio 广播 237、266—268

ratio 理性 219

Realismus 现实主义 148

Redeschmuck in Einzelwörtern 对单个词语的修饰 226

Redeschmuck in Wortverbindungen 对词语之间关联的修饰 226

referenzielle Funktion 指涉性功能 3

Reflexionsmonolog 反思独白 164

Regietheater 导演戏剧 180

Reim 韵 139、141—142

Reimstellung 韵位 142

Reisebericht 游记 206、209

Reiseliteratur 旅行文学 209

relationale Werte 关联价值 7

Reliefbildung 浮雕轮廓 189

Renaissance 文艺复兴 140、173、208、218

Reportage 新闻报道 206、210、213

Rezensionswesen 书评业 325

Rezeptionsästhetik 接受美学 276、296—299、301

Rezeptionsgeschichte 接受史 276

Rezeptionstheorie 接受理论 304、310

Rhetorik 修辞学 215—217

Rhizom 块茎 312—313

Robinsonade 沉船遇险故事 210

Roman 长篇小说 197—199

romanische Ballade 罗曼语叙事诗 147

Romantheorie 小说理论 320

Romantik 浪漫派 144、243、254、272

romantische Hermeneutik 浪漫主义阐释学 280

Romanze 罗曼采 148

Rückblick 回顾 194

Rückgriff 回溯 194

Rückwendung 倒叙 194—195

rührendes Lustspiel 感人的喜剧 175

Rührstück 感伤剧 177

Rundfunk 广播电台 353

rupture 断裂 315

Sachbuch 专业书籍 206

sapphische Odenstrophe 萨福体颂歌 144

Satyrspiele 羊人剧 171

Schäferroman 牧羊人小说 198

Schelmenroman 流浪汉小说 199

schlichter Stil 平实的风格 225

Schmuckformen der Rede 言语的修饰形式 226

Schnellpresse 快速印刷机 325

Schnitt 剪切/剪辑 245、267

Schnitttechnik 剪辑技术 264

Schriftkultur 书面语文化 350

Schultheater 学校剧 162

Schwank 滑稽故事 195

Selbstreferenzialität 自我指涉性 181、343

Selbstverfilmung 自己改编电影 264
Semiotik 符号学 235、298、307、334
sensus allegoricus 讽喻含义 279
sensus litteralis 字面含义 279
Signifikanten 能指 307
Signifikate 所指 307
simultaneous engineering 共时工程 2
Sinn- und Identitätsstiftung 意义和同一性构成 184
Sinnfigur 意义修辞格 227
Sonatine 小奏鸣曲 252
Sonett 十四行诗 137、143、149
soziales Drama 社会剧 178
Sozialgeschichte 社会史 294、299、325—327
Sozialgeschichte der Literatur 文学的社会史 276、319—321、326
Sozialpsychologie 社会心理学 336
Soziologie der Literatur 文学社会学 323
Spondeus 扬扬格 139
sprachrhythmische Gestaltung 语言节奏塑造 228
Stabreim 首韵 141
Ständeklausel 等级规定 165、225
Stanze 八行诗节 145
Stilistik 风格学 215
Stilmittel 风格手段 226—228
stilus gravis 高贵的风格 218、225
stilus humilis 平实简单的风格 218、225
stilus mediocris 适度的风格 218、225
Stimmungslenkung 情绪引导 265
Strophe 诗节 142—144
strukturale Psychoanalyse 结构心理分析 305、308
strukturale Textlinguistik 结构篇章语言学 309
Strukturalismus 结构主义 276、298—299、307—309、311、318
Strukturanalyse 结构分析 298
Sturm und Drang 狂飙突进 144、147、178

subiectio 设问 228

Subjekt 主体 331

Subkultur 亚文化 359

subscriptio 图像说明 243

subtilitas applicandi 应用的技巧 279

subtilitas explicandi 解释的技巧 280

subtilitas intelligendi 理解的技巧 280

sukzessive Raffung 渐进压缩 194

sustenatio 设置悬念 228

Symbol 象征 232、367

Symbolismus 象征主义 152、245

Synästhesie 联觉或统觉 250、256

Synekdoche 提喻 231

Synonymie 同义置换 226

System 系统 338

Systemaufbau 系统的建造 340

Systemtheorie 系统论 276、326、338—340、347

Szene 场 162

Tagebuch 日记 206—207

Technik 技术 256

technischer Monolog 技术性独白 164

Teilsysteme 分系统 340

tektonische Form 构造性形式 160—161

Telefon 电话 353

Terzine 三行诗节 144

Text 文本 2—4、5

Texthorizont 文本视野 284

Textimmanenz 文本内在 275、365

Textverstehen 文本的理解 8

Textvertonung 文本谱曲 248—249

Theater der Grausamkeit 残忍的戏剧 170

Theaterreform 戏剧改革 175、182

Thematologie 主题学 293

Tiefenhermeneutik 深层阐释学 286、302、306

Topik 提纲细目 223

topoi 传统主题 220

tragische Ironie 悲剧的反讽 165

Tragödie 悲剧 159、171

Traktat 短论 206

Traumarbeit 梦的活动 302

Traumdeutung 梦的解析 302

Trivial- und Unterhaltungsliteratur 低俗文学和消遣文学 325

Trivium 三艺 218

Trochäus 扬抑格 139

umarmender Reim 包围韵 142

Umwelt 环境 340

Unbestimmtheitsstellen 不确定处 298

unendliche Semiose 无限的符号意指过程 310

Unterhaltungsfilm 娱乐性电影 263

Unterhaltungsliteratur 消遣文学 325

Unterhaltungslyrik 娱乐诗 150

Urheberrecht 著作权法 2、324

V-Effekt 陌生化效果 169、182

verbal music 文字音乐 249—250

Verfremdung 陌生化 268

Verfremdungseffekt(V-Effekt) 陌生化效果 169、182

Verlags- und Messwesen 出版业和图书贸易博览会业 325

Vers 诗行 137—139、139—141

Versepos 诗体史诗 137、145

Versformen 诗行形式 140—141

Versfuß 音步 139

Versmaß 格律 139

Verstehen 理解 278—280、282、290

vierfacher Schriftsinn 四重含义 279
Virgel 斜线 140
visueller Intertext 视觉互文 241
Volkslied 民歌 144、151
Volksliedstrophe 民歌诗节 144
Volksstück 大众剧 177
Vorausdeutung 预叙 194—195

Wahrnehmungsgeschichte 感知史 260
Wandertheater 流动戏剧 174
weibliche Literatur 女性文学 361
Weimarer Klassizismus 魏玛古典主义 141、148、168、230
Weimarer Republik 魏玛共和国 210
weinerliches Lustspiel 流泪的喜剧 175
Welttheater 世事如戏 167
Werbeanzeige 广告 206
Werkbegriff 作品的概念 5、333
Werkimmanenz 作品内在 276、291—293、319
Wertung 评价 7
Wettervorhersage 天气预报 206
Widerspiegelungstheorie 反映论 320
wirkungsbezogene Werte 效用价值 7
Wirkungsgeschichte 效果史 296
Wort-Bild-Bedeutungen 语词—图像—含义 243
Wort-Umstellung 单词换位 227
Wortfügung 词语排列 228
Wortmusik 有词音乐 251

Yale School 耶鲁学派 316—317

Zeilensprung 跨行 141
zeitdeckendes Erzählen 覆盖时间的叙述 193
zeitdehnendes Erzählen 延展时间的叙述 193

Zeitgestaltung 时间的塑造 / 塑形 204、264

Zeitraffung 压缩时间 193

Zeitschrift 期刊 325

Zeitsprung 时间跳跃 193

Zeitstruktur 时间结构 185

Zeitung 报纸 325、330、352

Zeugma 轭式搭配法 227

Zieldrama 目标剧 160

Zivilisationsgeschichte 文明史 358

zukunftsgewisse Vorausdeutung 确定未来的预叙 195

zukunftsungewisse Vorausdeutung 不确定未来的预叙 195